I0818009

LA VENGANZA DE ODESSA

FREDERICK FORSYTH
con
TONY KENT

LA VENGANZA DE ODESSA

Traducción de
Efrén del Valle

Papel certificado por el Forest Stewardship Council®

Título original: *Revenge of Odessa*
Primera edición: enero de 2026

Printed in Spain – Impreso en España

ISBN: 978-84-01-03853-2
Depósito legal: B-19.692-2025

Compuesto en La Nueva Edimac, S. L.

Impreso en Rotoprint by Domingo, S. L.
Castellar del Vallès (Barcelona)

L 0 3 8 5 3 2

Prólogo

Washington D. C.
Estados Unidos

23 de mayo de 2025
Viernes

El senador Jack Johnson contempló en el espejo su nuevo esmoquin hecho a medida. Le sentaba a la perfección, y no era para menos: había costado más que su primer coche, pero valía la pena. Era un traje especial para una noche especial, una noche que supondría un nuevo capítulo en su vida.

Al menos ese era el plan. Pero, como muchos planes, este no llegaría a buen puerto. Porque, aunque Johnson no lo sabía, era el traje que llevaría en el momento de su muerte.

Johnson nunca se había tenido por un hombre importante. Otros sí lo hacían, y el equipo de protección personal que estaba comiendo a toda prisa en la cocina del sótano era prueba de ello. Pero él nunca se había creído la idea de que su trabajo lo convirtiera en alguien «especial».

Por supuesto que esperaba cierto revuelo mediático cuando fue elegido en 2020. Lo que no esperaba era el interés que despertaba lo que él consideraba una vida privada de lo más corriente, o que la tragedia fuese a intensificar de tal manera ese interés.

Al principio del mandato, su esposa Rita había enfermado y fallecido poco después, por lo que pasó de ser una de las mitades de la nueva pareja glamurosa de Washington D. C. a convertirse en el viudo más consolado de la capital. Fue el viaje más oscuro de su vida, y cada uno de los detalles era absorbido por una prensa sedienta de noticias.

Johnson no se lo reprochó; era la vida que había elegido, pero agradeció que por fin amainase la atención. Eso le brindó lo que en esta ciudad pasaba por normalidad.

Una normalidad que esperaba que terminase esa noche.

Había conocido a Elizabeth tres meses antes y habían pasado muy poco tiempo juntos desde entonces, pero no tenía dudas sobre lo que sentía. Únicamente otra persona había logrado ese efecto en él. Después de casi cuatro años solo, Johnson estaba preparado.

Como también lo estaban los cotillas profesionales de Washington.

Era imposible mantener alejada a la prensa, sobre todo cuando ya había captado el aroma de una nueva relación, el olor de un titular. Pero había aprendido muchas cosas durante su primer mandato y comprendía mucho mejor cómo funcionaba todo el engranaje. Si no era capaz de pararlo, al menos podía manipularlo.

La prensa conocería a Elizabeth, tendría su noticia, pero Johnson pondría las condiciones.

Esa idea le arrancó una sonrisa mientras se colocaba la pajarita negra con un gesto casi mecánico. Había elegido esa noche a conciencia. La naturaleza del acto —una importante gala benéfica para el Smithsonian— garantizaba la máxima cobertura de prensa y aseguraba que la velada fuese su única y definitiva presentación en sociedad como pareja. El hecho de que Elizabeth fuese la oradora principal solo mejoraba la elección, ya que la haría reconocible al instante para todos los periodistas allí presentes.

El sonido de un portazo varios pisos más abajo interrumpió los pensamientos de Johnson, que salió del vestidor y entró en el dormitorio.

La habitación estaba vacía y la gran cama de matrimonio

inmaculada, tal como la había dejado la criada horas antes. Toda la estancia, como el resto de la enorme casa adosada de Johnson en Mount Pleasant, se asemejaba más a una vivienda piloto que a un hogar.

Momentos después de entrar nuevamente en el vestidor oyó otra puerta cerrándose, pero esta vez con suavidad, así que decidió ignorarlo. Estaba acostumbrado a que hubiera extraños en su casa: personal del Senado, los tres miembros del servicio doméstico que cuidaban el lugar abriéndose paso entre ellos y el pequeño grupo de policías del Capitolio cuyo trabajo era mantenerlo a salvo. Rara vez o nunca estaba solo.

Recuperó la sonrisa al pensar en la noche que le esperaba.

Pero la sonrisa desapareció tan súbitamente como había llegado, espantada por el sonido de otra puerta cerrándose, esta vez de manera mucho más silenciosa, mucho más cerca.

Con dos zancadas había vuelto al dormitorio, que ya no estaba vacío.

—¿Sophie?

Habló en cuanto reconoció a la figura que tenía frente a él, sin fijarse siquiera en los detalles. Estos llegaron rápidamente, junto con una sensación de angustia en el estómago.

Sophie Arnott cursaba secundaria en un instituto de Ohio. Era con diferencia la alumna más sobresaliente de su distrito escolar y había obtenido una plaza para realizar prácticas no remuneradas en la oficina de Jack Johnson, el senador júnior de su estado. Llevaba cinco de un total de seis semanas, a lo largo de las cuales había demostrado muy bien cuatro cosas. Era extremadamente inteligente, intelectualmente madura para su edad e increíblemente afable: en poco más de un mes había hecho buenos amigos entre un personal del Senado que solía mostrarse muy irritable.

Esos tres factores eran beneficiosos para la carrera política a la que aspiraba Sophie. Pero ¿y el cuarto? La atracción sexual mal disimulada y absolutamente inapropiada que sentía hacia su jefe, mucho mayor que ella. Eso era un problema que ahora amenazaba con degenerar en un escándalo: una becaria menor de edad en la habitación de un senador estadounidense, enfundada en un impermeable largo y con la puerta cerrada tras ella.

El interés romántico ya se hizo evidente en su segunda semana, y ni siquiera Johnson, conocido por su incapacidad para captar «señales», había podido ignorarlo. Decidió obviar el encaprichamiento, reacio a que un deseo juvenil rodease de sospechas la pasantía de Sophie Arnott, pero aun así fue cuidadoso. Durante esas cinco semanas procuró no quedarse nunca a solas con ella en una habitación.

Hasta ahora.

El corazón le empezó a latir a mil por hora mientras Sophie esbozaba una sonrisa recatada. Tal aumento de actividad no obedecía a la excitación, sino a una mezcla de nervios y adrenalina que ahora inundaba su organismo: la sensación muy real de un escalofrío que le bajaba por la columna vertebral era imposible de ignorar. Instintivamente, metió la mano en el bolsillo para coger el teléfono móvil mientras pensaba a quién podía llamar para pedir ayuda. Pero la idea se diluyó al momento, anulada por la imagen mental del dispositivo en el salón, situado tres pisos más abajo. Lo había dejado cargando.

Manteniendo la esperanza de haber malinterpretado todo aquello, Johnson se tomó un instante para evaluar los detalles, pero eso no alivió sus temores. Sophie iba maquillada como una adolescente juzgaría adecuado para la seducción adulta: labios de color rojo intenso, demasiado colorete en las mejillas y unas pestañas que casi parecían un jeroglífico. Su espeso cabello castaño, aparentemente peinado por un profesional, le caía por la espalda.

¿Y la ropa? ¿Qué había debajo de ese impermeable?

Era una pregunta cuya respuesta Johnson esperaba que nunca se le desvelara.

Apenas había transcurrido un segundo desde que pronunció su nombre por primera vez, tiempo suficiente para saber lo que estaba sucediendo, pero sus siguientes palabras fueron una pregunta.

—Sophie, ¿qué estás haciendo aquí?

La sonrisa nerviosa. La mano alzándose hasta la cadera, cada milímetro del movimiento delatado por la vacilación.

—Ya sabes por qué estoy aquí..., Jack.

Su nombre de pila sonaba extraño en boca de Sophie, y resultaba aún más incómodo por su tono ronco. Seguro que había recreado mentalmente ese momento en innumerables ocasiones. La fantasía sexual de una niña, mucho más peligrosa de lo que ella misma podía imaginar.

Johnson empezó a sentir pánico.

—¿Cómo has llegado hasta aquí?

—He entrado sin más. Quería verte fuera de la oficina. Y quería que tú me vieras.

Johnson pensó en su equipo de seguridad. Por supuesto que la habían dejado entrar: era una empleada. Pero ¿y si alguno había reparado en el maquillaje? ¿Qué creerían que estaba ocurriendo tras la puerta del dormitorio?

—Así pues, *¿quieres* verme?

Mientras hablaba, los dedos temblorosos de Sophie desabrocharon el primer botón del impermeable, y luego el siguiente. Ahora, Johnson estaba prestándole toda su atención, pero no como ella había planeado.

—Para.

Lanzó la orden con brusquedad mientras acortaba la distancia que los separaba. Ya veía piel desnuda bajo la gabardina, un atisbo de lencería, y le agarró las manos antes de que pudiera mostrar nada más.

—No puedes hacer esto, Sophie. Está mal.

Dando un paso atrás, la chica apartó las manos, y Johnson no se lo impidió. Lo último que necesitaba era que aquello derivase en una denuncia por agresión. Percibió la confusión en su rostro, la inocencia que se ocultaba tras sus intenciones.

—Pero... yo pensaba...

—Te equivocaste.

—Pensaba que los dos queríamos esto.

—Por el amor de Dios, Sophie. Eres una niña. Aún no sabes lo que quieres, pero desde luego no soy yo.

Sophie se acercó más y extendió las manos hacia las de Johnson.

—Sí que eres tú, Jack. Siempre lo has sido. Y sé que me deseas. He visto cómo me miras.

Ahora fue Johnson quien se apartó, quien puso distancia entre los dos. Cuando habló, mantuvo un tono firme y deliberadamente paternal.

—Sea lo que sea que creas haber visto, te equivocas. Lo siento. Tengo cuarenta y dos años, Sophie. Podría ser tu padre.

—Pero no lo eres...

Ella se acercó de nuevo, recuperando la sonrisa.

—Ya basta. —Esta vez, el tono de Johnson fue tajante—. Quiero que salgas de esta casa.

Sophie hizo ademán de responder, pero el senador no se lo permitió. La cogió por los hombros y la llevó hacia la puerta del dormitorio.

—Ni una palabra más, Sophie. Se acabó.

Llegaron a la salida en solo unos pasos. Manteniendo una mano en el hombro de Sophie para evitar que se diera la vuelta, Johnson utilizó la otra para girar el pomo, pero no cedía. La puerta estaba cerrada y no veía la llave por ninguna parte.

Impaciente, Johnson giró a la chica para que lo mirara de frente.

—¿Dónde está la puta llave?

—Yo... Yo no he cerrado.

Johnson no la creyó. Había tres llaves para esa habitación.

Una la tenía el personal doméstico, otra el servicio de seguridad y la tercera era la de Johnson. Y cuando él estaba en la habitación, la llave no salía nunca de la cerradura.

Si ahora no estaba allí, alguien la había cogido.

—Ya basta de juegos. —Su tono era serio y directo—. Abre la puerta.

—No puedo. Yo no la he cerrado.

Por un momento, Johnson sintió el impulso de gritar, pero, cuando se preparaba para alzar la voz, notó algo en los ojos de Sophie. Estaba diciendo la verdad, lo cual suscitó dos preguntas inevitables: si ella no había cerrado, ¿quién demonios lo había hecho? ¿Y por qué?

Al momento, el misterio cayó en el olvido, reemplazado por un mal sabor de boca y una sensación extraña y desagradable en la garganta y los pulmones. Confuso, Johnson se dio la vuelta y vio las primeras volutas de humo negro colándose por la pequeña rendija que había entre la puerta y la moqueta del dormitorio.

Se le aceleró el pulso al llegar a la única conclusión posible.

—¡Fuego!

El grito sobresaltó a Sophie, pero Johnson no le prestó atención. Ya estaba junto a la puerta, decidido a abrirla. Primero intentó girar de nuevo el pomo —una pérdida de tiempo— y luego empujó con el hombro. Cuatro, cinco, seis veces embistió la gruesa barrera de madera con el deltoides.

Él ignoró el dolor, que aumentaba con cada colisión, y la puerta ignoró sus golpes.

Respirando con dificultad a causa del esfuerzo y la mezcla tóxica que ahora se condensaba a su alrededor, dio un paso atrás. Solo entonces cayó en la cuenta de que la puerta, como cualquier otro punto de acceso a la habitación, probablemente estaba reforzada, una desventaja involuntaria de las reformas de seguridad por las que había pasado la casa antes de que él y Rita se instalaran.

El humo aumentaba a un ritmo que a Johnson le parecía increíble. Lo que antes eran pequeñas volutas estaba convirtiéndose en un torrente. El olor le quemaba la nariz y le dolían los pulmones.

—¡Ayuda! —gritó Johnson mientras se apartaba y apuntaba a la puerta con la esperanza de que su pie lograra lo que su hombro no había podido—. ¡Ayuda!

—¡Ayuda!

El grito de Sophie ahogó el ruido sordo que emitió el zapato de Johnson al golpear la puerta.

Lo intentó de nuevo.

La puerta —cuyo refuerzo era ya una certeza— ni se inmutó.

Johnson se alejó, esforzándose por contener el vómito que notaba en la garganta. El humo se volvía más denso a cada segundo. Instantes después, la puerta quedó completamente oculta.

—¡Ayuda!

Ambos estaban gritando, con fuerza pero cada vez más desesperados.

No acudía nadie y Johnson se preguntó por qué. Era una casa grande, pero no tanto como para que no se oyera el alboroto. La conclusión era obvia: su equipo de protección era incapaz de atravesar las llamas.

—¡Ayuda, por favor! ¡Ayudadnos!

A Johnson le sorprendió la debilidad de la voz de Sophie mientras pedía ayuda por última vez. Había humo por todas partes, e inundaba el dormitorio y el vestidor. Ya había hecho mella en él, pero ahora tomó conciencia de lo mucho que debía de estar afectando a los pulmones de la adolescente. Observó su piel pálida y el contenido de su estómago, que ahora decoraba la parte delantera del impermeable.

La chica se estaba muriendo, y él también. A menos que Johnson encontrara la fuerza necesaria para salvarlos.

Cogiendo a Sophie en brazos, fue tambaleándose hacia el otro extremo del vestidor y la dejó en un rincón sobre la moqueta. Allí abajo, la capa de humo era menos densa.

Agachado, sus ojos se posaron en dos pesadas hormas para zapatos tiradas en el suelo. Fue gateando hacia ellas, las cogió y volvió lentamente al dormitorio, dirigiéndose a la única ventana que daba al jardín de la propiedad.

La ventana había estado cerrada desde la elección de Johnson, ya que, según le dijeron, era un punto de acceso demasiado fácil para alguien con malas intenciones. En vista de ello, siguió el consejo de su equipo de seguridad y pidió que reforzaran el cristal y fijaran el marco para que no se pudiera abrir. En su momento le había parecido sensato.

Intentó ponerse de pie, pero, al principio, su cuerpo se negó a obedecer. El vómito que había estado conteniendo se liberó encima de sus manos y las piezas de madera que sostenían. Por un momento notó que el codo izquierdo cedía, y estuvo a punto de caer de bruces sobre la moqueta.

Johnson resistió la tentación de desplomarse. Sabía que, si acababa en el suelo, nunca se levantaría. Así pues, reunió hasta su última gota de energía y se obligó a levantarse de nuevo. Manteniendo a duras penas el equilibrio y asfixiado por el veneno que lo rodeaba, cogió la primera horma con la mano derecha y golpeó con ella el cristal con las pocas fuerzas que le quedaban. Ni siquiera dejó una mancha. Probó de nuevo. Y otra vez. Y otra vez. Golpes repetidos, cada uno más débil que el anterior, mientras el humo le llenaba los pulmones.

Al cuarto golpe, la horma se rompió en sus manos. Miró la segunda, que aún sostenía en su mano izquierda pero apenas era visible, y en ese momento se dio cuenta de la futilidad de sus esfuerzos.

La dejó caer al suelo.

Luego, él también cayó.

Y, mientras perdía el conocimiento, pensó en Rita.

Pensó en Elizabeth.

Y pensó en Sophie Arnott, la niña que compartiría su mismo destino.

1

Stuttgart
República Federal de Alemania

27 de septiembre de 2025
Sábado

Karl Weber saltó antes de que el balón tocase el fondo de la red, sus frenéticos vítores tan indescifrables como los de las miles de personas que lo rodeaban. Toda la grada del Cannstatter había cobrado vida en un momento de genialidad individual por parte del icónico número 10 del VfB Stuttgart, Bobby Wright, cuya carrera de cuarenta metros terminó con un tiro imparable desde la esquina del área de penalti.

El golazo había sentenciado el resultado. El VfB ganaba por cuatro a cero a falta de solo quince minutos para el final, haciendo casi imposible una remontada del TSG Hoffenheim. El marcador exigía una celebración, sobre todo porque era contra uno de los máximos rivales del club. Y Weber, como tantos otros a su alrededor, iba a hacer exactamente eso.

Se limpió lo que parecía un cubo de cerveza de los ojos y el pelo mientras seguía vitoreando a través de una lluvia constante de *lager*, agarrando, abrazando y, sobre todo, gritando a los que tenía más cerca. No era el único. El chut de Wright había desatado una explosión de euforia incontrolada en la Cannstatter Kurve, la grada más tristemente célebre del VfB, ocupada por los seguidores más fanáticos del club. En cualquier otro lugar, la reacción de Weber habría parecido exagerada, pero allí era una simple gota en un océano de emoción desbocada.

Nadie prestó atención al campo mientras la locura invadía la grada. Nadie observó cómo recuperaban el balón de la portería y volvían a dejarlo en el círculo central para que diese comienzo el tramo final del partido. Por el contrario, los vítores continuaron durante varios minutos mientras los aficionados se felicitaban unos a otros como si hubiesen marcado los cuatro goles ellos mismos.

Esa fue la razón por la que los seguidores de la Cannstatter Kurve fueron los últimos en ver la llegada de la muerte al MHP Arena.

Weber apenas se percató de los primeros disparos. Se produjeron cuando tenía la cabeza enterrada en el hombro de su amigo Philipp Rüdiger, que era mucho más alto que él. Weber y Rüdiger llevaban casi treinta años yendo a ver al VfB con su amigo Florian Aber, y ninguno de los tres percibió el cambio repentino en el ambiente.

La segunda ráfaga llegó segundos después. Esta vez, Weber oyó el ruido, pero seguía demasiado distraído como para preguntarse cuál podía ser la causa. Eso cambió en un instante con una tercera, cuarta y quinta ráfagas, estas casi simultáneas.

Confundido, Weber miró a su alrededor. Al principio creyó que eran petardos, pero algo en su interior le decía que no. Tal vez fue el volumen, demasiado alto para tratarse de fuegos artificiales en un estadio. O quizá fue la violencia inherente que parecía acompañar al sonido. Fuese lo que fuese, su instinto demostró ser acertado con el sonido de una sexta, séptima y octava ráfagas. Entonces supo que lo que había interpretado como vítores de alegría eran gritos de terror.

Se volvió hacia Aber, situado a su derecha, con la intención de darle instrucciones, pero su amigo se anticipó.

—¡Corre!

Gritando, Aber empujó a Weber, sus palabras ahogadas por el ruido que los rodeaba y luego totalmente eclipsadas por otra ráfaga de disparos, esta mucho más cercana. Toda la Cannstatter Kurve se había percatado de la amenaza y una sección entera de la grada parecía moverse al unísono, arrastrando a su paso a los aterrados Weber, Aber y Rüdiger.

Los disparos continuaron mientras los tres hombres se movían. Algunos sonaban lejanos, otros más cerca. Viniesen de donde viniesen, Weber no tenía forma de verlos ni de controlar si estaba avanzando hacia ellos o alejándose. Solo podía intentar mantenerse de pie en el aplastante abrazo de la multitud, con la respiración entrecortada mientras los cuerpos presionaban por todos lados.

Weber trató de liberarse. Estaba desesperado por ver hacia dónde lo llevaba la ola humana y preocupado por localizar a sus dos amigos, ahora perdidos entre la multitud. Era tarea imposible. Miles de personas se habían fusionado en una única, irresistible y descontrolada entidad impulsada por una sola cosa: el deseo de escapar.

Contra eso, un hombre no podía hacer nada.

Más disparos. Más gritos.

En respuesta a ellos, la multitud pareció apiñarse más, como si los de fuera estuvieran intentando entrar. Eso empeoró la ya insoportable opresión, con cuerpos empujando a Weber en el pecho, los hombros y la espalda. En ese momento era imposible respirar: sus pulmones y su caja torácica no podían hacer nada para superar la presión que ahora lo rodeaba.

Se esforzó por coger aire, por tener espacio, pero sabía que no lo estaba consiguiendo, que no podría sobrevivir.

El alivio llegó con otra andanada. El sonido indicó a Weber que eran los disparos más cercanos hasta el momento, y una mezcla de sangre y otras sustancias corporales de alguna víctima invisible lo confirmó al impactar en su rostro.

La cercanía del atacante dispersó un poco a parte de la multitud, como si hubiesen decidido probar suerte en otra dirección. Eso redujo la presión sobre Weber y le permitió respirar por, según su percepción, primera vez en varios minutos. También despejó su línea de visión.

Finalmente pudo divisar a un tirador.

En un abrir y cerrar de ojos registró sus rasgos. El hombre era árabe. Llevaba un mono marrón de estilo militar que parecía un traje de vuelo y un rifle de asalto que en ese momento se desvió de Weber y apuntó a un pequeño grupo que se había separado de la multitud.

Un grupo, según pudo comprobar Weber, que incluía a varios niños pequeños.

—¡No!

Su grito no sirvió de nada, y solo pudo observar horrorizado cómo el tirador abría fuego. La ráfaga fue acompañada de un grito:

—*Allahu Akbar!*

Era lo peor que Weber había visto en toda su vida, el acto más horrible que había presenciado, y lo dejó físicamente aturdido. Incapaz de moverse, vio al mismo individuo descargar dos ráfagas más contra la multitud que huía, ambas con el mismo grito de celebración a su dios. La parálisis persistió incluso cuando el hombre lo vio, y Weber se quedó quieto mientras el arma giraba hacia él.

Si el hombre hubiese tenido la oportunidad de disparar, Weber estaría muerto. Y, sin embargo, no sintió alivio cuando, en lugar de abrir fuego, el atacante se desplomó tras ser acribillado por alguien a quien no podía ver.

Weber no se dio cuenta de nada: ni de que había sobrevivido, ni de que los terroristas que habían asesinado a tanta gente estaban muertos, o ni siquiera del hecho de que la pesadilla estaba tocando a su fin. No podía apartar la mirada de los cuerpos que yacían a unos metros de él.

Los cuerpos de tres seguidores del VfB, ni más jóvenes ni más viejos que él y sus dos amigos cuando asistieron a su primer partido. Tres muchachos que sin duda estaban celebrando ese mismo gol hacía solo unos minutos.

Tres muchachos que nunca verían otro amanecer.

2

«El intenso calor de la noche de Stuttgart parece un telón de fondo apropiado para el infierno que se ha desatado hoy aquí».

Georg Miller leyó esas palabras cuatro veces, tres mentalmente y una en voz alta. Habían superado el examen silencioso —sobre el papel estaban bien—, pero tropezaban con el último obstáculo.

«Puedes escribir esta mierda, Georg —pensó—, pero no puedes decirla ni de broma».

Utilizando un bolígrafo barato, tachó su esforzada prosa con tinta negra. Luego cerró su maltrecha libreta con tapas de cuero y la guardó en la bandolera. No encontraba las palabras, y no lo haría. Todavía no.

No mientras se sintiera así.

Miró hacia fuera a través de las grandes puertas de acceso al hospital. Lo que más deseaba en ese momento era un cigarrillo, pero ver la zona de fumadores lo hizo dudar. Había una cantidad incómoda de periodistas, todos sin nada que hacer excepto fumar y vapear mientras esperaban noticias de dentro.

A Georg, esperar a que les sirvieran en bandeja lo esencial de una noticia siempre le había parecido una manera perezosa de abordar el trabajo. Pero no era solo el desdén que sentía por sus compañeros lo que lo mantenía dentro del edificio y lejos del calor todavía opresivo de la noche. También estaba la certeza de que una dosis de nicotina, por agradable que fuese, no lograría calmarlo después de los horrores que había presenciado.

«Después de esto hará falta algo mucho más fuerte y mucho menos legal».

Volvió a dirigir su mirada hacia el interior del hospital.

Desde allí divisaba la abarrotada zona de recepción y calculó que un cinco por ciento de sus ocupantes eran periodistas y el resto, pacientes y personal médico. Esas cifras por sí solas denotaban una noche ajetreada, pero la terrible realidad seguía oculta. Lo que Georg había visto en las salas y los pasillos más allá de la recepción no se parecía a nada que hubiera experimentado. Ni de lejos.

Aquellas imágenes quedarían grabadas en su memoria mientras viviera, un alto precio que eliminaba cualquier necesidad de volver a mirar para describirlas.

Y aun así no tenía más remedio que regresar, pasar por la recepción y adentrarse en el infierno que había más allá. Porque allí era donde estaban las respuestas. Las respuestas a las preguntas que se moría por hacer.

A las preguntas que le pagaban por formular.

«Porque un periodista no huye a la primera señal de sangre».

Repitió esas palabras mentalmente mientras separaba la espalda de la pared y respiraba hondo, preparándose para lo que se avecinaba. Esas mismas palabras, que su abuelo le inculcó hacía más tiempo del que podía recordar, habían alimentado a Georg durante toda su carrera: un mantra tallado en su alma. En ese momento no era consciente de que las estaba pensando. No era consciente de lo mucho que debía a los valores que subyacían en ellas. La lección definitiva de su abuelo, la diferencia entre él y todos los que estaban en la zona de fumadores.

Entró de nuevo.

Georg había tardado casi dos horas en ir desde las oficinas de la revista de actualidad *Komet*, situadas en Hamburgo, hasta el aeropuerto de Stuttgart, y luego treinta minutos más en llegar al Marienhospital, donde habían trasladado a la mayoría de los heridos y moribundos en un esfuerzo desesperado por salvarles la vida. Cuando llegó, habían pasado tres horas y, aun así, los médicos no habían visto a la mitad de los heridos.

Tal era la envergadura del horror que los había llevado a él y a tantos otros periodistas hasta allí.

Incluso ahora, los detalles seguían siendo escasos.

La policía había comunicado muy poco a la ciudadanía o a la prensa, y Georg no había podido sonsacar mucha información a nadie del hospital. El personal médico estaba demasiado ocupado, la mayoría de las víctimas no se encontraban en condiciones de hablar y ver tantos muertos y moribundos había dejado a Georg demasiado conmocionado como para idear preguntas perspicaces.

Hacía tres horas que había llegado la noticia de la atrocidad y solo estaba al tanto de los detalles que conocía el resto del mundo: más de treinta aficionados al fútbol muertos y a saber cuántos más heridos. Todos los terroristas habían sido abatidos por la GSG-9, la unidad de élite de las fuerzas especiales de la Bundespolizei.

Al principio de su carrera, a Georg le habría bastado con eso, al menos a esas alturas. Pero el mundo, y especialmente Alemania, había cambiado en la década transcurrida desde que firmó su primera noticia. Por aquel entonces podría haber esperado una reacción moderada y lógica incluso a la peor de las salvajadas terroristas, pero ahora podía garantizar lo contrario. Alemania era un polvorín, listo para explotar en una dirección que Georg juzgaba impensable. Y ya no se podía confiar en que los políticos de su país, antaño entre los más liberales del mundo occidental, calmaran esa tormenta.

Un atentado como aquel, y como todos los que lo habían precedido, suponía una escalada lo suficientemente grande en envergadura y horror como para que su manipulación y su uso contra una población ya asustada fuese inevitable.

Ya lo había visto antes: políticos supuestamente respetables utilizando una tragedia para movilizar a las masas aterrorizadas hacia una causa que esas mismas masas cuestionarían en otras circunstancias. Había sucedido reiteradamente a lo largo de tres años desgarradores de terror, violencia y muerte.

Pero esta vez no. Esta vez Georg lo impediría.

Y, para lograrlo, necesitaba saber más.

3

Al entrar de nuevo iba despacio, temeroso de las imágenes que estaba a punto de ver.

A pesar de ser uno de los centros sanitarios más importantes de Stuttgart y de contar con el servicio de urgencias más grande de la ciudad, el Marienhospital era inadecuado para el propósito al que ahora estaba siendo destinado.

Georg mantuvo la vista al frente y trató de ignorar lo que sucedía a su alrededor, pero era imposible no ver la enorme cantidad de cadáveres ensangrentados y apenas cubiertos que había dejado en el pasillo un personal demasiado ocupado luchando por los vivos como para preocuparse por la dignidad de los muertos.

«Treinta fallecidos es una estimación a la baja —se dijo a sí mismo mientras avanzaba—. Son muchos más».

Y, sin embargo, lo peor no eran esos cuerpos. Lo que más lo atormentaba eran las imágenes y los sonidos de los vivos. Había decenas de ellos a izquierda y derecha. Algunos seguían esperando atención médica y, en otros casos, parecía que los doctores habían hecho todo lo que estaba en sus manos.

Solo pudo sacudir la cabeza mientras seguía adelante, reprimiendo las lágrimas de consternación. Sabía que aquello era obra del mal en estado puro: la pérdida masiva de sangre, los gritos de agonía y la desesperación en los rostros de los médicos y enfermeras que aún luchaban por salvar a esas pobres personas.

Muchos no lo lograrían. Georg no necesitaba titulación médica para saberlo. ¿Y los que sobrevivirían? Estaban repartidos por la unidad de urgencias y los numerosos departamentos circundantes asignados a aquella tarea.

Georg no lo sabía, pero había estado respirando hondo mientras se movía, un intento subconsciente de fortalecerse para lo que vendría y, en sí mismo, un síntoma del empeño en superar aquello, en hacer su trabajo. Pero esas respiraciones cesaron cuando miró a su izquierda y vio en la camilla más cercana una figura pequeña cubierta con una sábana.

Por un momento se quedó inmóvil. Esa última imagen —ese niño perdido— casi fue demasiado. Un niño inocente, probablemente entusiasmado por un día de fútbol con su padre, cuya alegría se vio reemplazada en un instante por un terror que nunca podría comprender. Su vida arrebatada por esos…

«… por esos putos asesinos».

Esos pensamientos estuvieron a punto de desbordarlo y le empezaron a caer lágrimas por las mejillas. Con la mirada fija en la sábana, por suerte sin sangre, sus emociones acabaron por superarlo. Las lágrimas eran pocas, pero la inercia era total. Podría haberse quedado allí toda la noche, paralizado entre el dolor y la inacción, de no ser porque notó algo en la parte baja de la espalda que lo sacó de su estupor y lo empujó físicamente hacia una pared.

Tres médicos pasaron corriendo, y el más cercano ofreció una tímida disculpa por el empujón mientras se movían de una emergencia a la siguiente. Fue la interrupción que Georg necesitaba y un recordatorio de por qué se encontraba allí.

«Se están esforzando —pensó mientras observaba a los tres médicos pasar corriendo—. Están haciendo su trabajo. Están cumpliendo con su deber».

Fue la sacudida que Georg necesitaba para hacer lo mismo.

Tras alejarse un poco de la camilla y dejar atrás aquella protuberancia del tamaño de un niño, volvió a respirar hondo y observó lo que parecía una versión menos frenética del servicio de urgencias.

Nada más entrar, Georg vio en qué se había convertido aquella sala. El personal estaba trasladando a los heridos no mortales allí, un lugar para que sangraran, gimieran y gritaran de dolor mientras esperaban una atención médica mucho más necesaria en otros lugares. Si había de encontrar a alguien que quisiera y pudiera hablar con él, sería allí.

Los vio casi al instante: un grupo de tres hombres, todos sentados contra una pared lejana, todos ellos una generación mayor que Georg y lo bastante ensangrentados como para no generar dudas de por qué se encontraban allí. Todos estaban heridos, pero ninguna de las lesiones parecía mortal.

Cuando echó a andar, ellos también lo vieron. En realidad resultaba inevitable: puesto que los otros periodistas se habían quedado fuera, Georg probablemente era la única persona que en ese momento no estaba cubierta de sangre en todo el edificio. Dando por hecho que ya habrían intuido a qué se dedicaba, fue directo al grano.

—¿Les importa si hablo con ustedes, caballeros? Tengo algunas preguntas.

Ninguno de los tres pronunció ni una palabra. En lugar de eso, se miraron unos a otros y luego se volvieron hacia la sala abarrotada. Era un mensaje entregado en silencio.

—¿Estaban...? —Georg vaciló al darse cuenta de que lo que iba a preguntar era ridículo—. ¿Estaban ustedes en el estadio de fútbol esta noche?

Dos de los tres se quedaron en silencio. El tercero, que se puso en pie, no.

—¿Usted qué coño cree? —preguntó.

—*Verständlich* —respondió Georg—. Supongo que me lo

he buscado. Mire, esto no es ninguna artimaña. Soy periodista y solo quiero averiguar qué pasó.

Uno de sus amigos se irguió un poco ante la mención a la prensa, como si no lo hubiera deducido antes. Los otros dos —uno todavía sentado y el otro de pie— lo habían averiguado por sí mismos.

El primero siguió ejerciendo de portavoz.

—¿Cómo se llama?

—Georg Miller. Soy del *Komet* de Hamburgo. ¿Le importaría decirme su nombre?

El hombre que estaba de pie miró a sus dos amigos como pidiendo permiso. Uno respondió asintiendo y el otro encogiéndose de hombros, unas respuestas tan claras para él como carentes de significado para Georg.

—Me llamo Karl Weber. —Señaló hacia atrás—. Mi amigo, el alto, es Philipp Rüdiger, y este es Florian Aber. Ahora díganos qué quiere exactamente.

—Los detalles. La verdad. Quiero asegurarme de que lo que se publica es lo que ocurrió realmente.

—¿La verdad? —Daba la impresión de que Weber se habría reído de haber encontrado en su interior la capacidad de hacerlo después de los horrores que había presenciado—. ¿Cuándo han contado los suyos la verdad?

—¿A qué se refiere con «los suyos»?

—Lo sabe de sobra. Ustedes solo difunden mentiras. No son más que propagandistas de los cabrones que han permitido esto.

—¿Qué cabrones?

Weber miró a su alrededor con afectada exasperación. Cuando volvió a hablar, elevó el tono de voz, cosa que suscitó el interés de los allí presentes.

—¿Qué cabrones? ¿Lo dice en serio? Los hijos de puta que se han cargado este país. Esos cabrones. Los que han llenado nuestras fronteras de enemigos que nos odian a nosotros y nuestro estilo de vida..., la puta escoria asesina de la Tierra... Usted y la gente como usted son igual que Goebbels, pero él al menos era un patriota.

La última frase provocó un escalofrío en Georg, plenamente consciente de la multitud que comenzaba a formarse a su alrededor, una multitud que no parecía discrepar de Karl Weber. Esas últimas palabras —la defensa implícita del principal propagandista de Adolf Hitler— eran algo nuevo para él, un paso más en un camino que, con creciente consternación, había visto a sus compatriotas seguir. Pero ¿y el resto? ¿La aversión y la desconfianza hacia la prensa generalista?

Era demasiado habitual en 2025.

Y a decir verdad, Georg podía entender qué lo había causado.

—Por si sirve de algo, comparto su rabia —aventuró—. Rara vez se informa con el debido rigor de cosas como la que ha ocurrido hoy. Pero estoy aquí por eso, créame. Quiero asegurarme de que la ciudadanía conozca la verdad y no la versión de un político.

—Ah, ¿sí? Entonces ¿dónde coño estaba las otras veces? ¿Dónde estaba después de Magdeburgo, cuando el Gobierno y los medios de comunicación intentaron convencernos de que un árabe que gritaba «*Allahu Akbar*» mientras embestía con su coche a una multitud de alemanes en un mercado navideño era antiislamista?

—Entiendo que...

—¿Y qué hay de Bonn? —terció el segundo, Florian Aber—. Pusieron una bomba dentro de una iglesia. ¿Y qué dijeron los putos periodistas? «No hay motivos para sospechar de algún vínculo con el extremismo islámico». Eso dijeron. Si no fuera por AfD y las redes sociales, no nos enteraríamos de nada.

—Entiendo que lo vean así. —Georg estaba decidido a hacer llegar su mensaje—. Pero les doy mi palabra de que yo no actuaré de esa manera. Mi trabajo es que la verdad salga a la luz y que todo el mundo sepa lo que debe saber.

—¿Y quién decide lo que debemos saber? ¿Usted?

—No lo decide nadie. Hay que contar la verdad, nada más y nada menos.

—Y eso es lo que planea hacer, ¿eh? Decir la verdad.

—Si me lo permiten.

—*Der Scheinwerfer*. —Esta vez habló el hombre alto, Philipp Rüdiger—. Ese es su pódcast, ¿no?

Georg asintió. No tenía ni idea de qué rumbo iba a tomar aquella conversación.

—*El foco*, sí —respondió—. ¿Lo ha oído?

—Sí.

—Entonces ¿sabe que hablo en serio?

—Usted no es un mercenario de nadie, eso es cierto.

Weber no pareció reparar en la limitada validación que Rüdiger había brindado al joven periodista. Estaba demasiado afectado para escuchar.

Eso no dejó a Georg más opción que continuar.

—Entonces ¿pueden contarme algo sobre lo sucedido, algún detalle que deba hacerse público?

—Puedo decirle quién estaba detrás de esto. —La voz de Weber se quebró al pronunciar esas palabras, como si estuviera reviviendo un momento ahora grabado a fuego en su ser—. Puedo decirle quién mató a esos niños pequeños.

Con lágrimas surcándole las mejillas, Weber relató lo ocurrido. Cuando hubo terminado, Georg esperó unos segundos, dándole tiempo para recuperarse mientras daba forma cuidadosamente a la siguiente pregunta.

Aguardó tanto como pudo, pero no tuvo más remedio que pedir detalles, cualquier indicio de que aquello no era lo que parecía, pero se mantuvieron firmes. Los atacantes eran islamistas y habían disparado mortalmente a varios niños.

Era justamente lo que Georg esperaba y no supo qué responder.

—¿Es suficiente prueba para usted? —preguntó Weber, su

furia cada vez más visible—. ¿Lo es o volveremos a lo del mercado navideño? ¿Le dirá al mundo que esos asesinos de mierda eran simplemente unos enfermos mentales, que todos estaban un poco mal de la cabeza?

—Por supuesto que no. Le prometo que, si es tan sencillo como dice, eso es lo que publicaré. Pero debe entender que, si *no* es tan sencillo, si resulta que hay algo más, la gente debe saberlo. Y debe saberlo antes de que algún cabrón sin escrúpulos utilice esta tragedia para causar problemas.

—¿Problemas?

El rencor en la voz de Weber era evidente, y Georg se arrepintió al instante de sus palabras.

—¿Problemas? —insistió Weber—. ¿Ha mirado a su alrededor? Hace mucho que cruzamos la frontera de los putos problemas.

Georg se disponía a contestar, pero Aber apartó a su amigo, se acercó a él y le hundió el dedo en el pecho antes de continuar.

—No le necesitamos. Tenemos a gente que sabe que todo esto es una declaración de guerra al pueblo alemán. Pero es una guerra que esta vez no vamos a perder. Con el respaldo de AfD no.

Georg dio un paso atrás para poner distancia entre ellos. La agresividad de Aber y esa segunda referencia a Alternativa para Alemania le dijeron lo que necesitaba saber: no conseguiría nada con aquella conversación.

Dio un segundo paso atrás y luego un tercero. La distancia significaba seguridad, pero aun así no apartó la mirada de Florian Aber. Finalmente estaba listo para dar media vuelta, pero Georg sintió la necesidad de decir algo más.

—Contaré la verdad, sea cual sea. Hablo en serio. No importa a quién implique.

Para la respuesta que obtuvo, se lo podría haber ahorrado.

4

Georg dio una honda calada a su cigarrillo Lucky Strike y cerró los ojos para saborear la dosis de nicotina, que apenas mitigó el estrés que había sufrido en los últimos minutos.

Las emociones de los tres hombres que estaban dentro del hospital.

La rabia que teñía su voz.

El odio.

No podía olvidarlo.

Comprendía perfectamente su reacción. Karl Weber y sus amigos habían sobrevivido a un atentado tan horrible que incluso sus consecuencias habían enfermado físicamente a Georg. Si las secuelas podían afectarlo tanto, ¿cómo sería vivirlo, ver cómo sucedía?

¿Cómo no iban a sentir odio hacia los responsables?

Pero ¿y lo que había dicho Aber? Eso iba más allá. No era solo por lo que había acontecido hoy.

«Es una guerra que esta vez no vamos a perder», había declarado Aber.

Ese sentimiento preocupaba más a Georg que cualquier atentado terrorista. Para él representaba algo mucho más grande, un cambio total en la dirección de la sociedad alemana que amenazaba con emprender una batalla por el alma de su gente.

La Alemania en la que Georg se había criado no era la Alemania de hoy. Durante medio siglo o más, los vestigios democráticos surgidos de la Segunda Guerra Mundial habían sido la unión perfecta de una política y una sociedad liberales.

Para algunos —para muchos, concluyó Georg—, eso había supuesto un giro ideológico demasiado drástico, un reposicionamiento forzado que se basaba en la culpa colectiva. Lo que una vez había sido izquierda o derecha y estaba abierto a debate se había convertido en correcto o erróneo sin margen alguno para la discrepancia.

Era una receta para el malestar colectivo y le recordó a Georg lo que había dicho su abuelo durante años:

«Cuando prohíbes la verdad, allanas el camino al infierno».

Al principio, Georg rechazaba esa idea.

E ignoró su instinto.

Hasta el día en que el mensaje de ambos cobró demasiada fuerza.

Fue después de Magdeburgo, en diciembre de 2024, cuando Georg empezó a escuchar.

Un atentado con un coche en el mercado navideño de Magdeburgo había dejado cinco muertos y más de trescientos heridos.

Al ver que su integridad periodística se veía sacudida por un rápido comunicado público que aseguraba que la tragedia navideña obedecía simplemente a un problema de salud mental —el acto de un hombre enloquecido por sus demonios internos—, empezó a hacer preguntas. ¿Cómo pudieron identificar esos problemas de salud mental con tanta rapidez? ¿Cómo pudieron descartar otros motivos potenciales —había quienes podrían decir que motivos descaradamente obvios— en apenas un instante?

Entendía el razonamiento: descartar el atentado terrorista pretendía reducir las probabilidades de una represalia antiislámica violenta. Pero Georg también comprendía la percepción ciudadana y cómo se había interpretado aquella respuesta: generó el potencial para un conflicto entre «ellos y nosotros» en el que se consideraba que la policía había tomado partido.

Así pues, no le sorprendió que se le diera precisamente ese enfoque.

AfD y otros como ellos aprovecharon la oportunidad. Estaban dispuestos a decir lo que otros no, a dar voz a esos pensamientos durante mucho tiempo considerados inaceptables.

Y, al hacerlo, estaban cosechando apoyos a un ritmo que cada día otorgaba más veracidad a la advertencia de su abuelo:

«Cuando prohíbes la verdad, allanas el camino al infierno».

5

La idea deprimió a Georg lo suficiente como para sentir la necesidad de compartirla.

Estaba en el aparcamiento, situado a unos metros de la zona de fumadores, y se alejó un poco más para que no lo oyeran otros periodistas ni lo alcanzaran las nubes de los vapeadores. Una vez satisfecho, sacó el teléfono móvil y pulsó el primer nombre de su lista de favoritos.

Freya Fischer respondió al tercer tono.

—¿Qué ha pasado? —preguntó—. Por las imágenes que estamos viendo parece horrible, Georg.

—Lo es. —Notaba la garganta tensa al hablar; aquella pregunta le había traído demasiadas imágenes mentales indeseadas—. Es…, no sé…

Freya no contestó de inmediato y, cuando lo hizo, su voz había cambiado. Parecía preocupada.

—¿*Tú* estás bien?

—¿Comparado con la gente de dentro? Soy el hombre más afortunado del mundo.

—Ya sabes a qué me refiero.

—Tengo un trabajo que hacer. Debo contar esta historia antes de que sea manipulada, sobre todo con lo que está a punto de salir a la luz.

—¿De qué se trata?

—Los tiradores eran de Oriente Próximo, o al menos eso dicen los testigos oculares con los que he hablado. Según ellos, parecían árabes y hablaban ese idioma, lo cual apunta a que eran extremistas islámicos.

—¿De nuevo?

—Esta vez tenemos que adelantarnos. No podemos permitir que esto tome el mismo camino que Bonn.

Apenas habían pasado dos meses desde que Bonn se convirtiera en el escenario de la peor atrocidad terrorista desde la reunificación. La peor hasta esa noche.

Lo que sobrevino en Bonn seguía siendo una herida abierta. Las redes sociales, los sectores más extremos de la prensa y algunos políticos implacablemente populistas habían alimentado acusaciones descabelladas e identificaciones falsas. El resultado fueron protestas masivas y violencia mal dirigida. Mezquitas atacadas, negocios islámicos incendiados y decenas de musulmanes inocentes heridos, dos de ellos mortalmente.

Era lo más parecido que Georg había visto a las imágenes de sus libros de historia. Eran otra religión y otra excusa, pero el mismo odio desbocado, todo ello atizado por hombres con malas intenciones, hombres que blandían la ignorancia y las mentiras con la misma eficacia que un arma.

Georg no permitiría que volviera a suceder. Quienes deseaban transformar la Alemania que él amaba en un país gobernado por el miedo y la rabia ya habían causado demasiado daño.

—¿Qué más tienes?

La pregunta de Freya interrumpió sus pensamientos.

—¿Qué?

—Preguntaba si has descubierto algo más aparte de la etnia de los tiradores.

—No mucho. En todo caso, nada importante.

—Entonces ¿no tienes ninguna pista sobre el motivo?

—¿Te refieres a algo inusual?

—¿No estás buscando precisamente una explicación que no sea religiosa?

—¿Qué otra explicación puede haber? Lo que ha pasado aquí es evidente. Ahora, mi trabajo es identificar a la minoría de extremistas que hicieron esto en lugar de que cargue con la culpa toda una comunidad, como sucedió la última vez.

Freya tardó un momento en responder, y Georg sabía por qué. Ella también era una profesional. Y era mayor que él, más experimentada. Sabía que debía pensar las cosas antes de actuar.

—Pero ¿por qué iban a hacer esto después de lo que pasó la última vez? —preguntó finalmente—. Dudo que crean que los ayudará en algo.

—Estoy de acuerdo en que a primera vista no tiene sentido, pero a lo mejor es lo que quieren.

—¿A qué te refieres?

—¿Y si su intención es causar problemas a la mayoría avivando el conflicto? A lo mejor es una manera de conseguir apoyos por medio de la división.

—Debes averiguar quiénes eran esos tipos antes de que cuelguen a un inocente.

—Lo sé.

—¿Tienes alguna pista?

—La noche es joven.

—O sea que ninguna.

Georg se apartó el teléfono de la boca para dar otra calada al cigarrillo, procurando que Freya no oyese los reveladores sonidos de la quema y la inhalación; habían hecho un pacto para dejarlo juntos el pasado Año Nuevo, y Georg llevaba meses ocultando su fracaso.

Inconscientemente, giró el cuerpo al exhalar, como si Freya pudiese verlo a través del teléfono. Al moverse, quedó orientado a la zona de fumadores, que se había vaciado un poco desde que salió del hospital. Ahora solo había siete personas, y le llamó la atención una en particular: era un anciano, mayor que todos los demás y vestido con una bata de paciente. No tenía cigarrillo ni vapeador, y estaba mirando fijamente a Georg.

Este trató de enfocar, acostumbrando los ojos a la lámpara que brillaba detrás de la cabeza del anciano. A medida que su visión se volvía más nítida, percibió la expresión del hombre que lo observaba, una mezcla inusual de reconocimiento y algo cercano al horror, o al menos así lo interpretó Georg. Esa reacción le pareció confusa, y por un momento se planteó llamarlo, pero lo interrumpió el sonido de la voz ahora distante de Freya.

—¿Sigues ahí?

Georg volvió a centrarse y se acercó el teléfono al oído.

—Sí.

—¿Qué pasa?

—Nada. —Observó de nuevo la mirada fija del anciano y luego se dio la vuelta—. Todo bien.

—¿Qué puedo hacer? —preguntó Freya—. Para ayudar, quiero decir.

—Sinceramente, nada. Tú también tienes trabajo.

—¿Hablas en serio? Ahora mismo esta es la única noticia. Acabaré trabajando en ella, así que, ya puestos, puedo hacerlo contigo.

—Tal vez a la jefa no le parezca bien.

—No puede parecerle ni bien ni mal si no lo sabe. Ella cree que estoy siguiendo mis pistas, y nada impide que sean también las tuyas.

—Siempre y cuando no te metas en líos.

—¿Qué pasa? ¿Te preocupa ser el único que trae el pan a casa si me despiden?

—Sí, algo así. —Georg notó que estaba a punto de sonreír mientras hablaba, pero duró muy poco—. De acuerdo. A ver si puedes utilizar alguno de tus contactos en el servicio de inteligencia policial para conseguir los nombres de los terroristas.

—Nadie va a dar esa información, Georg. No tan pronto.

—Lo sé, pero se les podría escapar alguna pista. Y, una vez que esa línea de comunicación esté abierta, podemos utilizarla para verificar cualquier rumor que empiece a extenderse.

—Lo más probable es que todavía no sepan nada. Los atacantes no debían de llevar identificación cuando entraron en el estadio.

—Eso no puedes saberlo con seguridad. Vale la pena comprobarlo.

Freya no dijo nada, esta vez por otro motivo. No estaba de acuerdo con él, y Georg siempre se daba cuenta.

—Sé que tienes razón —reconoció él—. Probablemente no sabrán los nombres hasta que publiquen las fotografías y alguien los identifique, pero ahora mismo no tenemos nada más.

Georg tiró el cigarrillo y lo apagó con el pie. Mientras lo hacía, se volvió de nuevo hacia la entrada del hospital. El anciano seguía allí, mirando fijamente con aquella expresión extraña en el rostro. No se había movido ni un centímetro.

La posibilidad de que lo hubiera reconocido al menos tenía explicación. El pódcast de Georg había cosechado éxito suficiente como para que gozara de cierta celebridad, aunque ese paciente no pertenecía a la generación de los seguidores habituales de pódcast. Pero lo que inquietaba a Georg no era el hecho de que lo hubiera reconocido.

Era su expresión.

Su mirada de horror.

—De acuerdo. Por si sirve de algo, contactaré con mis fuentes. —De nuevo, la voz de Freya lo puso alerta—. Pero lo hago solo porque te quiero. Sigo pensando que te equivocas.

—Creía que nunca ibas a decir eso en el trabajo.

—¿El qué? ¿Que te equivocas? Lo digo constantemente.

—De todos modos, no te creo.

—¿No crees el qué?

—Que lo haces por amor.

—Ah, ¿sí? Y entonces ¿por qué lo hago?

—Para demostrar que me equivoco.

—¿No puede ser un poco de ambas cosas?

Georg sonrió de nuevo.

—Supongo que sí. Yo también te quiero.

—No te saltes las normas, Miller. Sé que estás en el trabajo.

—Sí, pero aquí nadie sabe quién soy.

Georg miró de nuevo al anciano, y al instante empezó a dudar de sus propias palabras.

—Bueno, tengo que volver adentro.

—Vale, cuídate. Por mí.

—Siempre.

Georg colgó sin añadir nada más y centró de inmediato su atención en el anciano. Por primera vez pensó que el paciente podía haber visto u oído algo allí dentro, lo cual explicaría su expresión temerosa, y que tal vez tenía información.

Echó a andar hacia él y levantó la mano para indicar sus buenas intenciones, pero el mensaje no pareció surtir efecto. Apenas había dado cuatro pasos cuando el anciano, con unos ojos muy abiertos, dio media vuelta y entró en el edificio.

6

El anciano se movía a un ritmo que debía de parecer un esprint a su cuerpo envejecido. No avanzaba lo suficientemente rápido como para dejar atrás a Georg —ni mucho menos—, pero aun así lo obligó a apretar el paso para no quedar rezagado.

Los primeros metros de persecución le resultaron familiares: eran los mismos lugares por los que Georg había deambulado, apartando la vista de los cuerpos y la sangre que lo rodeaban. Tras doblar dos veces a la izquierda, esas mismas zonas de paso y salas de espera quedaron atrás, reemplazadas por pasillos casi idénticos en los que afortunadamente no había cadáveres tapados ni heridos caminando de un lado a otro.

Georg mantuvo el ritmo mientras el anciano empezaba a ir más despacio. Le estaban fallando las extremidades.

Después de otro giro, esta vez a la derecha, y tras enfilar un pasillo vacío poco más largo que ancho, se detuvo. Georg hizo lo mismo, manteniendo la distancia.

Dio un paso atrás, y luego otro, retrocediendo tanto como le permitía el corto pasillo. Esperaba que un poco de espacio infundiera calma al paciente, pero estaba temblando y respiraba con dificultad. Al volverse hacia Georg, sus ojos se encontraron, y en unos instantes la confusión del anciano dio paso a una mirada que sin duda indicaba que lo conocía.

—No puede ser.

Le temblaba la voz, pero seguía siendo profunda y fuerte. Se acercó un poco y escrutó los rasgos de Georg.

—No puede ser.

Georg guardó silencio mientras el anciano lo examinaba de la cabeza a los pies y vuelta a empezar. El miedo presente en su mirada hacía unos momentos había desaparecido y en su lugar había preguntas.

—Pero usted está muerto —dijo tanto para sí mismo como para Georg—. Usted está muerto.

Georg meneó la cabeza, ahora convencido de que había calibrado mal la situación.

«Este hombre no es una fuente fiable —pensó—. El pobre está enfermo».

¿Cómo no se había dado cuenta desde el principio, aun desde esa distancia? ¿Cómo no había interpretado correctamente la expresión de aquel hombre cuando ahora parecía tan obvia? Sabía hacerlo mejor, ¿no?

—Más pequeño —añadió el anciano. Ahora parecía perdido en sus pensamientos. Sus palabras no iban dirigidas a nadie y aún tenían menos sentido que antes—. Mucho más pequeño que antes. No. No, no puede ser usted.

Frustrado, Georg estuvo a punto de darse la vuelta y dejar al hombre con sus delirios, pero algo lo detuvo.

Dudó solo un momento.

—¿Quién cree que soy?

Georg mantuvo un tono de voz bajo y lo más afable posible sin que pareciera que estaba dirigiéndose a un niño. Sin responder, el anciano siguió mirando a Georg, fijándose en los detalles.

—¿Quién soy?

Esta vez, sus palabras calaron. El anciano dio un paso atrás y el semblante de confusión regresó. Por un momento, se limitó a observarlo, como si la pregunta no tuviera sentido para él.

—¿Quién soy? —preguntó Georg de nuevo.

El anciano entrecerró los ojos.

—Ya sabe quién es.

Su voz denotaba una irritación que antes no estaba allí; sus palabras, casi un gruñido.

El anciano enderezó la espalda tanto como pudo y, por primera vez, Georg vio que antaño había sido un hombre corpulento. Sus hombros aún insinuaban la anchura de la juventud, e incluso ahora, totalmente erguido, era varios centímetros más alto que Georg, quien medía metro setenta y ocho.

El rostro envejecido también había cambiado. Sin el miedo y la confusión, lo que quedaba era sorprendente: una mezcla de arrogancia y desafío.

Manteniendo esa nueva postura más imponente, el anciano levantó la barbilla y adoptó un tono mucho más firme que el que había utilizado hasta ahora.

—Usted sabe quién es, Horst Miller. Y sabe quién soy yo. Dejémonos de juegos. Si ha venido a por mí, afrontémoslo como hombres.

Georg notó un escalofrío bajándole por la columna vertebral al reconocer ese nombre. Fue tan impactante como un golpe repentino en el estómago, tanto que no hizo caso a nada de lo que el hombre dijo después. Su atención a esas dos palabras era absoluta.

Eran las dos últimas palabras que esperaba oír.

Porque el anciano se equivocaba.

Georg *no* era Horst Miller.

Pero *era* el hijo de Horst Miller.

7

Georg se tambaleó hacia atrás, mirando fijamente el rostro del anciano, y el silencio que reinaba en aquel espacio vacío pareció envolverlos a ambos, como si en ese momento el resto del mundo no estuviese allí. Lo único que pudo hacer fue mantenerse en pie. Las paredes parecían líquidas y empezó a darle vueltas la cabeza.

El mareo duró unos segundos y Georg recuperó el control antes de que pudiera abrumarlo. Lo logró desterrando de su mente cualquier otro pensamiento, e incluso la noticia que lo había traído a Stuttgart cayó momentáneamente en el olvido.

Por unos instantes le costó encontrar la voz.

—¿Usted...? ¿Usted conoció a Horst Miller?

El anciano no dijo nada. Su estatura, temporalmente incrementada, empezó a disminuir y sus ojos perdieron lucidez.

—¿Cómo lo conoció? —preguntó Georg—. ¿Cómo conoció a mi padre?

—¿Qué? —La confusión había regresado—. ¿Su padre?

—Horst Miller.

El hombre abrió un poco aquellos ojos decrépitos, como si algo se hubiera encendido una vez más en su mente.

—¿Su padre? ¿Horst Miller era su padre?

—Sí. ¿Lo conocía?

—Usted es... su hijo. —El anciano trató de recordar el nombre, pero tardó tanto que Georg estaba a punto de interrumpirlo cuando finalmente volvió a hablar—. ¿Usted es... Georg?

—Sí, soy Georg. —Fue toda la confirmación que necesitaba—. Usted lo conocía.

El estado de ánimo de Georg cambió al instante, lo cual era una reacción totalmente natural: una ráfaga de dopamina, la recompensa que el cerebro se daba a sí mismo por un éxito. Sus dudas y confusión desaparecieron, reemplazadas por una sobreexcitación vertiginosa.

«Conocía a mi padre».

En los dieciocho años transcurridos desde la muerte de su padre, Georg había conocido a muy pocas personas que formaran parte de su vida. Según le había explicado su abuelo, era consecuencia del trabajo de Horst Miller, primero en la división GSG-9 de la policía federal y más tarde en el servicio de espionaje exterior de Alemania, conocido como Bundesnachrichtendienst, o BDN.

Como alto mando en dos de los servicios de seguridad de élite de su país, Horst Miller había mantenido a su familia completamente al margen de su vida profesional, una decisión que había tomado por motivos de seguridad y que, tras su muerte, impedía que Georg tuviera muchas oportunidades de hablar con alguien que realmente lo hubiera conocido, fuese amigo o no.

Y encima allí y en aquel momento. Tildarlo de inesperado se quedaba corto. Aunque la reacción del anciano hacía improbable que él y Horst Miller hubiesen tenido una relación de amistad, seguía siendo un vínculo con el padre que Georg había perdido. Independientemente de cuál fuese su relación, tal vez podría contarle algo nuevo sobre Horst Miller.

Era una oportunidad que Georg no podía dejar pasar.

—Es un placer conocerle, señor...

El anciano parecía confundido una vez más. Primero miró la mano tendida de Georg y luego volvió a mirarlo a los ojos.

—¿Cómo se llama, señor?

Lentamente, el anciano extendió una mano temblorosa y estrechó la de Georg con una fuerza natural inconfundible. En su esfuerzo por contener los temblores, Georg se perdió un detalle clave: a pesar de la fuerza que aún estaba presente en aquella mano anciana, la claridad había desaparecido de los ojos de su dueño.

—Me llamo Ackermann. —Hablaba con lentitud y se adivinaba cierto temor en su voz—. Carl Ackermann. ¿Qué quiere de mí?

—Nada, señor Ackermann. —Ahora era Georg quien estaba confuso. Nunca había tratado con un paciente con demencia y la pérdida y recuperación recurrentes de la memoria eran difíciles de entender. Continuó hablando sin saber si algo de lo que dijera tendría efecto—. Quería preguntarle por mi padre, señor. Usted lo conoció.

—¿A su padre? ¿Qué voy a saber yo de...?

Ackermann dejó la frase a medias y abrió unos ojos como platos. Luego apartó la mano violentamente.

—Usted. No puede ser usted.

—No, Carl. Por favor, ya hemos hablado de eso. Soy...

—Usted es Horst Miller, hijo de *das Schwein* Peter Miller.

Ahora, el horror en el rostro de Ackermann se mezcló con algo más, algo parecido al odio. A Georg le habría parecido más desconcertante si lo hubiese percibido, pero su atención a la memoria del anciano era absoluta.

«Si pudiera hacerle recordar quién soy...».

—No —dijo—. Horst Miller es mi...

—¡Usted es Horst Miller! —gritó Ackermann, ahogando la réplica de Georg, que dio un paso atrás debido a la sorpresa.

Por un instante, Ackermann pareció enojado, e incluso peligroso, pero al cabo de un segundo su comportamiento había cambiado de nuevo.

Fuese cual fuese el problema de aquel hombre, su estado mental por defecto parecía ser la confusión, y fue tambaleándose hacia un lateral del pasillo y una hilera de sillas que bordeaban la pared.

—Usted no puede ser Horst Miller —se dijo Ackermann a sí mismo mientras se sentaba. Parecía ajeno a la presencia de Georg y su voz se apagaba con cada palabra—. Usted no puede ser... Usted está muerto... Usted está muerto...

Ahora que Ackermann se había perdido en la niebla de su propia mente, Georg pensó en la mejor manera de volver a conectar con él, y solo se le ocurrió una.

—¿Cómo lo sabe? —preguntó con la voz más suave y conciliadora que logró modular—. ¿Cómo puede estar tan seguro?

—¿Seguro de qué?

—¿Cómo sabe que estoy muerto? Me refiero a Horst Miller. ¿Cómo puede estar tan seguro de que Horst Miller está muerto?

Georg nunca olvidaría los momentos posteriores, cuyos detalles se asentaron en su mente de forma tan permanente y perfecta como una grabación digital. La pregunta actuó como un interruptor físico en el cerebro averiado de Carl Ackermann, que volvió a ponerse en pie mientras recobraba la memoria.

Dio un paso al frente para salvar la corta distancia que los separaba, y su cuerpo maltrecho irradiaba una amenaza física. Por un momento, Georg pensó en lo intimidatorio que debía de resultar aquel hombre en sus años de plenitud, pero esa idea se desvaneció en cuanto Ackermann abrió la boca para hablar.

—Le sostuve la cabeza, húmeda y ensangrentada, mientras

moría. —Ahora tenía su rostro a solo unos centímetros del de Georg, que notaba su aliento rancio en la mejilla—. Y sentí cómo la vida abandonaba su cuerpo antes de que le rompiese el cuello a su repugnante esposa judía.

La conciencia de Georg empezó a flaquear a medida que calaban aquellas palabras, su mente envuelta en un ruido blanco interno. Era como si su cuerpo intentara bloquear sus oídos para protegerlo de la verdad, pero no funcionó. Ackermann siguió escupiendo palabras como si fuesen un veneno que debía expulsar de su organismo.

Y Georg las escuchó todas.

—Porque yo los maté a usted y a esa zorra *Untermensch* con la que se casó. Y me iré a la tumba sabiendo que hice lo correcto. Lo que hice…, todo lo que hice…, lo hice por la patria. Y ninguna aparición, truco o demonio del infierno me convencerá jamás de que estaba equivocado.

8

Georg tenía náuseas y perdió el equilibrio. Necesitaba una pared donde apoyarse, y también poner algo de distancia entre él y Carl Ackermann.

El horror de las palabras del anciano y la ferocidad con que las había expresado hicieron dudar a Georg incluso de que fueran reales. Por alguna razón, todo aquello parecía un sueño.

El giro en la conversación —el salto de una alegre expectativa a la desesperación— era un vaivén emocional demasiado grande para que Georg lo asimilara, e hizo que la confesión de Ackermann resultara casi imposible de procesar.

Sin saber qué hacer, Georg se dio la vuelta y fue hacia el final del corto pasillo, preguntándose si debía olvidarse de todo aquello. Al fin y al cabo, ni siquiera era la razón por la que había ido a Stuttgart.

Dos metros más adelante había cambiado de parecer.

Georg se volvió de nuevo hacia el anciano, pero mantuvo la distancia: a pesar de su anterior muestra de agresividad, Ackermann no había salido tras él. De hecho, no se había movido en absoluto. Era obvio que su mente se encontraba en otro lugar, y ahora estaba mirando fijamente y sin parpadear a un punto en la pared del pasillo.

El espacio y el silencio permitieron a Georg quedarse

quieto durante lo que parecieron varios minutos, y quizá lo fueran: no se le ocurrió mirar el reloj o el teléfono, y al anciano se le veía igual de ajeno al paso del tiempo. Pero, finalmente, Georg empezó a digerir lo sucedido.

Una y otra vez, repasó mentalmente las palabras del anciano, y a medida que lo hacía lo fue invadiendo una creciente ira. Clavando la mirada en la figura inmóvil que tenía frente a él, se sintió listo para hablar.

—¿Por qué?

Su voz era grave y seca, y el volumen mínimo. No fue intencionado. Georg no estaba pensando en la impresión que pudiera causar.

Él solo quería la verdad.

Una verdad, supo casi de inmediato, que Ackermann era incapaz de ofrecerle.

—¿Le conozco?

La pregunta del anciano era honesta. Su claridad mental había desaparecido de nuevo.

—Usted conoció a mis padres. —Fue lo único que se le ocurrió decir—. Los recuerda.

—No sé a qué... No le conozco.

—Pero conocía a mis padres.

—No es verdad. ¿Qué quiere de mí?

Ackermann empezó a retroceder. Parecía asustado, pero esta vez era un miedo sin comprensión. Lo que le atemorizaba ahora era la situación: un hombre joven y agresivo dirigiéndose a él por razones que no podía entender.

El estrés de la conversación había hecho mella en la mente quebrada de Ackermann, así que era poco probable que pudiera sonsacarle nada más.

La temerosa confusión del anciano no atenuó la rabia que sentía Georg; si acaso, su odio crecía por momentos, pero también empezaba a pensar con más claridad. Lo poco que había dicho Ackermann conformaba una narrativa clara y repleta de detalles que el anciano solo podía conocer si era quien declaraba ser.

Georg no tenía dudas.

«Sufra demencia o no, este hijo de puta dice la verdad».

Se quedó en silencio mientras veía al anciano dirigirse a la puerta del final del pasillo. Por su forma de moverse, estaba claro que Ackermann estaba alterado, aunque ya no recordara por qué, un estado mental que podría resultar más útil que otro enfrentamiento, porque tarde o temprano alguien tendría que venir a buscarlo, alguien que podía saber más sobre Carl Ackermann de lo que el anciano estaba revelando por sí mismo.

«Alguien con quien tal vez valdría la pena hablar en ausencia del anciano».

Georg esperó a que la puerta estuviera a punto de cerrarse para bloquearla a falta de unos centímetros. Luego siguió al anciano por una sucesión de pasillos, siempre manteniendo una distancia suficiente para pasar desapercibido si miraba hacia atrás.

La lenta persecución duró más de quince minutos, y los primeros cinco confirmaron las sospechas de que Ackermann estaba vagando sin rumbo. Diez más y empezó a preguntarse si encontraría alguna vez su habitación. Si aquello se hubiera prolongado más, Georg habría empezado a plantearse cómo acelerar el proceso, pero la llegada de una joven enfermera, que evidentemente reconoció a su paciente, evitó esa necesidad.

Al mantenerse alejado para no llamar la atención, Georg no alcanzaba a oír la conversación entre la enfermera y el anciano, pero tampoco era necesario: la preocupación de la joven por la angustia de Ackermann era evidente en su lenguaje corporal, y sus intentos por calmarlo solo tuvieron un efecto parcial. Georg no podía saber si la enfermera lo estaba buscando mientras él deambulaba por los pasillos del hospital o si el encuentro había sido fortuito. Fuera como fuese, lo agarró del brazo y echaron a andar por el pasillo.

Lo estaba llevando «a casa».

Georg los siguió, manteniendo la misma distancia y tratando de oír en todo momento, pero no era fácil captar detalles. Según pudo ver por la frecuencia con que Ackermann se detenía y el esmero con que ella lo animaba a reanudar la marcha, el anciano no había recuperado la lucidez. Avanzaban con lentitud, así que Georg se sintió aliviado cuando llegaron a una zona denominada *Demenzstation*.

La unidad de demencia.

La configuración interior era notablemente distinta de las muchas unidades que Georg había visto durante su recorrido involuntario por el hospital. Las paredes estaban despejadas del cúmulo de objetos y letreros habituales en otros lugares, lo cual creaba un pasillo de un solo color cuyo único elemento reseñable era una barandilla continua para prevenir caídas. El suelo era igual de monótono, y formaba una pasarela ininterrumpida sin distracciones visuales que pudieran entrañar peligro para una mente anciana y errante.

Era un diseño inteligente que lo distinguía del resto del edificio, pensó Georg. Pero había otra disparidad no tan favorable: aquella unidad, a diferencia de las otras, no parecía haber cedido personal a la emergencia que seguía dominando el resto del hospital. Ello podría haber supuesto un problema práctico: con personal médico por todas partes, era imposible que Georg pasara inadvertido, pero eso no formaba parte de su plan.

El diseño deliberadamente básico de la unidad hacía imposible no ver el mostrador de recepción. Con una última mirada a Ackermann —que estaba adentrándose aún más en el pasillo homogéneo—, Georg fue directamente hacia allí.

En un día normal se habría tomado su tiempo para observar a los empleados que atendían el mostrador. Habría elegido a su objetivo con cuidado. Y, nueve de cada diez veces, ese objetivo le diría lo que necesitaba saber.

Pero hoy no hizo nada de eso. Todavía conmocionado por lo que le había dicho el anciano, Georg estaba impaciente y actuó con precipitación.

Se detuvo al llegar al mostrador, donde buscó la mirada de la enfermera a cargo —Annaliese, según vio en la placa identificativa— y sonrió. El acercamiento fue recibido con mutismo y una ceja arqueada, la reacción de una profesional estresada que ya tenía demasiado que hacer.

«He elegido mal», debería haberse dicho Georg, pero siguió adelante.

—Quería saber si podría ayudarme —comenzó, apoyando las yemas de los dedos en la madera elevada del mostrador. Era un viejo truco, una forma sutil de mostrar sus manos vacías y transmitir subconscientemente la idea de que no había nada que ocultar—. Tengo algunas preguntas sobre uno de sus pacientes.

—Ah, ¿sí? —Annaliese miró los dedos de Georg—. ¿Y usted quién es?

—Soy periodista —contestó él, mostrando sus credenciales—. Me llamo Georg Miller y trabajo para el *Komet*. Estoy preparando un artículo sobre un familiar de un paciente. Es una historia edificante, nada escandaloso, y me gustaría hacerle unas preguntas para tener un poco de contexto sobre él.

—Usted pregunte, pero no puedo prometerle que vaya a responder.

—Por supuesto.

—¿Cómo se llama el paciente?

—Carl Ackermann.

—¿Y qué quiere saber?

—Solo necesito un poco de contexto. De dónde es, si vive por aquí... Para hacerme una idea, ya sabe.

—¿Y ese familiar con el que habló no le ha contado todo eso?

Georg fue consciente de su error incluso antes de que Annaliese terminara la frase, un error básico, de los que él nunca cometía.

—Sé quién es ahora —mintió, pensando con rapidez—, pero nos interesa quién era antes. Probablemente sea excesivo y ni siquiera lleguemos a utilizar esa información, pero, con estas cosas, nunca se sabe dónde puede haber datos de interés.

Sin inmutarse, la enfermera observó de nuevo al hombre que tenía enfrente.

—¿Para quién dice que trabaja? —preguntó.

—Para el *Komet*.

—¿La sede no está en Hamburgo?

—Así es.

—Entonces ha venido desde muy lejos para hablar con un anciano.

—*Sobre* él, no *con* él.

—En ese caso, me temo que ha perdido el tiempo. Casi no puedo decirle nada.

—¿Casi?

—Bueno, supongo que puedo confirmar que es de aquí, lo cual sería bastante fácil de averiguar consultando los registros públicos. Y sin duda ya sabrá que era agente de policía, ¿no?

—Claro —mintió Georg—. Pero ¿no puede ayudarme un poco más, darme un empujón en la dirección correcta? ¿Tal vez su esposa o sus hijos?

En cuanto esas palabras salieron de su boca, supo que no debería haberlas pronunciado y se dio cuenta de que las circunstancias lo habían vuelto torpe. Acabaría pagando el precio de esa torpeza.

Annaliese se puso erguida y adoptó una expresión de incredulidad.

—Recuérdeme quién es exactamente —exigió.

—Georg Miller —respondió él, todavía esperando poder subsanar su error—. Del *Komet*. Ya le he enseñado mi acreditación.

—Entonces ¿por qué me miente?

—¿Qué quie...?

—¿Está investigando a la familia de Carl Ackermann, se ha tomado la molestia de viajar de Hamburgo a Stuttgart para hablar con sus cuidadores y ni siquiera sabe si tiene mujer o hijos?

—Ya le he dicho que esto...

—¿Es usted el hombre que estaba acosando al señor Ackermann?

Georg y Annaliese volvieron la cabeza al oír la pregunta, formulada por alguien conocido: la joven enfermera que había encontrado a Carl Ackermann mientras deambulaba. Ahora estaba sola y se dirigió apresuradamente al mostrador sin intentar disimular su enfado.

—¿Es usted o no? —preguntó de nuevo.

Georg hizo ademán de responder, pero Annaliese habló primero.

—¿Este hombre ha hablado con el señor Ackermann?

—Alguien lo ha hecho y ha asustado tanto al pobre hombre que no para de hablar de fantasmas y muertos vivientes. No entiendo nada de lo que dice.

La joven enfermera se volvió hacia Georg.

—¿Fue usted?

—Yo no le dije nada de eso —protestó Georg—. Fue él quien se me acercó.

—Entonces ¿ha hablado con él y luego me ha mentido? —terció Annaliese, que miró a una enfermera que se encontraba cerca.

—Llama a seguridad. Diles que tenemos un intruso en la unidad de demencia.

—No es necesario que…

—Diles que vengan ahora mismo.

Georg las miró a ambas mientras la enfermera cogía el teléfono. Pensó en protestar, e incluso en decirles la verdad, pero sabía que se le había acabado el tiempo. Con todo lo que estaba sucediendo en otras zonas del hospital, seguridad estaría en alerta máxima, lo cual significaba que actuarían primero y preguntarían después.

No le quedaba otra opción.

Dio media vuelta y salió corriendo de allí.

9

El esprint duró lo justo para salir de la unidad de demencia, recorrer un pasillo mucho más tranquilo y cruzar otra sala. Diez segundos, puede que algo más. En cualquier caso, suficiente para que Georg pusiera distancia entre él y la seguridad del hospital, a la que sin duda Annaliese ya había avisado.

Aminoró el paso cuando llegó al tercer pasillo y en unos segundos se había mezclado con los ocupantes de la sala de espera. No fue difícil: el espacio era grande, pero estaba abarrotado de pequeños grupos, en su mayoría formados por hombres. Eran los heridos más leves del estadio, dedujo Georg mientras tomaba asiento cerca del grupo más numeroso, lo bastante cerca como para que cualquiera que pasara por allí lo confundiese con uno de ellos. Luego realizó disimuladamente una serie de respiraciones profundas para acompasar las pulsaciones.

El esfuerzo repentino había bastado para vaciarle los pulmones, pero solo por un momento. Georg estaba en forma a pesar de sus malos hábitos: era un entusiasta de las artes marciales mixtas y las competiciones Ironman que, para muchos de su generación, habían reemplazado a los bares y las discotecas. Eso significaba que el breve estallido de actividad solo había tenido un efecto a corto plazo en su respiración.

No podía decirse lo mismo de su ritmo cardiaco, que seguía acelerado un minuto después de haber tomado asiento.

Si Georg hubiera pensado con claridad, se habría dado cuenta de que su estado obedecía más al estrés y la conmoción que al esprint. Pero no estaba pensando con claridad. Su torpe esfuerzo por sonsacar información a la enfermera ya se lo había indicado. Las palabras de Ackermann le habían afectado mucho. Le gustara o no, Georg no era él mismo.

Miró a su alrededor, agradecido de que al menos sus instintos básicos siguieran funcionando: la decisión de esconderse allí en lugar de ir corriendo hacia una salida que sin duda estaría vigilada había sido un acierto, pero ahora temía estropearlo por su incapacidad para ocultar el estrés. Solo esperaba que los síntomas físicos que a él le resultaban tan inconfundibles fuesen mucho menos llamativos para los demás y lograr pasar desapercibido.

Cinco minutos después estaba mucho más tranquilo. Los guardias de seguridad habían pasado tres veces junto a él sin tan siquiera mirarlo, y cada vez buscaban con menos entusiasmo. A la tercera parecían haber perdido por completo el interés, visiblemente irritados por que les hubieran hecho abandonar el acontecimiento principal por una falsa alarma. Su desgana contribuyó más a bajar las pulsaciones y la presión arterial de Georg que cualquier ejercicio de respiración, pero aun así no trató de irse. Todavía no. Los guardias que vigilaban las salidas principales podían ser más concienzudos.

Y, además, en su mente empezaba a formarse una idea.

Ahora que se sentía más calmado mental y físicamente, Georg estaba prestando más atención a su entorno. Había elegido ese asiento únicamente por su proximidad con aquel grupo de hombres, pero ahora que estaba allí, en silencio y con poco que hacer salvo estudiar la sala, empezó a ver detalles que podían brindarle otra ruta hacia las respuestas que quería.

Detalles como un cartel en una puerta situada a unos cinco metros de distancia.

Aufzeichnungen.

Archivos.

Georg no actuó de inmediato tras el descubrimiento y se quedó donde estaba, callado e inmóvil. En la sala de archivos encontraría lo que necesitaba saber, de eso estaba seguro. El problema era cómo entrar sin ser visto.

Tras veinte minutos de observación, obtuvo su respuesta.

Georg no podría haber elegido un día más perfecto para acceder a una zona no autorizada del edificio. Toda la atención estaba puesta en los moribundos y no en quienes iban a sobrevivir.

Esa falta de supervisión le permitiría entrar y salir sin ser visto. La única dificultad eran los pocos segundos que necesitaría para abrir la puerta, probablemente reforzada: entrar y salir de una habitación era una cosa, pero incluso ahora, con todo lo que estaba sucediendo a su alrededor, forzar una cerradura descaradamente podía llamar la atención.

Desde el asiento vio que era un cerrojo de un solo cilindro, un mecanismo sencillo que su abuelo le había enseñado a manipular cuando aún no había cumplido veinte años. Formaba parte de la educación que recibió en las aptitudes necesarias para el periodismo de investigación, todas ellas aprendidas del mejor.

Forzar la cerradura sería rápido. Solo necesitaba una oportunidad para hacerlo, y se presentó antes de lo que Georg esperaba.

En un momento dado vio a un hombre que iba cojeando impaciente por la sala de espera, al parecer con dolor, y sus pasos inseguros lo acercaban cada vez más a la entrada de la sala de archivos.

Georg lo observó con atención, muy consciente de lo inestable que parecía. Bien por la cojera o por una lesión invisible en la cabeza, no parecía que fuera a mantenerse en pie por mucho tiempo.

Georg calculó el momento a la perfección.

Tras sacar de la bandolera un pequeño gancho y una ganzúa de rastrillo aún más pequeña y esconder ambos objetos en la mano cerrada, se puso en pie y echó a andar hacia el hombre. Procurando igualar su ritmo, avanzó de modo que se cruzaran a la altura de la sala de archivos. En ese momento, Georg movió el hombro lo suficiente como para colisionar con su objetivo y hacerlo tambalearse en dirección a la puerta.

—Cuidado, amigo.

Georg lo agarró del brazo según hablaba, una acción deliberada que impidió que cayera, pero el impulso fue tal que ambos se precipitaron hacia la puerta, justo como había planeado. Para quien estuviese observando, había sido tan solo una interacción torpe en una zona concurrida. Para Georg, era una oportunidad de probar la cerradura mientras otro cuerpo lo tapaba.

Cuando lo hizo, se sorprendió al ver que la maneta giraba sin necesidad de utilizar la ganzúa.

La habían dejado abierta.

Momentos después estaba en la sala de archivos, por lo demás vacía, y cerró la puerta desde dentro. Sin perder un segundo e ignorando los ordenadores, fue hacia los archivadores que cubrían las paredes. Era la elección lógica: el sistema en línea estaría protegido con contraseña.

Una mirada rápida desveló que los archivadores estaban organizados por departamentos y unidades siguiendo un patrón alfabético. Le llevó solo unos instantes encontrar la unidad llamada «*Demenzstation*», y el mecanismo de la cerradura, situada en la esquina superior izquierda, apenas ralentizó a Georg: había aprendido a manipularlas incluso antes que los cerrojos.

Tal como esperaba por el apellido del anciano, el delgado

expediente de Carl Ackermann estaba justo al principio, y constaba de apenas treinta páginas. Había pocos registros —sin indicaciones sobre el tratamiento ni notas diarias—, pero eso también tenía lógica. Esos datos figuraban en el sistema informático. El expediente en papel era una copia de seguridad que contenía solo lo esencial, información que el personal médico necesitaría en caso de que el sistema informático fallara.

Georg descartó la mayoría de las hojas —las que trataban sobre la medicación— y se centró en las cuatro que le interesaban.

Las tres primeras hacían referencia a la información esencial de Ackermann: su dirección, sus familiares más cercanos —esposa y una hija— y su historial médico general. Georg las leyó rápidamente y las apartó junto a las demás antes de pasar a la única página que incluía un resumen de la enfermedad de Ackermann.

El diagnóstico era algo de lo que Georg nunca había oído hablar: enfermedad de Creutzfeldt-Jakob. Pero, por el resto del resumen, estaba claro que se trataba de una forma de demencia particularmente agresiva. Apenas habían pasado tres meses desde el diagnóstico de Ackermann y su deterioro era extremo, lo cual precipitó su ingreso seis semanas después. El pronóstico era aún menos halagüeño. Dado que la afección no tenía cura, no esperaban que el anciano llegara al otoño.

Georg notó que asomaba una sonrisa lúgubre en sus labios al leer esas palabras y sintió una satisfacción egoísta por la sentencia de muerte del anciano. Aquel cabrón asesino no merecía menos.

Ackermann había dicho poco en el momento del diagnóstico, al menos según el expediente. De hecho, al margen de sus frecuentes lapsus de memoria y confusión, no había dicho ni hecho casi nada digno de mención durante el primer mes de supervisión, una pasividad tan inusual que mereció ser plasmada en el informe.

El resumen impreso detallaba que todo había cambiado a medida que empeoraba la enfermedad y que Ackermann se había vuelto agresivo, tanto física como emocionalmente. También explicaba que la enfermedad parecía haberlo convertido en un hombre mucho más desagradable y que le había cambiado el carácter, tímido pero afable, tal como habían asegurado sus familiares y había observado el personal médico. Ackermann, un hombre tranquilo y modesto, se ponía ofensivo y violento cuando no estaba medicado y mostraba una marcada tendencia al racismo y al antisemitismo.

Según el informe, esos síntomas también remitieron con el paso de las semanas, y Ackermann se convirtió en el hombre al que Georg había conocido: mentalmente incapacitado por la enfermedad que pronto lo mataría.

El resumen terminaba ahí, pero debajo había unas breves notas escritas a mano. La letra era prácticamente ilegible, y Georg sostuvo la hoja en alto mientras trataba de descifrar lo que decía el garabato del médico. Leyó y releyó la caligrafía irregular.

Mientras lo hacía, sus ojos se sintieron atraídos por una palabra que pareció formarse antes que las demás.

Esa palabra era ODESSA.

10

Georg tardó casi una hora en salir del hospital, conteniendo la respiración al pasar junto a un grupo de guardias de seguridad y sanitarios todavía concentrados en las circunstancias extraordinarias que los rodeaban.

Tras solo unos minutos más descifrando las notas manuscritas sobre Ackermann, se escabulló de la sala de archivos tan rápido como pudo. Convencido de que había averiguado todo lo que tenía que ofrecerle, guardó el expediente en la bandolera y se dirigió a la puerta.

Solo cuando estaba saliendo reparó en una identificación de empleado del hospital colgada en una estantería. Al principio se preguntó si podría utilizarla para acceder al sistema informático, pero echó un vistazo rápido y no vio ningún código de barras o QR ni nada que pudiera ser utilizado como contraseña. La identificación carecía de cualquier uso digital, pero el instinto le dijo que podría encontrarle alguna utilidad.

Guardó la identificación junto al expediente que ya llevaba en la bandolera y, al salir, buscó el asiento más cercano a un grupo de pacientes.

Allí pasó cincuenta minutos, procurando no llamar la atención. Los guardias de seguridad seguían haciendo rondas periódicas por el edificio —tal vez buscándolo a él, aunque probablemente no—, por lo que decidió ceñirse a lo que había funcionado hasta el momento.

Decidió quedarse quieto.

Era mejor pecar de cauteloso que de imprudente. Cuanto más tiempo lograra pasar desapercibido, más distracciones habría para quienes aún pudieran andar tras su pista.

Cuando decidió marcharse, no atrajo una sola mirada.

El aire que lo recibió al salir era más fresco que noventa minutos antes, pero seguía siendo inusualmente caluroso. Sin embargo, Georg apenas lo notó. Su único propósito era poner distancia entre él y el Marienhospital.

Solo entonces podría afirmar que la huida se había consumado.

Encendió un cigarrillo al cruzar la zona de fumadores y entró en el aparcamiento a paso rápido. Luego se dirigió a la barrera y salió a la calle. Con la mano que tenía libre rebuscó en la bandolera y sacó el teléfono. Ignoró las notificaciones de llamadas perdidas y los mensajes de texto, todos de la persona a la que estaba a punto de llamar.

Momentos después oyó la voz de Freya.

—¿Qué tienes? —Parecía entusiasmada—. ¿Has conseguido algún nombre?

—Sí —respondió Georg—, pero no el que buscaba.

—¿A qué te refieres?

—He conocido a alguien en el hospital. He conocido a un hombre.

Hubo un silencio momentáneo, interrumpido por la risa nerviosa de Freya.

—Parece un cambio de vida importante. A tu abuelo no le gustará mucho.

—Hablo en serio. —Respiró hondo—. Se trata de mis padres. Creo que he conocido al hombre que los mató.

Freya no dijo nada, como era de esperar: ¿qué podía responder a la afirmación de Georg? Este aprovechó el silencio para contarle todo lo sucedido desde su última llamada.

—¿De dónde has sacado el informe? —preguntó Freya cuando Georg hubo concluido su historia.

—Eso da igual. —Sabía que la verdad no tendría buena acogida—. Lo importante es que he visto lo que ha estado diciendo. He visto lo que les ha contado durante el tratamiento.

—¿Y qué es?

—Odessa. Le ha contado al personal médico que era miembro de Odessa, que asesinaba para ellos.

—Pero... Pero, Georg, Odessa no existe. Ya no. Hace sesenta años que dejó de existir.

—No es lo que dice él.

—Es un paciente con demencia. No puedes...

—No puede ser una coincidencia. ¿Un hombre reivindicando que era un asesino de Odessa y que mató a mis padres, que mató al hijo de Peter Miller?

—Georg...

—No lo digas, Freya. No digas que no existe Odessa. No quiero oírlo.

—Entonces ¿qué puedo decir? ¿Quieres que mienta?

—Pero ¿y si lo que cuenta es la verdad? ¿Cómo podemos saberlo de una manera u otra si no lo investigo?

—¿Cómo podemos saberlo? Por tu propio abuelo, Georg. Él conoce Odessa mejor que nadie. Fue él quien acabó con ella.

—Y luego su hijo fue asesinado.

—Fue un accidente de coche. —Freya casi estaba suplicando—. Un accidente. Y ocurrió décadas después.

—Pero ¿y si no fue un accidente? ¿Y si querían que lo pareciera? ¿Y si en realidad fue una venganza por lo que les había hecho mi abuelo?

Esta vez, Freya mantuvo un silencio más prolongado, y Georg no se preguntó por qué. Llevaban un año juntos y eran amigos desde hacía tres. Ya se había acostumbrado a sus hábitos, al igual que ella a los suyos. Cuando volvió a hablar, había un atisbo de resignación en su voz.

—Entonces ¿qué piensas hacer?

Georg dio una calada al cigarrillo mientras meditaba sus próximos pasos, y esta vez no hizo ningún esfuerzo por ocultar a Freya el revelador sonido de la inhalación.

—Iré a hablar con su familia —respondió—. Si les ha contado esas cosas a los médicos, imagina qué no le habrá contado a su esposa antes de que lo ingresaran.

—¿Te presentarás en casa de ese hombre y preguntarás si es una especie de nazi?

—Bueno, pensaba ser un poco más sutil. Pero sí, más o menos.

—¿Y crees que acabará bien?

—No tengo forma de saber cómo acabará.

Incluso antes de terminar de hablar, Georg oyó un resoplido de frustración al otro lado de la línea.

—¿Tú te estás oyendo? Hablas como un novato en prácticas haciendo algún ejercicio de cambio de rol. Para empezar, no sabes si ese hombre le ha dicho algo a su familia. Podría ser una fantasía que se ha inventado hoy mismo o que te ha contado al verte y relacionarte con tu padre.

—No hay...

—Segundo, digamos que todo es verdad. Supongamos que existe un movimiento nazi clandestino y ultrasecreto con asesinos profesionales y sabe Dios qué más. Y supongamos también que ese anciano fue uno de sus asesinos a lo largo de su vida adulta. Si todo eso es cierto, ¿cómo sabes que su familia no es parte de lo mismo? ¿Cómo sabes que no pertenecen *todos* a Odessa? ¿Cómo sabes que no vas derecho a una trampa?

Georg guardó silencio.

—El nieto de Peter Miller —añadió Freya— sería un trofeo increíble para gente así, ¿no te parece?

Todo lo que estaba diciendo Freya era irrefutable. Tenía razón. Y, cualquier otro día, habría sido Georg quien resaltara los defectos y problemas de su plan, pero hoy no.

—¿Cómo va a ser una trampa? —preguntó, decidido a justificar algo que sabía que estaba mal—. Nadie podía predecir que me encontraría con Ackermann esta tarde. Nadie sabía que podía ocurrir, y es demasiado pronto para que alguien se haya enterado. Ahora es el momento idóneo para ir.

—Vale, pues no es una trampa, pero sigue siendo un nido de víboras. No sabes a qué te expones. No sabes cómo reaccionarán.

—Es una mujer mayor, Freya. Tiene setenta y tres años. Creo que podré arreglármelas. Además, solo voy a hacerle unas preguntas.

—¿Y qué te hace pensar que responderá? Suponiendo que no sea tan fanática como crees que es su marido, y suponiendo que él haya contado todo eso en el transcurso de su enfermedad, ¿por qué iba a hablar contigo esa mujer?

Georg tocó inconscientemente la bandolera mientras hablaba, la misma bandolera que contenía la identificación que había robado en el hospital. Tenía un plan y no estaba dispuesto a mencionarlo.

—Hablará —dijo—. No me cabe duda.

—¿Qué vas a hacer? —Ahora Freya parecía realmente preocupada—. En serio, Georg, ¿qué vas a hacer?

—Voy a cruzar algunas líneas, eso es todo. No voy a cometer ningún delito y nadie saldrá perjudicado, ¿de acuerdo?

—No, no estoy de acuerdo. Quiero que...

—Si hubiera sabido que ibas a preocuparte tanto, no te habría llamado. Lo siento.

—Georg...

—Hablamos luego. Ya verás que valía la pena y yo tenía razón.

Georg colgó, dio otra calada al cigarrillo y puso el teléfono en modo avión antes de guardárselo en el bolsillo. Luego sacó el informe de la bandolera y leyó de nuevo la dirección que figuraba en la parte superior de la primera página. Una vez memorizada, desanduvo los pasos de horas antes y se dirigió a la parada de taxis situada justo al norte del hospital.

Ahora, el lugar estaba más tranquilo y los taxis se reducían a cifras de un solo dígito, pero, aun así, superaban en número a los posibles pasajeros. No tendría que esperar. Dando una última calada antes de apagar el Lucky Strike, fue hacia uno de los coches.

11

El barrio de Degerloch estaba muy cerca del Marienhospital. Ambos se encontraban al sur del centro urbano de Stuttgart, y el pequeño distrito residencial estaba a tan solo cinco kilómetros. Georg apenas tuvo tiempo para pensar en las preocupaciones de Freya y aprovechó el trayecto de quince minutos para planear qué diría cuando se encontrara cara a cara con la esposa de Carl Ackermann.

«Solo tengo una oportunidad», se dijo.

A pesar de su proximidad, la zona de Degerloch por la que ahora circulaba el taxi era muy distinta de lo que había visto durante su viaje desde el aeropuerto hasta el hospital. Por muy pequeña que fuera Stuttgart en comparación con Hamburgo, la ciudad natal de Georg —menos de un tercio en tamaño y población—, seguía siendo reconocible como una urbe.

No podía decirse lo mismo de Degerloch.

Aquella aldea idílica era una mezcla perfecta de viviendas, bosques y viñedos que desentonaban al hallarse tan cerca del centro de la capital del estado. Al observar el impresionante tamaño de las casas que el coche iba dejando atrás, a Georg le pareció que la zona debía de ser prohibitiva incluso para un policía de alto rango. ¿O tal vez no? La iluminación no permitía saberlo; a las diez de la noche, el sol se había puesto hacía mucho.

Georg pasó junto a una pequeña hilera de tiendas tradicionales: una cafetería, una tienda de alimentación gourmet y otras tres boutiques que denotaban la riqueza de la zona.

Esa impresión persistió cuando el taxi giró de nuevo a la izquierda y luego a la derecha hasta detenerse frente a una gran casa de color blanco que se alzaba sobre una impresionante parcela de terreno. El césped debía de tener unos veinte metros de longitud y llevaba hasta una residencia que, a juzgar por el número de ventanas que daban al exterior, no podía tener menos de cinco dormitorios.

«No está mal para una familia con una hija —pensó Georg, recordando el informe— y una esposa sin oficio conocido».

Ahora que se habían acentuado sus sospechas sobre el origen de los ingresos de Carl Ackermann, acercó la tarjeta del *Komet* al datáfono para pagar el taxi, salió sin pronunciar palabra y fue hacia un sendero iluminado por faroles que cruzaba el jardín.

A Georg le sorprendió la calma que sentía al avanzar por el camino y acercarse a la puerta principal de los Ackermann. Desde un punto de vista profesional, lo que estaba a punto de hacer era tan arriesgado como su incursión en la sala de archivos del hospital: si lo descubrían, su carrera podía terminar. Y, sin embargo, ya no le importaban esos riesgos.

Lo que estaba haciendo, pensó, ya no era por trabajo. Ya no era por el periodismo. Ni siquiera era por la familia, al menos no del todo. Lo que estaba haciendo trascendía todo eso e iba a la raíz de cómo su vida había llegado a ese punto, al suceso que había convertido a Georg Miller en el hombre que era hoy: la muerte de sus padres.

Aquel accidente de coche —aquella pérdida devastadora— lo había cambiado todo para Georg, mucho más de lo que nadie llegaría a saber. El recuerdo y las opiniones ahora imposibles de conocer de sus padres influyeron en cada decisión importante que había tomado desde su fallecimiento, cuando él tenía diez años.

Ahora que tenía veintiocho, Georg sabía que su vida habría sido distinta si lo hubieran criado sus padres en lugar de un abuelo longevo que era una reliquia de otra época.

No había nada en su vida que se acercara al impacto de aquella noche y, de repente, tenía a su alcance las respuestas a preguntas que nunca había pensado en formular, una verdad que nunca había pensado que estuviera oculta.

«Esto no es por el trabajo».

Extendió el brazo y pulsó el ornamentado timbre de metal que había en el lado izquierdo del marco de la puerta. No oyó nada, pero la propiedad era grande, y lo más probable era que sonara más adentro. Después de treinta segundos sin respuesta, empezó a inquietarse. Cuando transcurrieron otros treinta, ya estaba preocupado.

«A lo mejor es demasiado tarde para llamar a la puerta de una mujer mayor».

Elke Ackermann, la esposa de Carl, era una mujer de unos setenta años y, según el informe, vivía sola. Puede que una visita casi a las diez de la noche hubiera sido una mala decisión.

«O a lo mejor no he pulsado el timbre lo suficiente».

Como cabría esperar, Georg se decantó por la segunda opción, ya que sus emociones seguían pesando más que su habitual sensatez.

Extendió el brazo y pulsó de nuevo el timbre, esta vez acercándose más a la puerta por si oía algo en el interior, pero solo había silencio. Frustrado, retrocedió un poco más y fue a la parte alta del jardín para tener una mejor panorámica de la casa. A pesar de la oscuridad, quería asegurarse de que no hubiera otro punto de entrada obvio, otro acceso que los Ackermann pudieran preferir.

No lo había, o al menos él no lo encontró. Irritado, se dispuso a llamar al timbre por última vez. Cuando solo había dado un paso, lo hizo detenerse una voz incorpórea.

—¿Puedo ayudarle?

A juzgar por el tono, era una mujer mayor, y Georg miró a su alrededor sin saber quién hablaba ni de dónde salía la voz. Al llegar a la casa buscó un timbre con cámara y micrófono, pero no lo había. Y, sin embargo, esa seguía siendo la explicación más verosímil.

—¿Qué desea, por favor?

Georg tuvo que contenerse para no mirar de nuevo a su alrededor. Al fin y al cabo, el origen de la voz tenía escasa importancia. Lo importante era que alguien había respondido.

— Lo siento..., eh..., busco a la señora Elke Ackermann. Esta es la dirección que tengo en mis archivos.

—¿En sus archivos? ¿Qué archivos? ¿Quién es usted?

La voz era concisa y eficiente. Aquella persona estaba acostumbrada a que no se anduvieran con rodeos.

—Mis disculpas. Soy el doctor Michael Hoffman. Trabajo en el Marienhospital y he venido a hablar con la señora Ackermann sobre su esposo, Carl.

Georg sostuvo en alto la identificación que había cogido en la sala de archivos a pesar de no saber dónde podían estar los ojos que la verían.

—¿Carl está bien? —La voz había cambiado. Seguía siendo tajante y directa, pero ahora destilaba temor, y su dueña hablaba más rápido que antes—. ¿Ha ocurrido algo?

—No, no, en absoluto. No hay ninguna emergencia.

—Pero son las diez de la noche. ¿Por qué...? ¿Por qué viene a estas horas? Me ha dado un susto de muerte. ¿Está seguro de que no pasa nada?

—Sí, se lo juro. Es que... no me fijé en la hora que era. Lo siento muchísimo.

—¿Quién trabaja a estas horas de la noche?

—Normalmente yo no, pero últimamente andamos tan ocupados en el hospital que me ha sido imposible hacer esto en horario laboral.

—¿Hacer qué?

—Obtener algunas respuestas a preguntas básicas que, según creo, proporcionarán una guía útil para el tratamiento de Carl. En un mundo ideal, haría esto con cada paciente y procuraría conocer hasta el último detalle que pudiera ayudarlos.

Georg se detuvo ahí, esperando que lo que había dicho fuera suficiente, y hubo una pausa antes de que la voz incorpórea volviera a hablar.

—¿Ha venido por su cuenta un sábado por la noche?

—Es la única manera de asegurarme de que Carl esté bien atendido —respondió Georg, evitando ir demasiado lejos. Luego decidió hacer una pregunta—. Estoy hablando con la señora Ackermann, ¿verdad?

—Así es.

—Bueno, señora Ackermann, le pido disculpas de nuevo por la hora, pero ¿cree que podría entrar, aunque fueran solo veinte o treinta minutos? Comprendo que esto es inusual, pero no sé cuándo tendré otra oportunidad.

Hubo otro silencio que duró solo unos segundos, pero bastaron para inquietar a Georg.

Al cabo de un momento obtuvo su respuesta.

—De acuerdo, pase.

12

El interior de la casa de la familia Ackermann era más moderno de lo que Georg esperaba.

Desde fuera, la residencia era el paradigma de una casa de barrio antigua y bien cuidada. En cambio, las zonas que Georg estaba viendo ahora apenas conservaban esa calidez.

El vestíbulo era básico y sin carácter: ni fotos de familia, ni muebles acogedores ni nada que hiciera pensar que era el recibidor de una residencia familiar. Las paredes blancas, los suelos de madera y la escalera de acero y cristal que llevaba al piso de arriba no habrían desentonado en un apartamento de lujo en Berlín.

Por alguna razón, allí parecían fuera de lugar.

La tónica se mantuvo cuando entró en la cocina diáfana y con paredes de cristal situada en la parte trasera de la propiedad. También había sido diseñada con un estilo minimalista: paredes desnudas, sillas de metal y un gran espacio para cocinar que parecía más industrial que hogareño. Al otro lado había un salón, cuyos muebles estaban orientados a una enorme pantalla de televisión de pared abatible frente a los ventanales panorámicos que formaban la pared del fondo.

Ninguno de esos detalles parecía apropiado para una casa

como aquella, sobre todo cuando se suponía que estaba ocupada —como lo había estado hasta hacía tres meses— por una pareja de jubilados septuagenarios que vivían con una mísera pensión tras una vida entera de servicio público.

Elke Ackermann se adentró más en la cocina, pasando junto al interfono con cámara que había utilizado para comunicarse mientras él estaba fuera, y fue hacia la pesada mesa de cristal y acero que, según dedujo Georg, era la zona del comedor. La mujer le indicó que tomara asiento y se dispuso a llenar un hervidor en el fregadero.

Si hubiera aventurado una descripción física de la esposa de Carl Ackermann a partir de los detalles que figuraban en el informe, probablemente no se habría equivocado. Elke Ackermann era exactamente como esperaba.

Superaba un poco la estatura media, con un cabello que, incluso a su edad, era una mezcla entre plateado y un rubio muy dorado, y se mantenía esbelta y ágil.

Las únicas señales de su verdadera edad eran apreciables en el rostro. A pesar de su evidente energía y su aparente buena forma física, había hecho poco por ocultar los años en el único lugar donde más se notaban. Alrededor de la boca y los ojos, la piel estaba seca y surcada de arrugas, lo cual suele obedecer a toda una vida como fumadora empedernida, pero su respiración clara y fuerte indicaba lo contrario. Tal vez, lo que estaba grabado en su rostro, ahora curtido pero aun así atractivo, era la dureza de los años.

La misma dureza, pensó Georg, que había envejecido tanto a su esposo.

Todo esto ocupaba la ajetreada mente de Georg, sentado a la mesa de la cocina con los ojos clavados en la figura de Elke Ackermann. Hasta que ella, situada junto a los muebles de la cocina, empezó a hablar, no se percató de que estaba divagando.

—Supongo que le gusta el café, doctor Hoffman —dijo

Elke—. Aunque no sé si a estas horas le apetecerá algo con menos cafeína.

—No, que sea un café. —Georg pensó que le convenía una dosis de estimulantes. Tenía que hacerlo bien—. ¿Le importa que le haga unas preguntas mientras lo prepara?

—En absoluto. Pero ¿puedo preguntarle primero por qué no nos habíamos visto nunca? Y su nombre tampoco me suena.

—Bueno…, eso es… normal. Soy una especie de teórico. Me dedico mucho más a los documentos que a las personas.

—Pues no lo parece.

—Tolero pequeñas dosis, pero, créame, mi fuerte no es el trato con los pacientes. Mi especialidad es diseñar el tratamiento correcto, adaptado a cada paciente cuando sabemos lo suficiente sobre él, y ahora mismo estoy estudiando a Carl.

Elke siguió preparando el café, pero su mente estaba alerta. La distracción que le suponía lo que estaba haciendo no parecía afectar a la claridad de sus pensamientos.

—Me dijeron que las opciones de tratamiento eran prácticamente inexistentes, que la ECJ era rápida y agresiva y no tenía cura. Según ellos, no hay tratamiento.

—Eso no significa que no podamos adaptar nuestra planificación para asegurarnos de que Carl esté lo más cómodo posible —mintió Georg—, aunque no podamos frenar el deterioro.

Elke Ackermann sirvió un café a Georg y se sentó al otro lado de la mesa con su taza en la mano.

—Si sirve para que sufra menos, adelante, por supuesto. —Ahora estaba emocionada y se le quebró un poco la voz—. ¿Qué necesita saber, doctor Hoffman?

Georg respiró hondo.

—Carl ha estado diciendo cosas extrañas, señora Ackermann. Cosas preocupantes. Para mí es importante saber si lo que dice es cierto o una fantasía.

—¿Y qué importancia tiene?

—Dicho llanamente, me ayudaría a hacerme una idea de qué parte de su mente está siendo atacada por la enfermedad. Verá, la región del cerebro que se ocupa de la imaginación y ese tipo de cosas es totalmente distinta de la que se ocupa de la memoria. Lo que Carl está diciendo es, o bien una fantasía desbloqueada, o bien un recuerdo de hace mucho tiempo. Cuando averigüemos de qué se trata, sabremos cómo ofrecerle mejores cuidados.

Elke Ackermann estaba escuchando, pero, en lugar de responder, miró fijamente la taza de café, moviendo el asa de un lado a otro con la punta de los dedos. Georg había interrogado a suficientes personas a lo largo de su carrera como para saber qué significaba esa distracción.

«Hay algo que quiere contarme».

Georg se inclinó hacia delante, consciente de la línea que estaba a punto de cruzar y de las repercusiones que sobrevendrían si sus actos salían a la luz. Pero esos pensamientos no lo frenaron ni un instante.

—Mire, creo que ya sabe lo que nos ha dicho Carl, y creo que se lo ha dicho a usted también. También creo que no sabe si contármelo porque le preocupan las consecuencias. Pero tranquila, todo esto está cubierto por el privilegio médico-paciente. Nada de lo que diga saldrá de aquí. Es como si se lo estuviera contando a un sacerdote.

—¿Como si fuera una confesión?

—Es el mismo principio y la misma protección legal. Todo lo que me diga se utilizará únicamente en beneficio de Carl. Nunca se podrá utilizar para perjudicarlo.

Elke Ackermann seguía sin decir nada. Georg vio que quería ayudar a su esposo —ayudar al doctor Hoffman a ayudar a su esposo—, pero al mismo tiempo temía las consecuencias que pudiera tener esa ayuda. Se levantó de la silla y empezó a caminar por la cocina, como si la actividad física pudiera romper el bloqueo mental.

Estaba sufriendo, y las mentiras de Georg eran la causa. Sin embargo, él no sentía culpa alguna, solo lo invadía la determinación de descubrir la verdad sobre la muerte de sus padres.

Al cabo de un momento, Elke se volvió hacia Georg, y, cuando habló, su voz era firme.

—Antes de contarle nada, debo asegurarme de que estamos hablando de lo mismo. Necesito saber qué le ha contado él.

—No puedo hacer eso, señora Ackermann. Cualquier cosa que diga podría sesgar lo que usted me cuente. Eso podría desvirtuar cualquier hallazgo y poner en riesgo el tratamiento de Carl.

Georg estaba satisfecho con su mentira, pero temía que la pregunta de Elke fuera un truco, que estuviera concebida para que un profesional médico revelara más de lo debido y descubrir que era un farsante.

—Una palabra entonces —suplicó ella con lágrimas en los ojos—. Si Carl le ha contado lo que yo creo, puede hacérmelo saber con una sola palabra. Y, si usted conoce esa palabra, sabrá exactamente por qué dudo tanto en hablar sin esa confirmación. Así que, por favor, dígame esa palabra, doctor Hoffman. Deme esa confirmación. Entonces le contaré todo lo que quiera saber.

Georg asintió, comprendiendo al instante lo que Elke Ackermann quería oír, y no la hizo esperar.

—Odessa.

13

—Utilizó por primera vez esa palabra hace casi dos años.

Elke Ackermann estaba sentada de nuevo a la mesa de vidrio y acero, con el café aún caliente pero intacto. Georg ocupaba el mismo asiento que antes, con el café a medio terminar, e ignoró la necesidad del cigarrillo que normalmente lo acompañaría. En lugar de eso, se concentró en lo que le estaba contando la mujer y fue anotando lo más relevante en su libreta con tapas de cuero.

—Aquel arrebato, totalmente impropio de él y sin motivo alguno, fue el primer indicio de que ya no era él mismo.

—¿Cómo empezó?

—Unos trabajadores gitanos llamaron a la puerta buscando trabajo de construcción. Ofrecieron volver a asfaltar el camino que pasa junto al césped. Carl me dijo que esperara dentro mientras él hablaba con ellos y minutos después empecé a oír gritos. Eran tan fuertes y agresivos que pensé que esa gente lo había atacado, así que fui corriendo a buscar el teléfono, marqué el 110 y salí para poder explicarle a la operadora lo que estaba pasando.

—¿Y qué estaba pasando?

—Me quedé horrorizada al ver que quien gritaba era Carl. Todo aquel odio y agresividad eran cosa de Carl. En defensa de los trabajadores, diré que se marcharon mientras él les gritaba cosas terribles, cosas que no le había oído decir en todos los años que llevábamos juntos.

—¿Como qué?

—Cosas malvadas sobre ellos y su gente, los gitanos, sobre lo que les hicieron a sus antepasados durante la guerra, y que eran un asunto pendiente. Había perdido completamente el juicio. No era Carl, o al menos el Carl que yo conocía.

La mujer empezó a emocionarse al revivir aquellos recuerdos y las lágrimas le surcaban el rostro, pero Georg no podía permitir que dejara de hablar. Todavía no.

—¿Y qué dijo sobre Odessa?

Elke Ackermann tardó un poco en recomponerse.

—Eso vino después —respondió finalmente—, cuando volvió a entrar en casa. Seguía despotricando y desvariando. Fue entonces cuando los mencionó.

—¿Qué dijo?

—Dijo que pronto cambiaría todo. Dijo que... ¿Servirá de algo si utilizo las mismas palabras que él?

—Es posible, así que hágalo, por favor.

—De acuerdo. Me disculpo de antemano por el lenguaje. Yo normalmente no diría esas cosas.

—Claro. Lo entiendo.

Por primera vez, Georg sintió una punzada de culpabilidad. La mujer estaba intentando contener las lágrimas y, sin embargo, aún le preocupaban los buenos modales y el lenguaje apropiado. Le recordó que ella no era su marido, que no era responsable de lo que él hubiera hecho.

Esa idea desapareció en cuanto Elke volvió a hablar.

—Bueno, dijo que cuando Odessa hubiese cumplido con su deber, alimañas como los gitanos no serían libres de ir a las casas de la gente. Yo..., yo le pregunté a qué se refería. Al principio solo mencionó a los gitanos, pero luego fue más allá. Judíos, musulmanes, negros, progresistas, gais: todos ellos, dijo, eran sucios traidores a la patria. Todos eran infrahumanos. Y todos, dijo, serían aplastados por la bota de Odessa.

Georg observó a Elke Ackermann mientras hablaba, haciendo todo lo posible para sopesar la veracidad de lo que estaba relatando y la autenticidad de sus emociones. Se le daba bien juzgar esas cosas, y en ese momento se creyó todo lo que estaba oyendo.

—Según Carl, Odessa terminaría lo que Hitler había empezado —prosiguió ella.

Georg no movió ni un músculo, con los ojos clavados en la mujer que tenía delante, y reparó en la transformación que había sufrido. A pesar de las lágrimas, era como si cada palabra le quitara más peso de encima.

Eso significaba que nunca había compartido esa información.

—Cuando Carl utilizó el nombre de Odessa por primera vez, ¿usted sabía qué era? —preguntó.

—Por el contexto, era difícil no saberlo. No se guardó nada, precisamente. Pero no, nunca había oído hablar de ellos.

—¿Y después?

—Investigué, evidentemente, y descubrí lo que era Odessa. Lo que había sido.

Georg asintió, observando atentamente hasta el más mínimo detalle en la expresión de Elke Ackermann. Buscó cualquier indicio de que estuviera mintiendo, de que simplemente estuviera diciéndole lo que quería oír, pero no encontró ninguno.

—¿Qué pasó después?

—Después volvió a ser él mismo, y aquel momento de sinceridad terminó tan rápido como había empezado.

—¿Y el Carl que usted conocía nunca compartió esas ideas con usted?

—¿Las ideas de un nazi? ¿Cree que me habría casado con él si lo hubiera hecho?

—Lo siento, no quería que la pregunta sonara así.

—Carl nunca fue un hombre de izquierdas, eso lo supe en todo momento. Era policía, y ninguno lo es, incluidos los agentes rasos. De modo que sí, mi esposo tenía opiniones de derechas, y yo era consciente de ello, pero no eran extremas. Eran las mismas opiniones que la mayoría de la gente que hemos conocido a lo largo de nuestra vida. Se las guardaba para sí mismo porque eso es lo que debe hacer un agente de policía, pero eso no lo convertía en ultraderechista. Eso no lo convertía en un nazi.

—Nunca he insinuado que lo fuera.

—Exacto. Carl era un hombre hecho y derecho, un buen alemán. O al menos eso me pareció durante los cuarenta años que estuvimos casados antes de aquel momento.

—¿Qué dijo sobre el arrebato? ¿Cómo lo justificó?

—Ni siquiera lo recordaba. Las pocas veces que se lo mencioné parecía realmente confuso. Confuso y afectado. Cada vez que sacaba el tema se ponía nervioso como nunca lo había estado durante nuestro matrimonio, así que decidí olvidarlo, cosa que me avergüenza. Lo excusaba atribuyéndolo a niveles bajos de azúcar en sangre, al agotamiento o a alguna otra causa no diagnosticada. En otras palabras, decidí ignorarlo.

Georg asintió. Comprendía que Elke Ackermann no hubiera tirado cuarenta años de matrimonio por la borda por un arrebato aislado, a pesar del extremismo de su contenido, pero Georg sabía que había más.

—¿Volvió a suceder?

—No así ni de manera tan pública, pero, en privado, las cosas empezaron a deteriorarse.

—¿En qué sentido?

—Un año después hizo instalar un caro sistema de seguridad sin consultármelo. Y esta cocina forma parte de lo mismo. Esos ventanales y puertas de cristal que rodean la parte trasera de la casa son la única vía de acceso aparte de la puerta principal, y son prácticamente inexpugnables. Si viniera aquí en tanque, quizá, y solo quizá, podría atravesarlos.

—¿Y la puerta principal?

—Es como la caja fuerte de un banco. Esta casa podría ser un búnker.

—¿Cómo lo pagó?

—No tengo ni idea. He preguntado e investigado.

—¿Alguna vez le explicó por qué lo había hecho?

—Al principio culpó a la delincuencia. Dijo que nos estábamos haciendo viejos y que él ya no era tan capaz físicamente, así que quería asegurarse de que estuviéramos protegidos. Pero, con el paso de los meses, empezó a hablar cada vez más sobre la amenaza de los no alemanes, de los inmigrantes, y luego..., y luego de los no arios. De vez en cuando se enzarzaba en una diatriba sobre los musulmanes, los judíos, los eslavos, los europeos del Este y... lo que fuera, doctor Hoffman. Me decía que nos estaba protegiendo de ellos, de lo que le estaban haciendo a nuestro país.

—¿Y todo eso lo decía con el mismo odio que la primera vez?

—No, y eso solo lo empeoró. —Las lágrimas de Elke reaparecieron—. Lo decía tranquilamente. Eran reflexiones bien argumentadas. Algunas cosas incluso eran un poco convincentes, pero eso lo hacía aún más desgarrador, porque parecía que lo pensaba de verdad.

—¿Se refiere a que cuando atacó a los trabajadores gitanos no lo pensaba?

—En aquel momento pude engañarme a mí misma. Estaba tan enfadado y era todo tan irracional que me convencí de que era como golpearse el pulgar con un martillo, de que en ese momento no sabes lo que estás diciendo por el dolor y la conmoción. Pero esas conversaciones posteriores eran fruto del pensamiento, eran las palabras de un creyente.

Esta vez, Georg no respondió de inmediato. Aunque Carl

Ackermann fuera el monstruo ideológico que parecía ser, eso no daba veracidad a sus afirmaciones sobre lo que había hecho. Georg no tenía otra opción que presionar más.

—Durante esos momentos de reflexión, ¿mencionó a Odessa?

—Desde aquella vez, no.

—¿Y volvió a mencionarla?

—Sí, pero eso fue más tarde, después del diagnóstico, cuando ya no se lo podía describir como calmado y reflexivo.

—¿A qué se refiere?

—Empezó poco antes de que lo pusieran al cuidado de usted y su equipo. Hablaba de su misión y decía que todo estaba confluyendo.

—¿Qué era lo que confluía?

—Décadas de trabajo, los esfuerzos que había realizado Odessa para devolver el poder a sus líderes. Todo lo que habían hecho para socavar a sus enemigos y para que el pueblo alemán volviera a estar de su parte había funcionado. Dijo que todo había salido bien y que era inminente, que su regreso era inminente.

—¿Qué trabajo? —preguntó Georg, inclinándose hacia delante.

—No tengo ni idea. Debe entender que el estado de Carl había empeorado mucho en ese momento. A lo sumo, tenía sentido una de cada veinte cosas que decía. En su mayoría, las referencias a Odessa eran *Kauderwelsch*. Un galimatías.

Georg se obligó a volver a apoyarse en el respaldo, plenamente consciente de que aún estaba interpretando el papel de un médico. Debía reaccionar como lo haría el doctor Michael Hoffman.

—¿Y qué dijo sobre su participación en todo ello? —preguntó.

Sin ofrecer respuesta, Elke Ackermann se puso en pie y fue a la cocina a coger papel del dispensador. Utilizó las dos primeras hojas para enjugarse las lágrimas y una tercera para sonarse la nariz.

Sentándose de nuevo frente a Georg, lo miró a los ojos y asintió.

—Eso es lo que quiere saber, ¿verdad? Quiere saber si es realidad o fantasía.

Georg asintió a su vez en respuesta.

—¿Qué le dijo?

—Me dijo que no era un simple seguidor de Odessa, sino que era miembro. Según él, desde que estábamos juntos había sido un matón de esos cabrones, el hombre al que llamaban cuando había que hacer cosas terribles.

—¿Le dijo que era su verdugo?

—No con esas palabras. Él prefería que lo describieran como su arma, pero el significado es el mismo. Me dijo lo que sospecho que le dijo a usted. Me contó que había matado por ellos, y que lo hacía a menudo.

Georg inspiró profundamente para calmarse. Por primera vez le estaba costando mantener aquella farsa. Tanto sus emociones como su curiosidad innata de periodista entraban en conflicto con la ficción de ser el doctor Michael Hoffman. Se le ocurrían muchas preguntas, pero optó por la que habría hecho Michael Hoffman.

—¿Usted le creyó, señora Ackermann? ¿Cree que estaba diciendo la verdad o que era fantasía?

Elke Ackermann no dudó ni un instante.

—Todo lo que me contó es cierto. —Respiró hondo—. Creo que es verdad.

—¿*Qué* crees que es verdad?

La pregunta surgió de la nada y, sorprendidos, se volvieron hacia el lugar de donde provenía la voz: una mujer rubia y mucho más joven había entrado sin ser vista y ahora se encontraba en el umbral la cocina.

—¡Mila!

Fue Elke quien habló primero, y el nombre que pronunció era el de la única hija de los Ackermann. Tomando la exclamación de la mujer mayor como una señal, Georg se levantó de su asiento y dio un paso en dirección a la recién llegada, extendiendo la mano y observando todos los detalles que pudo.

Mila se parecía a su madre en todo excepto en la altura, donde contaba con una ventaja de unos diez centímetros, sin duda resultado del ADN de su padre. Por lo demás, era un calco de la otra mujer, incluyendo el cabello espeso, dorado y estereotípicamente ario.

—Usted debe de ser Mila —dijo Georg, tendiéndole la mano en un saludo que no fue correspondido.

Mila Ackermann, que al erguirse era un par de centímetros más alta que Georg, dirigió una mirada desdeñosa a la mano y luego alzó la vista hacia el hombre que se la ofrecía.

—Ni un paso más —le advirtió.

Georg hizo lo que le ordenaba. Algo en el tono de la mujer dejaba entrever que estaba acostumbrada a que la obedecieran. En circunstancias normales, Georg no se habría dejado amedrentar por algo tan simple como una orden, pero la seguridad que mostraba Mila le resultó inquietante.

También era muy consciente del objeto negro y rojo que sostenía en la mano derecha.

—Son casi las once —añadió, señalando el objeto de plástico negro— y la alerta de seguridad que instaló mi padre me ha avisado de que hay un desconocido en la cocina de mi madre. Esa misma alerta de seguridad llamará a la policía si tan siquiera respiro en dirección a este botón rojo. Así que usted elige: puedo empezar a exhalar muy fuerte hacia él o puede explicarme quién es y qué coño quiere.

14

Mila Ackermann sostuvo la identificación de Michael Hoffman, médico del Marienhospital, mientras escrutaba con desconfianza al hombre que afirmaba ser su dueño.

No era la ausencia de fotografía lo que la hacía dudar; era evidente que no había espacio para una foto en aquella identificación. El diseño no lo permitía.

Incluso Georg sabía que esa parte del engaño forzaba los límites de lo plausible.

Tuvo suerte, pues, de contar con un arma secreta: Elke Ackermann.

La mayor de las dos mujeres había intervenido en su favor tras la repentina llegada de su hija y había avalado la dedicación del doctor Michael Hoffman como consultor principal de demencia en la unidad donde se encontraba ingresado su esposo. Luego le había explicado a su hija por qué estaba allí un sábado por la noche —un relato que, según vio Georg, era mucho más creíble viniendo de ella que de él— y había atestiguado que su objetivo común era lograr que los inminentes últimos días de su padre fueran lo más cómodos posible.

Pero lo más importante era lo que Elke Ackermann había omitido, ya fuera intencionadamente o no: que no había visto ni oído hablar del doctor Michael Hoffman hasta aquella noche a las diez.

Georg contuvo la respiración mientras la madre explicaba su presencia, esperando el momento en que se le escapara el detalle letal. La joven había dejado claro que no le ofrecería ni una pizca de la confianza o la fe que le profesaba su madre. Estaba lista para abalanzarse ante cualquier indicio de engaño, lo cual significaba que Georg debía mantenerse alerta: aún quedaban cosas por averiguar.

—Está bien. —Fue Mila quien habló primero, con voz pausada—. ¿De qué estabais hablando, entonces? ¿Qué ha dicho papá que tú crees que es verdad, mamá?

Georg se volvió hacia Elke sin saber qué respondería. Cuando le expuso la información sobre Odessa, su lenguaje corporal sugería que era la primera vez que lo hacía. Un desahogo. Pero ¿significaba eso que también se lo había ocultado a su hija?

Georg tuvo su respuesta al instante. Un fugaz contacto visual y un sutil movimiento de cabeza de Elke Ackermann despejaron sus dudas incluso antes de que hablara.

—No era nada —mintió la mujer mayor—. Comentábamos algunos recuerdos que tu padre ha estado reviviendo en el hospital, recuerdos del trabajo y de algunos de sus casos más dramáticos. Le preocupan y se pone emotivo, eso es todo.

Georg se sintió decepcionado con la respuesta, pero entendió que Elke quisiera ocultarle la verdad a Mila para preservar el recuerdo idealizado de una hija sobre el hombre que su padre nunca fue. Pero eso también frustró las intenciones de Georg.

Si la mentira persistía, aquella noche no descubriría nada más.

Si la mentira persistía...

Las observó de nuevo, maravillado una vez más de que la única diferencia real entre ambas fuera el tiempo. Por mucho que respetara la motivación de Elke, su esposo había matado a los padres de Georg y había hecho sabía Dios qué más a lo largo de la vida de su hija.

«Ese viejo cabrón se ha ganado lo que le espera», se dijo a sí mismo.

Georg alargó la mano por encima de la mesa y tomó la de Elke. Notó que temblaba un poco, igual que la de su esposo en el hospital, pero no perdió el tiempo preguntándose la causa. La miró a los ojos y empezó a hablar con un tono deliberadamente suave y tranquilo.

—Señora Ackermann, creo que debemos contarle la verdad a su hija. Por su bien y por el de Carl.

—No. Por favor, no puedo...

—¿Qué verdad? ¿De qué habla?

—Me temo que es la única manera. —Georg ignoró a conciencia la pregunta de Mila Ackermann—. Si queremos hacerle cómodo el tiempo que le queda, necesitamos que todos cooperen. Necesitamos un frente unido.

Elke Ackermann negó firmemente con la cabeza, y ahora le caían lágrimas por las mejillas. El hecho de que se derrumbara afectó mucho a Georg; lamentó profundamente tener que hacer aquello, pero ya era tarde. Debía llegar hasta el final.

Se volvió hacia Mila, que ya estaba exigiendo respuestas. Su enfado era comprensible, pero aun así hizo que Georg se preguntara si, además del aspecto de su madre, había heredado la personalidad de su progenitor.

—¿De qué demonios estáis hablando? —preguntó, elevando de nuevo el tono de voz.

Georg miró a Elke, que tenía los ojos llenos de lágrimas. La mujer volvió a negar con la cabeza, pero esta vez la energía se había desvanecido. Sabía que tenían pocas opciones.

Georg interpretó su lenguaje corporal como un permiso para hablar.

—Me temo que, en el transcurso de la enfermedad, su padre ha revelado algunos aspectos de su vida de los que usted y su madre no tenían conocimiento, cosas que se guardó para él.

—¿Como qué?

—Inclinaciones políticas extremas, señorita Ackermann. Al parecer, su padre era un miembro clave de una organización que mantiene lazos muy importantes con lo que queda del movimiento nazi.

Georg observó atentamente su reacción, buscando algún indicio de que, durante su enfermedad, Carl Ackermann también hubiera compartido esos detalles con su hija. Por cómo fruncía el ceño, Georg supuso que no lo había hecho, pero decidió asegurarse de todos modos.

—¿Alguna vez oyó a su padre hablar... favorablemente del movimiento nazi?

—¿Del movimiento nazi? ¿Me está tomando el pelo?

—Me temo que no. Esta noche he venido aquí para cotejar lo que me ha contado con lo que le ha dicho a su madre. Y a usted, supongo. Aunque, por su respuesta, deduzco que nunca le contó nada de esto, ¿verdad?

—Nunca me contó nada porque no había nada que contar. Mi padre no es nazi. Es un viejo enfermo, por el amor de Dios. Está agonizando por la demencia. No puede utilizar en su contra lo que le ha dicho estando mentalmente enfermo.

—Entiendo por qué lo dice, y evidentemente tiene razón. Por eso he hablado con su madre, para ver si hay algún precedente de esas afirmaciones y valorar si son hechos o fantasía.

—Y, según parece, ha llegado a la conclusión de que son hechos.

—Todavía no lo hemos corroborado al cien por cien.

—Pues antes lo parecía, desde luego.

Mila se volvió hacia su madre y le habló con furia.

—¿Crees que es cierto? ¿Crees que mi padre era un puto nazi? ¿Cómo has podido, mamá? ¿Cómo has podido?

—Yo..., yo...

Si Elke Ackermann parecía no encontrar las palabras, su hija era sobradamente capaz de llenar el silencio.

—Después de todo lo que hizo por ti, de todo lo que nos dio a las dos, ¿ahora piensas destruir su recuerdo antes incluso de que se haya ido, por la palabra de un..., de un puto desconocido?

La ira de Mila Ackermann era cada vez mayor, y la defensa de su padre se volvió más apasionada. Era comprensible. También era inoportuno, sobre todo cuando volvió a centrar su atención en Georg.

—Y, en cualquier caso, ¿qué importancia tiene todo esto? —exigió—. ¿Acaso se negarían a tratarlo si fuera nazi?

—No, por supuesto que no. Nosotros...

—Entonces ¿qué sentido tiene? ¿Qué es tan importante como para venir a casa de mis padres un sábado a estas horas de la noche? —Miró a Georg con rabia y pura animosidad en los ojos—. ¿Quién demonios es usted?

Georg no respondió.

Ahora tenía claro que, debido a su enfado, había perdido a Mila Ackermann y no podría recuperarla, al menos esa noche. Cualquier cosa que dijera obtendría un ataque por respuesta, un ataque que su engaño podría no soportar mucho más tiempo.

Aquello debía terminar, pero antes necesitaba saber una cosa más. Si pretendía averiguarla, tenía que ser ahora. No habría una segunda oportunidad, así que puso toda su atención en Elke.

—Señora Ackermann, he de preguntarle si Carl mencionó alguna vez un nombre en particular.

—No quiero que le pregunte nada más. —La voz de Mila era casi un grito—. Esta conversación se ha acabado.

Georg hizo caso omiso y no apartó los ojos de la madre.

—¿Carl le mencionó alguna vez el nombre de Horst Miller?

Adoptando un semblante de pura confusión, Elke Ackermann negó con la cabeza.

Georg siguió mirándola fijamente.

—¿Peter Miller? ¿O Danielle Miller? —Pudo oír la desesperación en su propia voz cuando aquellos nombres suscitaron una mirada inexpresiva. Ya no podía ocultarlo—. ¿O tal vez Georg Miller?

—No..., él..., él nunca...

—Por favor, señora Ackermann. ¿Mencionó alguno de esos nombres cuando habló de Odessa?

—¿Cuando habló de qué?

Georg ignoró la airada pregunta de Mila y mantuvo la mirada fija en la madre.

—Señora Ackermann, necesito saberlo...

—¡Basta!

Esta vez fue un grito lo bastante fuerte como para que Georg ya no pudiera ignorarlo, y se volvió hacia Mila Ackermann, cuyo rostro estaba retorcido por la rabia. Volvía a tener en la mano el mando negro que había blandido antes como amenaza, y el dedo pulgar estaba flotando sobre el interruptor rojo situado en el centro.

Ahora acaparaba la plena atención de Georg.

—¿Por qué pregunta por esos nombres? —dijo, esta vez con un tono más pausado, pero no por ello menos autoritario.

—Por el tratamiento de su padre —empezó a explicar Georg, pero era evidente que, para Mila Ackermann, su credibilidad estaba por los suelos—. Beneficiará...

—Esos nombres no tienen nada que ver con el tratamiento de mi padre. Cuando preguntó por ellos parecía desesperado, abrumado por la emoción. Esos nombres tienen que ver con usted.

Georg no dijo nada.

—Significan algo para usted. ¿Quiénes son?

El silencio no era una respuesta que Mila Ackermann estuviera dispuesta a aceptar, así que volvió a señalar el mando para que no hubiera malentendidos entre ellos.

—Se lo preguntaré por última vez... —Esperó un instante, mirando fijamente a Georg—. ¿Quién coño es usted?

Georg se obligó a permanecer inmóvil, decidido a proyectar una calma que hacía rato que había perdido. Se había impacientado, esclavo de sus emociones descontroladas, y ahora estaba pagando el precio. Mila Ackermann le había dejado dos opciones: podía huir o podía intentar salir airoso hablando.

—Ya se lo he dicho, señorita Ackermann —respondió con una voz más firme de lo que creía posible—. Me llamo Michael Hoffman.

—Y es médico en el hospital de mi padre. Sí, esa parte la entendí la primera vez. El problema es que no me creo una sola palabra.

La joven sacó el teléfono móvil con gran afectación.

—Me pregunto si Google estará de acuerdo conmigo o con usted.

Georg se levantó.

—Haga lo que quiera, señorita Ackermann. No tengo por qué tolerar que me traten de esta manera cuando solo intento hacer mi trabajo.

Mila aún sostenía el mando de seguridad en una mano y el teléfono en la otra, pero su expresión era de incertidumbre, y Georg intuyó que no sabía si debía intentar impedirle el paso.

Georg no le dio la oportunidad de decidirse.

—Señora Ackermann, espero verla en el hospital la próxima vez que vaya a visitar a su esposo. Señorita Ackermann..., comprenderá que no espere lo mismo de usted. Disfruten de lo que queda de noche.

Ni la madre ni la hija dijeron una palabra cuando Georg salió de la habitación y fue hacia la puerta principal con tal rapidez que apenas tuvieron tiempo de pensar. Al cabo de unos segundos ya estaba fuera, enfilando el sendero que dividía el césped.

La opción obvia era un Uber, pero Georg no quería pedirlo desde allí; lo más sensato era mantener las distancias con Mila Ackermann. Estaba convencido de que ya había llamado a la empresa de seguridad privada.

Georg apretó el paso y siguió la ruta del taxi a la inversa. Con un poco de suerte, la cafetería que había visto de camino aún estaría abierta y podría pedir un Uber desde allí para ir directamente al aeropuerto, donde cogería el siguiente avión a Hamburgo.

Stuttgart le había dicho todo lo que podía.

Georg necesitaba hablar con su abuelo.

15

Washington D. C.
Estados Unidos

Vanessa Price terminó la frase que estaba escribiendo y echó un vistazo a su Apple Watch.

Eran las 17.17.

Para la mayoría de la gente en el mundo occidental, esa hora significaba el fin de la jornada laboral. Pero la mayoría de la gente no trabajaba en la oficina de campaña de la estrella más rutilante del panorama político estadounidense.

Cole Grisham apenas llevaba cuatro meses como senador júnior por Ohio, pero gracias a su notoriedad en los medios de comunicación, a cómo fue nombrado y a sus ganas de llamar la atención desde que asumió el cargo, su nombre era el que más se oía en el Capitolio.

Para Vanessa, un puesto en el equipo de Grisham suponía una gran oportunidad. Washington D. C. estaba repleto de jóvenes como ella, muchos con currículums que eclipsaban el suyo, y dudaba que la hubieran seleccionado antes que a ellos para trabajar con un político tan destacado.

Y más aún con sus inclinaciones políticas, se recordó a sí misma.

Por tanto, había tenido suerte de que el ascenso de Grisham fuera tan inusual. Una vez elegido para el puesto de senador júnior de Ohio por el gobernador del estado tras el escándalo que acompañó a la muerte de su predecesor, Jack Johnson, en un incendio, Grisham había heredado el equipo del difunto. Y aunque buena parte de esa herencia había sido desechada en los meses transcurridos desde entonces, Vanessa y otras dos personas se habían quedado.

En lo profesional, la llegada de Grisham había sido fortuita, pero también costosa y reveladora.

El coste fue la muerte de Jack Johnson y Sophie Arnott. Vanessa los conocía y apreciaba a ambos: a Johnson de forma superficial como su jefe, y a Sophie de manera más personal, como la chica dulce que había conseguido un puesto temporal y lo había convertido en una prueba para hacer algo grande.

Lo revelador fue la despiadada purga que sufrió el personal superviviente de Jack Johnson, y le había hecho preguntarse por primera vez en su vida si la carrera que había elegido era lo que realmente quería.

Desde el principio, Vanessa tuvo claro que las políticas de Grisham no encajaban con las de Johnson. Por aquel entonces, sabía muy poco acerca de su época como figura mediática. Había sido presentador en una de las cadenas de noticias más derechistas y más dadas a la hipérbole y la agitación en detrimento de la veracidad. Y sabía que luego había llegado el ahora habitual salto a un programa homónimo de actualidad en una importante plataforma de redes sociales. Por tanto, no era de extrañar que su retórica no se alinease con las creencias de Vanessa.

Aun así, al principio creyó que transigir le permitiría seguir adelante. Tampoco estaba de acuerdo con todo lo que decía y hacía el senador Johnson, pero fue capaz de resistir y hacer su trabajo. Además, se había pasado los últimos dieciocho meses apoyando públicamente las posturas de Robert John Bauer, el todavía flamante presidente, un hombre con el que discrepaba aún más que con el propio Grisham.

Era su trabajo, se había dicho a sí misma. Así es como se

alcanza el éxito en el mundo de la política. Y si podía defender a un aspirante a fascista como Bauer, seguro que podría hacer lo mismo con Grisham. Aprovecharía el estrellato del senador durante la primera etapa de su carrera y lo utilizaría en beneficio propio de cara al futuro.

Tenía sus sospechas sobre el motivo por el que seguía allí: el hecho de que fuera una de las dos afroamericanas del equipo de Johnson habría supuesto una menor coincidencia si *ambas* no hubieran evitado el despido que sí había afectado a sus compañeros blancos. Sumado al hecho de que la tercera superviviente era de origen indio, su presencia en la plantilla de Grisham no requería más explicaciones. Era una decisión basada en la diversidad en lugar del mérito.

Vanessa podía aceptar el hecho de haber conservado el trabajo por las razones equivocadas, pues sabía que en última instancia destacaría por los motivos correctos. Demostraría que aquel era su lugar.

Cuatro meses después, su confianza en ese desenlace había desaparecido.

Vanessa no sabía exactamente cuándo habían empezado a ir tan mal las cosas. Tampoco podía identificar un solo incidente o factor que hubiese motivado el cambio. El cansancio, el resentimiento y las emociones ocultas, pero omnipresentes, siempre habían estado allí, un resultado inevitable de trabajar demasiado. Vanessa no había disfrutado de nada parecido a un equilibrio entre la vida laboral y personal desde el día en que llegó a Capitol Hill, y en ese aspecto era como todos los demás.

El impacto que tendría permitir que su trabajo se apoderara de su vida era de esperar y por eso, durante demasiado tiempo, pasó por alto que la negatividad que sentía había mutado sutilmente, que los cambios en las políticas y prácticas que estaban llevando a cabo Grisham y su equipo directivo le corroían el alma.

Lo ignoró tanto tiempo como pudo, pero hacía tres meses experimentó síntomas físicos de su estado mental que no podía obviar sin más.

El primer ataque de ansiedad fue aterrador. Indistinguible en sus momentos iniciales de un infarto, durante sesenta minutos tortuosos y cada vez más intensos Vanessa creyó que su vida se acababa. El pulso acelerado. La desorientación. La temperatura disparada. La sensación general de terror mortal. Sin nadie cerca que la consolara o le explicara qué estaba ocurriendo. El miedo a una muerte inminente e inevitable, acentuado por el impacto de la enorme oleada de adrenalina que corría por su organismo. Acabó desplomándose en su apartamento, completamente vestida y sola, sin nadie que notara su ausencia.

Al despertar a la mañana siguiente con la sorpresa de estar viva, hizo lo que cualquier buen miembro del personal haría: se duchó, se vistió y fue al trabajo, lista para someterse a otro día infernal, un día que, recordaba ahora, estuvo lleno de breves repeticiones de la noche anterior. Esta vez no perdió el conocimiento, pero hubo periodos de pánico intenso, ansiedad paralizante y angustia debilitante.

Disimulando lo mejor que pudo las preocupaciones por su salud y los síntomas, aquel día Vanessa pasó cada momento libre investigando lo que había experimentado, y no tardó en diagnosticarse ataques de pánico agudos.

El autodiagnóstico tenía sentido para ella, y también se contentó con aceptar el pronóstico: seguiría sufriendo ataques aun cuando el estrés que los causaba hubiera pasado, pero su frecuencia e intensidad disminuirían a medida que el desencadenante se alejara y que ella aprendiese a reconocer su aparición y a controlarlos mejor.

Pero, por más que estuviese dispuesta a vivir con el problema ahora que lo entendía, su mera existencia le hizo cuestionarse la causa exacta. Se preguntaba si obedecía al estrés típico de su trabajo o si provenía de un lugar mucho más profundo de infelicidad, y rápidamente concluyó que era esto último.

Así pues, no, no era la sobrecarga de tareas, sino el lugar de trabajo. A pesar de todo lo que había hecho para llegar hasta allí, a pesar de los sacrificios, ahora sabía que no era donde quería estar.

Era una conclusión impensable tres meses atrás, cuando empezaron los ataques.

Ahora, sin el menor indicio de que fueran a disminuir mientras siguiera en la oficina de Grisham, había preguntas que se hacía cien veces al día:

«¿Qué demonios hago aquí?».

«¿De verdad quiero esta vida?».

«Y si no es así, ¿qué quiero?».

Volvió a mirar el reloj.

Eran las 17.18.

Fuesen cuales fuesen las respuestas a esas preguntas, cuando por fin decidiera aceptar lo que ya sabía, su día estaba lejos de haber terminado.

16

Dos horas después, Vanessa apartó la silla del escritorio, se puso de pie y estiró todo el cuerpo para intentar despertar sus articulaciones adormecidas. Había llegado a las ocho de la mañana y llevaba casi doce horas trabajando sin descanso. Había devorado el almuerzo casi sin respirar sentada a su mesa.

Ahora temía empezar a atrofiarse si seguía sentada.

Otros habían trabajado la misma cantidad de horas, y muchos todavía estaban allí: Vanessa no era la única empleada del equipo de Cole Grisham que se dejaba la piel. Pero no eran pocos los que ya se habían ido a casa, y entre los que quedaban había bastantes fumadores que aprovechaban al máximo las pausas, tomándose una media de diez minutos cada hora para dejar atrás el estancamiento físico y mental del trabajo. Por alguna razón, si los no fumadores como Vanessa hacían lo mismo, pesaba un estigma sobre ellos, como si la funcionalidad corporal y la claridad mental fueran menos importantes que una dosis de nicotina. Vanessa nunca lo entendería, pero era un prejuicio arraigado que no valía la pena combatir.

Aprovechando que al estar de pie podía ver por encima de las pequeñas mamparas que rodeaban cada escritorio, observó la zona de trabajo de la oficina semidiáfana. A pesar de que quedaban poco más de dos tercios del personal, era un hervidero de actividad.

En cuanto a la edad, el equipo era muy parecido al de antes: algunos mayores que Vanessa, otros un poco más jóvenes, pero la mayoría de su misma quinta, con uno o dos años de diferencia. Al margen de la ética laboral típica de Washington D. C., esa demografía coincidente era prácticamente lo único que la nueva hornada tenía en común con sus predecesores, siendo la mayor diferencia la falta de camaradería. Sobre el papel, Vanessa podía entenderlo: había espacio limitado a medida que ascendían los peldaños de la jerarquía política, por lo que, llegado el momento de promocionar a la siguiente generación, no habría sitio para todos.

Vanessa siempre lo había entendido, pero aquel lugar parecía una manada de tigres hambrientos, todos enjaulados, cada uno evaluando quién sería devorado primero y esforzándose para no ser él.

Ello no propiciaba un ambiente de trabajo agradable. Aparentemente, todo iba bien: si los aspirantes a políticos poseían alguna habilidad natural, era la hipocresía despiadada, por lo que la impresión de compañerismo era muy convincente.

Pero era solo una impresión.

Vanessa negó con la cabeza al pensarlo, tratando de ignorar tanto el disgusto que había desarrollado por la vida que habían elegido esas personas como su desdén hacia ellas precisamente por haberla elegido. La invadía la aversión. La sentía en los huesos.

—¿Se ha tomado un día de asuntos propios, señorita Price?

La pregunta llegó desde cierta distancia, hacia la mitad de la sala principal, lo cual significaba que alguien había gritado lo suficiente como para que la oyeran todos los demás.

Vanessa se dio la vuelta, aunque ya sabía de quién se trataba: Katie Braid, la gerente de la oficina de Cole Grisham y jefa *de facto* de su recién creado equipo de campaña.

—Lo siento, ¿qué?

Después del día que había tenido, Vanessa no estaba de humor para que le soltaran una regañina ejemplificadora.

—Era broma.

Tanto la sonrisa forzada como el tono falsamente juguetón de Braid dejaban entrever que no bromeaba en absoluto, pero, aparte de tachar de mentirosa a su superiora, una mujer rubia, alta e impecablemente vestida, Vanessa poco podía decir.

Braid agarró a Vanessa del brazo y la apartó de su mesa.

—Sé que has estado trabajando mucho, Vanessa. Todo el personal lo ha hecho. Pero estas semanas son importantes para nosotros y para el senador. En 2026 se presentará por primera vez a unas elecciones. Todos los demás habrán tenido seis años para demostrar su valía, y nuestro chico solo dieciocho meses. Por eso, este tiempo de preparación, además de servir para recaudar fondos para su campaña, es crucial.

—Lo entiendo —respondió Vanessa—, pero creo que os estáis preocupando por nada. Si el senador sigue así, el presidente creerá que pretende robarle el puesto.

—Dios no quiera que al presidente se le meta eso en la cabeza. No tiene un carácter fuerte ni en sus mejores momentos.

—Yo pensaba que él y el senador eran buenos amigos.

—Y lo son. —Braid parecía un poco nerviosa—. No me hagas caso, solo estoy divagando. Son muy buenos amigos.

Vanessa guardó silencio, pero su expresión facial pareció desencadenar algo en Braid. Su actitud cambió al instante y le agarró el brazo con más fuerza.

—Mira, aquí necesitamos gente que trabaje en equipo. Ahora mismo, por mucho que a los programas de entrevistas les guste y los canales de televisión por cable sigan reproduciendo sus frases, es un intruso. No fue elegido; está aquí por casualidad, y ese es un punto débil que nos perjudica, así que necesita ganar unas elecciones. Eso es lo único que importa. Por eso existe esta oficina. ¿Lo entiendes?

Vanessa se zafó de Braid.

—Sí, lo entiendo —dijo, dando un paso atrás.

—Perfecto. Pues no pierdas el tiempo con pilates de oficina cuando deberías estar trabajando.

—No he parado de trabajar en todo el día.

—Todos tenemos ideas diferentes sobre lo que es trabajar duro, Vanessa, y te sugiero que reconsideres la tuya.

Vanessa hizo ademán de responder, pero Braid ya se estaba alejando. No sabía qué hacer. ¿Debía seguirla y decir la última palabra, lo cual pondría en peligro su puesto? ¿Debía tomar la decisión que había evitado durante meses e irse en señal de protesta? ¿O debía empujar la ira, la frustración y la injusticia al fondo de sus entrañas y continuar con su trabajo?

Que la elección se tomara sola tal vez fue lo peor de todo el dilema. Sin duda, fue lo que más molestó a Vanessa mientras volvía a su escritorio en silencio y se sentaba lentamente. Notó que le daba vueltas la cabeza, una sensación extraña, casi extracorpórea, pero estaba demasiado distraída para reconocerlo como la señal de advertencia que era. Su atención se centró en el torrente de pensamientos negativos que ahora se arremolinaban en su cabeza.

Odiaba aquel lugar.

Odiaba a aquella gente.

Y, sobre todo, se odiaba a sí misma.

Odiaba a la mujer que era hacía tan solo unos meses, la mujer que había trabajado toda su vida para…, para *esto*.

Y odiaba a la mujer que era ahora, la mujer que no estaba dispuesta a dar el paso decisivo y marcharse.

Los pensamientos llegaban densos y rápidos, y lo único que consiguieron fue paralizarla en su escritorio. Incluso su respiración parecía alterada.

Súbitamente consciente de que no había inhalado una bocanada de aire en varios segundos, Vanessa supo lo que se avecinaba. Levantó la mano derecha por encima del teclado y observó el temblor. Era una señal ya conocida, igual que la desorientación, pero esta no la pasó por alto. En los últimos tres meses había aprendido a interpretar las señales y a esperar la rutina posterior. El ligero temblor empeoraría a medida que el mareo se apoderara de ella, e incluso un ruido leve degeneraría en una cacofonía insoportable.

Sucedería pronto. Lo sabía por experiencia.

Y sucedería rápido.

Lo único que podía hacer era asegurarse de estar sola cuando ocurriera.

Se levantó de su escritorio por segunda vez. Más rápido que antes, y sin mirar a Katie Braid, se dirigió a la parte trasera de la zona de trabajo, rumbo a la salida de la oficina de campaña. Con los ojos casi cerrados y la cabeza temblando, pasó a toda prisa junto al mostrador de seguridad, y la urgencia la obligó a ignorar el saludo del guardia de camino al baño para personas con discapacidad.

Una vez dentro, se sentó en la tapa del inodoro, cerró los ojos y permitió que el ataque de pánico la golpeara.

Sabía lo que se avecinaba. La adrenalina inundaría su organismo sin tener adónde ir, cosa que le aceleraría el pulso y le impediría pensar. Sabía que eso no la mataría, pero el hecho de sobrevivir no haría que la experiencia fuese menos brutal.

Vanessa había descubierto que el aislamiento del baño para personas con discapacidad era su arma secreta. El espacio no era tan reducido como en los baños de mujeres y no se oía a nadie entrar y salir. Eso le permitió concentrarse en el único factor que podía poner fin a los ataques: la respiración.

Inhalaciones largas, lentas y profundas, llenando los pulmones de oxígeno.

Exhalaciones largas, lentas y profundas, expulsando dióxido de carbono.

Como siempre, el efecto fue casi milagroso y el beneficio, instantáneo. Le llevó muchos minutos de esfuerzo concertado superar la furia del ataque, pero incluso aquella primera respiración bastó para saber que lo superaría.

Vanessa lo superaría como ya había hecho demasiadas veces, muchas de ellas en ese mismo cuarto de baño.

«Y también lo haré la próxima vez».

Ese último pensamiento fue inoportuno, pero aun así se escapó y golpeó a Vanessa con fuerza. La inevitabilidad de que aquello volviera a suceder era difícil de aceptar, pero también era la verdad. Desde su primer ataque, se había sentado muchas veces en ese mismo lugar y se había impartido una lección mental a sí misma, instrucciones silenciosas sobre lo que debía hacer —lo que debía cambiar— si alguna vez quería romper aquel ciclo paralizante.

Tantas veces. Tantas instrucciones. Sin embargo, no había seguido ni una sola y tampoco se preguntaba por qué. Porque en el fondo sabía lo que la mantenía allí. Sabía por qué no podía marcharse.

Como solía ocurrirle con demasiada frecuencia en ese lavabo, su mente divagó hacia un solo acto de traición, una elección por la que Vanessa creía que se había ganado ese «castigo». Era aquello, más que cualquier otra cosa, lo que la mantenía allí.

Basándose en el momento del primer ataque, no había tardado en establecer el vínculo. Había ocurrido menos de tres semanas después de la muerte de Jack Johnson y Sophie Arnott, y eso significaba que había transcurrido menos de una semana desde que Vanessa antepuso su carrera al recuerdo de ambos.

Sus muertes habían sido muy duras para ella —la pérdida de una buena amiga y un gran jefe era un doble golpe que sacudiría incluso al más fuerte—, pero el escándalo posterior hizo que la pérdida fuese mucho peor. Pronto se instauró como verdad incuestionable que Johnson y Sophie habían tenido un romance, y el alboroto fue ensordecedor, tanto que ahogó la única voz disidente en Washington D. C.

La voz de Vanessa.

Le había tomado aprecio a Sophie desde el momento en que la joven —la chiquilla, en realidad— llegó a la oficina del senador. Era una cría, por lo que no estaba acostumbrada a los enredos de la política de Washington D. C. Aquello debería haberla hecho sentirse intimidada y sola, pero no fue así. Sophie se había mostrado segura, e incluso un poco agresiva, como si estuviera impaciente por hincarle el diente al mundo que se le presentaba. Aquello impresionó a Vanessa y la convenció de que debía conocer a la más reciente incorporación a la oficina de Johnson.

Primero, se dio cuenta de lo brillante que era Sophie Arnott, un prodigio de la política que, si hubiera tenido la suerte de nacer varón, habría causado sensación en el partido a pesar de su corta edad.

En segundo lugar, Vanessa también averiguó que Sophie había solicitado una beca de verano con el senador júnior por Ohio en lugar de aprovechar su currículum estelar para conseguir un puesto en alguna oficina o departamento más glamuroso. La adolescente se había enamorado de manera casi obsesiva de Johnson cuando él visitó su escuela dos años antes. Prodigio o no, tenía la intención de llevar el enamoramiento a su conclusión natural.

Y tercero, y lo más importante, Vanessa sabía que, a pesar de ese enamoramiento, o quizá a causa de él, el senador Jack Johnson no había cruzado más de dos palabras con Sophie Arnott desde la primera conversación que mantuvieron en su primer día de trabajo.

Vanessa no ocultó todo eso en los días posteriores al incendio que los mató. Le dijo a todo el que pudo —a todo el que importaba— que no había habido ningún romance, que no había sido más que una atracción de colegiala no correspondida.

Se lo había dicho a todo el mundo y no la habían creído. La habían ignorado sin investigar, sin tenerla en cuenta, sin tan siquiera una segunda opinión. Y, al final, dejó de hablar después de que le aconsejaran que profesionalmente le iría mejor si no cuestionaba lo obvio y aceptaba la realidad tal como era.

Vanessa se avergonzaba de haber hecho precisamente eso, de haber aceptado el consejo y haber cerrado la boca, todo por el bien de su carrera. En ese momento le pareció una medida sensata. De todos modos, nadie la estaba escuchando.

Pero ahora sabía que había sido una traición.

Una traición por la que merecía este castigo.

Una traición por la que ahora estaba pagando esta penitencia.

17

Al menos diez minutos después, o tal vez un poco más, Vanessa sintió que estaba preparada para salir. No miró la hora cuando empezó el ataque, y su percepción del paso del tiempo siempre se veía distorsionada por la experiencia. Sin duda, había sido un poco más prolongado de lo normal, posiblemente a consecuencia de la hora: una jornada intensa de casi medio día difícilmente había fortalecido su cuerpo contra sí mismo.

Consciente de que su mesa llevaba mucho tiempo vacía, se obligó a salir, aunque estaba más nerviosa de lo que le habría gustado. Abrió la puerta y emprendió el corto camino de regreso a la oficina de campaña.

—¿Todo bien, Vanessa?

Era la voz del guardia sentado a la mesa frente a la cual había pasado Vanessa al inicio del episodio de ansiedad. Era la segunda vez que se lo preguntaba ese día: la primera fue cuando pasó a toda prisa en los primeros envites del ataque y no tuvo más remedio que ignorarlo.

Ahora intentó hacer lo mismo, fingir que no había oído la pregunta, pero no pudo ignorar su continuación, formulada cuando se encontraba a escasos metros de la mesa.

—¿Ha vuelto a ocurrir?

Vanessa se detuvo. No tenía más remedio que entablar conversación. Respiró hondo, se volvió hacia la mesa y se forzó a sonreír al hombre que estaba sentado detrás. Su nombre era David Hewitt y, por mucho que a Vanessa no le apeteciera hablar con nadie en ese momento, desde el despido del personal de Johnson prácticamente era el único amigo que le quedaba en el edificio.

Hewitt le devolvió la sonrisa al verla acercarse. Era un hombre mayor, de algo más de sesenta años, y su inusual rostro estaba marcado por unas gruesas gafas que descansaban sobre una nariz bulbosa, resultado de demasiadas fracturas por los deportes que había practicado de niño.

—Sí, ha vuelto a ocurrir —respondió Vanessa.

—Esta vez ha sido largo, cariño. Pensé que tendría que echar la puerta abajo.

Vanessa se sintió aliviada tanto por la empatía como por sus palabras. Le gustaba cuando Hewitt utilizaba la jerga de su Inglaterra natal —provenía de un lugar llamado Cumbria, le dijo una vez— y le gustaba especialmente que la llamara «cariño». Pero, sobre todo, le gustaba la idea de que a alguien le importara lo suficiente como para pensar en derribar una puerta por ella. Para una joven que se había criado en un hogar de acogida sin familia de ningún tipo, esa preocupación era especial.

Sin embargo, Hewitt no debía saberlo. A pesar del afecto que le tenía, Vanessa ya había cruzado una línea personal al hablarle de los ataques de ansiedad. Había intentado llevarlos en secreto, pero debido a su frecuencia, a la cantidad de veces que había pasado corriendo por delante de él y a la preocupación que había mostrado, tomó la decisión de confiar.

Pero una cosa era la confianza y otra que sintiera lástima por ella.

—La duración varía —dijo sin desviarse del tema—. Pero gracias por estar atento.

—Esos ataques de pánico son cada vez más frecuentes. Eres consciente, ¿verdad?

—¿Llevas la cuenta, David?

—A veces es imposible no hacerlo. Me preocupa.

—Lo sé. Pero ¿qué puedo hacer?

—Pues, resumiendo: búscate otro trabajo, cariño. No necesitas este.

—¿Sabes cuántas mujeres de mi edad darían su brazo derecho por estar aquí?

—Todas las que trabajan en esa oficina —respondió Hewitt, señalando el espacio al que se dirigía Vanessa—. Aunque estoy seguro de que preferirían dar tu brazo. Pero tú no eres como ellas, ¿verdad? Esa ambición despiadada y esos trapicheos no van contigo.

—Antes sí. ¿Cómo crees que llegué aquí?

—Pero ahora no. Ahora que estás aquí, ahora que lo tienes, ¿de verdad merece la pena someterte a eso? ¿De verdad merece la pena para tu salud?

Vanessa dudó.

—Sinceramente, no lo sé. Antes lo sabía. Antes me encantaba. Pero ahora...

—Ahora vas corriendo al baño día sí y día también. Eso me dice que no deberías estar aquí.

Vanessa asintió. Sabía que Hewitt tenía razón, al menos en su fuero interno. Pero reconocerlo abiertamente, aunque fuera solo ante él, era un Rubicón que no estaba preparada para cruzar, por lo que se descubrió cuestionando su lógica.

—Entonces ¿qué crees que hay de malo en este lugar? —preguntó.

—¿Aparte de que eres mental y emocionalmente alérgica a él, quieres decir? ¿Tiene que haber algo más?

—Tiene que haberlo cuando me he pasado toda la vida intentando llegar hasta aquí, David. Me estás proponiendo que tire por la borda todo aquello por lo que he luchado. Si voy a hacer eso, necesito más. ¿Qué es, entonces? ¿Qué hace que este edificio sea un infierno?

—No tiene nada que ver con el edificio. El problema es la parte que ocupan tus compañeros de equipo.

—¿En qué sentido?

—¿De verdad quieres que te responda?

—Sí.

—De acuerdo, ya que preguntas... Para empezar, el tío para el que haces campaña. ¿En serio quieres que la gente te relacione con él?

—¿El senador Grisham?

—¿Cómo puedes preguntármelo siendo una chica negra?

Por un momento, Vanessa se sintió ofendida. Sabía que Hewitt no estaba insinuando nada con esa referencia a su raza, pero, aun así, era difícil encontrar una buena interpretación para el comentario, así que decidió dejársela a él.

—¿Qué significa eso?

—Significa que ese hombre es un puto racista, cariño. De la cabeza a los pies. No siente el menor respeto por las personas que se parecen a ti. Está en esto por su propio interés y por nadie más.

—¿Por qué lo dices?

—En Inglaterra ya vi a gente como él. Cuando era joven, teníamos políticos, gente como el Frente Nacional, que no ocultaban sus opiniones sobre las minorías. Ese tío es más sutil. No dice abiertamente lo que piensa. No da golpes encima de la mesa cuando habla de la supremacía de la raza blanca. Pero la gente que escucha lo sabe. Sabe lo que está diciendo.

—¿Lo crees de verdad?

—Tú has oído más discursos suyos que yo. Has visto cómo ha cambiado de rumbo. Cariño, solo tienes que ver a su equipo. Tres personas no blancas en un grupo de... ¿cuántas personas? ¿Veinte? ¿Veinticinco? No es normal.

Vanessa asintió. Ya había oído eso sobre Cole Grisham en más de una ocasión y, como siempre, tenía una respuesta preparada.

—De acuerdo, de acuerdo. Lo entiendo. Al menos entiendo que la gente pueda pensar eso. El senador Grisham es un hombre sincero que dice las cosas como son. Probablemente por eso ahora mismo goza de más popularidad que el propio presidente. Y, si vas a denunciar las cosas malas, esas cosas malas incluirán ciertos temas que los políticos tradicionales evitan. El hecho de que él no los evite no lo convierte en racista. Lo único que demuestra es hasta qué punto todos vivimos en nuestra burbuja. Y que la verdad debería sorprendernos.

Hewitt sonrió.

—Eres buena en tu trabajo, ¿eh?

—No estaría aquí si no lo fuera.

—Bueno, mira, finjamos por un momento que te crees una sola palabra de lo que acabas de decir. Si no crees que has acabado trabajando para un senador racista ni que esa sea la causa de tus ataques de pánico, solo puedo decirte que será mejor que descubras qué los está provocando.

Vanessa estrechó la mano a Hewitt, ambos plenamente conscientes de que ella estaba mintiendo y de cuál era el motivo. Era un engaño cómodo entre amigos, pero seguía siendo un engaño, y eso significaba que la conversación debía terminar. Vanessa lo hizo con una sonrisa.

—Cuídate, David. Y gracias por preocuparte.

—Siempre.

Vanessa dio media vuelta sin decir una palabra más y se dirigió a la puerta de la oficina de campaña. Una vez allí, echó un vistazo rápido al interior. Como se había ausentado tanto rato, lo más probable era que la gente pensara que se había ido a casa, por lo que no quería llamar la atención de Katie Braid.

La sala estaba en silencio y había mucha menos gente que antes. Debía de haberse producido un éxodo en los últimos veinte minutos, porque los dos tercios se habían reducido a una décima parte.

Esperó unos momentos hasta que en la sala no quedó nadie de pie.

Era bastante fácil acercarse a su zona de trabajo sin ser vista, siempre y cuando nadie mirara desde las dos oficinas permanentes situadas al fondo. La sala principal, por construcción un espacio diáfano, había sido dividida en cubículos individuales mediante mamparas temporales. Estas hacían de cada cubículo un espacio cerrado siempre que el usuario estuviera sentado. Cuando estaba de pie, la ilusión desaparecía: las mamparas de un metro y medio de altura no cubrían a nadie que midiera más de metro sesenta, como era el caso de Vanessa.

Avanzó hacia su mesa. La ausencia casi absoluta de ruido indicaba que los ocupantes de los cubículos que la rodeaban se habían marchado hacía rato. Con intención de que nadie la viese, se sentó a recoger sus cosas, pero, antes incluso de tocar el ratón del ordenador, oyó un sonido que la hizo detenerse.

Eran los susurros de dos personas en el cubículo más cercano al suyo.

El simple hecho de que hubiera una conversación era lo bastante novedoso como para llamar su atención. Por muy común que fuese con el senador Johnson, ahora era inaudito que una segunda persona se sentara en el espacio de trabajo de otra. Casi todas las conversaciones, de haberlas, se limitaban a los descansos y al almuerzo.

Y, sin embargo, la primera voz era inconfundible.

Katie Braid.

El acento de Tennessee de la gerente de la oficina era muy característico. De hecho, era tan exagerado que Vanessa dudó de su autenticidad cuando lo oyó por primera vez, y en los meses posteriores no se diluyó lo más mínimo.

Vanessa quería escuchar, pero debía ser cautelosa.

Sabía que Braid podía levantarse en cualquier momento y ver que Vanessa había vuelto a su sitio. Eso era inevitable, pero lo que sí podía disimular era su intención de escuchar a escondidas. Para hacerlo, Vanessa cogió los grandes auriculares con cancelación de ruido que a menudo utilizaba para trabajar y se los puso sin que llegaran a taparle los oídos. Gracias a su tamaño, parecería que los llevaba correctamente, cuando en realidad no hacían nada para amortiguar su audición.

Luego dio un toque ligero y silencioso al ratón con el dedo meñique para que en la pantalla apareciese el trabajo que había dejado sin terminar.

Satisfecha, Vanessa inclinó lentamente el torso hacia la mampara e intentó concentrarse en los susurros.

—... pero ¿a qué viene ese cambio de plazo? —preguntó Braid—. ¿No tendríamos que centrarnos en las elecciones de mitad de mandato?

—Las cosas están avanzando más rápido de lo que preveían. Nos han dicho que solo tenemos unas semanas.

Vanessa no reconoció la segunda voz. No era su vecina habitual, ni nadie perteneciente al personal de campaña. Dedujo que habían elegido aquel cubículo suponiendo erróneamente que todos los que trabajaban a su alrededor, ella incluida, se habían ido a casa.

La idea hizo que se le erizara el vello de la nuca. No debería estar escuchando aquello.

—Pero ya tenemos ese control, ¿no? —dijo Braid—. Al menos el suficiente.

—No será suficiente hasta que controlemos toda la Casa Blanca, y ahora mismo no lo hacemos.

—Pero ¿eso es realista?

—Grisham es todo lo que la dirección podía esperar y más. Creen que podrá conseguirlo en el plazo de un mes.

—Pero ¿cómo? Es el más júnior de los senadores júnior del Capitolio.

—Ya está en marcha. Antes de que acabe octubre, Cole Grisham será vicepresidente de Estados Unidos. Lo que necesito es que, mientras tanto, tu equipo siga manos a la obra. ¿De acuerdo?

—De acuerdo.

—¿Estás segura de que has entendido lo que quiero decir?

—Sí, creo que sí.

—Eso espero. Si esto va a suceder, la casa debe estar en orden. ¿Me has oído?

—Sí, señor. Alto y claro.

—Es todo lo que necesitaba saber.

El tono de esas últimas palabras bastó para que Vanessa supiera que la conversación había terminado, cosa que confirmaron los movimientos posteriores. Eso le dio tiempo para recolocar el asiento y los auriculares y clavar la mirada en la pantalla que tenía delante. Luego fingió no percatarse cuando primero una y luego dos figuras aparecieron por encima de las paredes del cubículo. Todos sus instintos de supervivencia estaban gritando la misma instrucción: «No te des cuenta de nada. No sabes que están ahí. No sabes que hay alguien».

Sus ojos se movieron sutilmente de izquierda a derecha y sus labios vocalizaron las palabras que ocupaban la pantalla, todo ello en un esfuerzo por parecer absorta en su trabajo y aislada en su burbuja de concentración.

Mantuvo aquella ficción incluso al notar movimiento a su alrededor, ignorando la tentación de levantar la vista y ver con quién había estado hablando Braid. Sabía que el más leve vistazo podría delatarla.

«O incluso que he podido oír algo —se advirtió a sí misma—. Esa mera posibilidad podría ser suficiente».

Pasaron los minutos. Ahora no había forma de saber si uno o ambos seguían allí, observándola y preguntándose si había oído su conversación. Ello expuso el defecto de su plan: la incertidumbre de cuánto tiempo debía permanecer así.

El bloqueo interno se vio interrumpido por la sensación de una mano suave tocándole el hombro derecho. La sorpresa del contacto la hizo sobresaltarse, una reacción afortunadamente acorde con el papel que Vanessa estaba interpretando: una trabajadora esforzada absorta en sus tareas.

Su reacción, completamente natural y mucho más creíble que cualquier actuación que hubiera podido intentar, también sobresaltó a Katie Braid. Su falsa sonrisa había desaparecido, reemplazada por una expresión de sorpresa absoluta.

—Guau. —Vanessa actuó como si la conmoción se hubiera prolongado más de lo que había durado en realidad—. No sabía que estabas ahí, Katie. Lo siento mucho. Estaba..., estaba concentrada en mi trabajo. No quería alarmarme tanto.

—No te preocupes, no te preocupes. No me oirás quejarme de que trabajes tanto. —Braid señaló los auriculares con un tono deliberadamente despreocupado—. He visto que los usas mucho. ¿Escuchas música mientras trabajas?

—Siempre —mintió Vanessa—. A menos que esté haciendo llamadas o en una videoconferencia.

—¿Qué escuchas?

—No quiero parecer pretenciosa, pero sobre todo Mozart.

—¿En serio?

—En serio. Me tranquiliza y me ayuda a concentrarme.

—¿Sí?

—Totalmente.

—¿Y cuando no quieres estar tranquila?

—Bueno, entonces recurro más a tópicos: Beyoncé, Rihanna, SZA y cosas por el estilo. Pero nunca en el trabajo.

—Mientras te esfuerces y no distraigas a nadie, no me importa lo que escuches. Hablando del tema, espero que no te hayamos molestado hace unos minutos.

—¿Quién?

—Toby Bennett y yo.

Vanessa disimuló su sorpresa al oír el nombre. Toby Bennett era el jefe de personal de Cole Grisham, el hombre de confianza del senador. Vanessa no lo conocía, pero le había oído hablar en muchas ocasiones, y le sorprendió no haber reconocido su voz.

—Ni siquiera sabía que el señor Bennett estaba en el edificio. ¿Cuándo ha venido?

—Hace un ratito, y no ha estado mucho tiempo. No es importante. Solo espero que nuestra conversación no te haya distraído.

—Ni siquiera sabía que estabais ahí. —Sonriendo, Vanessa dio unos golpecitos a los auriculares—. Valen su peso en oro.

—Desde luego. —Braid se puso erguida, una señal de que la conversación había terminado, y Vanessa esperaba que se fuera satisfecha—. Mira, ha sido un día largo y la mayor parte del equipo ya se ha ido. Los que quedan están a punto de marcharse, así que ¿por qué no lo dejas por hoy? Descansa un poco y vuelve en forma y con ganas mañana por la mañana.

—Parece buena idea.

Vanessa intentó encontrar el cierre adecuado que pudiera consolidar la conclusión a la que esperaba que Braid ya estuviera llegando. Al cabo de un instante dio con ello.

—¿Tienes planes para esta noche? Podríamos tomar algo antes de irnos a casa.

Braid sonrió, esta vez con sinceridad. Era todo lo que Vanessa quería ver.

—Cualquier otra noche iría encantada —respondió—, pero he quedado para cenar con un marido impaciente. ¿Lo dejamos para otra ocasión?

—Claro. Disfruta de la cena.

—Que pases buena noche, Vanessa.

Braid se marchó en cuanto terminó de hablar y Vanessa contuvo la respiración. Hasta que perdió de vista a Braid no se permitió exhalar.

Era imposible saber con certeza si Braid se había creído la farsa, pero Vanessa sospechaba que lo había rematado con su último movimiento. ¿Quién en su sano juicio propondría tomar una copa en tales circunstancias? Eso la tranquilizó tanto como razonablemente podía hacerlo, es decir, no lo suficiente. Porque si *había* oído lo que creía haber oído... Si *había* oído a dos miembros del equipo de un senador planeando su inminente ascenso a vicepresidente de Estados Unidos, eso planteaba dos preguntas:

¿Qué sería del actual vicepresidente, Andrew Wilson?

Y, si la respuesta a eso era obvia, ¿qué demonios harían con una donnadie de Washington D. C. que conocía sus planes?

18

Hamburgo
República Federal de Alemania

28 de septiembre de 2025
Domingo

A Georg Miller le pesaban los párpados mientras veía pasar las calles de Hamburgo por la ventanilla del taxi.

El plan de viajar de Stuttgart a Hamburgo en avión la noche anterior se había visto frustrado por los horarios de las aerolíneas, pues descubrió en el Uber que el último vuelo del día había despegado incluso antes de que él llegara a casa de Elke Ackermann. Eso le dejaba dos opciones reales: o pasaba la noche en un hotel del aeropuerto y tomaba el primer vuelo por la mañana, o cogía el último tren interurbano y soportaba el viaje de casi seis horas.

Georg había elegido esto último. Desconcertado por los acontecimientos de aquella noche y consciente de que había utilizado su nombre más de una vez, pensó que lo mejor era salir de Stuttgart cuanto antes. Además, los trenes ofrecían un grado de anonimato que ni un hotel ni una aerolínea podían igualar.

Tras una noche de estrés e insomnio, se arrepentía de su decisión.

Echó un vistazo al reloj.

Eran las 6.07.

Todavía era demasiado pronto para ir directamente a casa de su abuelo, por lo que le había indicado al conductor la dirección de Freya en Ottensen, a veinte minutos de la estación ferroviaria donde había cogido el taxi.

No era nada en comparación con el viaje en tren de aquella noche, pero aun así se le hizo largo: la tolerancia de Georg a los viajes se había agotado. No estaba de humor para conversaciones banales y así se lo comunicó al conductor desde el principio.

—Es aquí, señor.

Georg se sorprendió tanto por las palabras como por el hecho de que el taxi ya no se moviera. Por un momento no sabía quién había hablado, pero entonces se dio cuenta de que se había quedado dormido.

No era en modo alguno la cabezada ideal: lo suficientemente larga como para desorientarlo, pero demasiado corta para sentirse descansado.

«Lo peor de ambos mundos», pensó.

Intentando despejarse, pagó al taxista, introdujo el código en la puerta del edificio industrial reconvertido que albergaba el apartamento de dos dormitorios de Freya y cogió el ascensor hasta el tercer piso. Tras un breve recorrido por el pasillo, finalmente estaba «en casa».

Tanto Georg como Freya tenían viviendas en propiedad, compradas por separado y antes del inicio de su relación. Freya había adquirido la suya cinco años antes de que se conocieran. A sus treinta y cinco años, era mayor que Georg, que tenía veintiocho, y había comprado cuando tenía algo menos de treinta, en un momento en que los precios en Ottensen eran más bajos que en la actualidad. Ese mismo aumento de los precios le había permitido vender aquel primer apartamento con una enorme ganancia y adquirir su piso actual, situado en una urbanización completamente nueva y con escasa ocupación hasta el momento.

Se había mudado hacía menos de dos semanas.

Georg había comprado su apartamento siendo aún más

joven —un estudio en el distrito de St. Pauli—, semanas antes de que una noche de amigos se convirtiera en su primera cita, por lo que nunca había sido realmente un hogar: había dormido como mínimo diez veces más en el antiguo piso de Freya que en el suyo, el cual utilizaba sobre todo para producir y grabar el pódcast. Era un hábito que difícilmente cambiaría ahora que Freya tenía un apartamento más grande y adecuado para dos.

En todos los aspectos importantes, aquella era la casa de Georg.

Dejó la bandolera en la pequeña mesa auxiliar que había justo a la entrada del apartamento y fue al dormitorio. Estaba a solo unos pasos cuando se abrió la puerta y salió Freya medio dormida.

—¡Dios! ¿Por qué no has llamado para avisar de que venías?

—No quería despertarte.

—Podría haber ido a buscarte a la estación. —Freya sonrió mientras hablaba, despertando visiblemente por momentos.

—He cogido un taxi.

—¿Has dormido? —dijo ella, acercándose antes de que Georg pudiera responder—. No, claro que no. Deberías.

—Tengo que ver a mi abuelo.

—Tu abuelo nunca mueve un músculo antes de las diez de la mañana. Puedes dormir unas horas.

—No puedo dormir. Ni hablar.

—¿Por qué? ¿Has tomado algo?

Georg captó lo que quería decir. Las drogas, en particular la cocaína, no eran inusuales en el mundo de la prensa, y tanto ella como Georg habían consumido en actos sociales, pero él también lo había hecho para obtener una dosis de energía y concentración en el trabajo. Solo había sucedido dos veces, y de eso hacía más de un año, pero Freya siempre estaba alerta ante esa posibilidad y preguntaba sin ambages.

Su desconfianza normalmente le parecía irritante, pero

esta vez se rio ante la idea de que pudiera haber necesitado ese estímulo adicional.

—No, nada. Te lo juro —respondió—. Lo más fuerte que he tomado es café.

—Y un cartón de Lucky Strike, a juzgar por el olor.

—Sí, eso también. He tenido una noche infernal y caí en la tentación.

—Lo cual significa que dormirás aunque solo sean dos horas. Hasta que me vaya a trabajar.

—¿No es domingo? Ya trabajaste el domingo pasado.

—Después del tiroteo, estamos todos de servicio. Eso significa que preguntarán por ti.

—Que pregunten.

Georg notó que lo vencía el cansancio, pero no quería que terminara la conversación. Quería contárselo todo a Freya, revivir cada detalle con ella. Le dijo exactamente eso, aunque se dio cuenta de que estaba arrastrando las palabras a causa de la fatiga.

—Tenemos toda la noche para eso —respondió Freya—. Cuando hayas visto a tu abuelo y puedas enlazar otra vez una frase con otra. Pero, antes, tengo que prepararme para ir a trabajar y tú necesitas descansar urgentemente.

—Pero...

—No es una conversación, es una orden. Vete a la habitación y métete en la cama. No me hagas repetírtelo.

Esta vez, Georg no dijo nada.

Freya tenía razón.

19

La casa de Peter Miller, situada junto al río, era demasiado grande para un hombre solo, y más aún un hombre que ya había superado los noventa y dos años. Tenía tres plantas —cuatro contando el sótano—, y había espacio suficiente para albergar cinco salones espaciosos uno al lado del otro.

Una familia de diez integrantes podría vivir allí cómodamente, pensaba a menudo Georg, y aun así disponer de espacio para invitados. En cambio, era el lujo desperdiciado de un solo hombre, el gran testimonio del éxito profesional de Peter Miller y un mausoleo para la vida que había vivido.

Georg no había mencionado la idoneidad de la casa en al menos una década. Cuando abordó el tema en sus años de adolescencia, su abuelo fue claro: saldría de allí en una caja y no antes. En aquella casa había criado a sus hijos. En aquella casa había cuidado a su esposa Sigfrid, la abuela de Georg, durante la enfermedad que acabó con su vida. Y en aquella casa había llorado la muerte de su hijo mayor, el padre de Georg.

Georg no pensó en nada de eso mientras subía el corto tramo de escaleras que conducía a la puerta principal de la residencia. Estaba allí para hablar de algo mucho más importante que la propiedad.

Después de entrar con su propia llave, se dirigió a la cocina, donde sabía que estaría su abuelo preparando el desayuno. Seguía esa rutina desde que Georg tenía uso de razón: a las diez de la mañana, dos huevos escalfados y tostadas, acompañados de jamón ahumado bávaro, una salchicha Bratwurst frita y tomates cherry asados rápidamente con su rama y aderezados con vinagre balsámico.

A Georg no le sorprendió descubrir que el tiempo y la edad no habían cambiado nada. El desayuno casi estaba listo, calcado hasta el último detalle.

Lo que sí le sorprendió fue que su abuelo no estuviera preparándose para comer solo.

Georg había conocido a Ben Klein poco después de la muerte de sus padres. Por aquel entonces era *Polizeikommissar*, un inspector júnior de la Bundespolizei, y había trabajado con el padre de Georg años antes. Ambos habían mantenido una amistad lo bastante estrecha como para que Klein quedara destrozado por su pérdida. Fue uno de los muchos que prometieron su apoyo incondicional al abuelo de Georg y el único compañero de Horst Miller que cumplió su palabra: desde aquel día, y a pesar de las distracciones profesionales que conllevaba su ascenso al rango de *Polizeidirektor*, Ben Klein había estado allí siempre que se le había necesitado.

Debió de oír los pasos de Georg en el pasillo, y ya estaba dándose la vuelta cuando este entró en la cocina.

—Georg, ¿cómo te encuentras? —Klein parecía preocupado—. Estabas muy nervioso cuando llamaste.

Ajeno a que había llegado su nieto, Peter Miller se volvió al oír el saludo de Klein y guardó silencio.

—No esperaba verte aquí —respondió Georg—. Pensaba que nos veríamos más tarde.

—Estaba en la ciudad. Y te noté raro. Cuando llamó tu abuelo y me dijo que vendrías esta mañana, decidí acercarme por si podía ayudar en algo.

—Eres un hombre ocupado, Ben. No era necesario. No quiero distraerte, sobre todo después de lo que ocurrió ayer en el estadio.

—El trabajo puede esperar. Esto es la familia.

Georg sonrió al oír las palabras de Klein y se dio cuenta de que probablemente era mejor que estuviera presente. Una tercera voz de confianza nunca era mala idea cuando Georg hablaba de temas difíciles con su abuelo.

Se acercó al anciano, que había llenado tres platos mientras hablaban y ahora los estaba colocando en la isla de la cocina. Georg se fijó en sus manos mientras lo hacía. Eran firmes como una roca, la antítesis de las de Carl Ackermann, mucho más joven que él.

Peter Miller echó hacia atrás dos sillas antes de rodear de nuevo la isla para coger su comida. Una silla para Georg, otra para Klein.

—Yo ya he comido, *Opa* —dijo Georg. Freya le había preparado una tortilla antes de irse al trabajo.

—Entonces comerás dos veces y te saltarás el almuerzo —repuso Peter—. Ahora siéntate y cuéntanos qué te tiene tan alterado.

Georg hizo exactamente lo que le pidió.

20

Peter Miller y Ben Klein guardaron silencio mientras Georg les contaba todo lo que sabía. Su relato era tan meticuloso y estructurado como un reportaje periodístico completo, e incluyó todos los detalles que quería que conocieran.

Tardó más de lo que esperaba y, desde luego, más de lo que había planeado. Aun sin ahondar en las teorías que había desarrollado durante su largo viaje nocturno en tren hasta Hamburgo, le llevó más de quince minutos exponer todo lo que había sucedido y todo lo que le habían contado.

Cuando estuvo seguro de que no había omitido nada, se recostó en la silla y miró primero a su abuelo y luego a Klein, a la espera de una respuesta.

A la espera, pensó, de que *Opa* lo tachara de estupidez.

Las manos de Peter, antes tranquilas, ahora temblaban un poco mientras apartaba el plato y se inclinaba sobre la isla de la cocina. Negó con la cabeza lentamente y miró a su nieto a los ojos. Cuando habló, sus primeras palabras fueron lo último que Georg esperaba oír.

—Era obvio que Odessa volvería. Lo cierto es que nunca se fue. No del todo.

Georg notó que fruncía el ceño y se le ensanchaban los orificios de la nariz, confuso ante la respuesta de su abuelo.

Confuso por lo que ni más ni menos que el mismísimo Peter Miller había dicho.

No podía ser verdad. Porque, de serlo, todo lo que sabía de su abuelo —todo lo que *el mundo* sabía de él— era mentira.

Habían pasado doce años desde que Peter publicó su último artículo de prensa. En ese momento ya había superado la edad de jubilación, pero la leyenda de Peter Miller dejaba de lado todas esas reglas; incluso ahora, el hombre que había llegado a definir el periodismo en Alemania podía garabatear algo en una servilleta y verlo publicado al instante en primera plana.

En el sector, su nombre era un referente por su independencia, integridad y coraje. Era una reputación incomparable que Georg intentaba igualar cada día de su vida laboral, y se remontaba a principios de los años sesenta y su célebre campaña contra la Organisation der ehemaligen SS-Angehörigen.

Odessa.

Fue Peter quien descubrió y dio a conocer la existencia de Odessa, una organización de exoficiales de las SS y personas fieles al nazismo. Arriesgando su vida para infiltrarse en el grupo, Peter había sacado a la luz una red siniestra cuyo objetivo no era solo la supervivencia de los artífices del Tercer Reich, sino el exterminio de la raza judía.

El reportaje posterior fue uno de los más importantes de todos los tiempos y, para el mundo, había puesto de rodillas a la organización. En la medida en que se puede calcular la influencia positiva, ninguna otra serie de publicaciones había igualado jamás lo que Peter Miller logró con los artículos sobre Odessa.

Por tanto, ¿qué debía pensar ante la posibilidad de que estuvieran basados en una mentira?

Georg estaba seguro de que había más detalles que Peter no había desvelado en las publicaciones de su campaña contra

Odessa. Había lagunas en la narración que resultaban obvias para otro periodista y elementos que denotaban la ayuda de otras personas que supuestamente no habían querido ser nombradas.

Georg sabía que las historias que se narraban públicamente nunca eran completas del todo.

Pero había un detalle sobre el que Peter había sido muy rotundo.

Odessa, según las conclusiones plasmadas en los libros, artículos y entrevistas de Peter, había desaparecido.

Había desaparecido y no iba a volver.

Dos afirmaciones totalmente contrarias a lo que su abuelo había dicho momentos antes.

—¿Qué demonios significa eso? —preguntó Georg.

—Significa lo que significa —respondió Peter—. No puedo ser más claro.

—Pues tendrás que intentarlo, *Opa* —replicó Georg con creciente irritación—. Toda la vida me has dicho que Odessa murió cuando denunciaste su existencia. Entonces ¿cómo puedes afirmar ahora que nunca desapareció?

—No debes ser tan ingenuo, muchacho. No pensarías que unos cuantos artículos iban a acabar con una ideología, ¿verdad?

—No tenían que acabar con una ideología. Tenían que acabar con Odessa, una organización.

—Odessa es una ideología. Odessa es el nazismo en su forma más pura y horrible. Eso no se puede detener. Se puede derribar. Se puede reprimir. Incluso se puede hacer que corra y se esconda, pero no se puede detener. No se puede matar.

Georg miró a Klein en busca de apoyo, pero el director de la policía guardó silencio. Casi parecía que nada de todo aquello fuera información nueva para él.

Georg volvió a centrar la atención en su abuelo.

—Pero, *Opa*, tú lo afirmabas en todos tus escritos. Dijiste que estaba acabada.

—¿Qué esperabas que dijera? Una historia necesita un final, y yo le di uno.

—Querrás decir que le diste una mentira.

—Le di una interpretación. Asesté un golpe a Odessa del que tardaría generaciones en recuperarse. Expuse sus éxitos pasados y su amplia red, y frustré sus grandes ambiciones. Inutilicé más a la organización que cualquier otro. Si eso no fue una derrota, entonces no sé qué lo es.

—Inutilizada no es lo mismo que muerta.

—Y herida pero viva no vende periódicos. Causé suficiente daño a Odessa como para que tardaran media vida en recuperarse. Pero solo podía conseguirlo si la gente que me rodeaba creía que el golpe sería mortal, así que los convencí de que lo era. Convencí al mundo de que Odessa estaba acabada.

—Pero ¿tú sabías que no era así?

—Nunca fui tonto, Georg. Vi lo suficiente cuando formé parte de eso..., de esa cosa. Vi cómo pensaban esos animales, cómo veían el mundo. Por más daño que les hiciera, nunca desaparecerían del todo. Eran la combinación perfecta de cucaracha y bacteria. Algunos sobrevivirían. Siempre lo hacen. Y luego, como las bacterias, cuando llegara el momento adecuado, empezarían a crecer de nuevo. Como te decía: era obvio que volverían.

Georg no sabía qué contestar. La explicación de su abuelo tenía mucho sentido, pero aun así no quería oírla. No quería oír que Carl Ackermann podía estar diciendo la verdad.

—No sabes si estás en lo cierto —protestó—. No es posible. Que tú sepas, tus reportajes acabaron con Odessa para siempre.

—*Puedo* saberlo, Georg. Y lo *sé*. ¿Crees que no mantuve los ojos y los oídos abiertos durante años? ¿Crees que no me he pasado casi toda mi vida adulta preguntándome como un paranoico cuándo vendrían a por mí esos cabrones?

Peter se estaba emocionando y empezaba a temblarle la voz.

—¿Quieres decir que esperabas una venganza?

—¿Tú no? Y si fuera así, ¿no harías todo lo posible para evitarla?

—¿A qué te refieres?

—Investigué tanto como pude sobre lo que quedaba de la red. Del tiempo que pasé en Odessa, utilicé los detalles que conocía pero que nunca pude probar. Pensaba que si averiguaba todo lo posible sobre ellos…, sobre lo que quedaba de ellos…, podría protegerme a mí mismo y a mi familia si alguna vez se convertían en una amenaza.

—Entonces ¿sabías que seguían siendo un peligro?

—Sabía lo contrario, al menos mientras pude seguirles la pista. La dirección seguía operativa en Sudamérica. Richard Glücks había mantenido el control allí, incluso después de que la organización se viera aquí diezmada. También descubrí que el *Werwolf* se había ido de Alemania y se había unido a Glücks en Argentina.

—¿El *Werwolf*?

—Hans-Adolf Prützmann. Él dirigía Odessa dentro del país. Cuando se fue de Alemania, fue como si aquí no hubiera líder. Una serpiente sin cabeza. Todavía tenía agentes, pero actuaban bajo instrucciones llegadas del extranjero. Solo servían para su propósito original más básico.

—¿Qué significa eso?

—Odessa aún podía sacar a los nazis del país si era necesario, si todo salía a la luz. Seguía teniendo influencia y recursos suficientes para ayudar a su gente a escapar de la justicia, pero eso era todo.

Georg asintió. Empezaba a entender, a aceptar las diferencias entre lo que creía que era verdad y lo que ahora sabía.

Esas diferencias, según pudo ver, eran pequeñas: el contraste entre una organización muerta y una inutilizada debía de parecer inexistente para su abuelo hacía sesenta años. Además, sabía que Peter tenía razón: sin una derrota, no había historia.

Pero, aun así, era problemático.

«Hace sesenta años era hace sesenta años. Ni siquiera las organizaciones inutilizadas tardan medio siglo en recuperar la salud».

Georg habló finalmente.

—Entonces Carl Ackermann es quien dice ser, lo cual significa que Odessa *podría* existir.

—No, Georg —respondió Peter—. Odessa *existe*, y ahora mismo está más cerca que nunca del poder.

21

A Georg le costaba aceptar lo que le estaba contando su abuelo. No solo que el regreso de Odessa era real, sino que Peter Miller supo de su supervivencia en todo momento.

—Piénsalo, Georg —dijo Peter—. Tú también has visto el resurgimiento de la extrema derecha, el ascenso de AfD. ¿De verdad crees que todo eso ha salido de la nada?

—¿Estás diciendo que AfD es Odessa?

—En absoluto. Cuando empezaron a cosechar notoriedad tuve mis sospechas, pero ahora no. Son demasiado toscos. Se parecen demasiado a los nazis originales. La Odessa que yo conocí era más inteligente, más sofisticada que el partido que la engendró.

—Pareces muy seguro de esa conclusión.

—Confío en mi instinto. Quienquiera que sea ahora Odessa, será mucho más sutil que cualquier cosa que hayamos visto en el pasado. Mucho más intelectual.

—¿Intelectual? ¿Con sus creencias?

—Isaac Newton era alquimista. Una mente excepcional no es una mente perfecta, Georg. Incluso los mejores estudiantes pueden ser adoctrinados, sobre todo si ese adoctrinamiento los convence de su propia excepcionalidad.

—De acuerdo, pero eso no explica por qué el mundo se

ha movido en una dirección que allana el camino a la extrema derecha. Para eso, la gente debe sentirse oprimida y silenciada, gente que de otra forma rechazaría ese tipo de ideología. ¿Cómo crees que lo ha logrado Odessa?

—Dudo que lo haya hecho —respondió Peter—. Y, de todos modos, ¿quién podría demostrarlo? Lo que no dudo es que lo habrán exagerado, que lo habrán convertido en un arma.

—¿A qué te refieres? ¿Cómo?

—No soy tan arrogante como para responder a esa pregunta. Han tenido décadas para perfeccionarlo, y también han pasado décadas desde que entendí la tecnología moderna que podrían estar utilizando. Pero, incluso para un anciano como yo, el medio obvio de manipulación tienen que ser las redes sociales.

Georg asintió.

—Eso es un hecho —dijo—. No hay mejor manera de dirigir la opinión pública. Lo hemos visto demasiadas veces, pero tiene que haber algo más. Es un proyecto demasiado a largo plazo como para que la explicación radique en una tecnología tan joven. Debemos averiguar qué más hay.

—¿Qué tienes en mente?

—Eso depende. ¿Qué piensas de Carl Ackermann? —preguntó—. ¿Crees que decía la verdad?

—¿Te refieres a si creo que asesinó a tus padres o que fueron asesinados por orden de Odessa?

—A ambas cosas, *Opa*.

—La respuesta a las dos preguntas es que no lo sé. Nunca había oído el nombre de Carl Ackermann. Pero eso no significa nada: ¿por qué iba a haberlo oído? En cuanto a si fueron asesinados por orden de Odessa..., no diré que no tenía mis sospechas cuando los perdí.

A Georg le sorprendió la respuesta.

—¿Hablas..., hablas en serio?

—Sí.

—Pero nunca lo has mencionado. Nunca...

—¿Qué iba a mencionar? ¿Querías que le explicase a un niño de diez años que podían venir a por él en cualquier momento y que, si lo hacían, yo no podría hacer nada para evitarlo?

—No, pero...

—Pues eso es lo que me habría visto obligado a decirte.

—Pero ¿lo pensaste?

—Por supuesto. Tú nunca has perdido a un hijo, y de verdad espero que nunca te ocurra. Cuando sucede, te lo cuestionas todo. Todo lo que has hecho. A todos los que has ofendido. Cada pecado que has cometido. Incluso a día de hoy, le pregunto a Dios qué hice para merecer perder a mi hijo.

Una vez más, Georg se quedó en silencio. Lo que había confesado su abuelo era algo que nunca había visto u oído, una profundidad emocional de la que durante mucho tiempo había creído que el anciano era incapaz. Nunca había pensado que Peter fuese inmune al dolor de su pérdida mutua, pero tampoco que él no fuera el único que seguía sufriendo incluso después de todo ese tiempo.

Por un momento, sintió algo por su abuelo que nunca antes había sentido.

Sintió lástima.

Como si intentara borrar activamente su momento de debilidad, Peter cambió de tema al instante.

—Hay algo más que nadie parece estar teniendo en cuenta —dijo, sin rastro de la emoción que asomaba en su voz hacía unos momentos.

Georg entendió el mensaje implícito.

—¿Qué?

—¿Cuál es el factor principal que realmente ha avivado el sentimiento nacionalista en los últimos años?

—El terrorismo.

La respuesta vino de Ben Klein, su primera intervención en la conversación. Hasta ahora se había limitado a observar y escuchar, pero tenía lógica que se uniera en ese momento: su departamento de la Bundespolizei era directamente responsable de la campaña antiterrorista que la prensa alemana estaba crucificando.

Georg y Peter se volvieron hacia él.

—Cada ataque perpetrado desde Navidad lo ha empeorado. Ahora tenemos que enfrentarnos a represalias de extremistas nacionalistas que quieren combatir el terrorismo con terrorismo.

Peter asintió.

—Los atentados de los últimos dos o tres años han disparado el sentimiento nacionalista. El efecto ha sido asombroso. Pero ¿y si los ataques terroristas que lo han causado no son lo que parecen?

—Vale, ahora no te sigo —dijo Klein—. En los últimos ocho años he participado en la investigación de cada acto o plan terrorista ocurrido cerca de Hamburgo, y esta serie de atentados, Peter, es *exactamente* lo que parece.

—No me refiero a eso. Por supuesto que es obra de extremistas islámicos. Tu equipo no se habría equivocado en algo así.

—Entonces ¿qué?

—No sabemos quién está detrás de su radicalización. ¿Y si ellos tampoco lo saben?

—Me he perdido —respondió Klein.

—Estas cosas ya no se hacen en persona. El contacto con quienquiera que los está manipulando se lleva a cabo en línea. Entonces ¿qué pasa si esos chicos adoctrinados no están hablando con quienes creen hacerlo? ¿Y si los está manipulando otra persona que los utiliza para cometer esas atrocidades en nombre del islam, pero por razones que nunca sospecharíamos?

—Crees que Odessa está detrás de los atentados terroristas —dijo Georg—, que está orquestando el extremismo y la violencia islamista.

—Es posible.

—Pero ¿por qué? —preguntó Klein.

—Recuerda tu historia. Recuerda el incendio del Reichstag.

—Ataques de falsa bandera —dijo Georg—, destinados a asustar a la población para que apoye a un líder político fuerte. Ya ha funcionado antes. Recuerda, si a Hitler le hubieran faltado los comunistas para asustar a las ovejas en los años veinte y treinta, habría tenido que inventarlos.

Klein no dijo nada. Parecía estar valorando las palabras de Peter y Georg y, sin duda, buscando lagunas en ellas.

Georg le dio unos momentos más antes de formular la siguiente pregunta.

—¿Has oído algo que respalde todo esto?

—No, nada. Pero si esa gente es tan sofisticada como dices, lo más probable es que...

Georg se volvió hacia su abuelo.

—¿Y cuánto hace que elaboraste esa teoría?

—Unos meses. Observé las consecuencias de los atentados y me pregunté por qué. ¿Por qué seguían cometiendo esas atrocidades si cada incidente empeoraba mucho las cosas para su comunidad?

—¿Y nunca lo mencionaste?

—¿Por qué iba a hacerlo? Era solo una teoría, una de tantas. A mi edad, muchacho, no tienes más que teorías. Me paso todo el día en esta casa viendo las noticias, leyendo las noticias y pensando en las noticias. Si te llamara cada vez que se me pasa algo por la cabeza, bloquearías mi número. Pero ahora, con lo que nos has dicho y con todo lo que hemos hablado..., creo que tiene potencial.

—Yo también —coincidió Georg—. La idea es válida, aunque haya alternativas como mínimo igual de probables. Al menos merece que pensemos en ello.

Se volvió hacia Klein.

—¿Tú qué dices, Ben? Esto es lo tuyo. ¿Vas a investigar?

Antes de responder, Klein los miró a ambos con una expresión de incredulidad.

—¿Hablas en serio?

—Esto podría ser la clave para acabar con esos cabrones e impedir más tragedias.

—Pero es pura especulación, Georg. No puedo dedicar recursos y personal a una hipótesis.

—¿Por qué no? ¿Acaso no todo son hipótesis al principio? Luego investigas y separas la verdad de la ficción. Así es como funciona tu trabajo, ¿no?

—Hasta cierto punto sí, pero las teorías que investigamos se basan en algo tangible. Sin ánimo de ofender, todo lo que has comentado es plausible, pero no hay pruebas de nada. No puedo destinar recursos a eso.

—Pero después de todo lo que acabas de oír sobre Odessa y..., y... mis padres...

—Georg, no puedes dejar que las emociones te dominen de esa manera. Piensa con claridad: ahora que todas las ciudades y estados se encuentran en alerta máxima por el próximo atentado terrorista o el próximo ejemplo de represalia nacionalista, ¿de verdad crees que puedo enviar a mis hombres a una búsqueda inútil y aun así conservar mi puesto?

—Ben, ese hombre dijo que los mató. Me lo describió.

—Pues búscame alguna prueba. Vuelve a ver a ese tal Ackermann y consigue algo más concreto. Y, ya que estás allí, intenta que confirme esta teoría. Pero necesito pruebas, Georg.

—De acuerdo.

Georg se levantó de la silla.

—No, no quiero que hagas eso.

Confundido por las palabras de su abuelo, Georg se volvió hacia él.

—¿Perdón, *Opa*?

—Es demasiado arriesgado. ¿Y si ese hombre dice la verdad?

—Entonces lo sabremos —repuso Georg—. Ese es el objetivo.

—No, no lo es. El objetivo es que sigas vivo. Ya has hecho demasiado ruido, muchacho. En el hospital y en su casa. Si algo de lo que ha dicho es cierto, podrían estar esperándote.

—No soy un novato, *Opa*. Llevo mucho tiempo haciendo este trabajo. Nada es…

—Nunca te has metido en algo como esto —interrumpió Peter, elevando el tono de voz—. Créeme, nada de lo que hayas hecho te ha preparado para esa gente.

Peter le agarró las manos a Georg mientras hablaba y este pudo sentir el temblor que había visto antes. Ahora era incluso más intenso. Apartó las manos lentamente.

—Lo siento, *Opa*, pero sé lo que debo hacer. No tengo otra opción.

Peter se recostó en la silla con una expresión mezcla de decepción y enojo.

—En ese caso, muchacho, yo tampoco.

—¿Qué significa eso?

—No importa. Solo te pido que me hagas una promesa.

—¿Cuál?

—Júrame que irás a ver a ese tal Ackermann y, diga lo que diga, no harás nada sin antes volver aquí. No emprenderás una búsqueda inútil. Irás a verlo y luego volverás. Prométemelo.

Georg miró a Klein, esperando alguna indicación de que sabía lo que estaba pensando el anciano. Pero el semblante de Klein era inexpresivo, así que Georg se volvió hacia su abuelo sin más opción que decir lo que el anciano quería oír.

—Te doy mi palabra. Obtendré lo que necesito de Carl Ackermann y, si es necesario, de su mujer, y volveré directo aquí.

Miró a Klein.

—Y entonces no tendrás más remedio que intervenir.

22

Rockville, Maryland
Estados Unidos

Vanessa Price cerró el grifo, descorrió la cortina y, al salir de la ducha, se situó encima de la alfombra húmeda que cubría más de tres cuartas partes del pequeño lavabo.

Luego se envolvió en una toalla blanca, grande y áspera para evitar que el suelo se empapara más de lo que ya estaba.

No tardó ni treinta segundos en lograr que desapareciera cualquier rastro de agua. La toalla vieja y barata de Vanessa no era tan lujosa como las alternativas suaves y gruesas que podían costar una parte considerable de su salario semanal, pero en su principal cometido era mucho mejor.

Cinco minutos después estaba lista: dientes cepillados, crema hidratante aplicada y pelo arreglado.

Todo el proceso le había llevado veinte, tal vez veinticinco minutos, y no había pensado en ningún momento en lo que estaba haciendo.

Estaba pensando en Cole Grisham, en Andrew Wilson y en la vicepresidencia de Estados Unidos.

Vanessa había ido directa a casa después del trabajo, y solo había hecho un alto en el trayecto de setenta minutos para comprar un sándwich y un refresco, ninguno de los cuales le había gustado. La conversación entre Katie Braid y Toby Bennett había quedado grabada a fuego en su mente.

La había reproducido una y otra vez y, aun así, al dirigirse al pequeño comedor-cocina, que ocupaba prácticamente la mitad del apartamento, no se le ocurría ninguna explicación inocente para lo que había dicho Bennett.

Se sirvió un café y un zumo de naranja, metió dos rebanadas gruesas de pan blanco en la tostadora y sacó un bote de mermelada de fresa de la nevera, escasamente surtida. Por primera vez desde el día anterior, le pareció que tenía la mente un poco más clara, como si la ducha caliente hubiera eliminado las telarañas.

Esa claridad le permitió evaluar el problema con nuevos ojos.

No podía hacer ninguna crítica a Bennett o a su afirmación objetiva de que Grisham aspiraba a ocupar su lugar en la Oficina Ejecutiva Eisenhower de la Casa Blanca, el puesto más cercano al cargo más poderoso de la tierra. Al fin y al cabo, Washington D. C. era un hervidero de ambición despiadada, y ese era un rasgo que Cole Grisham había demostrado poseer con creces desde que aterrizó allí cuatro meses antes.

Pero Toby Bennett había ido más allá, hasta el punto de establecer un plazo, y era ese plazo lo que obsesionaba a Vanessa desde que salió de la oficina de campaña la noche anterior.

«Ya está en marcha».

«Antes de que acabe octubre, Cole Grisham será vicepresidente de Estados Unidos».

En su momento, aquellas palabras la estremecieron, pero desde que salió de la oficina no pensaba en otra cosa, y su máxima prioridad era buscar desesperadamente algún significado que no fuese el obvio.

Hasta ahora no había encontrado ninguno.

El vicepresidente Andrew Wilson había sido el compañero de candidatura de Robert Bauer en las elecciones de 2024, la campaña en la que el presidente llegó a la Casa Blanca. Tras la victoria, llevaba casi nueve meses en el puesto.

Un puesto que supuestamente mantendría hasta enero de 2029.

«En otras palabras, no hay ninguna vacante».

Tomándose un momento para sacar la tostada, que estaba ardiendo, y untar un poco de mantequilla y mermelada roja, Vanessa empezó a barajar la posibilidad que acababa de venirle a la mente.

Una posibilidad que podía explicar las palabras que tanto la habían inquietado.

No era ningún secreto que, a pesar del formidable equipo que formaron Bauer y Wilson en las elecciones presidenciales, ahora que ostentaban el poder no estaban demostrando ser la pareja ideal, y el consenso generalizado era que la responsabilidad de todo ello recaía en el presidente.

Bauer tenía una personalidad muy particular. Era populista hasta la médula, y su base de votantes se sentía atraída por aquel carácter tan atípico respecto de quienes solían ocupar el cargo. Era la opción anti-Washington, el hombre que defendía al ciudadano de a pie, a quienes habían sido marginados durante décadas. Bauer había cosechado apoyos afirmando que estaba «con el país y con los estadounidenses», y que iba a recuperarlo para aquellos que lo habían construido.

Por supuesto, era todo palabrería y sandeces populistas, y gran parte del país lo sabía. Pero había tocado la fibra sensible de descontento que imperaba en ciertos ámbitos de la sociedad y, gracias a ello, Bauer había conseguido un bloque de votantes que lo convertían en una fuerza demasiado grande para ser ignorada.

Sin Bauer, el partido habría tenido dificultades para ganar las elecciones.

¿Y *contra* él, si se hubiera presentado como independiente? Habría fracasado estrepitosamente.

Ese hecho había obligado al partido a hacer un pacto con el diablo.

Y Vanessa sabía que ahí era donde había entrado en juego Andrew Wilson.

Era casi veinte años más joven que Bauer, pero atesoraba una década más de experiencia política que el presidente. Elegido para el Congreso a los veintinueve años, había servido seis mandatos de dos años antes de ser incorporado a la candidatura presidencial de Bauer. En ese tiempo, había demostrado ser un estratega consumado con un historial de compromiso bipartidista y fama de ser un hombre que conseguía que se hicieran las cosas. Wilson era el rostro respetable y profesional de la política estadounidense, el compañero ideal para el inconformista Bauer.

La idea era simple: Bauer aportaría su base e incluso algunos independientes, mientras que Wilson satisfaría a los fieles y tradicionalistas del partido. Y en general se esperaba que moderara los instintos más extremos de su compañero.

La realidad fue muy distinta.

Por supuesto, los comicios habían ido según lo planeado y ambos hicieron gala de sus respectivas virtudes.

Lamentablemente, la toma de posesión de Bauer apenas había terminado cuando el resto del plan empezó a desmoronarse.

En los nueve meses transcurridos desde enero de 2025, Andrew Wilson había sido apartado, y no como cabría esperar para un vicepresidente.

El papel era notoriamente ingrato en el mejor de los casos —tan cerca del cargo más poderoso de la tierra y, al mismo tiempo, tan lejos—, pero la Administración Bauer lo había llevado al extremo. Por lo visto, Wilson no había participado en una sola reunión o toma de decisiones.

Bauer había acaparado hasta el último ápice de poder y lo había concentrado en torno a él y su círculo íntimo, mientras que, para quienes no pertenecían a esa camarilla —incluido el vicepresidente—, era como si hubieran perdido las elecciones.

Lo cual hizo pensar a Vanessa si Wilson simplemente se había hartado y pensaba dimitir.

Sería un hecho sin precedentes, pero, dadas las circunstancias, también podía ser apropiado. Después de todo, ¿por qué iba a tolerar un político de carrera que lo trataran así?

Y, si ese era el plan de Wilson, ¿por qué no iba a saberlo Toby Bennett de antemano? El presidente Bauer debía de estar al corriente.

Y, si Bauer estaba al corriente y se había mantenido firme, su estrecha relación con Cole Grisham, de sobra conocida, hacía aún más probable que le hubiera transmitido la noticia a su amigo.

Y era más que probable que Grisham, con sus similitudes políticas y su relación ya existente, y con la creciente popularidad del senador, entrara en escena.

Vanessa empezaba a verle el sentido.

Tal vez ese era el plan desde el principio.

Tal vez por eso Wilson había sido apartado de manera tan pública.

Vanessa notó que la tensión en el cuello disminuía por momentos. Ahora se le presentaban escenarios inocentes a toda velocidad, posibilidades que, debido al cansancio, no se le habían ocurrido hasta ahora.

Por fin tenía una explicación inofensiva para lo que había oído: una manera de que Grisham aspirara a la vicepresidencia sin la salida violenta del titular. Y, por mucho que supiera que aquello no era ni más ni menos teórico que las ideas siniestras que la asolaban la noche anterior, decidió darlo por bueno.

Porque la alternativa, se dijo a sí misma, era impensable.

Satisfecha, dio un mordisco a la tostada. Era hora de ir a trabajar.

23

Eran las 7.45 en punto cuando Vanessa cruzó la recepción con suelo de mármol del edificio que albergaba la oficina de campaña del senador Cole Grisham en Washington D. C.

Para cualquiera que estuviese observando, su aspecto era exactamente el mismo que cada día. Era como cualquier otro empleado que llegaba para iniciar otra larga y exigente jornada laboral, empeorada por ser su quinto domingo consecutivo trabajando.

Pero Vanessa era consciente de que se movía con una ligereza que hacía meses que no sentía.

El hecho de que fuera domingo daba igual. Ahora que sería el último, ya no importaba.

Vanessa había decidido que hoy sería el primer día del resto de su vida.

Desde la estación de la calle Quince Noroeste, en el centro de D. C., a unos cinco minutos andando de la estación de metro de McPherson Square, el último tramo del trayecto de Vanessa hasta el despacho era siempre el más tranquilo. Menos gratificantes eran los cuarenta minutos de tren por la superficie que lo precedían.

El desplazamiento, mucho más cómodo los fines de semana, casi había resultado placentero y, sin duda, había sido útil. Con el estado de ánimo adecuado, un trayecto de una hora puede convertirse en un buen momento para pensar.

¿Cómo se había obsesionado con un posible complot de ciertos miembros del equipo de un senador —un equipo al que ella misma pertenecía— para asesinar al vicepresidente de Estados Unidos? ¿Cómo había antepuesto esa posibilidad a la explicación inocente que ahora juzgaba mucho más probable?

¿Qué decía eso de la opinión que tenía de sus compañeros?

¿De sus jefes?

¿Del partido político para el que trabajaba?

¿Qué decía de su fe en el sistema político que antaño era la ambición de su vida?

Esos pensamientos inquietaron a Vanessa durante la primera mitad del viaje. Pregunta tras pregunta, como una lluvia de puñetazos que bastó para hacerla tambalearse. Y entonces, como de la nada y reemplazando a los primeros síntomas del ataque de pánico que preveía, Vanessa tuvo su respuesta.

«No puedo más con esto».

Era así de simple.

Después de todo ese tiempo, después de la ansiedad, el dolor y el miedo, después de todo, Vanessa no podía seguir engañándose.

Si pensaba tan increíblemente mal de la gente que la rodeaba en un trabajo que estaba pasando factura a su salud, la solución era innegable: no debía seguir cerca de ellos.

Debía renunciar.

Era la primera vez que Vanessa estaba tan cerca de tomar la decisión sin que ello desencadenara un ataque de pánico. Por el contrario, tuvo la sensación de que alguien le había quitado un arnés de dos toneladas de los hombros.

No pudo evitar esbozar una sonrisa de oreja a oreja al

pasar por la recepción de seguridad, atendida por el turno de mañana, un grupo poco comunicativo, y dirigirse a los ascensores que la llevarían al tercer piso.

Cuando salió del ascensor y recorrió la corta distancia hasta la oficina de campaña, no había rastro de David Hewitt, lo cual no era ninguna sorpresa. Hewitt, al igual que el resto de los guardias de seguridad del edificio, no cubría los turnos ridículos que hacían regularmente los empleados de su inquilino.

«No importa —se dijo a sí misma—. Tengo su número y su correo electrónico».

La zona principal de la oficina ya estaba medio llena cuando entró por la puerta, lo cual no era infrecuente. Vanessa casi nunca era la primera en llegar, aunque a menudo era una de las últimas en irse. Imaginaba que los que solían llegar antes que ella vivían más cerca, pero no tenía forma de saberlo. Eso implicaría una comunicación personal que no existía.

Sin mirar a nadie, fue directa a su escritorio. Una vez allí, tomó asiento y examinó su espacio de trabajo.

Sus auriculares Bose con cancelación de ruido.

Una foto suya frente al Parlamento de Londres, su único viaje al extranjero, cuando tenía dieciocho años.

Una piedra que le había regalado Sophie días antes de la muerte de su joven amiga y que según ella se había desprendido del monumento a Washington.

Y una agenda de compromisos para 2025 que no había tocado desde abril.

Vanessa calculó seis segundos. Seis segundos y parecería que nunca había ocupado aquella mesa. Era un triste testimonio de la vida que había llevado desde su llegada a D. C.

También confirmaba que había tomado la decisión correcta.

Vanessa dio un golpecito al ratón para activar el ordenador, tecleó la contraseña y accedió a la tarea que había abandonado desde el ataque de ansiedad del día anterior. Poco imaginaba entonces que sería la última como miembro del equipo del senador Cole Grisham.

Esa idea la hizo sonreír.

Echó un vistazo a lo que quedaba pendiente y no tardó en hacer los cálculos mentales.

«Dos horas como máximo», se dijo a sí misma.

Miró el reloj.

«Me largaré para siempre a las diez de la mañana».

Su sonrisa se agrandó.

Una hora después, Vanessa estaba cumpliendo sobradamente el plazo.

No tenía prisa por terminar —había llegado a la conclusión de que las once era lo bastante pronto—, pero ahora que estaba trabajando vio que su estimación de dos horas era más que suficiente. Según había descubierto, era más fácil concentrarse en una tarea cuando se vislumbraba un final definitivo.

Vanessa no había hablado con nadie en los sesenta minutos transcurridos desde su llegada. Con los auriculares bien puestos y la música de Mozart llenándole los oídos —una precaución que seguía tomando por si llamaba la atención de Katie Braid—, se había concentrado por completo en terminar la tarea que había empezado el día anterior.

El último trabajo que haría allí.

Por ese motivo, Vanessa no se dio cuenta de que Braid había llegado a las ocho y media, ni de que la directora se había dirigido como una bala hacia Alice Osbourne e Indira Chopra, las dos empleadas que, junto con Vanessa, constituían los únicos vestigios del equipo de Jack Johnson. Vanessa no había visto a sus dos compañeras yendo al despacho de Braid, ni había oído los gritos con acento de Tennessee que atravesaban violentamente la puerta que su dueña había dejado entreabierta y que hicieron encoger a otros trabajadores.

Lo que trajo a Vanessa de vuelta al presente fue un movimiento rápido y desordenado.

Presa de la confusión, miró a su alrededor y se levantó para tener una mejor panorámica. Fue entonces cuando vio a Alice e Indira en sus respectivas mesas, ambas con lágrimas en los ojos, y a dos guardias de seguridad junto a ellas.

Vanessa se quitó los auriculares y oyó de inmediato a Katie Braid, que casi estaba gritando.

—¿... ni siquiera pensasteis en la imagen que daría el senador si esto se hacía viral?

Vanessa miró a Alice e Indira, cada vez más confundida. Ambas parecían estar protestando, una de forma mucho más agresiva que la otra. No era capaz de discernir lo que decían, pero era evidente que ambas estaban negando cualquier implicación en lo que se les imputaba.

—Por el amor de Dios, reconocedlo. —El acento de Braid no hacía sino empeorar el desdén que transmitía su voz; era como si su particular forma de hablar hubiera sido diseñada para momentos como aquel—. Por una vez, decid la verdad aunque quedéis mal. Haced lo correcto.

—He dicho la verdad. En mi vida había visto esa publicación.

Fue Alice quien respondió airada y ruidosamente, lo suficiente como para que Vanessa pudiera oírla. No le sorprendió que fuese Alice y no Indira quien se defendiera. De las dos, ella era con diferencia la que irradiaba más seguridad en sí misma.

—No sé qué pinta eso en mi cuenta —continuó—, pero te aseguro que no lo escribí yo.

—Entonces ¿quién lo hizo? ¿Quién accedió a tu cuenta hace diez meses y escribió esas cosas fingiendo ser tú? ¿Y por qué, eh? ¿Por qué iba a hacerlo?

—Me han tendido una trampa. Es todo lo que puedo decir, porque no soy yo. ¿Me oyes? No soy yo.

—Me temo que eso es fácil de decir. Demasiado fácil.

Braid miró a Indira, que guardó silencio, cosa que la directora pareció interpretar como una confesión, así que hizo un gesto a los dos guardias.

—Dadles sesenta segundos más para recoger sus cosas y sacadlas de una vez por todas de esta oficina.

Con esas últimas palabras, volvió a su despacho, situado al fondo de la amplia zona de trabajo. Luego se dio la vuelta y, de brazos cruzados, observó desde la puerta mientras las dos compañeras más antiguas de Vanessa recogían su mesa. Vanessa quería hablar con Alice e Indira, pero no con Braid presente.

Tendría que esperar, así que se sentó de nuevo, se puso los auriculares y miró fijamente la pantalla, especulando sobre lo que podía significar todo aquello. La paranoia que la había atormentado la noche anterior estaba regresando con fuerza.

«Aparte de mí, Alice e Indira eran las únicas del equipo nuevo que no habían sido elegidas a dedo por Toby Bennett».

¿Era coincidencia que ahora fuesen ellas las que estaban siendo expulsadas del equipo, pocas horas después de que Bennett ordenara a Braid que pusiera su casa en orden?

«¿La próxima seré yo?».

Dándole vueltas, a Vanessa le temblaban un poco las manos y la adrenalina empezó a fluir. Consciente de cómo podía acabar aquello y de que en ese momento no tenía tiempo para un ataque de ansiedad, se obligó a respirar profunda y deliberadamente y puso todo su empeño en pensar con claridad.

Valoraría las alternativas, las explicaciones inocentes.

Porque ¿y si realmente era una coincidencia?

¿Y si ambas habían publicado material bochornoso en internet?

No serían ni mucho menos las primeras.

Y, si Grisham aspiraba a la vicepresidencia, era lógico que empezara a investigar a fondo a los miembros de su equipo.

Esos y otros pensamientos competían con otros más siniestros mientras Vanessa miraba la pantalla. El ruido mental del conflicto era ensordecedor y casi agradeció ver la sombra que ahora se proyectaba sobre su cubículo.

Era Braid.

—¿Puedo hablar contigo?

Braid exageró al articular las palabras e indicó su significado con las manos. Vanessa entendía por qué: era por si no podía oírla debido a los auriculares con cancelación de ruido.

Se quitó los Bose y, al dejarlos encima de la mesa, reparó en que Braid llevaba un iPhone en la mano, lo cual era extraño: Braid era fiel a las tablets y normalmente solo utilizaba el teléfono para hacer llamadas, pero la pequeña pantalla estaba encendida y conectada a la red social X.

Vanessa fingió no darse cuenta y centró su atención en Braid.

—¿Qué ha pasado con Alice e Indira? —preguntó, convencida de que fingir que no había oído el altercado sería poco creíble.

—¿Eran amigas tuyas?

—No, nunca hemos sido amigas, pero llevan el mismo tiempo que yo en el equipo, o más en el caso de Alice, así que obviamente las conozco a ambas.

—¿Las conoces bien?

—No, bien no. Solo las conozco como compañeras.

—¿Nunca fuisteis a tomar algo ni salisteis juntas?

—Las tres solas no. Solo algunas veces, cuando salía todo el equipo del senador Johnson, pero nunca las tres. Katie, ¿de qué va esto?

—Es por prevención. No queremos perderte, Vanessa, pero debemos tener claras las lealtades.

—Entonces ¿qué ha pasado?

—Cosas pasadas. Nada que de verdad debiera importarnos ahora, pero ya sabes cómo funciona el mundo. Ya conoces Washington.

—Pero ¿qué es?

—Publicaciones antiguas en X, posts que podrían abochornar al senador.

—¿Qué tipo de cosas?

Braid levantó el iPhone, confirmando así las sospechas de Vanessa sobre por qué lo llevaba en la mano. En la pantalla se veía la página de inicio de la cuenta de Indira Chopra en X.

—Cosas como esta.

Braid se desplazó hacia abajo hasta llegar a una publicación que hacía referencia al conflicto palestino-israelí tras el atentado del 7 de octubre de 2023. Al parecer, Indira había condenado la reacción de Israel a las atrocidades de los terroristas palestinos sin incluir ninguna crítica a Hamás o lo que Israel había sufrido para dar cierta perspectiva.

Desconcertada, Vanessa levantó la vista.

—¿Y dónde está el problema? Es lo que piensa mucha gente.

—El presidente no y, por tanto, el senador tampoco. El Gobierno al que representamos tiene una postura firme sobre el tema. Si permitimos que un miembro del equipo haga este tipo de declaraciones públicamente, nos exponemos a algo más que críticas. Estaríamos pidiendo ser crucificados.

—Yo nunca he oído a Indira decir nada ni remotamente parecido.

—¿Alguna vez la has oído decir lo contrario?

—Bueno, no...

—Pues aquí lo tenemos por escrito. Vanessa, ¿conoces ese dicho de que si parece un pato, nada como un pato y grazna como un pato, probablemente sea un pato?

—¿Y Alice? —Este era un terreno más seguro: Vanessa conocía la opinión de su compañera sobre la situación en Israel, y no era la que Indira expresaba en su perfil—. ¿Qué dijo ella?

—Lo suyo fue peor. Dependiendo de quién se tratara, a

lo mejor podríamos tolerar opiniones políticas discrepantes, pero la señorita Osbourne fue más allá. Resulta que utilizó la plataforma para atacar al propio senador mucho antes de que fuera elegido.

Vanessa tuvo que contenerse para no fruncir el ceño y demostrar que le costaba creerse todo aquello.

—¿Alice hizo eso?

—Según su perfil, sí. —Braid buscó algo en el teléfono y se lo devolvió—. Mira.

Vanessa leyó la publicación. Era de diciembre de 2024, y en ella citaba una declaración de Cole Grisham en su programa de YouTube. La publicación de Grisham cuestionaba la idoneidad de la Oficina de Aduanas y Protección Fronteriza de Estados Unidos y pedía una revisión. Al parecer, Alice Osbourne había vuelto a publicar el tuit original del todavía futuro senador y había añadido un comentario propio.

«Agradezcamos que el imbécil de Grisham ya no tenga su programa de televisión por cable —había escrito— y que solo los chalados habituales de YouTube escuchen ahora sus diatribas ignorantes e incultas».

—¿Comprendes el problema? —preguntó Braid.

—Por supuesto —respondió Vanessa—. Entiendo que Alice haya tenido que irse, pero me veo obligada a preguntar cómo no lo habéis descubierto hasta ahora.

—El equipo de transición cometió un error hace meses.

—Es un error garrafal.

—No creas que no habrá consecuencias. —Braid miró un momento a su alrededor, como para cerciorarse de que nadie las oía. Tal vez era una lección que había aprendido la noche anterior. Cuando volvió a hablar, lo hizo en voz baja—. ¿Puedo hacerte otra pregunta?

—¿Quieres saber si alguna vez he publicado algo similar?

—Sí.

—Seguro que ya lo habéis comprobado.

—En efecto, y no existe ninguna cuenta de redes sociales a tu nombre. En ningún sitio.

—Nunca sentí la necesidad de abrir una. No tengo muchos amigos.

—¿Y de forma anónima? ¿Tienes alguna con otro nombre?

—No, ninguna.

Braid asintió, aparentemente satisfecha.

—Es todo lo que necesitaba saber. Toda precaución es poca, sobre todo ahora.

—¿Por qué? ¿Qué está pasando?

Vanessa se arriesgó a preguntar por temor a que no hacerlo resultara extraño. Braid parecía nerviosa.

—Solo..., solo lo que hablamos ayer. Estamos avanzando hacia la primera elección real del senador.

Disimulando su incredulidad, Vanessa asintió para indicar que lo entendía.

—Comprendo.

Sin añadir nada más, Braid se fue con una sonrisa, lo cual alegró a Vanessa.

Era imposible que Alice Osbourne hubiera publicado lo que Braid acababa de enseñarle. Eso significaba que la negación y el enfado de la ahora exmiembro del equipo eran absolutamente reales.

Lo que Vanessa le había dicho a Braid era cierto: ella y Alice nunca habían sido amigas, pero sí conocidas del trabajo, e incluso las conocidas hablan, especialmente sobre temas que les interesan. Por eso, cuatro meses antes y a raíz de unos rumores sobre el sustituto de Jack Johnson como senador, Vanessa le había mencionado a Cole Grisham por primera vez.

¿Y cuál fue la reacción de Alice en ese momento? Preguntar quién era.

¿No le sonaba de nada el mismo hombre sobre el cual presuntamente había publicado una crítica más que fundamentada cuatro meses antes? Ambas cosas eran incompatibles, y esa era la única prueba que Vanessa necesitaba. Era una trampa, una excusa para despedir a Alice, lo cual significaba que con Indira había sucedido lo mismo.

A Vanessa solo se le ocurría una razón para que Braid llegara a esos extremos.

«Está haciendo limpieza. Necesita que Alice e Indira se vayan antes de lo que sea que vaya a ocurrir con Grisham y con la vicepresidencia. Necesita que este lugar sea hermético, con personal elegido a dedo y totalmente leal».

Ahora los pensamientos llegaban sin parar, y las inferencias eran ineludibles.

«Si están echando a todos los que no han sido elegidos a dedo —se dijo a sí misma— es porque necesitan a gente que los apoye pase lo que pase. Y "pase lo que pase" no es necesario para una dimisión voluntaria. "Pase lo que pase" está reservado para algo mucho peor. "Pase lo que pase" es lo que necesitas para un puto golpe de Estado».

Vanessa respiró hondo, decidida a que aquellas revelaciones no la llevaran al límite, a que no la obligaran a salir corriendo hacia el reconfortante aislamiento del baño para discapacitados. En ese momento estaba ganando y tenía la cabeza lo bastante despejada como para formular la pregunta más importante:

«Entonces ¿qué pasará conmigo?».

Pensó unos segundos.

«Mientras confíen en mí, estaré a salvo. Y, por alguna razón, ahora mismo parece que confían en mí. Mientras esté aquí. Mientras forme parte del equipo. Lo cual significa que no puedo irme, ahora no. Después de lo de anoche, no. Y después de esto, tampoco».

Vanessa no tenía alternativa. Por ahora, en contra de todas sus esperanzas y ambiciones, debía seguir cerca de Grisham y su equipo. Su seguridad dependía de ello.

Hoy no renunciaría.

24

Stuttgart
República Federal de Alemania

A pesar de que había llegado a la misma hora que el día anterior, el Marienhospital no podía parecer más distinto cuando Georg volvió a entrar por la puerta.

El cambio de tiempo tenía parte de culpa. El sábado había sido extremadamente caluroso y húmedo. Era totalmente impropio para una tarde de septiembre: apenas soplaba viento y las temperaturas habían alcanzado un máximo de veintinueve grados. Veinticuatro horas después, Georg tuvo la sensación de haber cambiado de continente. El descenso de diez grados en la temperatura vino acompañado de lluvia, truenos y fuertes vientos, unas condiciones que encajaban mejor con el estado de ánimo de la ciudad tras los horrores de la tarde anterior.

Y el hospital estaba igual de cambiado que el tiempo.

Los centenares de pacientes que esperaban atención médica ya la habían recibido. Algunos habían sido ingresados o trasladados a otros centros, y la mayoría supuestamente habían sido tratados y enviados a casa. Otros noventa y seis habían corrido una suerte totalmente distinta y sin duda seguían allí, en algún lugar al que el público no podía acceder.

Para alguien que pasara por allí, era como si el infierno de la víspera nunca hubiera ocurrido.

Todo había vuelto a la normalidad.

Georg avanzó por la recepción y vio que ya no había personal de seguridad. No le cabía duda de que se encontraban en otra zona del edificio, pero probablemente en menor número y actuando con mayor discreción.

El cambio era aún más perceptible cuando dejó atrás el mostrador principal y enfiló el primer pasillo que conducía a las diversas unidades. Hoy, el pasillo estaba despejado, mientras que las salas adyacentes contaban con gran cantidad de asientos, más que suficientes para quien pudiera necesitarlos.

Georg se adentró más en el edificio, decidido a irse de allí lo antes posible: el drama de la tarde anterior hacía que el lugar le resultara nauseabundo. Ese mismo drama también le había puesto una diana en la espalda, por lo cual debía mantenerse alejado de cualquiera con quien se hubiese cruzado.

Al moverse, sus ojos estaban en todas partes, evaluando a cada doctor, a cada enfermera, a cada trabajador y, en algunos casos, incluso a los pacientes.

Solo le llamó la atención una persona: un hombre rubio y esbelto de treinta y tantos años, con una cintura notablemente delgada y hombros anchos, a quien Georg había visto en la sala de espera de urgencias. Su atención no fue correspondida: cuando Georg pasó, el hombre se encontraba junto a una máquina de café situada a diez metros de distancia y no apartó la mirada de su bebida.

Lo que primero atrajo la mirada de Georg fue la cicatriz larga y desigual que iba desde el rabillo del ojo izquierdo hasta la mandíbula, pero, cuando apartó la vista de la cicatriz, siguió observando a aquel hombre, un magnetismo que no lograba entender. El hecho de que el desconocido no estuviera prestando atención le infundió un alivio inexplicable.

Momentos después, el hombre quedó atrás y Georg siguió andando por el pasillo que se alejaba de la unidad de urgencias.

No reparó en nadie más mientras intentaba deshacer el camino del día anterior. Ni caras conocidas, ni personas que sobresalieran, ni tampoco personal de seguridad de incógnito. Ahora que ya había olvidado al hombre de la cicatriz, Georg empezó a actuar con menos cautela y se centró más en llegar a la unidad de demencia que en evitar ser reconocido.

Durante unos minutos, intentó recordar la ruta que había seguido Ackermann, los giros a izquierda y derecha que en su momento le parecieron interminables. Le estaba resultando casi imposible, cosa que lo irritaba cada vez más. Por tanto, fue un golpe de suerte que viera el primer cartel que hacía referencia directa a su destino: *Demenzstation*.

El cartel lo envió a la izquierda en un punto donde recordaba claramente haber girado a la derecha cuando estuvo allí antes. Eso confirmó sus sospechas: Ackermann deambulaba en un estado de confusión mientras Georg lo seguía sin rumbo.

En esta ocasión, la señalización le permitió llegar rápidamente a la unidad de demencia. En dos o tres minutos, Georg estaba en la entrada, aunque procurando no ser visto.

Era la única zona del Marienhospital que parecía tan abarrotada como el día anterior. Había pocos forasteros ocupando espacio, pero los pacientes mayores que aún tenían movilidad compensaban esa ausencia. Igual que entonces, deambulaban por los pasillos, hablando con todo aquel que quisiera escuchar y con muchos que no querían, y la propia naturaleza de sus síntomas comunes los hacía mucho más ruidosos que los pacientes de otras partes del edificio.

Georg se arriesgó a mirar más de cerca, pero lo hizo con cuidado. Era el lugar donde había más posibilidades de tener problemas.

Y allí era donde probablemente había llamado Mila Ackermann exigiendo hablar con el doctor Michael Hoffman, quien, seguramente, jamás había puesto un pie en la unidad.

Georg conocía los riesgos, pero esta vez iba totalmente

preparado para lo que pudiera surgir. Pensando de nuevo con claridad y lejos de la imprudencia emocional que lo había impulsado el día anterior, ya sabía qué responder si alguien lo reconocía. Aun así, prefería evitarlo; las cosas serían mucho más fáciles si el personal que Georg había encontrado la víspera no trabajaba hoy.

Avanzando un par de metros encontró una ubicación más favorable para la observación, pero no divisaba el mostrador de recepción. Por un momento no entendió por qué, pero entonces se dio cuenta de que el paseo de Ackermann lo había llevado a aquella unidad desde el sur en lugar del este. Por eso, lo primero que vio ayer fue el mostrador, mientras que hoy, llegando por esta nueva dirección, permanecía oculto.

Apartó la mirada de lo que no podía ver y se fijó en lo que sí podía: la sala de espera de la unidad de demencia. Por primera vez, reparó en lo inusual que era también aquella zona. En otras partes del hospital, la sala de espera habría estado perfectamente delimitada y separada de la unidad, pero allí estaba incorporada a todo el conjunto, probablemente un resultado de la mínima señalización que había notado el día anterior, al margen de la absoluta imposibilidad de mantener a los pacientes en áreas designadas.

Eso hacía que la zona pareciera mucho más grande, con visitantes dispersos aquí y allá en lugar de verse confinados a un espacio más reducido. Además, le brindaba una distancia propicia con respecto a los dos hombres que ahora captaron su atención.

Ambos estaban sentados a unos metros el uno del otro en una zona más alejada del mostrador de recepción, todavía oculto. La distancia impedía distinguir sus rasgos faciales con claridad, pero su atuendo y físico eran similares. Ambos eran altos —al menos más que Georg— y parecían estar en forma, aunque de manera natural y no por haberse moldeado en un gimnasio.

Por un momento, Georg no entendió por qué le habían llamado la atención, pero entonces cayó en la cuenta. Había algo en ellos que le recordaba al hombre de la cicatriz que había visto en la recepción. Una fracción de segundo después, su instinto le confirmó el vínculo.

Odessa.

Georg dudó. Sabía que se había fijado en ellos por alguna razón, aunque conscientemente no supiera cuál. Confiaba demasiado en su instinto como para quedarse a averiguar si su corazonada era correcta.

Ackermann podía esperar. En cualquier caso, ¿de qué le serviría si, a causa de una lesión o incluso algo peor, luego no podía utilizar lo que averiguara para descubrir la verdad sobre la muerte de sus padres?

Con la paranoia disparada, Georg dio media vuelta, pero al momento tuvo que apartarse para no chocar con una enfermera que se acercaba. Luego miró la bandeja que llevaba y la jarra de agua que había encima, la cual se tambaleó por el movimiento brusco, por lo que no vio el rostro de la enfermera cuando se cruzó con él.

Fue una omisión que lamentaría al instante.

—¡Tú!

El grito llegó desde apenas medio metro de distancia y fue lo bastante fuerte como para sobresaltar a Georg, que miró hacia atrás y reconoció inmediatamente a Annaliese, la enfermera de la noche anterior.

Cuando gritó, la bandeja empezó a temblar de nuevo.

—¡¿Qué le hiciste?!

Confuso por lo que estaba sucediendo, Georg dio un paso hacia atrás.

—Lo mataste, *du Stück Scheiße*. —Al decirlo, la saliva de la enfermera roció el rostro de Georg, y estaba seguro de que había sido intencionado—. *Tú* lo mataste.

Esta vez, el significado estaba claro. Georg entendió lo

que estaba diciendo la enfermera, pero en ese momento no tenía tiempo para gestionarlo. Desde el momento en que ella profirió el primer grito, su cerebro primitivo estaba en otra parte.

Más atrás, en la zona de asientos situada al fondo, el grito de Annaliese debía de haber sido una llamada de atención para quien esperara la llegada de Georg.

No era necesario volver la cabeza para comprobar si los dos jóvenes ya estaban acercándose. Si eran quienes temía, debía moverse y aprovechar la limitada ventaja de la que gozaba.

Pero se dio cuenta de que era más fácil decirlo que hacerlo.

Annaliese no era un obstáculo. A pesar de su furia, era menuda, de constitución delgada y fácil de esquivar. Pero quien asomaba por el pasillo detrás de ella era bien distinto.

Era un hombre corpulento, vestido con un estilo parecido al de los dos que estaban en la sala de espera y con el mismo físico de jugador de fútbol americano de la vieja escuela. Esta vez, Georg pudo ver el rostro completo y su expresión malintencionada. Avanzaba con rapidez, en pleno esprint, y, aparte de Annaliese, no había nadie ni nada que se interpusiera en su camino.

En ese instante, Georg supo que no podría alcanzar su máxima velocidad a tiempo para escapar: la ventaja de aquel hombre y el hecho de que ya estuviera corriendo a toda máquina era imposible de superar. Pero, al mismo tiempo, Georg no podía quedarse quieto. Una pelea de tres contra uno solo podía terminar de una manera.

Todo esto se le pasó por la mente en un abrir y cerrar de ojos, como si la información llegara en una única descarga instantánea que llevaba consigo una sola instrucción. El hombre estaba a punto de darle alcance. En una décima de segundo lo tendría encima.

Los otros dos no estaban tan cerca; la distancia y el tiempo que habían tenido para reaccionar los situaba aún a varios segundos, y eso permitió a Georg priorizar los peligros.

Miró a Annaliese, que seguía con la boca abierta y el dedo hundido en el pecho de Georg. Había pasado medio segundo desde su última palabra y se disponía a decir más. No tendría la oportunidad.

El corredor se encontraba tan cerca que ya estaba bajando el hombro y levantando el brazo derecho para ejecutar un placaje de rugby perfecto. Era la maniobra obvia: fuese cual fuese la información que aquellos hombres habían recibido sobre Georg, no esperaban mucha resistencia por su parte.

Y Georg entendía por qué. Si hubiera permitido que ejecutara el placaje, habría caído con fuerza. El hombre parecía tener un porcentaje de grasa corporal de un solo dígito, por lo que Georg habría impactado contra huesos, músculos y tendones.

Sin tiempo para pensar, Georg cogió la jarra de la bandeja y con la otra mano empujó vigorosamente a Annaliese. La enfermera cayó de espaldas, convirtiéndose en un obstáculo para cualquiera que viniese de la unidad de demencia.

Moviéndose con rapidez y apuntando por intuición, balanceó el recipiente con tanta fuerza como el tiempo y su posición le permitieron. Luego notó que la jarra de agua impactaba con lo que solo podía ser el cráneo del corredor. Georg estaba seguro de que el golpe por sí solo habría bastado para hacerlo tambalearse, y el hecho de que instantes después se rompiera la jarra solo podía agravar el daño.

Pero no se quedó a averiguarlo.

Aprovechando el impulso, volteó la cadera y el hombro hacia el lado derecho del pasillo y echó a correr.

Convencido de que los otros dos hombres estarían pisándole los talones, la única opción era correr tan rápido como pudiera todo el tiempo que pudiera, con la esperanza de que

Annaliese los hubiera ralentizado lo suficiente como para poner distancia entre ellos.

Durante el primer minuto corrió sin ninguna dirección en mente, girando de un lado a otro mientras esquivaba a sanitarios, pacientes y cualquier otro obstáculo que apareciera. Por ahora, el rumbo era irrelevante. Lo único que importaba era dejar atrás a sus perseguidores. Pero empezaban a arderle los pulmones y las piernas, y Georg vio la realidad: necesitaba una estrategia de salida.

Cuanto más corría, más se cansaba, y el cansancio significaba torpeza. Hasta el momento había sorteado todos los obstáculos que había encontrado en su camino, pero no siempre sería así y, en cuanto tropezara, le darían alcance.

A eso se sumaba el problema de la seguridad del hospital.

Ya debían de estar al tanto de que había tres hombres corriendo a toda velocidad por el edificio.

Sus problemas eran cada vez más numerosos, y al doblar la siguiente esquina supo hasta qué punto.

Porque Georg se había equivocado. Los otros dos hombres de Odessa *no* iban tras él en todo momento, o al menos uno de ellos no lo había hecho. Por el contrario, se encontraba en el centro del pasillo, con una sonrisa de satisfacción en el rostro y la mano metida en la chaqueta.

25

Georg se quedó inmóvil, y los sonidos del edificio parecieron desvanecerse mientras la mano del hombre asomaba del interior de la chaqueta empuñando un gran cuchillo.

Al momento, el cerebro de Georg se activó de nuevo para valorar sus opciones.

Los pasillos del hospital se habían combinado para formar un laberinto, y supo que perder a uno o ambos perseguidores no haría menos probable que tropezara con ellos. Mientras los tres estuviesen en movimiento —Georg y los dos hombres que aún lo perseguían—, el choque se produciría en algún momento. La única pregunta era qué debía hacer cuando eso sucediera.

Se fijó en los detalles del pasillo. Las puertas. Las sillas. Los objetos colgados en la pared. Fuera cual fuese el camino que siguiera ahora, terminaría en violencia. Era mejor que sucediera allí, donde estaba cara a cara con el peligro.

Nada más tomar esa decisión, se echó la bandolera a la espalda para que no limitara sus movimientos ni lo ralentizara.

El hombre de Odessa parecía sorprendido cuando Georg se abalanzó sobre él, como si fuera la única posibilidad que no había previsto. Pero la sorpresa duró poco. Sin titubeos, levantó el cuchillo y la pierna izquierda, preparándose para el impacto.

Aumentando el ritmo, Georg se encontraba a apenas cinco metros de distancia cuando viró hacia el lado derecho del pasillo, cogió el extintor de la pared y lo accionó.

Sabía que lo que saliera de ese recipiente sería una distracción, pero su efectividad dependería de la sustancia. Así pues, fue una suerte que el cilindro contuviera dióxido de carbono.

El gas que brotó frente a él era frío, presurizado y abundante y, aunque por poco tiempo, cegó a su agresor. Sin embargo, Georg solo necesitaba un momento.

Todavía moviéndose a gran velocidad, soltó el asa del mecanismo de descarga y, sosteniendo el cilindro con ambas manos, se lo echó al hombro. Tras avanzar dos pasos, se encontró en medio de la neblina de CO_2 y empezó a distinguir una figura humana.

Georg no dudó. Blandiendo con todas sus fuerzas lo que ahora era un arma de metal, sintió el impacto despiadado contra el hueso antes incluso de oírlo. Pero no había terminado. Elevando el extintor, sintió de nuevo la misma crujiente resistencia antes de hacerlo caer de nuevo por última vez.

No hubo necesidad de una tercera. Ahora que se había disipado el CO_2, pudo ver al hombre de Odessa en el suelo. Ya no constituía una amenaza, pero eso no significaba que Georg estuviera a salvo. Había al menos otro compañero recorriendo los pasillos, o tal vez dos, si el instinto de Georg sobre el hombre de la cicatriz era acertado, aunque ahora no tenía motivos para pensar que lo fuera. No obstante, se dijo a sí mismo, era mejor proceder con cautela.

Porque podía haber incluso más.

Eso descartaba la opción de seguir corriendo, al menos por mucho más tiempo. Teniendo en cuenta que podía doblar cualquier esquina y encontrar algún obstáculo, no quería exponerse, de modo que solo le quedaba una posibilidad.

Empezó a moverse de nuevo en cuanto el extintor, ya vacío, golpeó el suelo. Era muy consciente de que el hombre de Odessa, que esperaba que fuera el último, podía estar detrás. La adrenalina del ataque se estaba consumiendo y el agotamiento resultante acechaba, pero siguió avanzando tan rápido como le permitían las piernas.

Giró a la izquierda y corrió a lo largo del pasillo adyacente, lejos de la unidad de urgencias y, según el letrero que vislumbró al pasar a toda velocidad, hacia la *Intensivstation*.

Cuidados intensivos. Era exactamente lo que Georg necesitaba, y tenía la esperanza de llegar antes de que alguien le diera alcance.

Estaba pensando justamente eso cuando dobló a la derecha y se encontró en un pasillo muy parecido a aquel en que había hablado con Carl Ackermann. Era tan pequeño que en unos instantes podría franquear la puerta que había al final.

Una vez que estuvo al otro lado, dejó que la puerta se cerrara tras él, giró a la izquierda y se dirigió a la sala de espera. Al llegar al espacio abierto, se obligó a aminorar el paso para no llamar la atención mientras buscaba un lugar donde esconderse. Pero la calma fingida no duró: a los pocos segundos de entrar en la sala, vio al segundo hombre de la unidad de demencia. Lo estaba buscando.

Georg hizo lo único que podía hacer. Había visto al hombre de Odessa, pero este no lo había visto a él, por lo que aprovechó esa ventaja y entró en la habitación más cercana de las que colindaban con el gran vestíbulo público. Después cerró la puerta apresuradamente, bordeó la cama situada junto a la pared y se arrodilló tras ella.

Respirando con dificultad —prácticamente jadeando—, se concentró en no hacer el menor ruido. No tenía forma de saber si su perseguidor lo había visto, ni tampoco cuál era el estado del ocupante de la habitación. Al rodear la cama había visto a un anciano dormido, pero Georg sabía que podía despertar en cualquier momento y ponerse a gritar por la presencia de un intruso.

Los enormes niveles de energía que había consumido —la naturaleza instintiva de la persecución, los estallidos primarios de violencia— lo habían protegido del estrés mental de su situación. Pero ahora, finalmente quieto y con tiempo para pensar, el trauma de lo que estaba sucediendo comenzó a afectarle.

¿Realmente había hecho esas cosas? ¿De verdad había liquidado a dos hombres peligrosos, solo por instinto? Él no era así. Era..., era otra persona a la que no reconocía.

Los pensamientos se arremolinaban en su cabeza mientras Georg cerraba los ojos y dejaba que su cuerpo se deslizara hacia el suelo. El agotamiento amenazaba con superarlo. Esperaba que estar más cerca de una posición horizontal lo ayudara a controlar la respiración. Puede que incluso estuviera funcionando, pero, si era así, lo estaba haciendo lentamente: solo podía oír sus jadeos entrecortados mientras intentaba silenciarlos sin éxito. Al mismo tiempo, trató de aguzar el oído para captar los sonidos a su alrededor y, lo más importante, la puerta.

¿Debería haberla cerrado con pestillo? Era una pregunta sencilla con una respuesta igualmente sencilla. Una puerta cerrada con pestillo tras la cual había un paciente inconsciente y postrado en la cama habría levantado sospechas. Aunque en su momento lo había hecho sin pensar, no cerrar había sido la decisión correcta.

Al mirar el reloj, Georg vio que le temblaba mucho la mano y que le costaba enfocar. Ambas cosas eran preocupantes, síntomas del gran esfuerzo que había hecho en los últimos minutos.

Trató de desterrar esos pensamientos. Era joven, fuerte y sano. Podía con esto. Y tenía cosas más urgentes en que pensar, así que empezó a evaluar su situación, cuestionando lo que su instinto ya le había dicho sobre sus perseguidores.

«Son nazis —se confirmó a sí mismo—. Son de Odessa».

Comenzó a toser, como si fuera una reacción física a sus pensamientos.

«Pero ¿cómo han podido saber quién soy? ¿Cómo podían saber lo que me dijo Carl Ackermann?».

Tosió de nuevo, esta vez más fuerte, y pensó en la enfermera Annaliese y en lo que había dicho: «Lo mataste».

Ackermann estaba muerto. Sus palabras solo podían significar eso, y la idea lo golpeó con fuerza.

«Hablamos hace veinticuatro horas. Ahora está muerto y esos hijos de puta han venido a por mí».

Georg sintió náuseas a medida que la secuencia se aclaraba, un terror frío y duro que iba en aumento y subía desde las entrañas. ¿En qué atolladero se había metido? ¿Tenía razón su abuelo?

Volvió a toser. Luego otra vez. Y otra y otra y otra.

No podía parar, como si la mera idea de lo que se había hecho a sí mismo estuviera empeorando aún más los ya dolorosos síntomas.

Hizo lo que pudo para reprimirlo. Era imposible medir su volumen en aquella habitación —lo único que se oía era el pitido de un monitor cardiaco y el siseo de lo que supuso era un equipo de suministro de oxígeno—, pero lo último que quería era que detectaran su presencia.

Hizo un esfuerzo por cerrar la boca, pero eso solo empeoró la tos, que no encontraba una salida. Presa del pánico, examinó la habitación, buscando algo que pudiera ayudar.

En una mesa auxiliar había una jarra de plástico llena de agua y solo dudó un segundo: tenía que arriesgarse. Irguiéndose tan rápido como pudo, extendió la mano, cogió la jarra y volvió a agacharse. Solo había salido de su escondite unos instantes, por lo que esperaba que nadie lo hubiera visto. Entonces quitó la tapa de la jarra y bebió el contenido de un trago. El agua empezó a chorrearle por el cuello en medio de un acceso de tos.

Cuando hubo terminado, dejó caer la jarra torpe y despreocupadamente, un acto del que se arrepintió de inmediato mientras el sonido rebotaba por toda la habitación. Si podía oírse algo a través de la ventana adyacente a la zona de espera, tenía que ser eso. En vista de su error, se levantó rápidamente. La tos cesó y su respiración se volvió más acompasada: el miedo a ser descubierto había logrado lo que su esfuerzo consciente no pudo.

En cuclillas y todavía escondido, pero listo para ponerse en movimiento si la situación lo exigía, notó que el corazón le latía con fuerza. La adrenalina que le quedaba estaba corriendo de nuevo por su organismo.

Georg no quería ninguna de las dos cosas, pero su cerebro primitivo —la parte que controlaba lo que necesitaba para seguir con vida— estaba en lo cierto: debía prepararse para ambas.

Pasaron varios segundos y Georg se mantuvo alerta.

No vino nadie.

Podía oírse el pulso, la fuerza de cada latido palpitando en la sien. Era más fuerte que nunca, pero también se estaba ralentizando, y el dolor de piernas había vuelto, el ácido láctico ardiendo en sus muslos.

Georg empezó a pensar. Entrar en aquella habitación solo había postergado su destino. Los hombres de Odessa seguían ahí fuera, o al menos uno de ellos. Cuando saliera de nuevo por aquella puerta, tendría que hacerles frente.

Miró hacia la ventana, a la cual no había prestado atención hasta entonces, ajeno a lo que podía ofrecer. Pero, mientras buscaba otra salida, vio algo que debería haber resultado obvio.

La ventana ocupaba casi toda la pared trasera y daba directamente al exterior. El cristal estaba parcialmente oculto por las mismas persianas baratas que había visto en otras partes del edificio, pero la parte descubierta bastaba para hacerse una idea de su altura. Ya sabía que la habitación estaba en la planta baja del hospital, pero, por los árboles y el follaje que podía atisbar, esa zona del edificio se encontraba varios metros por encima del nivel del suelo. Georg no podía calcular la caída sin mirar más de cerca.

«Pero son pocos metros —se dijo a sí mismo—. Si tengo que hacerlo, lo haré».

La única pregunta era cómo salir por la ventana.

Desde allí, Georg no veía el mecanismo de cierre, pero sí los goznes del panel situado en medio de los tres. En los otros dos no había bisagras, lo cual indicaba que no se abrían. Pero ¿y el panel central? ¿Para qué instalar una bisagra si no se abría ni siquiera un poco?

Por suerte, Georg había pasado poco tiempo en habitaciones de hospital a lo largo de su vida, por lo que tenía poca experiencia en el funcionamiento de la ventilación. En cambio, se había hospedado muchas veces en hoteles, y sabía que las ventanas de las habitaciones tenían apertura restringida. Dejaban un espacio en la parte inferior para que corriera el aire, pero contaban con un mecanismo de bloqueo para evitar que se abrieran más.

Lo que también sabía por experiencia era que alguien que quisiera fumar un cigarrillo en esas habitaciones sin incurrir en una multa podía burlar el mecanismo de bloqueo con bastante facilidad, cosa que le permitiría abrir del todo la ventana y borrar cualquier rastro de su infracción.

Así pues, Georg dedujo que el hospital probablemente disponía del mismo mecanismo.

Empezó a girar todo el cuerpo hacia el cristal. Si iba a hacerlo, no ganaría nada esperando. Volvió a ponerse de cuclillas y dobló las rodillas, que le ardían a causa del ácido láctico.

Entonces lo oyó.

Un segundo más y lo habrían visto ir hacia la ventana, pero se quedó quieto ante el sonido inconfundible de la puerta abriéndose y los pasos de alguien entrando lentamente.

Intentó concentrarse en lo que podía oír, pero era difícil a causa del bombeo de sangre en la cabeza y el creciente ruido que llegaba desde fuera de la habitación.

La entrada cuidadosa y prolongada le indicaba algo crucial: quienquiera que hubiese en la habitación no era un amigo. Una enfermera, un médico o incluso un celador habrían entrado caminando a un ritmo normal, pero aquella persona no había hecho tal cosa.

Aquella persona estaba buscando a alguien.

Sin apenas emitir sonido alguno, Georg empezó a reposicionarse. Debía ser silencioso y, aun así, hacerlo lo mejor que pudiera: en unos segundos, la persona rodearía la cama y lo vería. Debía estar preparado.

Tenía que mirar en la dirección correcta, ubicándose de modo que pudiera levantarse bruscamente y arremeter contra quienquiera que fuese. Solo tendría una oportunidad para coger por sorpresa a ese cabrón y causarle tanto daño como pudiera.

Se movió para maximizar esa oportunidad. Era inevitable otra lucha por su vida.

Otro paso.

Otro movimiento silencioso en la dirección correcta. Ya casi estaba en el lugar adecuado. Ya casi estaba listo.

Otro paso.

Georg apoyó la mano derecha en el suelo, como un velocista preparándose para la salida al oír el disparo.

Otro paso.

El miedo le provocaba mareos, pero se dio cuenta de que no era solo eso. También era expectación y…

«¿Qué coño es eso? ¿Emoción? ¿Estoy…, estoy…?».

Otro paso.

No habría ninguno más. El desconocido estaba tan cerca que casi podía sentirlo. Georg notó un hormigueo en las manos y las piernas, como si estuviera recibiendo una descarga eléctrica mientras se preparaba para moverse. Mientras se preparaba para...

—¡¿Quién coño es usted?!

El grito provenía del umbral, a varios metros de donde se encontraba el intruso. Estaba tan cerca que Georg notó el movimiento cuando se volvió hacia el hombre que había hablado, abandonando ahora su paso cauteloso.

El intruso no dijo nada, pero eso no significaba que hubiera silencio. El guardia de seguridad estaba gritando en la habitación.

—Seguridad del hospital —anunció.

Ahora que el intruso estaba prestando atención, la voz fuerte y masculina ya no era un grito. Sin duda, el guardia creía que, aparte de él mismo, aquel hombre era la única persona consciente en aquella habitación.

—Usted y sus amigos han estado persiguiéndose por todo el edificio —continuó—, así que ahora tendrá que acompañarme.

—Se equivoca —respondió el intruso con firmeza. No parecía que le faltara el resuello. O no era el otro hombre de la unidad de demencia, o estaba mucho más en forma que Georg—. He venido a visitar a mi tío.

—¿Moviéndose a hurtadillas con las luces apagadas? No me trago ese cuento, hijo. Salga ahora mismo de esta habitación. Tiene algunas preguntas que responder.

Georg contuvo la respiración para intentar bajar el pulso. Aunque sabía que era ridículo, tenía la sensación de que los otros podrían oírlo, pero no movió un solo músculo mientras escuchaba cómo se cerraba la puerta y la habitación quedaba vacía.

Treinta segundos después miró por encima de la cama y del hombre todavía inconsciente que yacía en ella. Preocupado por que el guardia y el intruso estuvieran al otro lado de la puerta, entrecerró los ojos para ver mejor a través de las persianas y estudiar la sala de espera.

Vio movimiento, pero no había nadie merodeando. Tampoco había rastro del personal de seguridad.

Con los vestigios de su energía nerviosa revolviéndole el estómago, Georg miró de nuevo hacia la ventana. No tenía otra opción. Necesitaba que aquello terminara.

26

Georg estaba exhausto cuando avanzó tambaleándose entre los arbustos que separaban el recinto del hospital de la parada de taxis. Perdió el equilibrio al pasar por encima de un muro formado por cuatro hileras de ladrillo, el cual separaba el angosto lecho de tierra de la zona pavimentada, pero logró recuperarlo y evitar la caída.

Sin pasajeros esperando y con tres taxis listos para salir, apenas necesitó bajar el ritmo desde que tropezó hasta que entró casi de cabeza en el primer vehículo. Y tampoco tuvo que pensar cuando indicó su destino al conductor.

Ya conocía el camino. Había estado allí antes y sabía a qué distancia quedaba.

Eso le daba quince minutos para recuperarse. Los necesitaría todos.

La ventana de la habitación del hospital funcionaba con el mismo mecanismo que había visto en los hoteles, pero era una versión reforzada, por lo que, si bien pudo abrirla del todo, tardó más de lo que esperaba.

Fueron solo veinte o treinta segundos más, pero, dadas las circunstancias, le pareció toda una vida. Cada momento que pasaba forcejeando con la ventana era un momento en que podía ser visto, ya fuese por sus perseguidores de Odessa o por los guardias de seguridad del hospital.

La realidad era que ninguna interrupción hubiera sido buena, por lo que sus niveles de estrés habían alcanzado su punto álgido mientras la ventana se negaba a ceder. Sin embargo, el alivio cuando se abrió le regaló una descarga de dopamina que no había experimentado jamás.

Pero la sensación desapareció segundos después, cuando Georg se dio cuenta de que la distancia hasta el suelo era mayor de lo que imaginaba: lo que calculó que serían unos tres metros en realidad eran algo más de seis. Sin más opciones ni tiempo que perder, hizo algo que el día anterior le habría parecido impensable. Sujetándose del alféizar, se colgó con los brazos estirados al máximo y se dejó caer los cuatro metros restantes.

El impacto fue mucho más fuerte de lo que esperaba, y las rodillas y los tobillos cedieron al golpear el suelo. Luego se puso en pie y empezó a moverse inmediatamente entre los arbustos y el follaje que rodeaban el hospital para evitar quedar al descubierto. Había tardado otros tres minutos en llegar a la parada de taxis.

Georg abrió la ventanilla trasera y respiró el aire fresco y húmedo que entraba en el vehículo. Aún le ardían los pulmones por el esfuerzo, pero las frías bocanadas de oxígeno los estaban curando rápidamente. Agradeció, y no por primera vez aquel día, que su afición fuera nadar, montar en bicicleta y correr distancias que para cualquier humano sensato requerirían un motor de combustión. La forma física que había alcanzado gracias a sus entrenamientos para el Ironman, pese a ser bastante esporádicos, era el principal motivo por el que había logrado escapar.

Volvió a pensar en los tres agentes de Odessa con los que se había encontrado y por un momento se preguntó si tal vez había más.

El rasgo más llamativo era la similitud de su atuendo. Ninguno guardaba especial parecido con los demás, pero, por alguna razón, su forma de presentarse los unía. Llevaban ropa conservadora. No era un uniforme como tal, pero sí seguían un mismo estilo, como si no supieran vestir como la gente normal y les hubieran entregado prendas de un mismo lote.

Para Georg, lo más preocupante era su físico en forma de uve, unos cuerpos que estaban hechos para la acción y no para el deporte. Al recordarlos, solo pudo sorprenderse de haber reducido a dos de ellos e incluso de haber tenido agallas para intentarlo.

Georg sabía defenderse en una pelea. Había practicado artes marciales mixtas durante años y, aunque nunca había participado en un torneo, era un deporte práctico que giraba en torno a las peleas de contacto. Sin embargo, no tenía ninguna duda de que, en una pelea justa, cualquiera de los agentes de Odessa lo habría despedazado. Había tenido suerte. Los dos hombres con los que se enfrentó lo habían subestimado.

Miró por la ventanilla y reconoció la ruta al instante. Calculó que faltaban diez minutos y estaba satisfecho de la recuperación que había experimentado en ese breve lapso de tiempo. Se encontraba mucho mejor de lo que esperaba. Notaba la cabeza despejada, su ritmo cardiaco había vuelto a la normalidad y su respiración, aunque todavía dolorosa, al menos le permitía dar bocanadas de aire completas.

Pensando en Odessa, se preguntó qué significaba la existencia de ese pequeño equipo. ¿Qué podía decirle sobre la red en sí?

Por su naturaleza y porte, los tres parecían militares. A pesar de que no habían logrado capturarlo, se comportaban como profesionales, lo cual indicaba algo escalofriante: fuera lo que fuese en lo que se había convertido Odessa durante los años transcurridos desde su regreso, ahora contaba con un brazo paramilitar. Y lo que había visto Georg debía de ser solo una parte. Habría otros. Militares entrenados y aparentemente listos para matar en cuanto recibieran la orden.

Eso le hizo pensar en Carl Ackermann y en lo que había averiguado gracias a su enfermera. Ackermann estaba muerto, eso era evidente. El anciano había revelado la existencia de Odessa a Georg, y ese mismo día había perdido la vida.

No podía ser una coincidencia y, si lo era, la conclusión no podía ser más obvia: si Ackermann había sido asesinado por lo que le había contado a Georg, ¿qué decía eso sobre la crueldad de Odessa? ¿Que matarían a uno de los suyos, un fiel servidor de toda la vida, sin dudarlo? ¿Y que podían hacerlo con gran eficiencia y en un plazo muy breve?

Que hubiera gente así y con unas ambiciones tan claras era aterrador, pero ese miedo entrañaba otra pregunta crucial. ¿Cómo se había enterado Odessa? Alguien tuvo que informarlos, pero ¿quién? ¿Quién sabía lo que le había dicho Ackermann?

No era nadie del hospital, desde luego: Carl Ackermann estaba a solas con Georg cuando hablaron, y este no había mencionado su conversación a nadie. Entonces ¿quién quedaba?

La respuesta lógica surgió cuando el taxi dobló la última esquina que llevaba a la calle de los Ackermann.

«Tiene que ser una de ellas —pensó Georg—. Su esposa o su hija. Son las únicas que están al tanto de lo que me dijo. Son las únicas a las que se lo he contado».

Georg no dudaba de cuál era su principal sospechosa. Elke Ackermann conocía más cosas, pero le costaba aceptar que fuese tan buena actriz. A Mila, por el contrario, le había contado muy poco, pero a saber qué le había dicho su madre cuando él se fue.

El taxi aminoró la marcha al acercarse a la casa de Elke Ackermann, pero el conductor parecía confuso. Mirando a través del parabrisas desde el asiento trasero, Georg entendió por qué.

—¿Está seguro de que es aquí?

Georg ignoró la pregunta y siguió mirando al frente.

El primer indicio de que algo iba mal fue el cordón amarillo que se extendía más allá de los límites de la propiedad y se adentraba en la calle, impidiendo que cualquiera se acercara o pasara a pie. Al aproximarse más a la parcela, pudo ver lo que protegían los cordones de seguridad.

Lo que antes era una hermosa residencia unifamiliar se había convertido en un esqueleto humeante. La estructura, aún en pie, y la ausencia de escombros alrededor indicaban que había sido un incendio y no una explosión. Pero no importaba. Quien estuviera atrapado dentro no habría sobrevivido a ninguna de las dos cosas.

Cuando el taxi se situó a la altura de la propiedad, el conductor se preparó para detenerse.

—Continúe —dijo Georg, ya convencido de que no quería pasar ni un momento más allí—. No reduzca. Vámonos.

—¿Adónde?

Georg no oyó la pregunta. Estaba observando algo situado a varios metros de la propiedad de los Ackermann.

Al otro lado de la calle había un Mercedes GLS negro con cuatro hombres dentro. Todos, según pudo ver Georg sin que se percataran, llevaban un corte de pelo militar y tenían los hombros anchos.

Odessa.

Tuvo que hacer un esfuerzo sobrehumano para no quedarse mirando ni dejarse dominar por el pánico. Decidido a no hacer nada que pudiera llamar la atención mientras el taxi pasaba junto al vehículo aparcado, puso todo su empeño en permanecer absolutamente inmóvil.

Quería volver la cabeza.

Quería saber quiénes eran, verlos con más claridad.

Quería gritarle al taxista que pisara el acelerador a fondo y que se largaran de allí de una vez por todas.

En lugar de eso, murmuró entre dientes:

—Siga conduciendo. No gire. Siga conduciendo sin más.

—¿Adónde?

—Al aeropuerto.

27

El taxi tardó unos diez minutos en ir desde la casa de los Ackermann en Degerloch hasta el aeropuerto de Stuttgart, un trayecto que transcurrió en un silencio casi absoluto. El conductor intentó sacar el tema del incendio en dos ocasiones, pero Georg lo hizo callar.

Necesitaba pensar. También necesitaba hablar, pero no con el taxista, ni tampoco donde alguien pudiera oírlo, así que no sacó el teléfono de la bandolera.

Estaba seguro de que Elke Ackermann había fallecido. Era la única conclusión lógica. ¿Por qué, si no, iban a incendiar la casa poco después de la muerte de su esposo a manos de Odessa? La hora que pasaron juntos confirmó lo mucho que había descubierto sobre su marido: le había contado demasiados secretos debido a su enfermedad. ¿Lo bastante como para que Odessa no se arriesgara a dejarla vivir?

Georg estaba seguro de la respuesta, y ahora estaba igualmente seguro de quién había informado a Odessa. Teniendo en cuenta que Elke Ackermann acababa de ser exculpada, solo quedaba una posibilidad: su hija Mila.

Reprodujo mentalmente la llegada e intervención de Mila.

Parecía verdaderamente sorprendida por lo que le habían dicho él y su madre, pero ¿estaba fingiendo? ¿Era posible que, igual que su padre, formara parte de Odessa? ¿Podía estar tan adoctrinada que antepuso la seguridad de la organización a la vida de sus padres?

Era difícil de imaginar, pero Georg conocía la historia de su país. El régimen nazi había sabido ganarse a las generaciones más jóvenes, moldeándolas hasta lograr que sintieran que debían lealtad al partido antes que a su familia.

«A lo mejor no se alteró por lo que dijimos, sino por lo que sabíamos», pensó.

Georg perdió la concentración cuando el taxi se detuvo. Con solo una mirada, supo dónde estaban.

El conductor había parado frente a la terminal 1 del aeropuerto de Stuttgart, rebosante de vehículos y actividad. Georg pagó la carrera, bajó y echó a andar por la ruta que había seguido el taxi, alejándose de los edificios principales del aeropuerto. Había demasiada gente frente a la terminal, y la llamada que estaba a punto de hacer requería privacidad.

Metió la mano en la bandolera, se encendió un cigarrillo y sacó el teléfono.

Lo primero que vio cuando se activó la pantalla fueron las notificaciones de cinco llamadas perdidas de Freya y dos mensajes de texto, pero por el momento las ignoró. La llamaría en cuanto hubiera terminado, pero había una persona con la que necesitaba hablar incluso más que con ella.

Ben Klein contestó al primer tono.

—¿Todo bien?

—La verdad es que no.

—¿Qué ha pasado?

—Ackermann está muerto y su esposa también.

—¿Lo dices en serio?

—Totalmente en serio.

—¿Qué ha pasado?

—Ackermann murió en el hospital.

—¿De qué?

—No estoy seguro. Lo más probable es que lo atribuyan a su enfermedad.

—¿Y su mujer?

—Su casa se ha quemado. Cuando la vi, hace cosa de media hora, todavía humeaba.

—Entonces ¿no sabes si está muerta?

—Está muerta, Ben. No van a tomarse tantas molestias para luego dejarla con vida.

—Supongo que no. ¿Dices que estuviste en la casa?

—No fui el único.

—¿Quién más había?

—Al menos un coche lleno de miembros de Odessa. Un escuadrón de asalto.

—¿Un qué? ¿Por qué dices eso?

—Porque eran idénticos a los cabrones que intentaron darme caza en el hospital.

—¿Qué? Georg, ¿qué coño...?

—En el hospital, Ben. También había agentes de Odessa esperándome allí. Escapé por muy poco.

—¿Cómo puedes estar seguro de que eran de Odessa?

—¿Quiénes iban a ser?

—Vale, entiendo. ¿Estás diciendo que esas personas intentaron secuestrarte?

—Si nos ponemos ingenuos, secuestrarme en el mejor de los casos. Pero apostaría mi vida a que era algo más. Si han matado a los Ackermann, ¿por qué no iban a hacer lo mismo conmigo?

Klein se quedó callado, sin duda intentando procesar lo que acababa de oír.

—¿Cómo demonios lograste escapar? —preguntó finalmente.

—Por los pelos, así es como lo hice. Salí corriendo, me escondí y luego salté por una ventana.

Otra pausa.

—¿Pudiste ver bien a alguno de ellos?

—Lo suficiente para saber que eran una unidad militar perteneciente a Odessa. Esos cabrones tienen su propio ejército.

—Eso es mucho suponer, Georg. No puedes saberlo con seguridad.

—Tú no los viste. No viste su aspecto ni cómo se desplegaron. Eran militares y me estaban esperando en dos sitios.

—¿Estás seguro de que te esperaban a ti?

—Sí, en el hospital. Al cien por cien. Vinieron a por mí nada más saber quién era. En cuanto a su presencia en la casa, debieron de suponer que intentaría volver a ver a Carl Ackermann y que, si descubría que estaba muerto, el siguiente paso sería ir a ver a Elke. ¿Qué otra explicación hay para que un coche lleno de matones esté esperando delante de una casa reducida a cenizas?

Otra pausa.

—Dices que vinieron a por ti en cuanto supieron quién eras. ¿Cómo te identificaron?

—La enfermera de ayer se puso a gritar en cuanto me vio —respondió Georg—. Fue entonces cuando me descubrieron. Y...

Georg dejó la frase a medias. Había algo más. Algo en lo que no había pensado hasta entonces.

—Ben, si saben quién soy yo, sabrán quién es mi abuelo. Es imposible pasar por alto el vínculo.

Klein volvió a quedarse en silencio, esta vez más tiempo. Cuando habló de nuevo, su tono ya no era inquisitivo, sino que rezumaba la autoridad de su cargo policial.

—Bien, haremos lo siguiente: enviaré una unidad a casa de Peter ahora mismo. Lo protegerán agentes armados las veinticuatro horas del día. Si esa gente tiene algún plan allí, se estrellará contra un muro muy violento. ¿De acuerdo?

—De acuerdo.

—¿Dónde estás ahora mismo?

—Estoy en el aeropuerto de Stuttgart. Tengo pensado coger el próximo vuelo de regreso a Hamburgo.

—No lo hagas. Todavía no. Quiero que dispongas de la misma protección que tu abuelo. Dame un minuto.

Georg esperó, tal como había indicado Klein, que volvió treinta segundos después.

—Hay un hotel cerca del aeropuerto, el Mövenpick. Coge un taxi y espera allí.

—¿Esperar a qué?

—A mí. Iré a buscarte yo mismo acompañado de dos de mis mejores hombres.

—¿En serio?

—Totalmente. Esto te viene grande, Georg. Es hora de que intervengamos.

—Es justo lo que quería. Gracias, Ben.

—No me des las gracias todavía, al menos hasta que te haya sacado de ahí de una pieza. Llegaré en tres horas.

28

Nada más colgar, Georg tocó la pantalla del teléfono para acceder a los mensajes de texto de Freya. Antes de su llamada a Klein, tenía dos y cinco llamadas perdidas. En el poco tiempo que había pasado hablando con Klein, Freya había intentado llamarlo dos veces más y le había enviado otro mensaje.

Los tres decían lo mismo: «Llámame. Urgente».

Frunció el ceño al leerlo. No era propio de Freya ser tan directa. Ni tan insistente.

Georg ni siquiera oyó el teléfono, solo la voz frenética de Freya al responder.

—¿Dónde estás?

—En Stuttgart, como ya te dije. ¿Qué pasa?

—¿En qué lugar de Stuttgart?

—En el aeropuerto.

—¿Dentro?

—No, yo...

—Hagas lo que hagas, no entres.

—¿Por qué? ¿Qué coño está pasando?

—Georg, te están buscando por la muerte de Carl y Elke Ackermann.

—¿Qué?

—La policía emitió un boletín hace unos treinta minutos.

—Dios mío. Freya, yo...

—No me lo expliques a mí. Ya sé que no tuviste nada que ver. Y, aunque albergara alguna sospecha, no habrías vuelto a Stuttgart si hubieras matado a Carl Ackermann anoche.

Georg pensó unos instantes. La nueva información lo había dejado aturdido, e incluso las palabras de Freya —por muy alentadoras que fueran— le revolvieron el estómago. «"... si hubieras matado a Carl Ackermann". ¿Cómo podía planteárselo siquiera?».

Trató de superar la conmoción.

—¿Dicen que murió anoche? —preguntó, centrándose en lo que podía averiguar.

—Apenas hay información, así que no, el boletín no dice eso. Pero sí dice que el incendio que mató a su mujer se produjo esta madrugada.

—Que es cuando yo estaba solo en un puto tren vacío y sin coartada.

—Habrá grabaciones de las cámaras, registros del GPS de tu teléfono y muchas otras pruebas para demostrar que hiciste ese viaje. El problema no es demostrar tu inocencia, Georg. El problema es cuánto tiempo tardarás en hacerlo.

Georg respiró hondo mientras racionalizaba la nueva situación. Podía entender que lo consideraran sospechoso. El día anterior había utilizado su nombre real y su acreditación de prensa en la unidad de demencia. Y solo haría falta una llamada telefónica para determinar que, anoche, Elke y Mila Ackermann no se habían reunido con el doctor Michael Hoffman.

Después de eso, la conexión sería evidente.

Lo que no podía entender era la cronología.

La muerte de un anciano enfermo en un hospital y un incendio en una vivienda. A pesar de la relación que existía entre ellos, ¿por qué ambos incidentes eran tachados de sospechosos tan rápidamente? ¿Y por qué habían emitido un boletín sobre un miembro respetado y conocido de la prensa antes de intentar hablar con él?

No tenía sentido.

—¿Qué vas a hacer? —preguntó Freya.

—No lo sé.

—Te entregarás, ¿no?

—No es tan sencillo.

—¿Por qué?

Georg le explicó que unos hombres lo estaban esperando en el hospital y que también había una unidad en casa de los Ackermann.

—¿Y si esta es otra forma de echarme el guante?

—Pero es la policía, Georg, no Odessa.

—Carl Ackermann era policía, Freya. Un policía que se pasó toda la vida pluriempleado como ejecutor de Odessa. No sabemos hasta dónde llega su influencia. Ya has leído el trabajo de mi abuelo y sabes lo arraigados que estaban en los años sesenta. ¿Por qué no iban a estarlo hoy?

—¿La policía? ¿En serio? Puedo entender que tengan a gente allí, pero ¿todo el cuerpo?

—Solo hace falta uno. Con acusaciones como estas, me encerrarán hasta que podamos desmentirlas. Y, como tú dices, podría llevarnos un tiempo conseguir pruebas. A lo mejor, lo único que quieren es tiempo, meterme una semana o dos en un ala de la prisión donde pueda ocurrir cualquier cosa.

Freya no dijo nada. Se había quedado impactada al oír lo que Georg había vivido ya ese día, y entendía que actuara con prudencia. La incertidumbre pareció hacerla dudar.

—¿Qué pasa con el amigo de tu padre, el policía? —aventuró—. ¿Crees que podrías contactar con él para pedir ayuda?

La mención de Ben Klein desterró cualquier otro pensamiento de la mente de Georg, y no por la razón que Freya había sugerido.

Klein era un alto cargo de la policía federal de Hamburgo

y un conocido amigo de la familia de Georg y Peter Miller. Era imposible que se emitiera un boletín policial que nombrara a Georg sin su conocimiento.

Y, sin embargo, no había dicho ni una palabra en su conversación telefónica de hacía unos minutos.

Una conversación en la que Klein había mostrado sorpresa al enterarse de la muerte de Carl y Elke Ackermann. Las posibilidades que esto abría hicieron que Georg se sintiera físicamente enfermo.

—Georg, ¿estás bien?

—Creo que no.

Los pensamientos llegaban de forma densa y rápida, pensamientos indeseados.

«Klein sabía lo que me dijo Carl Ackermann en el hospital. Klein sabía que Elke Ackermann descubrió mucho más a lo largo de la enfermedad de su marido. Klein sabía que yo estaría hoy en el hospital. Klein sabía que luego iría a la casa de Elke Ackermann. Y ahora Klein ha organizado un destacamento policial para ir a por mi *Opa* y me ha pedido que lo espere pacientemente en un hotel apartado. Un blanco fácil».

Georg intentó discutir consigo mismo. A lo mejor estaba equivocado. A lo mejor estaba siendo ridículo, viendo cosas donde no las había. A lo mejor, pero en ese momento no podía correr riesgos.

Había demasiado en juego como para apostar por el afecto que le tenía a un amigo de la familia.

—¿Qué puedo hacer?

La pregunta de Freya interrumpió el debate interno de Georg.

—Necesito que vayas a buscar a mi abuelo y lo lleves a tu casa lo antes posible —respondió—. No creo que esté a salvo.

—¿Por qué?

—Te lo explicaré todo cuando nos veamos. Pero, por favor, ahora ve a buscarlo. Dile que apague el teléfono, que deje sus tarjetas bancarias y que se quede en tu casa. Y una cosa más, Freya.

—¿Sí?

—No se lo cuentes a nadie.

29

Washington D. C.
Estados Unidos

El hotel Hay-Adams estaba situado en el número 800 de la calle Dieciséis Noroeste, una manzana al este y seis al sur del edificio que albergaba la oficina de campaña. Esa distancia lo convertía en un paseo de diez minutos como máximo.

Ese día, el trayecto le llevó a Vanessa Price casi cuatro veces más, no tanto porque fuera a paso lento como por la paranoia.

Vanessa había salido de la oficina a las cinco y media, treinta minutos más tarde de lo que indicaba su contrato y ciento ochenta minutos antes de la hora a la que acostumbraba a terminar. Pero no había ido directa al hotel. Preocupada por que se hubieran percatado de que había salido temprano e inquieta porque Katie Braid le estaba prestando una atención no deseada, había seguido una ruta mucho más larga en dirección norte, luego al este, luego al sur y finalmente al oeste, un rectángulo alargado y poco práctico con el que esperaba despistar a quien pudiera estar siguiéndola.

No había notado ninguna presencia, pero Vanessa ignoraba qué debía buscar o incluso cómo funcionaba la vigilancia.

Eran casi las 18.10 cuando cruzó la recepción y bajó al bar Off the Record. La coctelería era oscura y engañosamente larga, con paredes de un tono rojo intenso, muebles anticuados de cuero y madera y un montaje de caricaturas políticas que no hacía nada por ocultar su clientela deseada y habitual.

Un bar frecuentado por políticos no habría sido la primera opción de Vanessa para aquel encuentro, pero había tenido poco poder de decisión. Alice Osbourne e Indira Chopra estaban allí desde última hora de la tarde, y, si quería hablar con ellas ese día, no tenía más remedio que hacerlo allí.

Observó todo lo que pudo al moverse entre la multitud, buscando a sus ahora excompañeras y cualquier cara conocida. De estas vio muchas —era el lugar adecuado para dejarse ver, pensó, mientras se abría paso torpemente hacia el interior—, pero a nadie que reconociera ni de la oficina de campaña ni del equipo de Grisham.

Al principio esperaba que eso siguiera siendo así a medida que avanzaba la noche, pero luego cambió de opinión, consciente de lo que su ausencia parecía indicar: si se hallaba en medio de una conspiración, el último lugar donde se congregarían esos conspiradores sería uno en el que estuviesen rodeados de no afiliados con contactos políticos.

El hecho de que no hubiera personal de Grisham en un bar que era un imán para gente como ellos confería verosimilitud a las sospechas de Vanessa, y casi deseaba ver a un compañero de trabajo, pero no ocurrió. A quienes sí vio fue a Alice e Indira, sentadas a una mesa redonda en el rincón más alejado, con un único asiento libre esperando a que Vanessa se uniera a ellas.

Ninguna de las dos se movió mientras se sentaba, cada una con una copa de martini vacía delante. A juzgar por la vacilación que percibió en los ojos de Indira, dudaba que aquella bebida fuese la primera, aunque Alice parecía estar bien. Sin duda, una aguantaba mucho mejor el alcohol que la otra.

—¿Lleváis muchas? —preguntó Vanessa, señalando las copas.

—Acabamos de empezar —respondió Alice—. Vienen más de camino, incluida la tuya.

—Gracias. —Vanessa miró a ambas—. ¿Estáis bien?

—Define «bien» —dijo Indira—. Si te refieres a qué se siente cuando se han cargado tu futuro por algo que no hiciste, entonces no, no muy bien.

—Supongo que ha sido una pregunta estúpida —respondió Vanessa—. Lo siento.

—No hay nada que sentir —dijo Alice—. Tú no pirateaste nuestras redes sociales, pero alguien lo hizo.

—Entonces ¿esas publicaciones no eran vuestras?

—Por supuesto que no. Me he pasado tres años trabajando como una loca para tener un futuro en el Congreso. Sé lo que puedo decir en voz alta y lo que tengo que callar.

—Parecía impropio de vosotras.

—Lo que parecía era una gilipollez. Y yo no soy gilipollas.

—Lo sé. —Miró a Alice—. Y sé que tú tampoco escribiste esos mensajes. Ni siquiera sabías quién era Cole Grisham meses después de que supuestamente publicaras cosas sobre él.

Por un momento, Alice parecía confusa, y abrió más los ojos al comprender lo que estaba diciendo Vanessa.

—Joder, es verdad. Lo recuerdo. Eso es una prueba de que no lo hice.

—Si alguien me creyera, lo sería.

—¿A qué te refieres?

—Me refiero a que no me creyeron con lo de Jack Johnson y Sophie, ¿verdad? Nadie me escuchó en su momento. ¿Por qué iban a escucharme ahora?

—Esto es distinto. No será solo tu palabra contra la suya.

—Ya veremos. No estoy tan segura.

—Pero ¿nos ayudarás? —preguntó Alice directamente—. Si planto cara, ¿darás un paso al frente?

Cuando Vanessa se disponía a contestar, la interrumpió la llegada de tres copas idénticas de lo que parecía un alcohol transparente, cada una adornada con una aceituna. El camarero las dejó encima de la mesa y se fue.

—¿Qué es esto? —preguntó Vanessa.

—Martini con ginebra —respondió Indira con una pronunciación tan deliberada que dejaba entrever un sobreesfuerzo.

Indira bebió un sorbo que, si lo hubiera hecho un hombre, Vanessa habría descrito como «un buen trago». Se planteó aconsejarle que fuera más despacio porque, a fin de cuentas, era con diferencia la más joven de las tres, pero llegó a la conclusión de que no era asunto suyo.

Vanessa también bebió un sorbo, aunque mucho más pequeño que el de Indira. El líquido la hizo estremecerse, pero tenía buen sabor. La calmó al instante y era justo lo que necesitaba en ese momento.

—Bueno, ¿lo harás? —insistió Alice.

—Haré todo lo que pueda por vosotras —respondió Vanessa—. Lo que ha pasado hoy está mal y lo diré públicamente. Con Sophie callé, pero no volveré a hacerlo ni en broma.

Alice sonrió en señal de agradecimiento y se inclinó sobre la mesa para apretar la mano de Vanessa, pero su sonrisa desapareció y le soltó la mano al oír lo que esta dijo a continuación.

—Aun así, no creo que debáis hacer nada todavía.

Alice se recostó en su asiento.

—¿Por qué?

Antes de responder, Vanessa miró a su alrededor por si alguien estaba escuchando. No vio a nadie, pero bajó la voz de todos modos.

—Porque diría que aquí hay algo más. Creo que hay que indagar, y que los abogados intervengan ahora podría hacer que borrasen cualquier rastro.

—Tú sabes algo.

—En realidad no, pero... oí una conversación. No sé si Grisham y su equipo son lo que pensamos.

—¿Lo que pensamos? Pues una panda de supremacistas blancos de mierda que apenas disimulan.

Fue Indira quien hizo esa afirmación, y Vanessa estuvo a punto de darse la vuelta en la silla.

—Bueno, es obvio —añadió Indira.

—¿Sí? —respondió Vanessa—. Es un populista declarado, pero supremacista blanco es mucho decir.

—Eso es porque solo te fijas en lo que dice en público, en lo que dice cuando puede trascender, pero no fastidies. Piensa en su equipo. Somos las únicas personas no blancas en la oficina, todas heredadas del senador Johnson y todas con tan poco rango como para que nos marginen.

—¿Crees que somos meras figurantes?

—¿Tú no?

—No diré que no se me ha pasado por la cabeza —reconoció Vanessa—, pero eso no lo convierte en un supremacista blanco.

—Sus votantes sí lo son.

—Supongo que algunos sí, pero estoy segura de que son minoría. No se diferencia mucho del presidente. En un sistema bipartidista, incluso los extremistas tienen que taparse la nariz y votar al tío que menos les disgusta.

—Puede ser, pero la mayoría no corteja ese voto extremista de forma tan descarada. El presidente lo hizo, y Grisham se está preparando para hacer lo mismo.

—Eso no significa que su ideología sea esa. A lo mejor solo está buscando votos.

—Entonces ¿cómo explicas a la gente que tiene a su alrededor?

—¿Como quién?

—Todos menos nosotras. ¿No has oído sus bromas? En

la oficina se lo callan casi todo el tiempo, pero sale cuando no están allí, cuando bajan la guardia.

Vanessa estaba confusa. Había hablado tan poco con sus compañeros de oficina que apenas sabía el nombre de ninguno, y le sorprendió que Indira, aún menos extrovertida, lo hubiera hecho con más frecuencia.

—¿Fuera de la oficina?

—En las pausas para vapear —respondió Indira—. Afuera son mucho menos prudentes.

—¿En qué sentido?

—En sus conversaciones, supongo que cuando no se dan cuenta de que estoy cerca. Son mayoritariamente bromas o comentarios despectivos, cosas que no oirías decir a otros empleados sobre personas concretas y razas en general. El tipo de cosas que consideraríamos directamente racistas.

—¿Como qué?

—Como lo que llaman «el problema negro». Eso lo he oído tres o cuatro veces. Además, hace dos semanas oí una conversación sobre Israel y Palestina y, al parecer, la opinión generalizada era que sería mejor que se borraran mutuamente del mapa.

Vanessa se quedó estupefacta.

—¿Alguna vez se han dado cuenta de que estabas escuchando? —preguntó.

—Esa vez sí, desde luego.

—¿Ha habido otras?

—Que yo sepa, no.

Vanessa asintió, pero no dijo nada. La coincidencia no se le había ocurrido a Indira, pero a ella sí: el hecho de que esta fuese despedida por publicaciones falsas sobre ese mismo tema podría ser esgrimido para desacreditarla si alguna vez revelaba lo que ellos sabían que había oído.

Eso explicaba que eligieran esa publicación amañada.

—¿Cuánto hace que piensas todo esto?

—Dos meses, puede que tres.

—¿Y aun así te has quedado?

—¿Qué esperabas que hiciera? Yo tenía ambiciones, Vanessa. Quería ser alguien, y eso no sucede si abandonas el equipo de un senador por un berrinche.

—Entonces ¿te quedaste por tu futuro?

—Sí. ¿Tú no estás haciendo lo mismo?

Vanessa estaba a punto de responder, pero se lo pensó mejor y miró a Alice.

—¿Y tú qué opinas?

—Que ojalá lo hubiera sabido antes. Podría haberles dicho a esos racistas que se metieran su trabajo por el culo.

—¿Nunca oíste nada parecido?

—¿Crees que habría estado allí tanto tiempo?

—¿Tuviste alguna duda? Quiero decir, se han tomado muchas molestias falsificando pruebas para despedirte. ¿Hay algo que podía preocuparles?

—Me cuidé mucho de armar jaleo. No creas que no me di cuenta de la invasión blanca.

—¿Así que no hubo controversia en los cuatro meses?

—No, nada. Me mantuve al margen, igual que tú.

Vanessa pensó un momento y se le ocurrió una idea.

—Los dos primeros meses estuviste trabajando en la financiación.

—Exacto.

—Y luego pasaste a prensa. No parece un salto lógico. ¿Cómo sucedió? ¿Te ofreciste voluntaria?

—Ni de broma. Entrar en el círculo de los donantes, los comités y los supercomités de acción política es una mina de oro para alguien de nuestro nivel, y lo sabes. Los contactos en la prensa no son poca cosa, pero de ninguna manera iba a solicitar irme de ahí.

—Entonces ¿cuál fue el motivo?

—No lo supe nunca. Solo dijeron que iban a trasladarme.

—¿Se te ocurre algo que pudiera provocarlo?

Alice guardó silencio y meditó la pregunta. Eso dio a Vanessa la oportunidad de beber otro sorbo, e Indira casi apuró su copa. Finalmente, Alice estuvo lista.

—Solo se me ocurre una cosa —dijo—, pero no creo que tenga importancia.

—¿De qué se trata?

—Como decía, no creo que sea importante. Fue solo un par de días antes de que me cambiaran de puesto, así que el momento...

—¿Qué pasó, Alice?

—Las preguntas que hice sobre uno de los supercomités de acción política. Estaba siguiendo los procedimientos de investigación exhaustiva sobre los donantes y los comités, todo lo que necesitamos para asegurarnos de que el dinero que está recibiendo la campaña es legal y se contabiliza. Había una lista original y los jefes la dividieron, así que todos nos centramos en los nombres que nos habían tocado. Mi lista era bastante simple. No era lo que buscaba, así que acabé antes de tiempo y aproveché para probar con algo más interesante: uno de los supercomités.

—Pero los supercomités no donan a la campaña.

—Lo sé. Por eso los elegí, porque nadie más lo haría. Me interesaba y tenía algo de tiempo.

—¿Cuál era?

—Se llama America Tomorrow.

—¿Y qué descubriste?

—Que una gran cantidad de dinero llegaba del extranjero. Y cuando seguí el rastro del dinero y localicé las fuentes, encontré cinco empresas distintas que resultaron ser filiales de filiales de filiales de una sola compañía alemana. Ya sabes cómo funciona.

—¿Qué hiciste?

—Fui a hablar con los jefes.

—¿Y qué te dijeron?

—Que no era asunto nuestro. Que el supercomité estaba alineado con nuestra postura en algunas políticas, pero que era independiente, no tenía influencia ni contacto con la oficina del senador Grisham y no realizaba aportaciones. Por tanto, debía dejarlo y seguir trabajando en lo importante.

—¿Qué pensaste al respecto?

—Nada, porque tenían razón. Solo me estaba distrayendo, así que me puse a trabajar en lo que era relevante. Días después me trasladaron a otro puesto y no relacioné ambas cosas. Si te soy sincera, aún no lo hago, pero es lo único que se me ocurre.

Vanessa pensó unos instantes. Entendía que Alice no le hubiera dado importancia a su descubrimiento y, técnicamente, la respuesta era correcta: ningún supercomité está vinculado a un candidato o partido concreto, por lo que no se regían por los límites de la financiación electoral. Pero, si sus sospechas eran fundadas, las irregularidades en la financiación eran las menos hondas de las profundidades a las que el equipo de Grisham estaba dispuesto a sumergirse.

Tal vez no era nada, pero valía la pena investigar.

Bebió otro sorbo más largo antes de volverse hacia Alice.

—¿Recuerdas cómo se llamaba la empresa alemana? —dijo.

—Sí. Se llamaba Medusa.

30

Hamburgo
República Federal de Alemania

29 de septiembre de 2025
Lunes

Ya era pasada la medianoche cuando Georg llegó al apartamento de Freya en Ottensen.

El viaje había sido casi idéntico al de la noche anterior, pero esta vez había elegido el tren en lugar del avión por otro motivo: dado que estaba en búsqueda y captura en relación con dos muertes en Stuttgart, mostrar su identificación para embarcar en un vuelo en el aeropuerto de Stuttgart era impensable.

El trayecto había sido estresante y le había negado un sueño muy necesario durante sus seis horas y media de duración. Por muy modesto que fuera Georg en cuanto a la pequeña fama que había cosechado —gracias a su carrera como periodista, pero sobre todo a su exitoso pódcast informativo—, ahora era muy consciente de ella. En la era de las redes sociales, le había conferido el estatus de *influencer* y, debido a la falta de suficientes noticias reales para llenar la demanda de información las veinticuatro horas, los *influencers* equivalían a titulares.

El resultado era que su nombre y las acusaciones que pesaban sobre él ya habían llegado a la prensa, de modo que su rostro era aún más reconocible que hacía solo unas horas.

Georg había comprado una gorra y unas gafas de sol ligeramente tintadas antes de dirigirse a la estación de tren. No era el disfraz perfecto, pero era mejor que nada. También utilizó sus conocimientos sobre técnicas de investigación policial para anular sus dos medios más fiables para localizar a un sospechoso: retiró los trescientos euros que le permitía su tarjeta de crédito en un solo día y, tras un mensaje rápido a Freya para decirle que estaría desconectado hasta que llegara a casa, apagó el teléfono.

«Nada de pagos con tarjeta, cajeros automáticos o GPRS —se dijo a sí mismo—. Si quieren encontrarme, tendrán que hacerlo con los viejos métodos».

Fue una pequeña sensación de victoria que precedió a largas horas de paranoia, las cuales pasó al límite temiendo que alguien lo reconociera. Ni siquiera contaba con la distracción del teléfono para mantenerse ocupado o al menos para utilizarlo como excusa para mirar hacia abajo. Si lo hubiera pensado bien, habría comprado un libro por esa misma razón, y lamentó su error, por lo que, horas después, se sintió agradecido cuando el pasajero de enfrente olvidó un periódico al bajar del tren.

Sabía que no le proporcionaría lectura para cuatro horas, pero sí le permitiría taparse un poco más el rostro.

Así pues, Georg estaba agotado cuando llegó a Ottensen, pero, con tanto por hacer, era un agotamiento que no podía permitirse.

Diez minutos después estaba sentado a la mesa para seis personas que ocupaba la mitad más pequeña del salón-comedor del piso. Frente a él se encontraban su abuelo, visiblemente cansado después de que lo despertaran, y Freya, con la preocupación por Georg grabada en el rostro.

Hasta entonces, la conversación había sido estresante y desestructurada a causa de las emociones y el miedo, la indignación y la traición, todo ello motivado por el rompecabezas de información que habían creado a partir de una serie de conversaciones telefónicas demasiado breves y por las casi siete horas de silencio posteriores.

—De acuerdo —dijo—. Vamos a calmarnos y centrémonos en lo importante.

Abrió la bandolera y sacó el tabaco, renunciando ya a la farsa de que había conseguido dejarlo. Luego miró a Freya como para disculparse, pero, cuando ella le pidió uno, se dio cuenta de que no era necesario.

Al verlos encender el cigarrillo, Peter dudó un momento, pero acabó cogiendo el paquete y el encendedor de Georg.

—Joder, si fuma todo el mundo...

Georg soltó una risotada de alivio. No había sonreído ni una sola vez desde su visita al hospital, y se alegró al ver que aún era capaz de hacerlo.

Los tres guardaron silencio unos segundos, saboreando la calma, y fue Peter quien la rompió.

—¿Estás seguro de lo de Ben?

—No, pero es la única persona que no está en esta mesa y lo sabía todo.

—Aparte de la hija de Ackermann.

—Pero ella no sabía que yo volvería al hospital o a la casa.

—Aunque pensar que lo harías tampoco sería lo más descabellado del mundo.

—¿Te parece suficiente para enviar dos equipos de asalto?

—Depende de cuántos tengan.

—¿No crees que haya podido ser Ben?

—Yo no he dicho eso, pero coincido contigo en que no podemos estar seguros.

—¿Y el hecho de que no mencionara el boletín de la policía durante la llamada, cuando lo organizó todo para ir a buscarme?

—Que esté trabajando para Odessa sería una explicación. La otra es que estaba haciendo su trabajo, organizando la forma más segura de arrestar al principal sospechoso de dos asesinatos.

—¿De verdad lo crees?

—No, sinceramente no lo creo. El Ben que conozco habría intentado ir a buscarte primero y se habría puesto en contacto conmigo.

—¿Qué significa eso? —preguntó Freya, que hasta el momento había estado asimilando toda la información. Pero, como Georg sabía muy bien, nunca tardaba mucho en absorberla y tomar la iniciativa.

Peter se volvió hacia ella.

—Significa que el Ben que conozco podría no ser el Ben que todos pensábamos que era.

—¿Eso lo convertiría en miembro de Odessa?

—O tal vez Odessa lo ha puesto en un aprieto —aventuró Georg.

—No —respondió Peter—. Si Ben está involucrado en esto, no es por chantaje o coacción. Es uno de ellos hasta la médula.

A Georg le intrigó la certeza con que su abuelo había pronunciado aquellas palabras.

—¿Por qué lo dices?

—Por la cronología. Ben llegó a nuestra vida cuando tus padres murieron. Antes de eso, yo no lo conocía. ¿Por qué iba a conocerlo? Trabajaba con tu padre, pero apareció y nos ofreció su ayuda cuando la necesitábamos, y se quedó. Se convirtió en parte de la familia. Era como un tío para ti. ¿Crees que tiraría todo eso por la borda solo por el hecho de que Odessa tuviera algo contra él? Si eso fuera cierto, no habrían podido manipularlo tan fácil y rápidamente.

—No sé. Yo solo...

—Y, aunque tuvieran alguna manera de controlarlo, ¿cómo sabían que debían utilizarla ahora? ¿Cómo descubrieron quién eras, que tenías vínculos con alguien a quien podían controlar y que Ben es una de las poquísimas personas a las que acudirías? Es imposible hacer todo eso en menos de veinticuatro horas por muchos contactos que tenga Odessa ahora mismo.

Georg negó con la cabeza, debatiéndose entre un deseo sincero de estar equivocado y una rendición a la lógica de su abuelo. Aquello le provocaba una dolorosa incertidumbre en un momento en que la certeza era de suma importancia.

Freya rompió el silencio.

—¿Cómo podemos averiguar si este tal Ben estaba detrás de todo esto? Porque no lo reconocerá, sobre todo ahora que la policía anda buscando a Georg. Eso le da la excusa perfecta.

—Tenemos que pedir ayuda a alguien en quien podamos confiar plenamente.

Georg se puso erguido de repente. Después de todo lo que había hecho para dejar a su abuelo al margen —para mantenerlo a salvo—, esa no era la propuesta que esperaba.

—*Opa*, no podemos meter a nadie más en esto. Aquí estás protegido, pero solo porque nadie sabe nada de Freya y de mí. No podemos confiar en nadie más. Nos pondría a ambos en peligro. De ninguna manera.

—El hombre del que hablo es la excepción. En estas circunstancias, le confiaría tu vida. Le confiaría la vida de todos.

—No te ofendas, *Opa*, pero eso no es decisión tuya, especialmente tratándose de un tipo al que ni siquiera conozco.

—Sí que lo conoces.

—¿Qué?

—He dicho que sí que lo conoces. Lo conoces de toda la vida.

—¿Quién es?

—Es tu padrino, Scott Brogan. Y la decisión, dependa o no de mí, ya está tomada. Viene hacia aquí.

31

—Scott Brogan es un puto psicópata —protestó Georg—. ¿Por qué coño lo has metido en esto? ¿No tenemos ya suficientes lunáticos?

—Hoy, un equipo de asesinos profesionales ha salido a cazarte como a un animal. —Peter elevó el tono de voz mientras apagaba con rabia el cigarrillo—. ¿No crees que a lo mejor necesitamos a uno de esos en nuestro equipo?

—Es un puto mercenario, *Opa*. Literalmente, mata por dinero en todo el mundo. Es uno de los malos. ¿Qué lo hace mejor que ellos?

—Que está de nuestro lado y puede hacer cosas que tú y yo no podemos. Cosas que te mantendrán sano y salvo.

Georg apartó la silla, enojado por no tener argumentos para rebatir a su abuelo. Pero, aun así, no estaba de acuerdo con la decisión. Después de todo lo que sabía de ese hombre, no podía aliarse con Scott Brogan.

—Disculpad, me he perdido —dijo Freya, que se inclinó hacia delante y apagó el cigarrillo con mucho más cuidado y sin la rabia que había mostrado Peter—. ¿Quién es Scott Brogan exactamente?

—Mi padrino —respondió Georg, consciente de su oportunidad para ganarse una aliada—. Un antiguo compañero de mi padre. Participaron en algunas operaciones conjuntas de la OTAN, cuando mi padre trabajaba en labores de espionaje.

—Scott Brogan no suena alemán.

—Es británico. Estuvo en el SAS, el MI6 y todo lo demás. Pero pasaron bastante tiempo juntos en sus operaciones secretas y acabaron haciéndose buenos amigos, lo suficiente para que fuera elegido como padrino.

—Pero nunca lo has mencionado.

—Eso es porque apenas lo vi después del accidente. Vino al funeral y pasó un tiempo con nosotros. Luego se fue y no lo volvimos a ver. Vaya amigo.

—Y después de todo este tiempo, ¿ahora está dispuesto a volver? —preguntó Freya a Peter.

—Sí, lo está —respondió él—, porque Georg no te lo ha contado todo. Hay cosas que él no sabe.

—¿Como qué?

Peter respiró hondo y cerró los ojos solo unos segundos, pero parecía que estuviera reviviendo algo doloroso. Cuando volvió a abrirlos, estaba más calmado. El arrebato de ira había amainado y su tono era tranquilo.

Miró a Georg a los ojos cuando empezó a hablar.

—La razón por la que sé que puedo confiar en Scott Brogan es que esta no es la primera vez que has estado bajo la amenaza de Odessa. Y tampoco es la primera vez que Scott Brogan sale al rescate.

Georg frunció el ceño en un gesto de confusión. Hasta el día anterior, solo había leído sobre Odessa en los libros y artículos de su abuelo, además de algunas entrevistas y conferencias. Y, por supuesto, nunca se había topado con ellos.

Por un momento le preocupó que la edad de su abuelo empezara a notarse.

—¿Qué estás diciendo? —preguntó en voz baja, como si hablara con un niño.

—Deja de mostrarte condescendiente y escucha, ¿quieres?

—Parte de la ira de Peter había regresado—. No estoy senil, muchacho. Lo que soy es un mentiroso que ahora tiene que contarte la verdad, así que presta atención.

Georg no respondió.

—Lo que intento decirte es que yo ya sabía que Odessa mató a tus padres, Georg. No sabía cuál de esos cabrones lo había hecho, pero sí que era obra de Odessa. Lo he sabido durante años, desde que viniste a vivir conmigo.

Georg se quedó boquiabierto. No podía creer lo que estaba oyendo. Pero ¿por qué iba a mentirle su *Opa*?

—¿Qué...? Pero ¿cómo...?

—Estaba destrozado cuando murieron y no sospeché que fuera más que un accidente. En aquel momento me creía mi propia leyenda, Georg. Creía que había acabado con Odessa. Y entonces Scott Brogan vino a mí. Sabía quién era por tu padre. A diferencia de Klein, me había encontrado con él varias veces, y tu padre me había contado las cosas que podía hacer y los contactos que tenía. Lo que era. Así que, cuando me dijo que no aceptaba que la muerte de tus padres fuera un accidente, lo escuché. Me contó cuántos enemigos se había ganado tu padre. Algunos también eran enemigos de Brogan, pero muchos no. Me pidió permiso para investigar y se lo di.

»Lo que descubrió nos dejó a los dos conmocionados. Descubrió que fue Odessa quien mató a tus padres. Y algo más. Algo peor para mí, si es que eso era posible.

—Cuéntamelo.

—Brogan descubrió que el objetivo era yo. No buscaban venganza atacando a mi familia. Me tenían *a mí* en el punto de mira. Por alguna razón, hubo... Dios, me cuesta hasta decirlo. Hubo un error.

Georg vio cómo las lágrimas surcaban el rostro de su abuelo; los recuerdos eran visiblemente dolorosos. Nunca lo había visto así, y no sabía qué hacer para consolarlo, por lo que decidió limitarse a escuchar.

—Lo que averiguó Scott fue que yo seguía siendo un objetivo incluso después del accidente. Matar a mi chico no bastaba. Me querían a mí por todo lo que había hecho y todo lo que había escrito y dicho posteriormente. Y ahora sabían que existías y que te habían puesto a mi cargo. Tenían intención de matarnos a los dos.

—¿Qué pasó?

—Scott Brogan es lo que pasó. Recuerda quién era por aquel entonces, Georg: un agente del espionaje británico. En su momento, eso significaba algo. Si pertenecías a Odessa, no querías tener al MI6 encima. Scott suponía una amenaza tan grande para sus ambiciones como lo eran ellos para ti y para mí.

—¿Y?

—Y él hizo lo único que podía hacer: un trato. Nuestras vidas a cambio de que él los dejara tranquilos. Se acabarían las investigaciones y el espionaje británico. No habría cooperación con las autoridades alemanas ni con nadie que pudiera infiltrarse o procesar a la organización. Y, para garantizarlo, no volvería a Alemania. Por eso no lo has visto en todos estos años, Georg. No nos abandonó. Se mantuvo alejado para protegernos.

Georg intentó contener las lágrimas mientras procesaba lo que le había contado su abuelo, su mandíbula debilitada al reprimir una reacción emocional que habría sido muy natural. Se quedó sin palabras, y en ese momento no sabía si sentir gratitud hacia Scott Brogan, rabia hacia su abuelo por todo lo que le había ocultado durante tanto tiempo o consternación porque su propia seguridad era el precio que había pagado Odessa por su supervivencia.

Había demasiados pensamientos, demasiado que asimilar.

—Pero ¿por qué hizo este hombre todo eso? —preguntó Freya—. ¿Por qué se puso en peligro de esa manera? ¿Y por qué iba a hacerlo otra vez?

—Porque quería al padre de Georg —respondió Peter—. Eran compañeros de armas, se salvaron la vida en múltiples ocasiones. Se siente obligado a proteger lo que era de Horst, porque cree que Horst habría hecho lo mismo por él. Y tiene razón. Mi hijo habría hecho exactamente lo mismo.

—Pero ¿y todo lo que ha hecho desde entonces? —A Georg todavía le costaba aceptar aquello. Aunque el primer cigarrillo seguía casi intacto en el cenicero, encendió otro—. *Opa*, ambos sabemos lo que significan los contratos de seguridad privada. Ha trabajado por todo el mundo: Oriente Próximo, África central, Sudamérica... Donde pase algo malo, él ha estado allí.

—¿Cómo lo sabes?

—Porque es mi padrino. Antes lo consideraba un héroe, el hombre que se dedicaba a lo mismo que mi padre. Incluso después de su desaparición, quería saber de él. Así que, cuando aprendí cómo hacerlo, investigué. Lo rastreé, seguí sus movimientos y descubrí la carnicería que había provocado.

—¿Ha hecho cosas malas? —preguntó Freya.

—Malas es poco.

—¿Y qué esperabas de alguien con esa preparación, Georg? —preguntó Peter—. ¿Qué crees que pasa cuando un gobierno convierte a un chico en un asesino, le arrebata el apego a la vida y el miedo a la muerte y, cuando ha terminado, lo suelta en el mundo real?

—No todos los soldados acaban siendo mercenarios, *Opa*.

—No todos los soldados son Scott Brogan, pero no estoy tratando de justificar nada. No sé las cosas que ha hecho, pero, si son tan malas como dices, a lo mejor necesitamos a alguien tan capacitado como él. A lo mejor necesitamos a un malo.

Georg empujó la silla hacia atrás. No estaba convencido en absoluto y miró a Freya en busca de apoyo.

—¿Tienes algo que decir sobre esta locura?

—Sí —repuso ella—. Creo que hay momentos en los que puedes adoptar una postura moral sobre la manera en la que una persona se gana la vida. Y creo que, cuando tienes a un ejército secreto de asesinos nazis que van a por ti, *no* es uno de esos momentos. Necesitamos a ese hombre, Georg. Hay gente que quiere matarte. Lo necesitamos a él o morirás.

Freya se volvió hacia Peter.

—¿Cuándo viene?

—Ya está en Hamburgo. Salió en cuanto lo llamé. Lo único que necesita es esta dirección.

32

Scott Brogan no era el gigante que Georg recordaba de su infancia, pero ya no tenía diez años, cuando, por la diferencia de estatura, le parecía enorme.

Dieciocho años después, Brogan no resultaba tan sobrenatural, pero todavía distaba mucho de ser un hombre corriente. Basándose en el año de nacimiento de su padre y en el hecho de que Brogan era dos o tres años más joven que él, Georg calculó que tendría cincuenta y seis años.

Sin ese cálculo, la edad del inglés habría sido un misterio. Por lo que se adivinaba bajo su elegante polo blanco, parecía tener el cuerpo de un hombre de unos treinta años, marcado por algunas cicatrices en las manos y los antebrazos y por el rastro de una quemadura en el bíceps derecho. Sin embargo, su rostro contaba una historia diferente.

La nariz rota era lo habitual: Georg apenas había visto a un combatiente que no la tuviera. El resto de las cicatrices, en cambio, eran mucho menos típicas. Era evidente que la piel que rodeaba ambas cejas se había quebrado innumerables veces. Tenía un corte en la oreja derecha que le habían cosido en algún momento. La línea carbonizada en la mejilla derecha parecía la señal de una bala que había pasado rozando. Y el bulto protuberante en la parte superior izquierda de la frente indicaba la implantación quirúrgica de una placa de metal.

Georg recordaba algunas de las lesiones. Otras eran más recientes, y juntas formaban una cara que era a la vez única y atemporal en un hombre al que solo un tonto se atrevería a contrariar sin llevar encima un arma automática y varios juegos extra de munición.

—Cuánto tiempo, joven amigo.

Hablando en un alemán perfecto, Brogan le tendió la mano, y Georg se la estrechó con firmeza. Ahora recordaba que Brogan siempre lo llamaba «joven amigo». Era un recuerdo agradable, ya que en su día lo hacía sentirse más adulto, pero optó por desestimar las emociones positivas.

—En efecto, ha pasado mucho tiempo —respondió Georg—. Es una pena que no conociera el motivo hasta esta noche.

—Era lo mejor. No tenías por qué pasarte la vida girando la cabeza por si aparecían esos asesinos nazis. Aunque, por lo visto, te las has arreglado para encontrarlos.

—Eso parece.

Brogan observó la habitación.

—Peter, tienes buen aspecto.

—Tengo aspecto de viejo.

—No digas tonterías. Me alegro de verte.

—Y yo. Gracias por venir.

—Ni me planteé no hacerlo.

Se volvió hacia Freya.

—Mi ahijada política, imagino.

—Algo así. —Freya le estrechó la mano—. Pero sin el anillo.

—Pues qué chico más tonto. Soy Scott.

—Lo sé. Soy Freya.

—Siéntate, Scott —dijo Georg, señalando la mesa—. ¿Te apetece algo de beber?

—Agua, por favor. Del grifo va bien.

Freya ya estaba llenando el hervidor en el fregadero para

preparar más café. Cuando hubo terminado, sirvió un vaso del filtro de agua que había en la parte delantera del frigorífico y lo dejó delante de Brogan.

—Gracias —dijo él antes de volcar toda su atención en Georg—. Tu abuelo me ha puesto al día lo mejor que ha podido, pero eso fue hace horas. ¿Qué te parece si damos por hecho que no sé nada y me lo cuentas desde el principio?

Con minuciosa atención al detalle, Georg hizo lo que le pedía. No se dejó nada, consciente de que incluso si se salía con la suya —incluso si se deshacían de Brogan a la primera oportunidad—, al menos habrían podido oír su análisis profesional.

Brogan, a su vez, escuchó atentamente cada palabra, pidiéndole en ocasiones que fuera más despacio o que hiciera una pausa cuando la información llegaba con demasiada rapidez. Veinte minutos después, ambos parecían satisfechos.

Su primera pregunta fue directa.

—Ben Klein es el único candidato lógico. —Se volvió hacia Peter—. ¿Lo conozco?

—Es posible. Yo no lo conocía hasta que perdimos a Horst, pero estuvo en el funeral. Puede que lo conocieras allí.

—Casi no había amigos policías de Horst. No recuerdo a ninguno, la verdad. Ninguno destacaba. ¿Y más tarde?

—No, no creo que lo conocieras. Al principio fue uno de los que ofrecieron su apoyo. Al cabo de unos meses, era el único que seguía en contacto. Eso fue después de todo lo que hiciste.

—¿Alguna vez lo supo?

—¿El qué?

—Lo que realmente pasó con Horst y Danielle. Lo mío.

—Solo lo sabemos nosotros.

—Pero ¿confiabas lo suficiente en Klein como para contarle todo lo que ocurrió ayer?

—No estamos en 2007. En aquel momento apenas lo conocía. Con los años llegamos a confiar en él, pero hizo falta mucho tiempo.

—Sin duda, ese era el plan.

—¿Qué plan? —preguntó Georg.

—El plan de tener a alguien cerca, alguien que pudiera vigilaros a los dos. Recordad, Odessa se vio obligada a hacer un trato a regañadientes. Aceptaron manteneros a ambos con vida para evitar la atención del espionaje británico, que podría haber hecho que toda su red se derrumbara antes de que estuvieran preparados. Pero, en el caso de Peter, eso significaba dejar vivir a alguien que no solo sabía de su regreso, sino que era personalmente responsable de su mayor revés. No podían arriesgarse a tener a alguien tan peligroso sin vigilancia. Es muy lógico que pusieran a una persona cerca de vosotros.

—Te refieres a Ben.

—¿Quién mejor que un policía? Y, además, un policía que era amigo de tu padre.

—Pero ¿qué probabilidades había de que papá conociera a alguien que ya era agente de Odessa?

—¿Quién sabe? Aún no estamos al tanto de la envergadura de Odessa en aquella época. Desde luego, yo nunca llegué a averiguarlo; ellos lo desconocían, les entró pánico y llegaron a un acuerdo antes de que yo descubriera algo ni siquiera remotamente significativo. De momento, no podemos descartar que tuvieran infiltrados en la policía incluso entonces.

—¿Tú crees?

—Como decía, quién sabe. Otra posibilidad es que sea todo mentira y Klein no conociera nunca a tu padre, o que simplemente se saludaran cuando se veían. En mi opinión, lo único importante es que podemos estar seguros al noventa y nueve por ciento de que Klein es el topo.

—¿Crees que podemos descartar a Mila Ackermann?

—¿A la hija? No, no del todo. Y no deberíamos descartar

a nadie que no esté en esta mesa. Pero, como has dicho, ella no sabía que hoy volverías al hospital. Klein sí.

Georg guardó silencio y analizó la lógica de Brogan. Ya fuera por la confianza que demostraba el inglés o por su forma de expresarse, debía reconocer una cosa: su padrino era extremadamente convincente.

—¿Y ahora qué? —terció Freya.

—Averiguaremos si ese noventa y nueve por ciento puede subir un poco más. Y la única manera de hacerlo es hablando con Klein cara a cara.

—¿Cómo lo haremos?

—Georg tiene que llamarlo y reprogramar la reunión.

—¿Reprogramar una reunión que en realidad era una emboscada?

—Exacto. Solo que esta vez la emboscada vendrá en la dirección opuesta.

—Pero, si enciendo el teléfono para llamarlo —dijo Georg—, podrán ubicarme en esta dirección.

—Esta dirección ya no es segura. Cualquiera que sepa que Freya vive aquí, sabrá dónde debe ir a buscarte. Además, están los vecinos.

—Eso no es problema. Este piso es nuevo. Freya se mudó hace solo dos semanas y es básicamente la primera residente del edificio.

—Exacto —confirmó Freya—. No he visto ni rastro de un vecino desde que llegué.

—Pero ¿la gente no sabe que es tu dirección, aunque sea nueva? En el trabajo deben de saberlo.

—Eso no importa —explicó Georg—, porque allí nadie está al tanto de lo nuestro.

—¿Qué?

—No saben que estamos juntos. No es de dominio público.

—¿Estás seguro?

—Totalmente. Trabajamos juntos y Freya es mi superiora.

No está bien visto, y, cuando el chico es más joven, a veces incluso se considera un poco raro. No queríamos repercusiones negativas, así que decidimos llevarlo en secreto. Luego nos dimos cuenta de que nos gustaba la privacidad. De modo que sí, estoy seguro.

—¿Y los amigos?

—Lo saben algunos, pero no muchos. Nuestra vida social gira principalmente en torno al trabajo. En resumen, lo saben algunos amigos de siempre, pero serían las últimas personas a las que encontrarían: ya tendrían que saber de nosotros para llegar tan lejos.

—Entonces ¿ni siquiera Klein lo sabía?

—No soy de contar mucho, Scott, a menos que sea sobre otra persona. Supongo que son las lecciones que aprendí siendo nieto de Peter Miller.

Brogan asintió, evidentemente complacido de que el problema potencial de su ubicación hubiera quedado resuelto. Pero eso no respondía a la pregunta de Georg, por lo que la formuló de nuevo.

—¿Seguro que todo eso no se irá al garete en cuanto encienda el teléfono y el GPRS se conecte a la antena de telefonía más cercana?

—No es tan preciso. Se conectará a una antena, una de tu red, pero será una única conexión en una antena que cubre una distancia de unos cinco kilómetros en un ángulo cada vez más amplio. Sin movimiento u otras conexiones para triangular, lo único que sabrán es que utilizaste un teléfono en un radio de veinte kilómetros. Y ni siquiera lo sabrán de inmediato. Tendrían que solicitar los registros. Es imposible que obtengan esa información en menos de cuarenta y ocho horas, y probablemente tardarían una semana. Podemos arriesgarnos a hacer una llamada.

—¿Y luego qué?

—Y luego daremos a ese nazi de mierda de su propia medicina.

33

Era media tarde cuando la Mercedes Sprinter blanca de alquiler que llevaba a Georg y Scott Brogan tomó la salida de la Autobahn 7 hacia Finkenwerder Straße. Delante de ellos circulaban dos coches que, sin saberlo, les abrían el camino: un Mercedes AMG Clase G negro con cuatro pasajeros y una berlina BMW i7 azul con tres.

Brogan había elegido la Mercedes blanca por dos razones: porque podía necesitar una furgoneta para lo que tenía planeado y porque, tras investigar un poco, sabía que la Sprinter era con diferencia el modelo más popular en Alemania.

Para mantener un anonimato total, solo había que alquilar la furgoneta bajo una identidad falsa que nunca pudiera ser vinculada a Brogan. Y, al parecer, el inglés no andaba falto de identidades.

Georg comprendía la lógica de la elección, pero sabía que Brogan se lo había explicado por cortesía.

También sabía que si tenía alguna influencia —si quedaba algún afecto residual de años pasados—, Georg ya había agotado ese crédito.

El plan original de Brogan era esperar a Ben Klein en su domicilio y tenderle una emboscada allí. Según él, era la forma más rápida y eficiente de echarle el guante. Era un buen plan, pero Georg lo había vetado. Sabía que vivía con su esposa y sus dos hijos, una familia que, como Elke Ackermann y quizá incluso su hija Mila, podía no tener conocimiento de las lealtades de Klein.

Georg casi se mostró sorprendido, además de aliviado, cuando Brogan aceptó otro plan. Pero, con el paso de las horas, empezaba a pensar que Brogan simplemente prefería la alternativa.

«De lo contrario, me habría ignorado por completo».

En lugar de esperar en el domicilio de Klein, habían ido al punto de encuentro que Georg había acordado en una llamada realizada a altas horas de la noche desde la cocina de Freya.

Siguiendo las instrucciones de Brogan, Georg había vuelto a encender el teléfono y había mentido a Klein sobre sus movimientos de ese día. Le explicó que había cogido un taxi hasta el hotel de Stuttgart, tal como habían acordado, pero que al llegar había visto a dos hombres parecidos a los agentes de Odessa que estaban en el hospital. Aterrorizado, había apagado el teléfono para evitar ser rastreado y había vuelto solo a Hamburgo.

Klein aceptó la explicación y se disculpó por haber expuesto involuntariamente a Georg a un peligro aún mayor. Su primera propuesta fue reunirse de inmediato en el lugar donde Georg se hubiera refugiado, pero este lo rechazó con más mentiras: temía que alguno de sus teléfonos estuviera intervenido, ya que así era como Odessa había sabido que debía vigilar el hotel Mövenpick ese mismo día. No podía arriesgarse a facilitar más detalles de la misma manera, así que propuso que se reunieran al mediodía siguiente en un lugar que ambos conocían bien y que ninguno de los dos tendría que nombrar por teléfono: el vestíbulo del hotel donde un par de años antes habían celebrado el noventa cumpleaños de Peter Miller.

El lugar era el hotel Vier Jahreszeiten, cerca del lago Inner

Alster, que ambos identificaron al instante y sin necesidad de decirlo en voz alta. El cumpleaños fue memorable: habían bromeado sobre ello muchas veces desde entonces, principalmente por la reacción adversa de Peter Miller a los precios inflados de la década de 2020 y a lo que él veía como la pomposidad del Grill, el restaurante del hotel.

Brogan y Georg llegaron mucho antes del mediodía. El inglés había insistido en estar ahí no más tarde de las ocho y media de la mañana, aunque eso implicara una larga espera, y Georg había cedido a su experiencia. En lugar de dirigirse al aparcamiento principal, habían ido al acceso del personal, donde Brogan encontró un lugar que ofrecía una vista parcial de la lejana entrada del hotel. No era perfecto, pero sí la mejor opción, y maximizaba sus posibilidades de pasar desapercibidos.

Tuvieron que esperar casi dos horas y media hasta que hubo algo que ver. A las once en punto, entró en el aparcamiento de residentes un Mercedes negro con cuatro pasajeros. Utilizando los potentes prismáticos militares de Brogan, Georg reconoció a tres de ellos al instante: eran los que estaban en la unidad de demencia del Marienhospital. Las heridas que presentaban dos de ellos en la cabeza disiparon cualquier duda.

Georg no conocía al cuarto, pero era del mismo tipo: porte militar y complexión atlética. Otro soldado de asalto de Odessa.

Su presencia era toda la confirmación que necesitaba. Klein *era* miembro de Odessa.

Georg no necesitaba la experiencia de Brogan para explicar lo que vio cuando los cuatro hombres se dispersaron por los espacios abiertos que rodeaban la entrada del hotel. Estaban buscando algo. A alguien. Sin duda, estaban inspeccionando la zona para cerciorarse de que Klein, su jefe, no iba directo a una emboscada.

—No se fía de mí —dijo Georg antes de entregar los prismáticos a Brogan—. Están peinando el terreno.

—No es que no se fíe de ti —repuso Brogan—. Simplemente ya no te subestima. Esos tipos fueron al hospital creyendo que sería como pescar en un barril. No volverá a cometer ese error.

Durante cinco minutos, ambos observaron a los cuatro soldados de asalto recorrer jardines, aparcamientos y edificios exteriores y mirar dentro de los coches. Había cosas que los hombres de Odessa no podían ver o hacer sin forzar cerraduras y derribar puertas, pero, aun así, Georg y Brogan contuvieron la respiración cuando empezaron a buscar cerca de ellos.

Cuando uno de los soldados de asalto de Odessa se encontraba a apenas cien metros de la Sprinter, se cobijaron en la oscuridad que brindaba la parte trasera de la furgoneta. Pero, una vez allí, mientras Georg oía pasos que se acercaban, lo que parecía bastante sencillo empezó a resultar inquietante.

Agazapado en la parte trasera de la Sprinter mientras los sonidos del exterior se acercaban cada vez más, Georg empezó a preguntarse si a Brogan se le habría ocurrido cerrar con llave las puertas. Y, si no lo había hecho, ¿qué pasaría? Sabía que el inglés iba armado y que probablemente era rival para cualquier soldado de Odessa, pero había cuatro.

Mientras esperaba, la energía nerviosa le removió el estómago, una sensación que solo empeoró al darse cuenta de que Brogan había desenfundado un cuchillo.

Fue entonces cuando reparó en un nuevo sonido, tan tenue que era más bien una sensación: la mano del hombre de Odessa en la ventanilla del lado del conductor.

En ese momento, Georg estaba mirando fijamente a Brogan en busca de algún indicio de emoción, pero no encontró ninguno, y solo pudo hacer una mueca cuando el sonido de los pasos se apagó junto a la puerta lateral.

Georg contuvo la respiración mientras escuchaba al hombre forcejear con el mecanismo de cierre. Una vez. Dos veces. Tres veces. Solo entonces supo que la puerta lateral estaba cerrada con llave.

Soltó un largo suspiro cuando los pasos se alejaron, pero él y Brogan se quedaron diez minutos más en la parte trasera de la Sprinter por si el soldado de asalto andaba cerca. Por ello, volvieron a los asientos delanteros justo a tiempo para ver un segundo coche, una berlina BMW i7, recorrer el largo y sinuoso camino que conducía a la entrada del hotel.

El BMW se detuvo y Georg vio a Ben Klein salir mientras dos agentes uniformados permanecían dentro.

La sensación que Georg experimentó en el estómago al ver a Klein dirigirse al edificio era una compleja mezcla de asco, odio y dolor. Pensar que durante tanto tiempo lo había considerado un amigo, parte de la familia, y descubrir lo que ahora sabía le infundió determinación para hacer una cosa:

«Averiguaré qué puede decirme ese puto traidor».

Por esa razón, ahora estaban siguiendo a los dos coches, que habían salido del hotel exactamente noventa minutos después de que llegaran Klein y sus hombres uniformados. Klein solo había pasado quince minutos dentro, tiempo suficiente —más aún en combinación con el teléfono desconectado de Georg— para saber que lo habían dejado plantado una vez más.

Los siete hombres se fueron juntos, utilizando los mismos dos coches que los habían traído. Habían dejado de fingir que no se conocían y los vehículos viajaban uno detrás del otro rumbo a la Autobahn 7. Brogan, siempre cauteloso para no ser descubierto, mantuvo la Sprinter a una distancia segura.

Hasta que salieron a Finkenwerder Straße cuarenta minutos después, no supieron cuál era su destino.

—El aeropuerto —dijo Georg, tanto para sí mismo como para Brogan.

—¿Estás seguro?

—No, pero es el único lugar obvio si cogen esta salida.

Brogan miró un letrero.

—Aeropuerto de Finkenwerder. Nunca había oído hablar de él.

—Es privado, propiedad de Airbus. Que yo sepa, solo puede utilizarlo esa compañía.

—Lo cual equivale a Airbus y cualquiera a quien dé autorización —precisó Brogan, que empezó a reducir la velocidad—. Si es privado, tendremos que mantener la distancia. Cuanto más nos acerquemos, más llamaremos la atención. Eso lo convierte en una buena elección por su parte.

Brogan aminoró la marcha gradualmente para no llamar la atención, aunque circulando suficientemente cerca mientras los dos coches giraban primero a la izquierda por la Autobahn der Alten Süderelbe y luego a la derecha en Neßdeich. La Sprinter mantuvo una distancia prudencial para que no hubiera nadie observando cuando Brogan subió al arcén, cubierto de hierba, en la última curva a la derecha en Neßdeich y detuvo la furgoneta en el carril bici que recorría la parte trasera de la plataforma de observación de Airbus.

—¿Por qué paras aquí? —preguntó Georg.

—Porque ellos también han parado —respondió Brogan, señalando a lo lejos a través de la superficie plana que formaban las instalaciones de Airbus—. Están entrando en la pista de aterrizaje. Desde aquí veremos mejor.

Brogan se inclinó hacia el compartimento de la puerta y sacó los potentes prismáticos militares que había compartido con Georg en el hotel Vier Jahreszeiten. Durante un minuto, o tal vez más, observó en silencio, y luego se los pasó a Georg sin mediar palabra.

Georg orientó los prismáticos en la misma dirección que el inglés. Tardó casi un minuto en encontrar lo que buscaba y enfocar la imagen, pero aun así no dijo nada. La incomodidad que le causaba trabajar con el mercenario no había disminuido y se negaba a pedirle ayuda.

Finalmente los localizó, al principio como imágenes borrosas que solo se distinguían por el contorno de los dos vehículos en los que viajaban. Tras unos pequeños ajustes, pudo verlos a todos con nitidez.

Ben Klein, sus dos hombres uniformados y los cuatro soldados de asalto de Odessa habían estacionado cerca de un pequeño hangar y habían bajado todos de los vehículos. Ninguno hablaba, y los aeródromos y edificios que los rodeaban parecían desiertos, como si alguien hubiera procurado que gozaran de privacidad absoluta. Los siete estaban alineados en lo que Georg solo podía describir como una formación reglamentada —seis hombro con hombro y Klein un metro por delante—, y todos miraban en la misma dirección: hacia un pequeño jet privado blanco que había salido de la pista y se aproximaba por el asfalto.

—¿Quién es? —se preguntó Georg en voz alta.

—¿Ves el código de cola? —respondió Brogan.

—Hasta que gire, no.

Segundos después, el avión viró a la derecha y pudo distinguir las letras a través de las potentes lentes de aumento.

—Es D-RALR —dijo Georg.

—¿Estás seguro?

—Lo estoy mirando, ¿no?

—Nunca está de más verificarlo otra vez.

—Pues tómatelo como una triple verificación: es D-RALR.

—De acuerdo —respondió Brogan—. ¿Qué nos dice eso?

—Que está registrado aquí como avión alemán.

—¿Nada más?

—Sin investigar un poco, no. Eso lo dejaremos para más tarde.

—Bueno, ese es tu campo. Pásame los prismáticos, por favor.

Georg se los tendió y no dijo nada más mientras Brogan observaba y se disponía a explicar lo que sucedía.

—El avión se está deteniendo y los siete tíos se han alineado. Están..., parece que están en posición de firmes. Quien se baje de ese trasto, tiene autoridad sobre todos ellos.

—¿Puedes ver quién es?

—Todavía no, pero lo que veo ya nos dice mucho.

—¿Como qué?

—Bueno, para empezar, tienes razón. Esos hijos de puta son una especie de unidad paramilitar. Nadie se alinea de forma tan rígida a menos que sean militares o que al menos estén jugando a serlo. En cualquier caso, son soldados de Odessa.

Georg asintió, sorprendentemente complacido de que su evaluación hubiera resultado ser correcta.

—¿Qué más?

—Considerando que está situado al frente de la hilera, Klein parece tener un rango superior a todos los demás. Pero, aun así, es subalterno de quien viaje en ese avión.

—¿Cómo lo sabes?

—Por varias cosas. Por ejemplo, que se haya puesto firme incluso antes de que el avión haya llegado a ellos. No haces eso a menos que tus superiores se dirijan hacia ti.

—Pero es un alto mando de la policía federal.

—A lo mejor, la policía y una organización neonazi clandestina empeñada en reconquistar Alemania no buscan lo mismo en un recluta.

El tono de Brogan era desenfadado, pero Georg guardó silencio. Tenía ganas de responder, pero no había nada que pudiera decir, y le irritó aún más que Brogan extendiera la mano y le diera un apretón en el hombro.

—Era una broma, Georg. Pero era una broma basada en la realidad. Si queremos ganar, debemos tener claro qué es Odessa y qué no es. No puedes pensar que el lugar que ocupa alguien en la sociedad o en la policía refleja su papel en Odessa.

—Lo sé. Estoy sorprendido, eso es todo.

—Pues no deberías. Dije que había algunas cosas que indicaban cuál era su papel. Una de ellas es su relación contigo y con Peter. A ese tipo le encomendaron la tarea de estar cerca de vosotros durante casi veinte años. Es un papel de confianza, pero no es el trabajo que le das a tu futuro líder. No es una posición con mucho margen para un ascenso.

—Pero es un hombre capacitado, y aparentemente muy respetable.

—Eso no significa nada. Mira de dónde salieron esos cabrones en los años treinta. Hitler era cabo y un pintor fracasado, y Göring era el hijo del gobernador general de Namibia y un as de la aviación en la Primera Guerra Mundial. ¿Cuál de los dos llegó a *Führer*?

Georg no dijo nada y Brogan no insistió. En lugar de eso, cogió de nuevo los prismáticos y siguió describiendo lo que podía ver.

—El avión se ha detenido y la puerta está abierta. La fila no se ha movido, así que quien esté dentro debe de estar saliendo. —Bajó los prismáticos y se los ofreció—. Georg, tú has visto a algunos de esos hombres, yo no. Echa un vistazo. Dime si reconoces a alguien que baje de ese avión.

Georg cogió los prismáticos y apuntó de nuevo hacia Ben Klein y sus compañeros. Mientras lo hacía, vio al primer hombre bajar del avión, un rostro totalmente desconocido para él. El hombre fue recibido con un saludo definido y sincronizado tanto por parte de Klein como de la disciplinada fila de seis hombres que tenía detrás. La escena planteaba una pregunta.

—Me esperaba un saludo nazi. —Georg demostró a qué se refería levantando vigorosamente el brazo derecho—. Ha sido solo un típico... Bueno, no ha sido eso.

—Probablemente por discreción. El aeródromo parece vacío, pero ¿quién sabe? Dudo que corran el riesgo de que unos cuantos empleados de Airbus informen de la reunión de un club de admiradores de Adolf Hitler en la pista.

Georg escuchó sus palabras, pero no las asimiló. Ya estaba prestando atención a otra cosa.

A otra *persona*.

Un recién llegado que estaba bajando del avión de un modo que solo permitía ver su perfil derecho.

—Dios mío. Es él.

—¿Quién?

Georg titubeó, menos convencido de lo que lo estaba hacía un instante.

—¿Quién, Georg?

En lugar de responder, esperó a ver su rostro completo y, cuando lo hizo, supo que se había equivocado.

—Se parecía mucho...

—¿A quién te refieres?

Georg le habló del hombre que le había llamado la atención en el vestíbulo del hospital. El hombre que, a diferencia de su doble en la pista de aterrizaje, lucía una larga cicatriz que iba desde el rabillo del ojo hasta la mandíbula.

—¿Formaba parte del grupo que vino a por ti? —preguntó Brogan.

—No.

—Entonces ¿qué te hizo pensar que pertenecía a Odessa?

—En realidad nada. Puede que fuese paranoia, pero había algo que lo hacía destacar.

—Suele ocurrir cuando tienes una cicatriz de veinticinco centímetros.

—Supongo, pero ese tío se parece muchísimo a él.

—Déjame echar un vistazo.

Georg le entregó los prismáticos a Brogan.

—El último en bajar del avión —señaló mientras el inglés observaba la escena.

Al cabo de unos segundos, Brogan se los devolvió.

—No está solo. Mira quién lo acompaña.

Georg supo al instante a quién había visto Brogan. Era un hombre de más edad y con un físico distinto al del hombre de la cicatriz —más bajo y menos corpulento, con el pelo ralo—, pero había algo en sus rasgos que sugería un vínculo genético.

—Parece el jefe —comentó Brogan—. Todos lo están mirando, incluido Klein.

—Nos vendría bien saber quién es. Él y su hermano pequeño.

—¿Tú también te has dado cuenta?

—Es solo una suposición.

Georg no dijo nada más y, concentrándose en el aeródromo, vio que el mayor de los recién llegados se dirigía a sus subalternos, un discurso que pasó de la calma a la ira sin previo aviso. A Georg le habría gustado saber qué estaba diciendo.

—¿Qué tal se te da leer los labios?

—¿En inglés? Bastante mal. Y, en alemán, adivina.

—Qué pena.

—¿Por qué? ¿Qué está pasando?

—El jefe les está echando una bronca —respondió Georg—. Y probablemente tenga relación conmigo.

—No me cabe la menor duda —respondió Brogan.

Georg volvió a quedarse en silencio y observó al grupo. El jefe seguía despotricando ante la mirada impasible de sus soldados. Estaban recibiendo un rapapolvo y eran lo suficientemente disciplinados como para guardarse cualquier respuesta. Otra confirmación más de lo que eran.

Georg desplazó un poco los prismáticos al volverse hacia Brogan para comentárselo, pero, a esa distancia, cualquier pequeño movimiento bastaba para desviarse por completo. Estaba enfocando de nuevo el avión cuando bajó un cuarto hombre.

—Hostia puta, es él.

El hombre que apareció en su punto de mira tenía exactamente el mismo aspecto que cuando le llamó la atención en la recepción del hospital: era idéntico en todos los sentidos al doble que ya estaba en la pista, excepto que aquel hombre tenía la inconfundible cicatriz que desfiguraba el lado izquierdo de un rostro cruel y casi atractivo.

—¿Quién es? —preguntó Brogan.

—Ese cabrón de la cicatriz. *Era* uno de ellos.

—¿Qué está haciendo?

En silencio, Georg observó al hombre de la cicatriz acercarse a los soldados de asalto, absortos en la bronca que les estaba cayendo. Por eso se encontraban totalmente desprevenidos cuando, a unos metros de distancia, el recién llegado levantó la pistola y abrió fuego.

Al oír los disparos, Brogan cogió los prismáticos, pero la ejecución terminó tan rápido como había comenzado. Cuatro disparos en rápida sucesión, que alcanzaron el corazón de sus víctimas. Georg los vio todos.

—¿Qué coño ha pasado? —preguntó Brogan, intentando enfocar de nuevo los prismáticos.

—El tío del hospital ha matado a los cuatro soldados de Odessa —explicó Georg mientras intentaba procesar lo que acababa de ver.

—¿A cuáles?

—A los que no llevaban uniforme.

—¿A Klein no?

—No, a él no.

Brogan dejó de hacer preguntas, lo que permitió a Georg pensar en lo que había visto. Por si la presencia del hombre de la cicatriz no era suficiente, lo había visto matar a sus propios hombres.

—Ha sido una ejecución —dijo, tanto para sí mismo como para Brogan—. No han tenido la más mínima oportunidad.

—Desde luego. Entonces ¿ese es el hombre del hospital?

—Sí.

—Parece un tercer hermano. Es imposible que él y el más joven no sean gemelos.

—¿Qué importancia tiene eso?

—Hará más fácil averiguar quiénes son. Si son hermanos, solo necesitamos encontrar a uno de ellos. A los otros dos los conseguiremos gratis.

—¿De verdad queremos encontrarlos? —Por primera vez desde la llegada de Scott Brogan, Georg tenía miedo—. ¿Después de lo que acaba de hacer? Ese hombre es un asesino, y muy bueno.

—No es el único asesino. —Brogan esperó un momento a que calara su mensaje y luego continuó—: Pero, solo para que te sientas mejor, debo advertirte que es probable que su hermano gemelo sea igual de bueno.

—¿Cómo lo sabes?

—Los mejores siempre reconocen a los mejores, Georg. Esos dos son profesionales. Lo puedo ver incluso por su reacción a lo que acaba de ocurrir.

—¿Cuál?

—Al primer gemelo, el que no tiene cicatriz, no le afecta en absoluto lo que ha hecho su hermano. Klein y el resto de sus hombres están conmocionados, igual que el hombre que bajó primero del avión. Y el hermano mayor está muy cabreado. Todo ello indica que la ejecución no estaba prevista. Pero, para los gemelos, ya es agua pasada. Están volviendo al avión y dejan a los otros con todo el lío.

—Entonces no me falló el instinto en el hospital.

—En efecto. Es innegable que tienes un buen instinto natural, joven amigo. Te lo concedo. Lo único que no cuadra es cómo te las arreglaste para escapar del tipo con la cicatriz. Si había ido allí a buscarte, ¿cómo es que falló?

Georg ignoró la tensión nerviosa que notaba en el estómago, una manifestación física del shock al pensar en lo cerca que había estado de la muerte el día anterior, pero mantuvo la calma mientras Brogan seguía hablando.

—No pretendo insultarte, Georg, pero incluso tú puedes verlo. Lo notaste en el hospital. Lo has visto hoy. Y, además, este es mi mundo. Un mundo en el que no envías a un tiburón blanco si quieres que la foca vuelva a casa de una pieza.

Georg no dijo nada.

Los pensamientos de Brogan deberían haber sido fáciles de desestimar, reflexiones sobre algo que, en última instancia, no había sucedido. Pero Georg sabía demasiado sobre él —sobre lo que había logrado a lo largo de las décadas— como para ignorarlo, sobre todo cuando estaba hablando de matar.

Reprimió el escalofrío que le subía por la espalda. Tenían trabajo que hacer.

—¿Y ahora qué? —preguntó.

—La misión no ha cambiado. Klein sigue vivo, por lo que aún es el objetivo. Pero ahora es un objetivo con cuatro hombres armados menos para protegerlo.

Georg asintió una vez más, lo cual se estaba convirtiendo en una reacción demasiado común ante el enfoque invariablemente lógico de la situación por parte de Brogan. Eso debería tranquilizarlo y lo sabía. Debería estar agradecido de tener a un hombre así a su lado, pero no podía obviar el desagrado por lo que sabía que era Brogan.

Y saber lo bueno que era en lo que hacía dificultaba aún más prescindir de él.

Georg apartó esos pensamientos de su mente.

Ignoraba cuándo llegaría ese momento, pero todavía no lo había hecho.

34

Puesto que los gemelos no mostraban interés alguno más allá del acto de la ejecución y que su hermano tenía un rango demasiado alto como para ensuciarse las manos, recayó en Klein y los dos agentes de la policía federal trasladar los cuerpos al espacioso maletero del Mercedes.

Cuando el trabajo hubo concluido, su jefe les dio permiso para irse y siguió a sus hermanos de vuelta al jet.

Cinco minutos después, en la pista quedaban tres hombres y dos coches. Los dos agentes uniformados habían subido al Mercedes —un vehículo oficial de la policía, según dedujo Georg— y Klein montó solo en el BMW.

Brogan puso en marcha la Sprinter antes de que los dos coches hubieran salido de la pista. Estacionada como estaba entre el arcén de hierba y el carril bici, la furgoneta habría llamado la atención si hubieran esperado el regreso de los hombres de Odessa. Para evitarlo, Brogan dio media vuelta rápidamente, enfiló la Neßdeich y luego giró a la izquierda por la Autobahn der Alten Süderelbe, sabiendo que esa era la dirección que seguirían el BMW y el Mercedes.

Cuando se encontraban en la segunda carretera, aparcó junto a la acera, activó las luces de emergencia de la Sprinter y abrió la puerta trasera antes de volver a subirse al asiento del conductor.

—¿Qué haces? —preguntó Georg.

—Simular que estamos trabajando —respondió Brogan—. Ahora salta a la parte de atrás y, en cuanto te haga una señal, cierra la puerta para que podamos ponernos en marcha.

Georg hizo lo que le indicaba, y en menos de un minuto estaban de nuevo en camino, con la puerta trasera cerrada y los dos coches circulando más adelante. Al parecer, había tenido el efecto deseado: no hubo ningún cambio que les hiciera pensar que habían sido descubiertos. La única desventaja era que Georg ahora viajaba en la parte trasera de la Sprinter en lugar de en la cabina.

Brogan mantuvo una distancia segura mientras avanzaban por el tramo restante de la Autobahn der Alten Süderelbe, que era más tranquila, y aceleró un poco al llegar a Finkenwerder Straße. Cuando los dos coches y la furgoneta entraron en la Autobahn 7, pisó el pedal a fondo.

Los dos guardaron silencio durante los siguientes diez minutos del viaje. Solo cuando hubieron cruzado el río Elba y se acercaron a la salida 29 de la Autobahn 7, donde Brogan se desvió a la derecha para tomarla, Georg habló.

—¿Por qué sales por aquí?

—Porque Klein lo está haciendo —respondió Brogan—. Y solo Klein.

Georg se apoyó para ponerse en pie, lo que le permitió asomarse por encima del asiento delantero y mirar a través del parabrisas. Vio que el BMW de Klein había rebasado la intersección y estaba avanzando hacia el norte por la autopista. La elección de esa salida confundió a Georg.

—¿Adónde diablos va?

—¿Qué quieres decir?

—Quiero decir que va en la dirección equivocada. Trabaja en la comisaría de Hauptbahnhof, así que, si fuera allí, circularía en la dirección opuesta. Y vive con su familia en Pinneberg, a las afueras de Hamburgo. Por tanto, si fuera a casa, se dirigiría al norte.

—Entonces va a otro sitio —repuso Brogan—. Tenemos que seguirlo para averiguar dónde.

Sin responder, Georg volvió a la caja de madera que se había convertido en su asiento en la parte trasera de la furgoneta.

Klein siguió circulando durante quince kilómetros, en su mayoría siguiendo la frondosa Elbchaussee, que lo llevó al pequeño pueblo de Blankenese, en Altona, construido a lo largo de varios siglos a orillas del Elba. El distrito residencial, formado por antiguas casas de pescadores y villas de antes de la guerra, gozaba de mucha demanda entre el uno por ciento más rico de Hamburgo.

Georg nunca había estado en Blankenese, pero, como todos los habitantes de Hamburgo, sabía exactamente lo que era: el hogar de los ricos de la ciudad. El destino solo avivó su curiosidad. ¿Qué podía buscar Klein en un lugar como aquel?

Minutos después, el BMW de Klein entró a gran velocidad en el corto y empinado camino de entrada de una villa de tres pisos. El espacio tenía una profundidad y anchura limitadas, y esas dificultades se veían exacerbadas por la escarpada colina en la que habían construido la casa. El hecho de que Klein sorteara todos esos factores con una maniobra fluida y rápida denotaba que lo había hecho muchas veces.

Brogan detuvo la Sprinter en un hueco junto a la acera, setenta metros más atrás, y, por primera vez, expresó arrepentimiento por haber elegido aquel vehículo. A diferencia de todos los lugares donde habían estado durante el día, la voluminosa furgoneta blanca desentonaba en el pintoresco Blankenese.

—Ahora no podemos hacer nada al respecto —respondió Georg.

Brogan miró por los prismáticos y, al instante, su estado de ánimo pareció cambiar y sus labios esbozaron una sonrisa de satisfacción.

—Ah —murmuró, bajando los prismáticos y tendiéndoselos a Georg—. Creo que hemos descubierto por qué tu viejo amigo no tiene un rango más alto en Odessa.

Georg tardó un momento en encontrar lo que buscaba y enfocar, pero, en cuanto lo hizo, entendió a qué se refería Brogan. Klein ya no estaba solo en el camino de entrada. Había salido a recibirlo un hombre que lo acompañó a la propiedad cogiéndolo de la mano. No cabía duda de que eran algo más que amigos.

Georg se volvió hacia Brogan con la intención de devolverle los prismáticos y vio que el inglés se había puesto una gorra y llevaba unas gafas de sol oscuras en la mano, ahora enguantada. Georg ya llevaba esos mismos complementos —las gafas y la gorra que había comprado antes de subir al tren en Stuttgart, su disfraz habitual desde que era un fugitivo buscado—, por lo que solo necesitaba ponerse los guantes de cuero que Brogan le ofrecía.

—Nunca tendremos una oportunidad más clara, joven amigo —dijo el inglés mientras Georg cogía los guantes—. Si queremos a Klein, tenemos que atraparlo en este instante.

35

Georg y Brogan se movieron con rapidez al rodear el BMW y traspasar la alta verja que conducía a la parte trasera de la casa. Cuando se encontraban en un lateral de la propiedad, donde nadie podía verlos desde una ventana, Brogan le indicó a Georg que esperara.

Georg hizo lo que le ordenaba: aquella era la especialidad del inglés, y seguiría todas las instrucciones prácticas que le diera, al menos hasta cierto punto.

Brogan volvió en menos de un minuto.

—Están los dos en la cocina, en la parte trasera de la casa —dijo—. Nada indica que haya alguien más en la propiedad. La registraremos cuando los hayamos inmovilizado, pero no creo que encontremos a nadie.

—¿Qué te hace pensar eso?

—La historia, Georg. Los nazis estaban de acuerdo con muchas cosas que podrían sorprenderte, pero ser gay no era una de ellas. Klein no estará dando rienda suelta a esa faceta de su vida en una casa llena de refuerzos de Odessa.

Georg lo entendió. Las únicas preguntas que quedaban eran prácticas.

—Bueno, ¿y ahora qué?

Brogan le entregó un gran cuchillo de color negro que parecía salido de una película de Hollywood. Era un arma temible con un único y exagerado filo dentado que habría encajado más con un personaje de Schwarzenegger en los ochenta. El hecho de que combinara con el color de los guantes de Georg lo hacía aún más siniestro. Junto a él había cuatro bridas de plástico y lo que solo podía ser una mordaza de bola.

—¿Sabes utilizarlas? —preguntó Brogan, señalando las bridas.

—Ni idea.

El inglés tardó segundos en solucionarlo.

—¿Y lo otro? —dijo Georg.

—Ya lo averiguarás. Ahora escucha: cuando estemos dentro, yo tomaré la iniciativa. Tú cumple órdenes sin preguntas ni titubeos, ¿entendido?

Georg asintió, aunque no sabía si sería capaz de seguir las normas que había impuesto Brogan. Pero no habría servido de nada cuestionarlo; tendría que esperar y ver hasta dónde lo llevaba.

—Vamos.

Brogan se puso en marcha inmediatamente, lo cual dio a Georg pocas opciones de dudar o incluso de prever lo que estaba a punto de ocurrir. Lo siguió tan de cerca como pudo y vio que, aparentemente, la energía nerviosa del día anterior había desaparecido. Notaba la adrenalina y la sangre bombeando, pero la sensación de miedo que lo impulsó en el hospital estaba completamente ausente.

«Tal vez es porque tengo a Scott a mi lado —pensó—. O a lo mejor me estoy acostumbrando a esto».

Cualquiera que fuese la respuesta, Georg veía y pensaba con absoluta claridad al franquear la puerta trasera de la casa y seguir a Brogan hacia a la cocina, donde se encontraban los dos hombres. Observó que Klein tenía la espalda apoyada en la encimera de mármol y que su pareja estaba muy cerca, los rostros a escasos centímetros de distancia.

Sin vacilar, Brogan fue directo hacia ellos a una velocidad que sorprendió incluso a Georg.

Klein actuó de inmediato y, con la mano derecha, intentó coger la pistola que llevaba en una funda debajo de la americana. Fue una reacción inútil: el cuerpo de su amante estaba demasiado cerca para que pudiera moverse con suficiente rapidez, y Georg había advertido a Brogan sobre el arma de Klein. El inglés golpeó al segundo hombre en la parte posterior de la cabeza con la pequeña porra metálica que llevaba en la mano derecha, empujó su cuerpo inerme hacia Georg y utilizó la misma porra con Klein antes de que este pudiera rozar siquiera la pistola. El golpe aturdidor impactó con fuerza en la sien del agente de policía. Al instante, Brogan le agarró la muñeca y la levantó en un movimiento que empujó a Klein e hizo que la encimera se le clavara en la espalda.

Georg se quedó quieto, maravillado por el ritmo y la eficiencia de la acción. No habían pasado más de cinco segundos desde que entraron en la cocina y Brogan ya había dejado fuera de combate a los dos. No sabía qué sucedería a continuación, y el inglés pareció notarlo.

—Átale las manos y ponle la mordaza al primero —ordenó.

Georg hizo lo que le indicaba, ignorando el sonido de la lucha desigual que estaba teniendo lugar frente a él. Puso las bridas al compañero de Klein, que estaba en el suelo, y luego le apoyó la espalda en los armarios de la cocina y le puso las manos en el regazo. Segundos después le había colocado también la mordaza de bola.

Cuando se volvió hacia Brogan, Georg no se sorprendió al ver que Klein había sido completamente superado. Magullado y sangrando, estaba de bruces sobre el mármol mientras el inglés le ataba las muñecas con bridas. Rodeando el cuerpo de Klein y metiendo la mano debajo de la americana, Brogan sacó la pistola y se la entregó a Georg.

—¿Sabes usar una de estas?

—Sí.

—Bien. Cógela y comprueba que no haya nadie más en esta casa.

Dejando a Brogan solo en la cocina, Georg subió dos tramos de escaleras al tiempo que sentía cómo regresaba la energía nerviosa, el miedo. No era necesario —la casa estaba tan vacía como Brogan imaginaba—, pero respondía a su pregunta anterior, y no de una manera satisfactoria: lo que le infundía más tranquilidad era tener a Brogan a su lado.

—La casa está despejada —dijo al regresar a la cocina mientras asimilaba nuevos detalles.

El compañero de Klein estaba donde Georg lo había dejado, consciente pero aturdido por el golpe en la cabeza. Klein, en cambio, tenía las manos atadas a la espalda y estaba sentado en una silla alta al lado de una barra de desayuno. Brogan se encontraba junto a la isla de la cocina, sobre la que había colocado varios objetos que Georg esperaba que fueran solo para impresionar: un segundo cuchillo, idéntico al que le había dado a él, una navaja de barbero, un puño americano y una pequeña y afilada hacha de mano.

Preocupado por lo que estaba viendo, Georg estaba a punto de preguntar a Brogan qué tenía en mente cuando lo distrajo la voz de Klein.

—Georg, ¿qué coño…?

Ambos se volvieron hacia él, y Georg vio la confusión en su rostro.

—Georg, no… ¿Qué demonios es esto? ¿Qué está pasando?

Las palabras eran como gasolina para el fuego que ardía en el estómago de Georg.

—Sabes de sobra lo que está pasando, Ben —respondió con irritación—. Sabes por qué estamos aquí.

—Dios mío, ¿qué es todo esto? ¿Quién es él?

—Deja de fingir. Sabemos quién eres en realidad. Lo sabemos todo. Hoy te hemos visto allí, Ben.

Mientras hablaba, Georg miró al compañero de Klein y se dio cuenta de que quizá no sabía la verdad. Por un momento se preguntó si sería otro caso como el de Elke Ackermann, un inocente arrastrado a aquellas circunstancias por una elección amorosa equivocada.

—Georg, estoy..., estoy perdido. No sé a qué te refieres. No entiendo...

—Ben, ¿te suena de algo el escuadrón de Odessa que fue al hotel? ¿No? ¿Y el equipo que estaba ayer en el hospital, el mismo equipo que te acompañó hoy al aeropuerto? Ahora mismo, cuatro de ellos están muertos en la maldita pista de aterrizaje. ¿Vas a fingir que nada de eso ha ocurrido?

Klein se quedó en silencio unos instantes y abrió más los ojos.

—Georg, todo esto tiene una explicación. Debes escucharme. Soy yo, Georg. Soy *yo*.

—¿Tú, Ben? —El intento de manipulación no hizo sino enojar más a Georg—. No te conocemos, hijo de puta. Solo conocemos al hombre por el que te has hecho pasar durante las últimas dos décadas. Solo conocemos la puta ficción que nos envió Odessa después de que mis padres fueran ejecutados.

—Georg, yo...

—Pero ahora vamos a conocerte de verdad.

—No sé de lo que hablas.

—De Odessa, Ben. Sabemos que eres de Odessa. Sabemos que siempre has sido de Odessa. Y ahora quiero saber el resto.

—Georg, ¿qué coño...? ¿De dónde has sacado eso? ¿Es por este tío? —preguntó Klein, mirando a Brogan con ojos desorbitados—. ¿Quién coño es? ¿Qué...? Georg, eres como un..., como un hijo para mí. ¿Cómo has podido pensar...?

—Ya basta de gilipolleces —terció Brogan, interrumpiendo la conversación—. No tenemos tiempo para esto. O nos cuentas la verdad, o sufriréis los dos antes de morir. Es una decisión bastante fácil, y yo de ti la tomaría ahora que tu novio sigue estando de una pieza.

Brogan señaló al compañero de Klein mientras hablaba.

—¡Por el amor de Dios! ¿Qué he…? ¿Qué es esto?

Klein rompió a llorar, y Georg no sabía si era por miedo o por frustración.

—Me he pasado la vida intentando ayudarte, Georg.

Georg estaba dividido. La manipulación lo llenaba de cólera, y lo enfurecía que Klein intentara mantener la farsa incluso ahora. Pero, al mismo tiempo, le preocupaba su pareja.

Para el inglés, no era un dilema en absoluto.

—Se acabó el tiempo.

Brogan se acercó al hombre al que había golpeado, lo levantó por el cuello y lo arrojó contra la isla de la cocina. El compañero de Klein era un peso muerto, consciente pero demasiado aturdido para entender lo que le estaba sucediendo. Nada de eso detuvo a Brogan. Inmovilizándolo en la isla, le tiró de las manos y Georg se horrorizó al ver que cogía el hacha.

—No, Scott, no. No puedes…

Brogan y Klein estaban pendientes el uno del otro y no parecieron oír la intervención de Georg.

—Por favor, no soy de Odessa. Solo soy…

—Última oportunidad —dijo Brogan con una calma absoluta—. No voy de farol.

Georg no necesitaba esas últimas palabras para saber que aquello iba en serio. El tono de Brogan era suficiente.

—Scott, no —suplicó Georg—. No puedes hacer esto, no puedes…

Brogan ni siquiera levantó la vista.

—Puedo —dijo, elevando el hacha de mano por encima de su hombro derecho—. Y lo haré.

El hacha descendió.

36

Georg estaba aturdido por lo que había hecho Brogan y sobrecogido por el papel que él mismo había desempeñado.

«Hice todo lo que me pidió. Todo lo que había planeado...».

Sus pensamientos habrían resultado ensordecedores si no los hubieran ahogado la respuesta de Klein a lo que había presenciado y la decisión de Brogan de mantener a su víctima erguida y mostrarle a Ben el muñón ensangrentado en el antebrazo derecho de su amante.

—¡¡Eres un hijo de puta!!

Al gritar, Klein escupía saliva y espuma a causa de la furia. En respuesta a ello, Brogan soltó al herido, que se estrelló primero contra la encimera de mármol donde, minutos antes, él y su pareja estaban abrazándose, ajenos al dolor que se avecinaba.

Luego, el hombre cayó al suelo, incapaz de gritar por culpa de la mordaza y medio inconsciente por lo que había soportado. Klein lo vio desplomarse y volvió a dirigir su furia contra Brogan y Georg.

—¡Os mataré a los dos! ¡Os mataré...!

Brogan lo silenció con el dorso de la mano derecha, y los protuberantes nudillos del inglés le hicieron un corte profundo en el ojo. Después lo abofeteó de nuevo, esta vez con la mano abierta, y el golpe fue lo bastante fuerte como para levantar físicamente a Klein y lograr que quedara completamente erguido.

Antes de hablar, Brogan le dio unos segundos para que se recuperara del impacto. Cuando lo hizo, su tono era mesurado e impávido, y el mensaje directo.

—¿Quieres que tú y tu novio salgáis de esta con vida?

—Que te follen. ¿Me tomas por idiota? Después de esto no nos dejaréis con vida.

—Tal vez no, pero *conoces* a Georg. Ya lo has oído intentando detenerme. Él no es un asesino. Eso lo convierte en tu única esperanza en todo esto. Con Georg presente, puede que salgáis de aquí, pero solo sucederá si cooperas. Si me dices la verdad.

—¿Y si no lo hago?

—Seguiré cortando cosas. Luego llenaré una bañera, lo meteré en ella y lo dejaré allí hasta que muera desangrado. Y después empezaré contigo.

Esta vez, Klein no dijo nada, pero sus ojos seguían irradiando fuego.

—Coopera y nada de eso sucederá —continuó Brogan—. Dime lo que quiero saber y le haré un torniquete para que no se desangre. Cuando hayamos terminado, podrás llamar a una ambulancia. Cuanto antes hables, menos sangre perderá.

—Hijo de...

—Insultarme no le ayudará, Ben. No soy un hombre paciente.

Georg apenas oía la conversación. Todo el grado de atención que podía reunir estaba concentrado en el amante mutilado de Klein. Ver el brazo destrozado le revolvía el estómago, y se sentía desorientado por la conmoción, así que tuvo que darse la vuelta y buscar un lugar donde sentarse.

—¿Qué harás, Ben?

En esta ocasión, Georg oyó la pregunta y volvió a fijar su atención en Klein y Brogan. Al ver al inglés, notó que la energía nerviosa estaba regresando para luchar contra el estupor. Quería enfrentarse a Brogan, obligarlo a parar. Lo que había hecho el mercenario era exactamente lo que Georg se temía: había cruzado una línea que los situaba al mismo nivel que Odessa.

Para Georg, nada justificaba algo así.

Quería decirlo.

Necesitaba decirlo.

Pero, en el fondo, también quería ver si la táctica de Brogan había funcionado, y al cabo de un momento tuvo su respuesta.

—Vale. —La voz de Klein había adoptado un cariz derrotista—. Si detienes la hemorragia y me juras que no le harás más daño, te diré lo que quieres saber.

Brogan tardó solo unos minutos en hacerle un torniquete.

«Tiene experiencia en el campo de batalla —supuso Georg—. Eso o hace estas cosas a menudo».

Independientemente de cómo lo hubiera aprendido, el inglés había envuelto hábilmente la zona lesionada con un trozo de gasa y había atado los extremos con fuerza.

Eso no bastaría para salvar la mano, pero era imposible de todos modos. El hacha no era lo suficientemente afilada como para practicar un corte limpio, y su efectividad se basaba más en la fuerza de Brogan que en el filo de la hoja.

—Eres miembro de Odessa.

Por su manera de decirlo, era obvio que no se trataba de una pregunta.

—Sí —respondió Klein.

—¿Y siempre lo has sido?

—Sí.

—¿Cómo?

—Mi abuelo formaba parte de Odessa, y mi padre después de él. Siempre hemos sido leales.

—¿Y Horst Miller? ¿Erais amigos?

—No. Nos conocíamos y yo sabía quiénes eran él y su padre. ¿Cómo no iba a saberlo?

—Pero ¿no erais amigos?

—Apenas éramos compañeros de trabajo.

Georg escuchó, y sus objeciones a los métodos de Brogan quedaron relegadas a un segundo plano. Sus sentimientos de odio y traición habían suplantado a todo lo demás. Necesitaba hablar.

—¿Así que nos has mentido a mí y a mi *Opa* todos estos años?

Georg no sabía qué estaba buscando. ¿Culpabilidad? ¿Alguna forma de remordimiento? ¿Puede que incluso vergüenza? Cuando Klein habló de nuevo, lo hizo con aversión.

—Sí, os mentí a los dos, pero no creáis que fue fácil. No creáis que disfruté pasando tanto tiempo con traidores al pueblo alemán que amaban a los judíos. Yo no pedí hacer ese papel. No pedí que me unieran a una familia de…, a una familia como la tuya, pero era la única opción.

Georg escuchó su respuesta con incredulidad. El odio despreocupado con el que se expresaba Klein lo dejó estupefacto y no supo qué responder, así que fue Brogan quien rompió el silencio.

—Has dicho que tú eras la única opción. ¿Eso significa que Odessa aún no se había infiltrado en la policía por aquella época?

—Éramos pocos, nada parecido a lo de ahora.

—¿Y qué *es* ahora? ¿Qué es Odessa hoy?

—Somos un regreso a la gloria. Somos inevitables. Es solo cuestión de tiempo.

Brogan miró a Georg como si esperara una aportación, pero no dijo nada, así que el inglés continuó.

—Entonces ¿pertenecéis a AfD?

—Esos son una panda de neandertales, desfilando aquí y allá con sus lemas y sus cánticos como si fueran los años treinta y diciendo todo lo que nosotros sabemos que hay que callar. No, no somos de AfD. Ese partido es un subproducto liderado por idiotas, nada más.

—Sin embargo, son ellos los que parecen estar haciéndolo bien, ¿no? Son los que están ganando elecciones mientras Odessa sigue acechando en las sombras.

—¿Haciéndolo bien? AfD lo está haciendo bien gracias a décadas de planificación y manipulación por parte de Odessa. Están ganando votos por circunstancias que creamos *nosotros*. Están explotando la indignación política y social de la que *nosotros* somos responsables, pero no lo harán por mucho tiempo. Son una minucia en un plan más grande del cual nos ocuparemos pronto.

—¿De verdad?

—Puedes estar seguro de ello.

—¿De qué indignación estás hablando? —preguntó Georg, y Klein se volvió hacia él.

—¿A qué te refieres?

—Dices que AfD se está beneficiando de la indignación que generó Odessa. ¿Qué indignación? ¿Odessa está involucrada en los atentados islamistas?

Klein esbozó una sonrisa inesperada y desagradable. La rara oportunidad de hablar libremente parecía gustarle cada vez más, y por un momento dio la impresión de olvidarse del hombre que sollozaba en el suelo a unos metros de distancia.

—Tu abuelo será muchas cosas, pero tonto no es. Sí, iba bien encaminado con lo que dijo ayer.

—¿Así que Odessa está detrás de los atentados terroristas?

—No directamente. Nunca correríamos ese riesgo. El daño que causaría si algún día saliera a la luz es demasiado grande.

Pero tampoco fue necesario hacerlo, ¿verdad? Los ataques los cometieron terroristas islámicos, jóvenes radicalizados, ya fueran inmigrantes o hijos de inmigrantes. Fueron cometidos exactamente por los hombres que se dijo a la ciudadanía que los cometieron: extremistas que creían estar haciendo el trabajo de su dios. Simplemente, no se daban cuenta de que su dios trabajaba para nosotros.

—Pero ¿cómo?

—¿Quién crees que es el propietario de esas mezquitas? ¿Quién crees que contrata a esos mulás? ¿Quién crees que paga toda esa mierda? Su radicalización fue organizada, financiada y dirigida por Odessa.

—Y todo para crear un enemigo interno —apuntó Brogan.

Klein ignoró el comentario y siguió mirando fijamente a Georg.

—¿Qué fue lo que dijiste ayer? Si a Hitler le hubieran faltado los comunistas para asustar a las ovejas en los años veinte y treinta, habría tenido que inventarlos.

—Y vosotros los habéis inventado.

—Los hemos inventado y los hemos soltado, y mira lo que han conseguido. Es el momento adecuado. La gente está preparada para nuestro regreso. No solo preparada, sino desesperada por que llegue. Tanto es así que están siguiendo una imitación barata y de segunda categoría como es AfD. Imagina cómo reaccionarán cuando *nosotros* nos dejemos ver.

—Así que este es vuestro incendio del Reichstag —dijo Georg.

—Ni por asomo. Nuestro incendio del Reichstag aún está por llegar.

—¿En qué consiste? —preguntó Brogan.

—No lo sé.

—No me mientas, Ben. Hasta ahora lo estabas haciendo muy bien.

—No te mentiría cuando tengo tanto que perder. Pero

debéis entender que soy un soldado, no un líder. Solo dispongo de información limitada.

—Entonces ¿cómo sabes tanto sobre la manipulación islámica? —preguntó Georg.

—Porque ahí es donde he estado más involucrado. El terrorismo es mi especialidad dentro de la policía, y lo sabes, Georg. He utilizado mis contactos y recursos. He desempeñado un papel importante en ese ámbito.

—¿A las órdenes de quién?

—De la directiva.

—¿Y quiénes son?

—No funciona así. Odessa aprendió la lección con tu abuelo. Una cadena es tan fuerte como su eslabón más débil, así que minimizamos posibles puntos flacos. Una manera de hacerlo es limitando la información valiosa a la que puede acceder cualquier eslabón. En otras palabras, conozco lo que y a quien necesito conocer y nada más.

—¿Qué hay de los hombres con los que te reuniste hoy en el aeródromo? Tenían un rango superior al tuyo. ¿Quiénes eran?

Klein no respondió de inmediato, y miró a Georg y Brogan y luego a su pareja.

—¿Podéis comprobar cómo está, por favor?

—Está vivo, y seguirá estándolo siempre que cooperes —repuso Brogan—. Háblanos de los tres hermanos.

Klein respiró hondo. Estaba a punto de cruzar una línea para la cual no habría vuelta atrás, pero le bastó otra mirada al hombre que ahora temblaba en el suelo para armarse de la motivación que necesitaba.

—Los hermanos Krantz. Richard, Reinhard y Roman.

—¿Y qué representan en Odessa?

—Richard forma parte de la dirección. Es lo más cerca que he estado de la mesa principal.

—¿Cuál de ellos es Richard?

—El mayor.

—Tiene lógica. ¿Cuál es su rango?

—Te prometo que no lo sé. Bajo el sistema con el que opera la red, es imposible saber exactamente hasta dónde ha ascendido un individuo. Lo único que puedo decir es que él es quien aconseja al líder.

—¿El líder?

—El *Führer*.

—¿Habéis mantenido el nombre?

—Lo hemos mantenido todo. Odessa no es un homenaje al pasado. *Somos* el pasado, una continuación de lo que fue. El cumplimiento de la promesa del Reich de los mil años. ¿Por qué íbamos a cambiar?

—Porque perdisteis. Sufristeis una derrota aplastante.

—¿De verdad? Mira a tu alrededor. ¿Quién es el auténtico ganador aquí? Lo que sufrimos fue un revés que pronto será rectificado.

Brogan iba a responder, pero esta vez se le adelantó Georg: quería saber algo más antes de que la conversación avanzara demasiado.

—¿Qué hay de los otros hermanos? ¿Quiénes son?

—Reinhard y Roman. Ellos dirigen las Schutzstaffel.

—¿Las qué? —preguntó Brogan.

—Las SS —respondió Georg sin apartar la mirada de Klein.

—¿Tenéis unas SS?

—¿No me has oído? Somos lo que siempre fuimos.

Asqueado, Georg sacudió la cabeza. Todavía no podía creerse del todo lo que acababa de oír.

—¿Y cuál es cuál? —preguntó—. ¿Quién es el cabrón de la cicatriz?

—Reinhard.

—¿Y qué pasó hoy? ¿Por qué mató a sus hombres?

—Fue un castigo por nuestro fracaso y por saltarnos la cadena de mando.

—¿Qué significa eso?

—Significa que decidí atraparte yo mismo. Cuando me contaste lo que habías hecho, ayer por la mañana, debería haber informado a las Schutzstaffel. Debería haber dejado que se ocuparan ellos de ti, y no lo hice. Lo organicé todo para que mis hombres te esperaran en el hospital.

—¿Por qué?

—¿Tú qué crees? El éxito podría haberme supuesto un ascenso. Me dejé cegar por la ambición y mis hombres pagaron el precio.

—Pero él estaba allí. Estaba en el hospital.

—Eso lo sé ahora, no entonces.

—¿Así que no estaba allí contigo?

—Y tampoco estaba allí por ti. Estaba allí porque fue Reinhard quien mató a Carl Ackermann una hora antes de que tú llegaras. Por suerte para ti, no tenía ni idea de que tú o nosotros acudiríamos. Es muy probable que por eso tu huida lo enfadara tanto.

—Pero, si la operación la organizaste tú, ¿por qué no te mató?

—Supongo que fue por si todavía podíamos utilizar mi vínculo contigo y con tu abuelo. Pero con Reinhard Krantz es imposible saberlo a ciencia cierta. Lo que hizo hoy supuestamente no debía suceder.

—¿Cómo lo sabes?

—Porque Reinhard es Reinhard. No piensa. Simplemente actúa. Sus hermanos no son como él. Si Richard o Roman hubieran tenido intención de ejecutar a mis hombres, no nos habríamos reunido en el aeródromo. Habría sido algo planeado y no habría habido testigos. Lo que hizo Reinhard fue decisión suya y solo suya. La tomó en el momento.

—Pero ¿los muertos eran de Odessa?

—Sí, pero lamentablemente no eran los mejores. Si hubieran sido un equipo de las Schutzstaffel, hoy no estaríamos teniendo esta conversación.

—¿Cómo se gestiona todo eso? —preguntó Brogan, que hacía rato que no intervenía y cogió a Georg y Klein por sorpresa.

—¿A qué te refieres?

—A cómo se reciben las órdenes y se organizan las operaciones. Una estructura de células como esta descarta la mayoría de las formas convencionales de comunicación. No se utilizan teléfonos móviles o fijos ni el correo electrónico. WhatsApp y Gmail están encriptados de manera tan compleja que ningún gobierno puede acceder a ellos, pero sus dueños sí, de modo que es arriesgado. Y ni siquiera las redes encriptadas específicas se consideran seguras desde que la plataforma francesa EncroChat fue pirateada en 2020. Entonces ¿qué queda?

Klein no respondió inmediatamente, y Georg creía saber por qué. Era otro momento de no retorno, otra revelación tan concreta que jamás podría retractarse. Vio que Klein bajaba de nuevo la cabeza, esta vez con una mirada triste y prolongada, pero, cuando volvió a levantarla, seguía sin responder.

—Por favor —dijo Klein, ahora mirando a Georg—. Por favor, Georg. ¿No te he contado suficiente?

—Ni por asomo —respondió Brogan.

—Me matarán. —Señaló al suelo—. Nos matarán a los dos, y a mi familia también. Después de esto no hay vuelta atrás.

—Pero tenéis una oportunidad de huir —respondió Brogan—. Todos. Cuando terminemos, podéis desaparecer, esconderos de ellos. Esa oportunidad no la tendréis conmigo.

Cuando terminó de hablar, Brogan se acercó al compañero de Klein y, sin mediar palabra, lo pateó con fuerza en el estómago. El golpe fue tal que, por un instante, el herido se separó del suelo y volvió a caer con un ruido sordo.

—¡Por el amor de Dios, déjalo en paz!

Esta vez, había más emoción que ira en el grito de Klein, y le caían lágrimas por las mejillas. Georg sabía que no tenía sentido tratar de detener al inglés, así que fue a comprobar que no hubiera causado más heridas a su víctima.

—Cuéntamelo ahora, Ben, y todo esto acabará.

Klein miró a Brogan con furia.

—Mi teléfono —dijo—. Enséñame mi teléfono.

—¿Por qué?

—Porque está ahí. Necesitas mi cara para desbloquearlo.

—No soy idiota. No pienso correr ese riesgo. Dime el código.

Klein volvió a suspirar profundamente.

—Seis, seis, cero, tres, uno, ocho.

Brogan tecleó los dígitos y la pantalla del teléfono se encendió.

—¿Y ahora qué?

—Desliza hasta la tercera pantalla y verás una sola aplicación de juegos. Se llama *Grupo de hermanos.*

Brogan siguió sus instrucciones y encontró lo que parecía ser un juego de estrategia de la Segunda Guerra Mundial, obra de una empresa llamada Medusa. Tocó el icono y llegó a una especie de cabeza de playa defendida por varias fortalezas, torretas y armas antiaéreas.

—¿Qué coño es esto? —preguntó Brogan.

—Para quien no esté al tanto, parece inofensivo —respondió Klein—, pero los grupos son nuestra forma de comunicación.

—¿Qué significa eso?

—Significa que cada jugador tiene su propio cuartel general, su propia cabeza de playa y su propio miniejército. Pero, para progresar en el juego, esos jugadores necesitan unirse a un grupo, donde se reúnen con otros jugadores e invaden territorios de forma colectiva. Cuanto más grande sea el grupo, más grande será el ejército que se despliega.

—Sigo sin entenderlo.

—Yo sí lo entiendo. —Georg se había acercado para oír

la explicación—. Yo mismo he jugado a cosas parecidas. Los grupos necesitan comunicarse de forma privada, así que, cuando te unes, obtienes acceso a un chat privado que solo pueden ver sus miembros.

—Lo cual significa que, si el grupo está formado exclusivamente por miembros de Odessa, pueden utilizar ese chat privado para comunicarse —dijo Brogan, casi como si hablara consigo mismo—. Muy inteligente.

—¿Y la empresa del juego? ¿Medusa no controla los canales privados?

—Por lo visto, no —respondió Klein—. Al menos no ha supuesto ningún problema hasta ahora.

Georg le arrebató el teléfono a Brogan y empezó a escrutar el juego para ver qué más podía averiguar. Eso permitió al inglés centrarse una vez más en Klein, una oportunidad para resolver dudas sobre lo que les había contado hasta el momento.

—¿Qué hay de los atentados terroristas? Para utilizarlos como lo hicisteis, teníais que estar seguros de que el Gobierno reaccionaría como a vosotros os convenía.

—¿Qué quieres decir?

—Bueno ¿qué habría ocurrido si hubieran iniciado una ofensiva? ¿Qué habría pasado si hubieran dicho: «Después de todo lo que hemos hecho por vosotros, no vamos a tolerar esto»? Si hubieran actuado así —si hubieran reaccionado incluso con una décima parte de la agresividad de AfD—, todo el plan se habría ido al garete.

—Pero sabíamos que no lo harían. No olvides en qué departamento de policía trabajo. Sabía que nuestra primera respuesta consistiría en prevenir disturbios y represalias. Sabía que nos esforzaríamos por impedir ataques contra los musulmanes. Es una política habitual.

—Pero ¿qué habría pasado si alguien hubiera cambiado esa política? ¿Qué habría pasado si alguien en el poder hubiera visto por dónde soplaba el viento?

—Es una gran pregunta.

—Es un gran riesgo. Todo vuestro plan depende de ello. Un cambio en el Gobierno actual, aunque fuera solo hacia el centro, y no digamos ya hacia la derecha, y todo vuestro programa de regreso al Reich estaría muerto. Debisteis pensarlo.

—No dudo que lo hicieran —respondió Klein—, pero eso está muy por encima de mi categoría salarial. No formé parte de lo que sea que hicieron para garantizar la respuesta política adecuada.

—No me estás mintiendo, ¿verdad, Ben?

—¿Qué gano con ocultar algo? No me queda nada sobre lo que mentir.

Brogan pensó en ello un momento.

—Sí, te creo. Pero quiero saber una cosa más.

—¿El qué?

—Vuestro incendio del Reichstag. ¿Qué es y cómo podemos impedirlo?

—Ya te he dicho que no lo sé. Y no puedes impedirlo. Nadie puede.

—¿Por qué no?

—¿Qué parte quieres saber?

—Todo. Empieza por el principio. ¿Por qué no lo sabes?

—No lo sé por la misma razón por la que no sé otras cosas. Yo no participo, así que no me lo dicen. Es una práctica habitual.

—¿Y te quedas sin saber absolutamente nada? Eso no me lo creo.

—Cree lo que quieras. No me han informado de nada.

—Pero, por lo que has dicho antes, al menos tendrás una idea de cuándo será. Como mínimo sabes cuándo va a suceder.

—Sí, eso lo sé.

—¿Cómo es que lo sabes?

—Porque, con algo tan grande, habrá importantes efectos

colaterales en la policía. Tenía que estar preparado y asegurarme de que la policía reaccionara de la manera correcta.

—¿Cuándo, entonces?

—Demasiado pronto para que podáis impedirlo —respondió Klein—. Hagan lo que hagan.

—¿Cuándo?

—Ya llegáis tarde.

—Te ha preguntado que cuándo —intervino Georg, que estaba interesado en el tema.

A pesar de sus reservas hacia todo lo que había hecho Brogan ese día, aquello lo eclipsaba todo.

—¿Cuándo?

Klein deslizó la mirada alternativamente de Brogan a Georg. En ese momento debía de saber que corría el riesgo de perder a su mejor defensor, que la protección de Georg con la que contaba pendía de un hilo.

Pareció funcionar.

—El día de la Unidad —dijo, exhalando con fuerza—. El 3 de octubre.

—Madre mía. —Georg miró a Brogan—. Eso es el viernes, Scott. Faltan cuatro días.

Brogan asintió sin apartar la vista de Klein.

—¿Dónde?

—Ya te lo he dicho —respondió Klein—. No conozco ningún detalle. Solo sé la fecha.

—No te creo.

—¿No? Pues no puedo hacer gran cosa al respecto.

—Eso ya lo veremos.

Brogan llegó con tal rapidez a la isla de la cocina que Georg ni siquiera lo vio, y agarró a Klein antes de que pudiera impedírselo. Georg se quedó paralizado al ver que el inglés le ponía la navaja en la garganta.

—Última oportunidad.

—No lo sé —dijo Klein con las mejillas cubiertas de lágrimas una vez más—. De verdad que no lo sé. Te he contado todo lo que sé. Tienes que creerme.

Mirándolo fijamente, Brogan esperó un momento.

—Te creo.

El alivio de Klein era tan obvio para Georg como el suyo propio.

En ese momento, ambos creían que la honestidad de Klein le había salvado la vida.

Ambos se equivocaban.

Con un movimiento de muñeca, Brogan le rajó la garganta a Klein, un corte mortífero que le seccionó la arteria carótida derecha. Fue un gesto tan ligero y repentino que ni la víctima ni Georg parecieron darse cuenta hasta que Brogan se dirigió hacia la pareja de Klein.

Un segundo después, Georg supo lo que estaba sucediendo.

—¡Scott, no!

Su grito fue puro instinto y no entrañaba la menor confianza en que eso detendría al inglés. Pero lo que Georg no podía hacer con palabras, esperaba lograrlo físicamente, así que se abalanzó sobre Brogan, decidido a proteger lo que quedaba de su superioridad moral.

Fue un intento valiente, pero estaba condenado al fracaso.

Brogan se esperaba la intervención de Georg, por lo que estaba listo para la embestida. Apartándose, aprovechó su propio impulso y el de su atacante y le propinó una fuerte patada por detrás. George se estrelló de cabeza contra la cocina de estilo industrial, que se encontraba a un metro de él. El golpe se produjo a tal velocidad que al caer notó cómo se le clavaban en la piel los numerosos apéndices metálicos de la cocina.

Trató de ignorar el dolor y ponerse en pie lo más rápido que pudo, pero sabía que llegaría tarde. Brogan era demasiado profesional, demasiado eficiente. Georg apenas estaba erguido cuando el inglés se levantó de nuevo y empezó a limpiar con un trapo de cocina la sangre de dos hombres que ahora manchaba la navaja.

—Eres un cabrón —le espetó Georg con una ira incontrolable—. Eres un puto asesino de mierda.

Sin decir nada, Brogan echó a andar por la cocina para recoger los objetos que había traído consigo.

—¿Es que no me oyes, Scott? —insistió Georg—. ¿Has oído lo que acabo de decir?

—Te he oído —respondió Brogan—, pero no me importa.

Aquello era más de lo que Georg podía soportar. Una vez más, se abalanzó sobre Brogan y le lanzó un puñetazo a la cabeza.

—¡Hijo de puta!

En esta ocasión, Brogan no se moderó. Esquivando el golpe salvaje de Georg, le hundió el puño en la caja torácica, un híbrido de medio gancho y derechazo ascendente que lo dejó sin aire. Por si acaso, terminó el movimiento con un cabezazo de refilón que derribó a su ahijado.

Por un momento, Georg se quedó en el suelo, aturdido y con dolor. Pero la desorientación se desvaneció rápidamente, reemplazada por una imagen nítida de Brogan, que se situó sobre él para impedir que se moviera.

—Sé que no te caigo bien —dijo con una calma absoluta—. Y, si te soy sincero, a mí tampoco me gusta en lo que te has convertido, pero, lo quieras o no, eres responsabilidad mía y te mantendré con vida. No puedes impedirlo, así que es mejor que aprendas a vivir con ello.

Dio un paso atrás y le tendió la mano a Georg.

—Ahora haz de tripas corazón y sé un hombre, porque tenemos cosas más importantes de las que preocuparnos.

37

Washington D. C.
Estados Unidos

Vanessa llevaba el almuerzo en una bolsa transparente cuando salió del ascensor en el tercer piso y fue hacia la oficina de campaña. Era más de lo que solía pedir: un enorme sándwich de pastrami, un muffin de chocolate, dos bolsas de patatas fritas y un refresco. Pero hoy su pedido no solo obedecía al hambre.

La comida era parte de la farsa. Tenía un tamaño suficiente como para no pasar desapercibida y, por lo tanto, el mensaje era claro: estaba almorzando en su mesa, plenamente consagrada a un trabajo urgente.

Para hacer lo que iba a hacer, Vanessa no podía permitirse ser observada. No podía permitir que nadie viera en qué andaba, y su objetivo era conseguir el mayor aislamiento posible en un espacio tan abarrotado.

Su práctica habitual era evitar la atención de Katie Braid siempre que podía. Incluso antes de que comenzara a cuestionar la agenda del personal de Grisham —cuando la aversión por su trabajo se basaba más en sus opiniones personales que en una sospecha de traición—, cualquier encuentro o interacción con Braid le resultaba incómodo. Era una presencia avasalladora y poco sincera cuya voz le ponía la piel de gallina, pero no en el buen sentido.

Hoy esperaba verla cuando avanzara desde el umbral hasta su mesa. Eso le daría tiempo para lograr su objetivo antes de la siguiente interrupción inevitable.

Braid parecía dispuesta a complacerla. Estaba sentada sobre la mesa de otro miembro de la plantilla cuando entró Vanessa, a media distancia entre la puerta y su puesto de trabajo. Braid y la empleada —una mujer blanca con el pelo corto y castaño llamada Claire McCloud, la única información personal que Vanessa conocía sobre ella— comentaban algo. Cuando Braid vio a Vanessa, se puso de pie inmediatamente, como si la hubiera sorprendido haciendo algo prohibido.

La reacción exagerada era contraproducente. Vanessa no habría dado importancia a la interacción si simplemente hubiera continuado, pero ahora estaba intrigada.

—¿Otra vez comiendo en el trabajo, querida? —preguntó Braid, esa última palabra tan falsamente amistosa como cualquier cosa que hubiera dicho con anterioridad—. Tenemos que dejar de presionarte tanto, ¿verdad?

Vanessa forzó una sonrisa. La fingida preocupación de Braid era lo bastante antinatural como para convencerla de que ella y McCloud estaban hablando del plan de Cole Grisham, una conjetura que añadía otra dimensión al problema. Si McCloud era parte de esto —una empleada relativamente júnior cuya posición en la jerarquía era equiparable a la de Vanessa—, no había forma de saber quién más estaba al tanto en aquella oficina o quién no lo estaba.

Eso significaba que Vanessa no podía confiar en nadie.

Tras superar la sensación de pavor que desencadenó esa revelación, se concentró en su plan.

—Está bien —respondió—. Es solo hoy. Voy atrasada con algo que tengo que terminar.

—No queremos que te mates trabajando, Vanessa.

—No pasará. Como te decía, es solo un día complicado.

Braid esbozó la misma sonrisa falsa y sin alegría que desplegaba tan a menudo.

—De acuerdo. En ese caso, te dejo trabajar. No queremos que tengas que quedarte a dormir.

—Desde luego que no —dijo Vanessa, forzando una carcajada.

La sonrisa posterior era real, ya que su táctica había funcionado: ahora era poco probable que la molestaran.

Tomó asiento mientras Braid se alejaba, extendió su almuerzo para que la mesa resultara lo más espontánea y desordenada posible y luego encendió el ordenador. El primer archivo que apareció en la pantalla era el documento en el que había estado trabajando esa mañana: una evaluación de medios de comunicación que detallaba la envergadura, las tendencias políticas y las probables intenciones de voto de las audiencias a las que llegaban una amplia variedad de pódcast.

Había sido un trabajo interesante, pero no era lo que Vanessa realmente había ido a hacer allí. Minimizó la pantalla, pero la dejó abierta por si la interrumpían y tenía que volver rápidamente a la página para mantener su coartada. Después, utilizando las notas de Alice Osbourne que había cogido la noche anterior, empezó a navegar por una parte completamente distinta del sistema digital de la campaña.

Los archivos financieros.

Como cualquier otro archivo crucial de la campaña, las finanzas solo eran accesibles a través de la intranet de la oficina, lo cual significaba que solo se podían abrir desde el interior de aquella sala. Era un trabajo estresante y, en todo momento, Vanessa temía ser vista o interrumpida, pero ese mismo miedo la hacía trabajar con apremio.

Gracias a la labor previa de Alice, Vanessa pudo avanzar rápidamente. Tardó algo menos de quince minutos en localizar la información sobre el supercomité denominado America Tomorrow y otros treinta en corroborar que todo lo que había contado Alice sobre el fondo era cierto.

«En efecto, tiene una enorme cantidad de dinero detrás, y en su mayoría parece provenir de empresas alemanas», pensó.

Otros veinte minutos de investigación y cotejo de datos arrojaron aún más información que, como mínimo, planteaba interrogantes sobre la relación simbiótica que parecía mantener America Tomorrow con el ideario político de Cole Grisham.

La diferencia entre un comité de acción política y un supercomité era simple. Un comité es una organización que agrupa las aportaciones de sus miembros registrados y las dona a campañas en apoyo de una ley en particular, un tema específico o un candidato político determinado. Esas donaciones y las iniciativas que financian se coordinan luego con las mentes que hay detrás de esas campañas, conectándolas lo suficiente como para que queden sujetas a las reglas y limitaciones de financiación electoral.

Un supercomité, en cambio, tiene prohibida esa conexión directa. Por el contrario, los supercomités se centran en la publicidad y la campaña a favor o en contra de los candidatos, pero desde una posición completamente independiente de ese candidato: el más leve indicio de cooperación entre un supercomité y la oficina de campaña de un político está prohibido. Solo gracias a esa separación, los organizadores de supercomités pueden eludir las reglas de financiación electoral y utilizar tanto dinero como juzguen oportuno.

La desventaja de esa separación es que resta influencia a una campaña sobre cómo decide actuar el supercomité, cosa que en ocasiones puede causar dificultades si este último adopta un planteamiento táctico o estratégico sobre un tema con el que el político no está de acuerdo.

Según pudo comprobar Vanessa, America Tomorrow no había cometido esos errores.

Leyendo sus actividades de los últimos cinco meses, vio

que el supercomité había financiado anuncios, artículos de opinión y una serie de programas de divulgación que parecían complementar a la perfección las posturas políticas expresadas por Cole Grisham.

La sinergia era tal que costaba creer que no hubiera existido cooperación entre los líderes de America Tomorrow y el equipo del senador, pero, en todos y cada uno de los casos, el calendario los protegía de cualquier acusación.

Todas las coincidencias en materia de política y opinión surgidas de la oficina de Grisham se producían al menos quince días después de la actividad del supercomité: America Tomorrow era siempre el primero, y con cierto margen, lo cual brindaba una coartada perfecta a Grisham si alguna vez se insinuaba cualquier cooperación directa.

«Es un populista declarado —se dijo Vanessa—. ¿Por qué no iba a subirse al carro de otro cuando cosechara cierto apoyo popular?».

Y, sin embargo, a pesar de esa evidente coartada, Vanessa no tenía dudas: quienesquiera que fuesen realmente America Tomorrow estaban compinchados con Cole Grisham y su equipo.

Satisfecha de sus conclusiones, Vanessa ahondó en la historia del supercomité y sus campañas anteriores a la muerte de Jack Johnson y la llegada de Cole Grisham. Sin nada que sustentara sus indagaciones —ningún senador con el que cruzar referencias—, tardó un poco más, pero en una hora y media tenía lo que buscaba.

La campaña presidencial de Robert John Bauer había supuesto una revelación y el nacimiento de una nueva voz en la política estadounidense. Era un hombre que, según él y sus decenas de millones de votantes potenciales, «hablaba por quienes no se atrevían a hablar por sí mismos». También era un hombre que había conectado con el espíritu de la nación como nadie lo había hecho antes.

Incluso Vanessa había comprado esa imagen. Al principio, las creencias fundamentales de Bauer parecían coincidir con las suyas, cosa que la convirtió inmediatamente en seguidora suya. Pero, cuanta más atención prestaba, más oía decir a Bauer. Y, cuanto más decía, más afloraban puntos de vista que ponían en duda esos principios esenciales.

Cuando llegaron las elecciones en noviembre de 2024, Vanessa ya no se hacía ilusiones sobre la realidad del nuevo presidente. Era un populista con un discurso y unas políticas diseñados para suscitar el apoyo de un enorme sector de la sociedad todavía sin explotar. Pero, al mismo tiempo, decía lo suficiente como para cosechar respaldo entre quienes tenían puntos de vista más extremos.

Su éxito era comprensible. Para los ciudadanos de a pie, era la voz que les habían negado durante demasiado tiempo, pero el alivio que eso infundía los había vuelto sordos a los *otros* mensajes de Bauer.

No obstante, la eficacia de esos mensajes dependía enteramente de su difusión —debían ser escuchados si pretendían que la gente se los creyera—, y mientras Vanessa revisaba las actividades de America Tomorrow en 2023 y 2024, se dio cuenta del volumen que había proporcionado ese supercomité a la campaña de Robert Bauer.

«Es casi idéntico a lo que han hecho con Grisham estos últimos meses —pensó—. Metieron a Bauer y ahora le ha llegado el turno a Grisham».

Con independencia de las normas de financiación, parecía indudable que había existido coordinación.

Lo cual planteaba una pregunta: ¿qué ganaba un fondo alemán con una Administración de la Casa Blanca dominada por Bauer y Grisham?

Vanessa barajó las posibilidades mientras seguía desplazándose por el extenso material financiero que aparecía en pantalla, y la pregunta se volvió más apremiante al observar una transacción tras otra —literalmente, cientos de millones de dólares estadounidenses—, todas inyectadas en la política de Estados Unidos por una organización proveniente de una potencia extranjera.

Al cabo de un momento, las preguntas desaparecieron.

Los motivos de America Tomorrow cayeron en el olvido.

Las inconcebibles sumas de dinero que había gastado el supercomité se volvieron irrelevantes.

Porque, entre la miríada de documentos financieros de America Tomorrow, Vanessa había encontrado una nómina de 2018.

Una nómina que, según sus cálculos, contenía cuarenta nombres.

Nombres que incluían a Toby Bennett, Katie Braid y Claire McCloud.

Todos ellos empleados de Cole Grisham en 2025.

Todos ellos contratados por America Tomorrow siete años antes.

38

Hamburgo
República Federal de Alemania

Georg todavía se estaba secando con una toalla al salir del espacioso baño de Freya y entrar en el salón. Iba envuelto de cintura para abajo en una segunda toalla, pero por lo demás estaba desnudo, así que los oscuros hematomas azulados de las costillas eran imposibles de ignorar.

Se estaba haciendo tarde —eran pasadas las nueve de la noche—, pero ni Freya ni Peter parecían cansados. Georg, en cambio, estaba exhausto, y no solo por el día que había tenido; la acalorada discusión que estalló cuando él y Brogan volvieron al piso había consumido la poca energía que le quedaba.

Brogan se había marchado —«a hacer sabía Dios qué a sabía Dios quién», pensó Georg—, pero el simple recuerdo de su presencia llenaba la habitación.

No habían hablado en el trayecto de Blankenese a Ottensen. Por el contrario, Georg había reflexionado sobre lo que Brogan había hecho y dicho: que no desaparecería hasta haber acabado con la amenaza y que Georg no tenía nada que decir al respecto. Era una situación inaceptable. Más que nunca, deseaba que Brogan se fuera, pero no era algo que pudiera resolver él solo.

Su abuelo había metido al inglés en todo aquello, así que Georg creía que debía contar con su aprobación para que Brogan se fuera de allí.

El estallido no se produjo hasta que regresaron al apartamento de Freya, pero la demora hizo poco por templar su intensidad. Georg apenas había cruzado el umbral cuando explicó a su abuelo los crímenes de Brogan —el asesinato de Ben Klein y su compañero, que podía ser un hombre inocente— y le exigió apoyo en la decisión que había tomado: Brogan tenía que irse.

Georg no había sido en modo alguno razonable en su ataque al inglés, y los viejos prejuicios que abrigaba hacia él se sumaron a la indignación por lo que había presenciado en Blankenese. No era una exposición estructurada o convincente, y Georg lo sabía: vio cómo un argumento tras otro erraban el blanco.

Igual de inútil fue la respuesta estoica de Brogan. No ocultó nada. No justificó nada. Simplemente explicó lo que había hecho y por qué.

Por tanto, no debería haberle sorprendido que la respuesta de Peter a las exigencias de su nieto no fuera la que él esperaba.

A pesar de las protestas de Georg, Peter se había mostrado inamovible. ¿Qué creía que ocurriría? ¿Qué pensaba que deberían haber hecho con Klein una vez que hubiera cumplido su propósito? ¿Debería haber sido entregado a una policía de la que él —y un sinfín de agentes de Odessa— era miembro? ¿O tal vez deberían haberlo hecho prisionero, alimentado en su propia casa y vigilado las veinticuatro horas del día, los siete días de la semana? ¿De dónde iban a sacar los recursos?

No, dijo Peter. Odessa había declarado la guerra y, al hacerlo, había convertido a todos los miembros de su organización en un objetivo legítimo. Gracias al inglés, habían muerto ellos en lugar de Georg y el propio Brogan.

Freya fue menos vehemente que Peter, pero, aun así, su respuesta fue inesperada. Al principio demostró una indignación similar a la de Georg, sin duda alimentada por la pasión de este, pero, tras escuchar a Brogan, esa determinación se esfumó.

La discusión posterior fue visceral y acalorada. En ella, Georg actuó motivado emocionalmente por esa misma combinación de vieja amargura y una indignación demasiado reciente, mientras que Peter y Freya solo podían sentir alivio por que se encontrara a salvo ante la amenaza que representaba Odessa. La diferencia subyacente generó posturas inflexibles, y la discusión no terminó hasta que un furioso Georg se fue gritando a la ducha.

Treinta minutos después, ya más calmado y habiendo tenido tiempo para pensar en todo lo que se había dicho, comprendía la actitud de su abuelo y Freya. También entendía mejor la suya propia. Por mucho que le costara admitirlo, sabía que se había equivocado.

Cruzó la sala de estar y entró en el dormitorio de Freya, y ambos ignoraron deliberadamente su presencia mientras pasaba junto a ellos.

Al cabo de unos minutos estaba de vuelta, completamente vestido y listo para enfriar los ánimos.

—¿Podemos hablar?

—¿En serio crees que necesitas decir algo más? —preguntó Freya.

—Sí, quiero pedir disculpas. Y quiero dar explicaciones.

—No tienes que disculparte, muchacho —dijo Peter—. Estas no son circunstancias normales. Si alguna vez está permitido hacer comentarios desagradables, es ahora.

—Aun así, me he excedido. Estaba equivocado. Si queremos salir de esta, tenemos que combatir el fuego con fuego. Y, para hacerlo, necesitamos a Brogan.

39

Era pasada la medianoche cuando Brogan llegó de nuevo al apartamento de Freya. Llevaba un enorme petate militar que, por los ruidos que hacía al moverse, no contenía nada legal.

Georg intentó ponerse de pie cuando entró Brogan, muy consciente de las airadas palabras que había dedicado al inglés, pero este no le dejó completar el movimiento. En lugar de eso, le puso una mano en el hombro, le dio un apretón tranquilizador y lo invitó a sentarse otra vez.

—Lo hecho hecho está —dijo—. Pasemos página.

Brogan dejó cuidadosamente el petate junto al sofá más grande y fue a la cocina, donde se sirvió un vaso de agua fría del frigorífico. Luego se sentó a la cabeza de la mesa.

—¿Qué hay en la bolsa?

—Material nuevo para mañana. No podemos seguir compartiendo los mismos prismáticos.

—¿Eso son unos prismáticos?

—Hay más de un par. Y otras cosas.

—¿Como qué?

—Cosas que hacen bum, Georg. Material militar. Hoy hemos tenido que arreglárnoslas con una porra y unos cuchillos. De ahora en adelante, debemos mejorar eso.

—¿Y lo has solucionado en un par de horas? ¿Cómo?

—Ya sabes a qué me dedico. No hay un país a este lado de Arabia Saudí en el que no pueda conseguir estas cosas cuando las necesite.

—Pero ¿no descubrirán que fuiste tú?

—¿Te refieres a si mi nombre también llega a oídos de Odessa?

—Sí, supongo.

—Muy amable de tu parte preocuparte por mí, joven amigo. Tendré que vivir con ese riesgo. Además, no me inquieta mucho que sepan quién soy una vez que hayamos hecho lo que debemos hacer. Que lo sepan antes sí que sería un problema.

Georg no añadió nada más. El inglés conocía su terreno y, por primera vez desde su regreso, se sintió agradecido de que Brogan estuviese allí.

Ahora que su nieto se había quedado en silencio, fue Peter quien decidió hacer algunas preguntas.

—Entonces ¿hay novedades ahí fuera?

—¿Te refieres a Klein o a la situación general?

—A ambas cosas.

—Sobre Klein, nada. Es muy posible que todavía no hayan encontrado los cuerpos, suponiendo que no compartieran la casa con nadie. Y, si no es así, de momento han podido ocultar la noticia.

—Me sorprende que no me hayan culpado todavía —dijo Georg.

—Estoy seguro de que encontrarán la manera.

—¿Algo más sobre Georg? —preguntó Peter.

—No más de lo que verás en la televisión. Pero sí, aún es una noticia candente. Siguen ocupándose de él como si fuera una estrella local.

—En cierto modo lo es debido al pódcast y a su vínculo con Peter —terció Freya.

—Yo diría que lo primordial es ese vínculo —añadió Georg—. Eso fue lo que convirtió al pódcast en un éxito.

—En todo caso —explicó Brogan—, la noticia es que una conocida personalidad de los medios está en busca y captura por asesinato.

—¿Y qué hay de la situación general? —dijo Peter—. ¿Qué has podido averiguar en un sentido más amplio?

—Un poco. El problema es que, por muy bueno que fuera Klein en lo que Odessa había estado haciendo, no era tan bueno con la información a futuro, básicamente porque no la conocía debido a la estructura de células de la organización. He pedido a alguien en quien confío que revise la aplicación *Grupo de hermanos*, y, aunque Klein nos dijo la verdad al respecto, no contiene ninguna conversación que nos resulte útil, al menos en los mensajes de Klein.

—Entonces ¿no tenemos más detalles sobre el viernes?

—Aún no.

—¿Quién es esa persona en la que confías para el tema de la aplicación? —preguntó Freya—. No sabía que iba a participar más gente.

—Nunca he dicho lo contrario.

—Supuse que estaba implícito. Si vamos a empezar a buscar ayuda aquí y allá, ¿por qué demonios no acudimos a las autoridades para decirles que en cuatro días habrá un desastre?

—Porque sabemos que Odessa se ha infiltrado en vuestras organizaciones nacionales. Créeme, la gente en la que confío es muy poca. No hay alemanes ni nazis entre ellos, y ninguno había oído hablar de Odessa.

—Entonces ¿has involucrado a más de uno?

—Todavía no. Por su bien y por el mío, la gente en la que confío solo recibe la información imprescindible. Y mi especialista en tecnología necesitaba saber.

—¿Quién es? —preguntó Georg.

Brogan sonrió.

—Trabaja para mí. Está especializado en sistemas informáticos y..., bueno, en cualquier cosa relacionada con eso.

—¿Un pirata informático?

—Entre otras habilidades, sí. En mi trabajo se necesita un equipo completo de personas en las que se pueda confiar, algunas con aptitudes comunes, otras con aptitudes individuales. Él es uno de estos últimos.

Por un momento no habló nadie, y Georg sabía por qué. Lo dijeran en voz alta o no, él, Peter y Freya esperaban que Brogan volviera con nuevos datos, y ahora mismo no tenía nada.

—Hay algo más —dijo Brogan, rompiendo el silencio—. He encontrado información sobre los hermanos Krantz, los del aeropuerto.

Georg se irguió de repente. Igual que antes, el recuerdo de Reinhard Krantz, el gemelo con el que se había encontrado en el Marienhospital, le erizó el vello de la nuca.

—¿Qué has averiguado?

—Richard, el mayor de los tres, es abogado, una especie de empresario de altos vuelos que reparte su tiempo al cincuenta por ciento entre Frankfurt y Múnich. Dirige la sucursal alemana de Lancaster, James and Bell, un gran bufete de abogados estadounidense.

—Sin nada que lo relacione de manera obvia con Odessa o incluso con la política, imagino —aventuró Peter, y Brogan asintió.

—¿Y los otros? —preguntó Georg.

—Los gemelos, Reinhard y Roman. Acertamos con ellos. Ambos eran altos mandos del Kommando Spezialkräfte, o KSK. Es la versión alemana de las fuerzas especiales británicas, el SAS. Iban encaminados a ser soldados de carrera: cumplían todos los requisitos y, por tanto, había grandes planes para ellos.

—Intuyo que se avecina un «pero».

—Un gran «pero». Resulta que ambos eran incontrolables, Reinhard más que Roman. Este era un soldado perfecto dentro de la jerarquía definida, pero malhumorado, indisciplinado y abusivo con cierto tipo de soldados. A ver si adivináis qué tipo.

—¿Judíos? ¿De piel oscura? ¿Eslavos?

—Todo lo anterior, y puedes añadir a los gais y a cualquiera con dificultades de aprendizaje. Si alguna vez les enseñaron a ocultar quiénes eran realmente, no aprendieron muy bien esas lecciones. Es la primera vez que veo la palabra «nazi» utilizada expresamente en un expediente.

—¿Y Reinhard? ¿Era peor?

—Mucho peor. Por los informes psicológicos que he visto, ese tío no debería haber entrado en servicio con ninguna unidad de combate. Y, sin embargo, allí estaba, en el KSK, hasta que dejó de estarlo.

—¿Qué ocurrió?

—Cometieron el error de destinarlo a Oriente Próximo, concretamente a Afganistán, como parte de una operación de la OTAN. Fue enviado con su unidad para liquidar a un grupo talibán que estaba atrincherado en una aldea de Helmand. Los aldeanos no eran partidarios ni simpatizantes. Eran básicamente rehenes. Así que el propósito de la misión era matar solo a terroristas.

—¿Por qué sospecho que se apartó del guion?

—Y algo más. Empezó a matar indiscriminadamente: talibanes, no talibanes, mujeres y niños. Los masacró hasta que su propia unidad se volvió contra él y aquello degeneró en un enfrentamiento con otro oficial, un capitán francés. Los propios hombres de Krantz tuvieron que detenerlo cuando le puso una pistola en la cabeza al francés.

—¿A cuántos mató?

—No se le han atribuido cifras concretas, imagino que por pura vergüenza. Era una historia que el ejército alemán no quería que saliera a la luz.

—¿Qué le pasó?

—Fue dado de baja por conducta deshonrosa, pero sin

castigo. No entró en la cárcel y tampoco hubo otras sanciones. Simplemente lo expulsaron del ejército.

—Lo cual sugiere la influencia de Odessa —observó Georg—. Así que esos hijos de puta también controlan el ejército.

—Parece que al menos tienen algo de influencia allí. Otra cuestión es hasta dónde llega.

—¿Cómo averiguaste todo eso? —preguntó Freya—. Imagino que todos los archivos que has mencionado son confidenciales.

—Ya os lo he dicho: no hay nada que mi hombre no pueda piratear.

—¿Encontraste algo sobre sus antepasados?

—Hasta sus abuelos. Más allá, solo uno: su bisabuelo materno. No hay registros de él en ninguna parte.

—¿Eso es extraño?

—No lo sé. La verdad es que nunca había investigado a fondo la ascendencia de un alemán. Me parece lógico que las cosas sean incompletas cuando nos remontamos a la época de la guerra, la República de Weimar y todo eso.

—¿Nos dice algo la información que sí encontraste? —preguntó Georg, ansioso por no perder el hilo.

—Solo que eran una familia privilegiada, gente de dinero en todas las ramas del árbol genealógico. Los tres estudiaron en el Schloss Salem de Überlingen. Luego, el mayor estuvo en la Ludwig-Maximilians-Universität y en Oxford, y los otros dos fueron directamente a la Führungsakademie der Bundeswehr para formarse como oficiales.

—Vaya, que eran unos principitos privilegiados —comentó Peter.

—Y, en el caso de los gemelos, unos cabrones peligrosos —añadió Brogan—. No os equivoquéis: son asesinos. Y, si realmente son responsables del brazo paramilitar de Odessa, será una unidad muy bien entrenada y armada y estará repleta de fanáticos. Esto no será coser y cantar.

Una vez más, la habitación se quedó en silencio, los tres esperando a que Brogan dijera algo más. Si pensaba hacerlo, lo interrumpió una llamada telefónica, que atendió sin más explicaciones. Cuando hubo terminado, volvió a dirigir su atención a los allí presentes.

—Era mi hombre. Ha habido actividad en la aplicación.

—¿Sobre el día de la Unidad?

—No, sobre algo que ocurrirá mañana. Creo que hemos encontrado una forma de recuperar la ventaja.

—¿Cómo? ¿De qué se trata?

Brogan miró a Georg y Freya y luego a Peter, como para asegurarse de que los tres estaban escuchando.

—Es el funeral de los Ackermann.

40

Washington D. C.
Estados Unidos

Vanessa necesitó cerca de una hora y tres líneas de tren diferentes para recorrer el corto trayecto desde la oficina de campaña de Grisham en la calle Quince Noroeste hasta el restaurante Louisiana Chicken de la avenida Malcolm X Sudeste.

El intrincado viaje impedía que la siguieran, mientras que la demografía de los residentes dificultaría que un miembro del equipo de Cole Grisham se mezclara con la gente. Pero lo más importante era un factor simple: Vanessa conocía pocos restaurantes cerca de la sede del Servicio Secreto de Estados Unidos en Murray Lane Sudoeste, y, de los que conocía, aquel era el único que estaba abierto un lunes a las diez de la noche.

Vanessa siguió a la recepcionista del restaurante hasta la mesa y se alegró al comprobar que el lugar estaba tranquilo: había menos de diez mesas ocupadas, y ninguna cerca de la suya. Cuando hubo tomado asiento, cogió la carta, dio las gracias a la recepcionista y miró el reloj.

Eran las 22.12.

Tres minutos antes de la hora.

Si alguna vez le hubieran pedido que eligiera a un compañero para pelear hombro con hombro en un combate a muerte, David Bickers no habría sido la primera opción. Era un hombre poco imponente físicamente, por debajo de la altura media, flaco y con aspecto de ratón de biblioteca. Pero, en su opinión, era digno de confianza, y tampoco estaba relacionado con ninguno de los nombres que había visto en los archivos y cuentas de America Tomorrow.

También era agente especial del Servicio Secreto de Estados Unidos.

Vanessa había conocido a Bickers hacía poco más de un año en una cita a ciegas organizada por uno de los empleados más extrovertidos de la oficina de Jack Johnson. Escéptica como siempre ante cualquier cosa que pudiera considerarse «romántica», la intrigaba el papel de Bickers dentro del servicio, y por eso había aceptado.

La cita fue tan bien como suelen ir esas cosas, al menos según la experiencia de Vanessa.

Incluso ahora que superaba los veinticinco años, seguía sin saber cuál podría considerarse «su tipo». Pero, fuera cual fuera, no era David Bickers. Al menos diez años mayor que ella, poco más alto y, por lo visto, con aún menos masa muscular, no era el «hombretón» que su profesión podría sugerir.

Que no se había producido un flechazo resultó evidente al momento, pero en realidad había supuesto una ventaja. Al no tener la necesidad de causar una buena impresión, aunque normalmente poco realista, tanto Vanessa como Bickers pudieron ser ellos mismos, y de ese modo encontraron una buena base para una amistad. Bickers era, según descubrió, un hombre interesante y atento, y su carrera en el Servicio Secreto giraba en torno a complejas investigaciones sobre delitos financieros y no a la protección presidencial, que era el estereotipo más común.

Era un papel por el que Vanessa no tardó en sentirse agradecida: Bickers se convirtió rápidamente en uno de sus pocos amigos en Washington, y la idea de perderlo a manos de un aspirante a asesino no era algo a lo que quisiera enfrentarse.

Vanessa sabía que no era la vida que él había imaginado. No había ingresado en el Servicio Secreto para trabajar en transacciones comerciales encubiertas y falsificación de moneda. Sabía que lo hacía sentirse incompleto.

Por eso lamentaba lo que estaba a punto de contarle, pues sabía con seguridad que, aunque no hubiesen sido amigos, esa misma motivación lo obligaría a ayudarla, sin importar el peligro que ello entrañara. Se sentía culpable de estar a punto de utilizar a uno de sus pocos amigos de esa manera, pero ¿qué otra opción tenía?

Todavía se estaba convenciendo a sí misma cuando vio a Bickers dirigirse hacia la mesa. Aun siendo tan anodino, era imposible no llamar la atención en un restaurante con tan pocos comensales. Vanessa se quedó sentada y respiró hondo para tranquilizarse mientras se acercaba.

La amplia sonrisa de Bickers era exactamente a lo que se había acostumbrado. En el pasado, Vanessa había notado que siempre se alegraba de verla, y era una de las pocas personas en las que esa reacción le parecía auténtica. La invadió otra oleada de culpabilidad.

—Tienes buen aspecto —dijo Bickers mientras se sentaba frente a ella—. ¿Qué pasa?

—¿Por qué tiene que pasar algo?

—Porque es día laborable y no estás sentada a tu mesa o volviendo a casa en tren.

—¿Tan predecible soy?

—Lo preguntas como si fuera algo malo. Ser predecible es bueno, Vanessa. De esa manera, puedo saber que mis amigos tienen algún problema. Así que ¿de qué se trata?

Vanessa guardó silencio y miró fijamente a Bickers. No sabía por dónde empezar. Y, aunque lo hubiera sabido, ya no estaba segura de querer hacerlo. Dudaba que fuera a tomarla en serio.

Y dudaba incluso de si debía hacerlo.

«¿Y si todo esto es una tontería?», pensó.

Bickers esperó unos segundos, y no rompió el silencio hasta que empezó a resultar incómodo.

—Entonces ¿me has traído hasta aquí solo para verte guardar un secreto?

Vanessa quería seguir callada, pero sabía que no podría contenerse. Sabía que había *algo* en todo aquello, lo cual significaba que su repentina vacilación obedecía simplemente a los nervios.

Tenía que decírselo sin importar cómo se lo tomara.

Se le quebró un poco la voz cuando por fin habló.

—Es... Mira, puede que esto te parezca una locura. Joder, ahora mismo me lo parece hasta a mí.

—¿Qué es?

—Un tema de trabajo..., en mi oficina. Creo..., creo que la vida del vicepresidente podría estar en peligro.

Bickers se recostó en la silla y su sonrisa se desvaneció.

—¿Qué?

—Creo que la vida de Andrew Wilson está amenazada.

—¿Y me lo cuentas a mí?

—Sí.

—¿Por qué?

—Porque confío en ti. Y, ahora mismo, la lista de gente en la que confío es bastante pequeña. Además..., bueno..., creo que cualquier otra persona a la que se lo contara podría pensar que estoy loca.

—¿Y yo no?

—Tú eres el único que me escuchó cuando ocurrió lo del senador Johnson y Sophie. Literalmente el único. Así que, en efecto, creo que, si alguien va a hacer algo más que considerarme una especie de chiflada, eres tú.

Al principio, Bickers guardó silencio y observó el lugar. Vanessa no sabía qué estaba buscando.

—De acuerdo —dijo finalmente—. Cuéntame.

Vanessa le explicó lo que había averiguado sobre America Tomorrow, sobre todo el asunto. Y le contó otra cosa que había descubierto a medida que progresaba su investigación: que el mismo grupo de empresas alemanas —muchas de ellas vinculadas en última instancia a una llamada Medusa— había financiado el comité exploratorio presidencial de Bauer, creado allá por 2021.

Sin interrupciones, Bickers escuchó atentamente todo lo que Vanessa tenía que contarle. Cuando hubo terminado, se tomó su tiempo para reflexionar, al parecer sopesando los hechos y los argumentos con cualquiera que fuese su reacción instintiva. A Vanessa, el silencio se le hizo eterno.

—Aparte de la conversación que crees haber oído, ¿hay algo en todo esto que hubiera podido llevarte a pensar de esa manera?

—¿Qué quieres decir?

—Si no hubieras oído la conversación entre Braid y Bennett, ¿el resto te habría hecho pensar que hay algo grave en esta situación?

—Pero no es solo eso. Hay más. Hay...

—Cíñete a lo que me has contado hasta ahora. A lo de America Tomorrow. A los vínculos con el presidente y con Grisham. Si lo hubieras descubierto sin haber oído lo que oíste, ¿qué pensarías?

—Pensaría que hay un problema serio —respondió Vanessa—. Pensaría que hay irregularidades financieras graves y violaciones de las estrictas reglas de financiación.

—¿Algo más?

—Estaría terriblemente preocupada por la injerencia extranjera en la Casa Blanca. Pensaría que la financiación política por parte de empresas es el mayor problema que tiene nuestro sistema, y eso cuando son empresas nacionales las que aportan la financiación. Imagínate dinero no estadounidense.

—¿Sabes algo sobre esas empresas?

—No mucho, pero investigué un nombre que aparecía constantemente.

—¿Cuál?

—Una empresa alemana de tecnología llamada Medusa.

—¿Y qué descubriste?

—Poca cosa. Es una empresa privada que inició su actividad en los años sesenta. Es propiedad del hijo de su fundador, un hombre llamado Leo Renner.

—Nunca he oído hablar de él.

—Yo tampoco. En Alemania es muy conocido. ¿Cómo no iba a serlo cuando es dueño de una de sus mayores empresas tecnológicas? Pero, para ser multimillonario, lleva una vida increíblemente discreta.

—¿Tan importantes son?

—Especialmente en todo lo relacionado con las empresas de las que son copropietarios. Solo pude indagar un poco, pero parecen tener participaciones en gran cantidad de nombres mucho más conocidos, sobre todo en el campo de la tecnología, pero también en productos químicos y defensa, e incluso en algunos comercios minoristas. Probablemente habría muchos más si hubiera tenido tiempo de profundizar.

—¿Y este tal Renner es el único propietario?

—No puedo asegurarlo. Es posible que haya accionistas privados, pero estoy convencida de que él es el dueño principal.

Bickers guardó silencio una vez más.

—De acuerdo, cuenta conmigo. Ese tipo de influencia extranjera es preocupante, sobre todo con la administración que tenemos ahora mismo. Es necesario investigarlo.

—Pero ¿qué hay del vicepresidente? ¿Me crees?

—No es tan sencillo. Por eso estaba buscando otro punto de apoyo.

—¿A qué te refieres? Después de lo que oí...

—¿Y si oíste mal? Una sola palabra fuera de lugar y esa conversación adquiere un significado completamente nuevo. De repente son empleados comentando las ambiciones que tienen para su jefe.

—No oí mal, David.

—No pongo en duda que lo creas, y lo más probable es que fuera así, pero es lo bueno de contar con el material financiero. Me da una razón para investigar sin importar qué.

—¿Qué más da que haya otra razón? Esto no va de irregularidades financieras. Va de un complot para matar al vicepresidente. Va de hacerse con el control absoluto de la Casa Blanca.

Vanessa hablaba en voz baja, pero irradiaba pasión. Todas las dudas que la inquietaban habían desaparecido. Estaba convencida, y quería que Bickers lo viera claro.

—No me has dejado contarte otro descubrimiento que hice —añadió—. Lo que demuestra todo esto.

—¿Qué es?

—El comité exploratorio.

—Sí, ya has mencionado que el supercomité lo financia desde 2021. Y estoy de acuerdo, eso es…

—No estoy hablando de ese comité exploratorio. Estoy hablando del comité para la candidatura de Grisham en Iowa. Fue creado hace dieciocho meses para asesorarlo sobre cómo acceder a la candidatura para 2026.

Bickers frunció el ceño.

—Pero Jack Johnson habría sido el titular en 2026. No había un escaño que Grisham pudiera disputar.

—Mientras el senador Johnson estuviera vivo, no. —Vanessa hizo una pausa para mayor efecto—. Pero ¿y si sabían que no lo estaría?

—¿Estás insinuando…?

—Estoy preguntando. ¿Y si mataron al senador Johnson y a Sophie? ¿Y si acabaron con ellos porque necesitaban un escaño en el senado en el que colocar a Grisham para que esté donde debe estar cuando a Andrew Wilson le ocurra lo que ha de ocurrirle?

Bickers no dijo nada, pero por primera vez parecía abierto a lo que le estaba sugiriendo.

Vanessa no rompió el silencio y, cuando Bickers estuvo listo para hablar, su voz era casi un susurro.

—Si eso es cierto…, si algo de esto está siquiera cerca de ser verdad…

—Lo sé. Por eso te lo he contado a ti, David. Eres la única persona a la que puedo confiarle algo así, y, si lo que dijo Bennett sobre octubre es correcto, no nos queda mucho tiempo.

—Faltan menos de veintiséis horas para octubre, Vanessa.

—Entonces, esperemos que lo que sea que tengan planeado no ocurra el día 1. Y bien, ¿qué hacemos ahora?

—Informaremos al siguiente en la cadena de mando, pero con lo que tenemos hasta ahora no. No es ni mucho menos suficiente.

—Pero ¿qué más hay?

—De momento nada. Pero si en esa oficina hablan tan abiertamente como dices, sobre todo ahora que han hecho limpieza, tal vez podamos cambiar eso.

—¿Cómo?

—Solo hay una manera. —Bickers respiró hondo y miró fijamente a Vanessa—. ¿Alguien te ha enseñado alguna vez a colocar un micrófono?

41

Stuttgart
República Federal de Alemania

30 de septiembre de 2025
Martes

El pintoresco cementerio de Waldfriedhof no estaba a más de cuatro kilómetros de casa de la familia Ackermann. Ese simple hecho lo convertía en la opción lógica para el entierro: un lugar de descanso entre los árboles.

La naturaleza inusual del lugar era una ventaja para Georg y Brogan. Ambos se esperaban un cementerio más tradicional y estaban preparados para las dificultades que estos acostumbran a presentar para una vigilancia invisible, pero Waldfriedhof no planteaba ninguno de esos problemas. Situado en las profundidades de un pequeño bosque, su protección natural les permitiría acercarse mucho más que en otras circunstancias.

La organización del funeral había sido inusualmente rápida, pensó Georg cuando se lo dijeron. Carl Ackermann había fallecido el domingo por la tarde y el incendio se había producido apenas medio día antes. Por tanto, que el sepelio se celebrara el martes no era lo habitual, como tampoco lo era que aún quedaran interrogantes pendientes sobre las muertes. Ello demostraba la influencia que ahora ejercía Odessa.

Para Georg, lo más preocupante era que el motivo fueran las prisas, probablemente motivadas por la necesidad de eliminar una distracción y permitir que la organización se concentrara en sus planes para el viernes. Esperaba que su razonamiento fuera erróneo, y parecía decepcionado cuando Brogan coincidió en que era la causa más probable.

Ni Georg ni Brogan sabían qué esperar cuando llegaron al cementerio. Ni siquiera estaban seguros de quién iba a ser enterrado exactamente: Carl y Elke Ackermann, sí. Pero ¿y Mila? ¿Ella también había muerto?

Con tantas cosas por dilucidar, llegaron con tres horas de antelación y buscaron un rincón apartado del frondoso cementerio que aun así les proporcionara una buena panorámica de la tumba.

Era una situación imperfecta. Por muy útiles que fueran los numerosos árboles, no había ningún lugar en el que pudieran esconderse sin ser detectados por una unidad avanzada de Odessa que emprendiera una búsqueda perimetral. Pero, a falta de más opciones, era todo cuanto podían hacer Georg y Brogan. Si daban con ellos, tendrían que enfrentarse a sus perseguidores.

Por tanto, tuvieron suerte de que, a diferencia del día anterior, no hubiera una unidad de esa índole.

En cambio, minutos antes de las seis de la tarde, cuando la luz del sol empezaba a debilitarse, vieron llegar dos ataúdes, que fueron colocados junto a sendas tumbas abiertas poco antes de que un pequeño grupo de menos de veinte personas se diera cita para la ceremonia.

—Pensé que habría más gente —dijo Georg, observando a través de los prismáticos que Brogan había conseguido la noche anterior—. Al menos por Carl, después de haber pasado tanto tiempo en Odessa.

—¿También esperabas grandes estandartes rojos con esvásticas? —preguntó Brogan con ligereza. Después del conflicto del día anterior, ambos procuraron mantener un tono amistoso—. A lo mejor es solo para la familia.

—Es posible —respondió Georg, que entonces se percató de algo—. ¿Ves a la joven que está delante?

—Sí.

—Es Mila, su hija. Supongo que no estaba allí cuando se declaró el incendio. Ahora mira detrás de ella, cuatro personas a su derecha.

—Vaya, pero si son los gemelos terribles —respondió Brogan.

—Exacto. Así que definitivamente no es *solo* para la familia.

Georg no perdió el tiempo observando a Reinhard y Roman Krantz, que permanecían inmóviles junto a la tumba. Bastaba con saber que estaban allí. Por el contrario, observó al resto de los dolientes mientras escuchaban atentamente la homilía del sacerdote.

No tardó en darse cuenta de que los gemelos no eran las únicas caras que le resultaban familiares. También habían asistido dos sanitarias del Marienhospital: Annaliese y la enfermera más joven que había encontrado a Carl Ackermann deambulando por los pasillos el día que Georg lo conoció. No sabía qué pensar de su presencia allí. ¿Significaba que pertenecían a Odessa o habían ido a llorar a un paciente perdido?

No importaba. Pasó de largo y continuó escrutando a los dolientes.

—¿Reconoces a alguien más? —preguntó Brogan cuando Georg bajó los prismáticos.

—A los gemelos, a la hija y a dos enfermeras. A nadie más.

—¿Qué opinas del grupo?

—No creo que haya muchos familiares. Las enfermeras están demasiado cerca de Mila. Si hubiera primos o amigos, serían ellos quienes la estarían apoyando.

—¿Tiene pinta de que necesite apoyo?

—No, pero, como te decía antes, se parece a su padre. Es dura.

Georg volvió a mirar a los asistentes por si veía algo que suscitara una idea o teoría, pero no encontró nada.

—¿Por qué crees que han venido los gemelos Krantz? —preguntó.

—Quién sabe, pero gracias a Dios que lo han hecho; sin ellos, habría sido un fracaso total. Al menos tendremos a quien seguir cuando esto termine.

—¿Ese es el plan?

—Tiene que serlo, ¿no? Son los únicos miembros confirmados de Odessa que han asistido, y ahora mismo tampoco tenemos más pistas.

—Entonces ¿solo nos queda eso? ¿Tanto esfuerzo para acabar persiguiendo a los dos cabrones más peligrosos que Odessa tiene en nómina?

—Menos da una piedra, joven amigo. —Brogan sonrió, su expresión desprovista del más leve atisbo de preocupación—. Donde ellos vayan, iremos nosotros.

42

Finalmente, el entierro duró treinta minutos, tiempo suficiente para que el sol empezara a ponerse, lo cual facilitó que Georg y Brogan se movieran sin ser vistos mientras el pequeño grupo comenzaba a dispersarse.

Resguardado por los árboles, Brogan avanzó rápidamente y, por alguna razón, llevaba ventaja a Georg a pesar de que en ocasiones se detenía para observar con los prismáticos la retirada de los dolientes. Georg no tuvo que preguntar a quién tenía en el punto de mira: a partir de ese momento, solo los gemelos Krantz importaban.

Cinco minutos después, ambos estaban sentados en el último coche que había alquilado Brogan: un Volkswagen Golf, elegido, al igual que la Mercedes Sprinter, por su popularidad entre los conductores alemanes. Brogan había aparcado al final de una calle oscura que describía una línea recta desde la entrada del cementerio hasta las parcelas más remotas de la parte trasera. Desde allí divisaban perfectamente la pequeña procesión de coches que, minutos más tarde, enfiló la misma calle y se dirigió lentamente a la puerta principal.

—¿Sabes en qué coche van? —preguntó Georg.

—En el mismo que Mila Ackermann —dijo Brogan—, lo cual podría responder a nuestra pregunta sobre ella.

—¿Qué lugar ocupa en la fila?

—Es el tercero.

Mientras hablaba, Brogan giró un interruptor situado a la izquierda del volante para desactivar la configuración automática de los faros del coche. Luego presionó el botón de arranque y, pisando el acelerador, se adentraron poco a poco en la semioscuridad.

El Golf se movía poco más rápido que una persona caminando, y la distancia y la oscuridad lo hacían invisible para quienes iban delante mientras Brogan observaba la dirección que seguía cada vehículo. El tercero fue a la izquierda. Y el cuarto y el quinto. El sexto giró a la derecha. Georg creía que Brogan empezaría a seguirlos de inmediato, pero esperó casi diez segundos a doblar a la izquierda cuando salieron del cementerio, encender los faros y pisar el acelerador.

—¿No tienes miedo de perderlos? —preguntó Georg.

—Me preocupa más que nos vea ese último coche y nos delate. Además, no hay donde desviarse de esta carretera hasta que pasemos los muros del cementerio. Eso nos dará tiempo para alcanzarlos.

Diez segundos después, Brogan demostró que tenía razón una vez más. El pequeño convoy de tres vehículos seguía circulando lentamente, lo cual obligó a Brogan a mantener la distancia. La luz del día estaba desapareciendo con rapidez, y eso los ayudaba a evitar ser descubiertos, pero aun así no podían correr ningún riesgo.

Si perdían a los hermanos Krantz, lo perderían todo.

Con el inglés haciendo todo lo posible para pasar desapercibido, la procesión de cuatro coches, tres del funeral y el Volkswagen de Brogan, se prolongó casi noventa minutos. Fue un viaje de más de cien kilómetros, mucho más de lo que Georg y Brogan esperaban. La única ventaja fue que la ruta los llevó casi exclusivamente por las autopistas 81 y 6, lo cual permitió al Golf mezclarse con el tráfico.

Pero, aun así, cuanto más conducían, más nervioso se ponía Georg.

Cuando el coche que circulaba en cabeza puso el intermitente derecho, en dirección al cruce con la Autobahn 5 y la ciudad de Heidelberg, la fingida calma de Georg se había esfumado hacía rato.

—¿Y ahora qué?

—Nos quedamos atrás y vemos adónde demonios van.

—Pero ¿cuánto rato vamos a seguir con esto?

—Hasta que lleguemos adonde sea que van o nos quedemos sin gasolina. Lo que suceda primero.

—¿Y si nos han visto?

—Entonces nos ocuparemos de ello, pero no han hecho nada que indique que sea así.

—Pero ¿y si lo han hecho?

—Georg, si tiene que pasar, que pase. Y ahora hazte un favor: baja la ventanilla y respira hondo. Tienes que volver a concentrarte. Por lo que sabemos, podrían llegar a su destino en cualquier momento.

Si el segundo comentario hubiera sido una apuesta, Brogan la habría perdido, pero no por mucho. Solo pasaron diez minutos más hasta que los tres coches que llevaban delante empezaron a aminorar la marcha.

Para entonces, ya estaban fuera de la autopista, circulando por una carretera larga y tranquila con campos a un lado y lo que parecía ser un gran e interminable muro perimetral al otro. Como siempre, Brogan mantuvo una distancia prudencial, asegurándose de no ser más que unos faros para el último coche, por lo que él y Georg no estaban cerca cuando el primero giró a la izquierda en la entrada de lo que parecía una finca privada.

El segundo y el tercer coche lo siguieron, y Brogan les dio alcance a tiempo para ver las luces traseras del último avanzando por un camino privado al otro lado de unas puertas de hierro que ahora estaban cerrándose. No aminoró mientras asimilaba los detalles, sino que mantuvo la misma velocidad constante a la que habían circulado durante los últimos diez minutos.

—¿Qué crees que es ese lugar? —preguntó Georg.

—¿Cómo coño voy a saberlo? —repuso Brogan—. Búscalo en Google. Con ese tamaño, tiene que haber algún resultado en internet.

Georg ignoró sus instrucciones. Aún no había terminado de hablar.

—Bueno, ¿qué hacemos ahora que están dentro? ¿Nos vamos sin más?

—¿Después de un viaje de cien kilómetros? ¿Estás loco? Voy a aparcar en algún lugar seguro y luego saltaré esa pared. Quiero saber qué es ese sitio y quién está ahí dentro. El único dato de que disponemos es que tiene algo que ver con el entierro, y eso significa que tiene algo que ver con Odessa.

Brogan iba conduciendo mientras hablaba, sin reducir en ningún momento su velocidad original. Ese hecho hacía que la gran extensión de la finca resultara cada vez más obvia a medida que se alargaba el muro perimetral.

—¿Y qué quieres que haga yo mientras tú eres el héroe? —preguntó Georg.

—Esto no tiene nada de heroico, Georg. ¿Crees que quiero entrar sin refuerzos? Por supuesto que no, pero lo más probable es que todos los que están al otro lado de esa puerta conozcan tu cara. No podemos arriesgarnos.

—¿Y qué hay de tu cara, de cuando te vieron por última vez?

—Eso fue hace dieciocho años, y en todo ese tiempo solo me crucé con dos o tres. Además, si lo hago bien ¿quién dice que me verán?

—¿De verdad crees que es seguro?

Brogan no respondió. Su atención estaba en otra parte: había encontrado un lugar donde el coche no sería visto fácilmente.

Se detuvo en un espacio que parecía un antiguo sendero, lo cual le permitió hacer retroceder el Golf hacia el muro y aprovechar los setos que se alzaban a ambos lados para esconderlo.

Brogan sacó el teléfono para averiguar a qué distancia se encontraba de la residencia. Insertando lo que parecía ser un marcador de su ubicación y activando otra aplicación que Georg no reconoció, accedió a Maps y amplió el área que abarcaba el gráfico. No tardó en localizar la residencia principal en dirección norte, a poco menos de un kilómetro y medio de allí.

—Podría ser peor —dijo, guardando de nuevo el teléfono en el bolsillo—. Al menos no hay un lago en el camino. No estoy de humor para darme un baño.

Con una sonrisa, bajó del coche y abrió la puerta trasera. Maravillado por la calma del inglés, Georg no dijo nada. Sabía que aquello formaba parte del trabajo diario de Brogan, pero, aun así, ¿no debería parecer más ansioso? Porque en ese momento se comportaba como si estuviera a punto de dar un paseo por el parque.

Para Georg, esa idea era simplemente aterradora.

Brogan preparó rápidamente todo el material que creía necesitar, el cual estaba en una bolsa de deporte más pequeña que el enorme trasto que había llevado a casa de Freya la noche anterior. Había trasladado parte de esas armas y material a aquella bolsa más manejable y había dejado el resto. Ahora volvió a restringir sus necesidades: solo cogió el cuchillo que le había dado a Georg en casa de Klein el día anterior y dos pistolas pequeñas y discretas que sin duda eran mucho más letales de lo que parecían.

Completamente preparado, cerró la puerta trasera del coche y se acercó a la ventana del conductor para hablar con Georg.

—No podemos arriesgarnos a que te quedes aquí. Si te ven, podrían saber que yo estoy dentro. Y si me encuentran a mí primero, te convertirás en un blanco fácil.

—Entonces ¿qué hago?

—Llévate el coche. —Brogan metió la mano en el bolsillo y sacó una tarjeta bancaria—. Busca una gasolinera y llena el depósito. Mantén el importe inferior a cien euros, así podrás pagar en el surtidor. No hay necesidad de entrar y exponerte a que te reconozca alguien.

—Tengo la gorra y las gafas. Hasta ahora ha funcionado.

—Aun así, es mejor no tentar a la suerte. Da vueltas por la zona hasta que te llame. Un perímetro de tres kilómetros, y sigue rutas aleatorias.

Brogan señaló el teléfono que había entregado a Georg aquel mismo día, otro objeto de su nueva bolsa de material.

—Debería estar de vuelta en una hora. Si no lo hago, quédate por la zona hasta que amanezca. Esa es la hora límite si todavía estoy sano y salvo. Y si no he vuelto para entonces, lárgate pitando. ¿De acuerdo?

—Entendido. —Georg pensó un momento—. Mientras conduzco, investigaré este lugar. Sea quien sea el dueño, tiene mucho dinero. Es posible que Odessa obtenga su financiación de aquí.

—Parece un buen plan. ¿Cómo lo harás mientras circulas?

—Reclutando a alguien que no lo esté haciendo. ¿Necesitas algo más de mí?

—No. Mantén ese teléfono encendido.

43

Brogan tardó poco más de cinco minutos en recorrer los mil quinientos metros que mediaban entre el perímetro de la finca y la casa principal. Para ser él, no había ido muy rápido, pero tampoco estaba mal, teniendo en cuenta la irregularidad del terreno y, sobre todo, que era fundamental avanzar sin ser visto.

Se detuvo cuando llegó al borde del gran camino de grava que surcaba el centro de la finca y se escondió detrás de una fila de arbustos entre la carretera y el césped. Estaba a apenas cincuenta metros de la entrada principal, su posición perfectamente oculta tanto por el follaje como por la oscuridad total.

«Grande» era un eufemismo para describir la casa que ahora se alzaba ante él. Desde allí, Brogan divisaba el núcleo central, que era cinco o seis veces más ancho que cualquier residencia normal. Enormes alas rodeaban el corazón del edificio a ambos lados, anexos posteriores al original que sin duda se extendían hacia la parte trasera para al menos triplicar la huella original de la mansión.

Brogan asimiló esos detalles en un instante, buscando una forma de entrar al mismo tiempo que memorizaba el diseño en caso de que tuviera que salir corriendo.

Desde que escaló el muro de la propiedad, se había movido en paralelo al largo y sinuoso camino de entrada, pues le pareció la forma más segura de llegar a la vivienda principal. En todo ese rato no había pasado ningún coche, ni tampoco habían aumentado los más de veinte vehículos estacionados junto a la casa.

Eso sugería que era poco probable una afluencia repentina de gente, cosa que otorgaba al inglés cierta libertad de movimiento.

Había visto al personal incluso antes de llegar al arcén. Era difícil no verlos. Todos eran hombres, vestidos con impecables americanas blancas y pantalones negros, y entraban y salían de la casa por la puerta principal.

Por un momento, esto último lo desconcertó: era extraño que el personal entrara en el edificio por la misma ruta que los invitados. Sin embargo, descartó la pregunta y se centró en lo que realmente importaba: la dirección de la que venía el personal.

El movimiento de americanas blancas seguía una misma trayectoria. Salían por la puerta principal, bordeaban el ala este del edificio y regresaban al cabo de unos momentos, tras haber rellenado las bandejas con las bebidas o aperitivos que estuvieran sirviendo.

Brogan tomó su decisión basándose en esa observación, y en menos de un minuto había encontrado el servicio de catering, compuesto por cuatro grandes furgonetas blancas aparcadas en semicírculo. Dos de esas furgonetas contaban con escalones que llevaban a unos contenedores instalados en la parte trasera; las otras dos no. En el centro de aquel montaje improvisado había un bar sin personal.

Brogan estaba escondido detrás de una de las furgonetas laterales mientras observaba a un miembro del servicio de comidas llegar al bar y reponer la bandeja con copas de champán. Un minuto después llegó otro, que subió las escaleras de una de las furgonetas situadas en el centro y salió al cabo de un momento con otra bandeja de comida. Avanzando a medida que el segundo camarero se alejaba, Brogan descubrió que una de las furgonetas centrales con escalones era una unidad de refrigeración llena de aperitivos, mientras que las furgonetas estacionadas a ambos lados —las que no disponían de escaleras— estaban vacías. Probablemente eran para transportar alcohol y cualquier material que hubiera dentro.

Eso dejaba solo el segundo vehículo central, y Brogan ya había adivinado lo que era: en un acontecimiento lujoso como aquel y con el personal del catering yendo de un lado a otro con americanas blancas impolutas, simplemente tenía que haber ropa de repuesto. Una mirada al interior confirmó que estaba en lo cierto.

Tardó unos minutos en encontrar un uniforme de su talla y ponérselo, proceso interrumpido varias veces por la entrada y salida de personal. Ninguno necesitaba ir a la furgoneta que contenía la ropa, pero, aun así, Brogan procuró no hacer ruido.

Tras asegurarse de que no hubiera nadie, bajó del contenedor y volvió a parapetarse en la oscuridad. Era muy consciente de que, en un catering de tamaño limitado, otro miembro del personal lo delataría de inmediato si interactuaban directamente. Eso, más el estado de su calzado —los mismos zapatos que había utilizado para llegar a la residencia desde la carretera—, empeoraba notablemente el disfraz.

No resistiría un examen minucioso, pero al menos podría cruzar la puerta.

Minutos después lo consiguió. Brogan había llenado una bandeja con lo que, tras probarlas, resultaron ser croquetas de trucha ahumada, y se había abierto paso alrededor de la propiedad, procurando mantenerse alejado de cualquier empleado que viniera en dirección a él. Desde lejos, había vigilado la entrada, fingiendo reorganizar el contenido de la bandeja para poder detenerse. Solo entró cuando estuvo seguro de que no había americanas blancas en la puerta y la zona de recepción.

Una vez allí, se movió con rapidez y una sincronización involuntariamente perfecta. Era obvio que las bebidas previas a la cena habían concluido y casi todos los invitados se habían trasladado ya de la recepción a lo que parecía un salón de baile de tamaño mediano.

Tras dejar la americana, la pajarita y la bandeja en una hornacina convenientemente situada más allá de los invitados que seguían en la recepción, Brogan entró sin ser visto en una habitación adyacente y cerró la puerta. Tal como esperaba, al fondo había otra puerta que conducía a la misma zona donde los asistentes habían tomado el refrigerio. Brogan fue hacia ella y la abrió un poco para hacerse una idea de lo que estaba sucediendo afuera.

Las pocas personas que quedaban en la entrada estaban hablando, pero demasiado bajo para que Brogan las oyera. Más allá pudo ver que casi todos los demás habían tomado asiento en el gran salón, preparado para una cena formal. El ángulo de visión no era bueno, pero alcanzaba a distinguir una mesa larga en la cabecera de la sala, cuyos asientos seguían vacíos.

Esperó un poco a que la sala que tenía delante se vaciara aún más. Los últimos rezagados desfilaron hacia el salón de baile, mientras que los camareros restantes desaparecieron en la otra dirección, preparándose para el servicio de la cena principal, supuso Brogan. Minutos después, el espacio estaba completamente vacío. Sin saber cuánto tiempo seguiría así, no tenía más remedio que actuar de inmediato.

Con rapidez, franqueó la puerta y fue directo a la entrada del salón de baile. Temía disponer de solo unos segundos para asimilar tantos detalles como pudiera. Por tanto, tuvo suerte de que su movimiento coincidiera con una salva de aplausos en el interior. Todos los invitados se habían puesto en pie y estaban mirando a la mesa principal, de espaldas a Brogan. Fue una sincronización afortunada que le permitió ver mejor la sala.

Sin embargo, poder observar sin restricciones apenas desveló nada.

La mesa principal se llenó rápidamente y, sin embargo, solo reconoció el rostro de Mila Ackermann. Su presencia al menos respondía a una pregunta acuciante: era una reunión de Odessa, y la hija de Ackermann formaba parte de la organización.

Pero quedaban muchos más interrogantes en el aire. Y entonces, mientras una revelación se formaba en la mente de Brogan, su lista de preguntas se redujo a solo dos: ¿por qué había tres asientos vacíos en la mesa principal y dónde demonios estaban los hermanos Krantz?

No tuvo que esperar a obtener una respuesta. De repente, notó el metal frío en la nuca. Era una sensación que Brogan ya había experimentado antes y levantó poco a poco las manos por encima de la cabeza.

No necesitaba darse la vuelta para saber quién empuñaba el arma.

—¿Sabíais en todo momento que estaba aquí?

—¿Cómo no íbamos a saberlo, *Herr* Brogan? Le hemos traído nosotros.

44

La voz de Reinhard Krantz era exactamente como Brogan esperaba: con un acento marcado y de clase alta, como la de los oficiales de la Gestapo que aparecían en todas las películas de la Segunda Guerra Mundial que había visto. Brogan no pudo evitar preguntarse si era intencionado, pero no tenía tiempo para ahondar en esos pensamientos.

—Dese la vuelta.

Al cumplir la orden, descubrió que la estancia había vuelto a llenarse un poco mientras observaba el salón de baile, donde el sonido de los recién llegados fue silenciado por los aplausos provenientes del otro lado de la puerta. El más cercano a él era Reinhard Krantz, con su inconfundible cicatriz. Un paso más atrás se encontraban su hermano gemelo y tres hombres que Georg habría descrito como soldados de asalto.

En la parte trasera, a una distancia más segura, estaba Richard Krantz. De todos ellos, el hermano mayor parecía el más feliz. Por un momento, Brogan no entendió por qué, pero volvió a prestar atención a Reinhard cuando este habló de nuevo.

—¿De verdad pensaba que no le veríamos en el cementerio?

—Contaba con ello, sí.

Brogan intentó sonar despreocupado, pero la energía nerviosa que le subía desde el estómago contaba una historia diferente: esos cabrones habían ido un paso por delante todo el día. Eso planteaba una pregunta obvia: ¿también tenían a Georg? La sola idea le hizo sentir náuseas.

Dejando de lado su preocupación por el chico, mantuvo la mirada fija en Reinhard mientras dos de los soldados de asalto pasaban junto a él y cerraban las puertas del salón de baile.

—Por curiosidad —dijo Brogan—, ¿cuándo lo supisteis?

—¿Cree que se lo diría?

—Llamémoslo cortesía profesional.

—La tendría si usted también fuera profesional, pero de momento no me ha demostrado nada.

El desdén de Reinhard fue como una bofetada para el inglés. Era una falta de respeto que, en un día normal, obtendría una respuesta violenta. Brogan esperó un momento, miró el arma, que el alemán había bajado un poco, y llegó a la conclusión de que hoy era un día normal.

Atacó sin previo aviso, lanzando un gancho de izquierda que acertó de lleno en el pómulo de Reinhard. Luego le asestó un puñetazo con la derecha que tardó demasiado en llegar a su objetivo, lo cual dio tiempo al alemán para avanzar un paso y acortar la distancia entre ellos. Ese movimiento desató una pelea que Brogan no podía esperar ganar, sobre todo con cinco espectadores armados y listos para intervenir.

Segundos después los habían separado. Roman Krantz y dos de los soldados tenían agarrado al furioso Reinhard, mientras que el tercero contuvo a Brogan con el cañón de su arma.

Tras unos segundos más, Reinhard se había calmado lo suficiente para hablar de nuevo. Esta vez lo hizo desde la distancia. Sus dos hermanos eran una barrera física entre él y Brogan, más por la seguridad del inglés que por la suya propia, y esa contención resultaba esclarecedora.

«No pueden dejar que me mate todavía —pensó Brogan—. No saben de qué información dispongo ni con quién he hablado».

—Todavía le queda fuego en las entrañas, anciano —dijo Reinhard, incapaz de disimular la ira que también ardía en su interior—. Hace veinte años me habría puesto las cosas difíciles en una pelea.

—Puede que tengas razón. —Brogan no dejó que el insulto hiciera mella en él—. ¿Lo averiguamos?

—Basta. —Richard Krantz dio un paso adelante con una autoridad que resultó evidente al instante. A pesar de que no poseía los atributos físicos de sus hermanos menores, su presencia era equiparable—. No hay tiempo para esto. Tenemos un horario que cumplir.

Se volvió hacia sus hermanos.

—Entrad en el homenaje. La gente hará preguntas si no estamos allí cuando el *Führer* empiece a hablar.

Brogan no pudo ocultar su reacción a aquellas palabras: «el *Führer*». Tuvo suerte de que los soldados de asalto estuvieran prestando atención a Richard Krantz, quien seguía dando órdenes.

—Vosotros tres, llevadlo a una sala de retención, aseguraos de que no pueda escapar y montad guardia. Y procurad que no os vea ningún miembro del servicio de comidas.

Por último, se volvió hacia Brogan.

—Y, en cuanto a usted, se acabaron las preguntas. Sigue vivo por una sola razón: cuando acabe el acto conmemorativo, el propio *Führer* querrá hablar con usted.

45

El tono de llamada del teléfono que Brogan le había proporcionado sobresaltó a Georg cuando rompió el silencio en el interior del coche. La llamada no debería haberlo sorprendido tanto, ni siquiera por la amplificación del equipo de sonido, pero Georg llevaba casi una hora dando vueltas en un estado de paranoia que habría puesto nervioso a cualquiera.

Extendió la mano hacia la consola central y pulsó «responder».

—¿Cómo va? —La voz de Freya lo envolvió desde los altavoces delanteros y traseros—. ¿Scott ha salido de ahí?

—Todavía no.

—¿Cuánto rato lleva fuera?

Georg desvió la mirada hacia el reloj de la consola.

—Cincuenta minutos.

—Seguro que está bien. —Las palabras de Freya transmitían más confianza que su voz—. ¿Y tú?

—Estaré bien cuando él esté a salvo y hayamos puesto algunos kilómetros de por medio. ¿Cómo puede vivir así?

—Supongo que uno se acostumbra.

—Pero ¿quién querría hacerlo? Eso no es vida.

Georg decidió cambiar de tema y hablar de algo más útil.

—¿Qué hay de la investigación que te pedí, Freya? ¿Has descubierto algo?

—Un poco, pero me temo que no todo. El tema es complicado. El propietario legal de la finca es una empresa, no una persona. Es un activo de Weber-Stern GmbH, aparentemente una compañía financiera, aunque, por lo visto, su única actividad es hacerse con propiedades por toda Europa y Estados Unidos. No sé si eso puede considerarse un negocio «financiero», pero ¿quién sabe en los tiempos que corren?

—¿Y quién está detrás de Weber-Stern?

—Esa es la parte complicada. Parece que la empresa es propiedad de otras dos. Y esas dos son propiedad de otras tres cada una. Y esos dos grupos de tres...

—¿De otras cuatro?

—Peor. Todas están registradas en las Islas Caimán, lo cual significa que no tengo ni idea de quién es su dueño.

—¿Puedes averiguarlo?

—Estoy en ello. Tengo un contacto allí de hace años.

—¿Un exnovio?

—Sexo equivocado.

—¿Exnovia entonces?

—Ja. Ya quisieras. Es una vieja amiga de la universidad. Lo está investigando.

—¿Cuánto tardará?

—No lo sé. Puede que me diga algo hoy mismo, hora suya, o mañana. Supongo que dependerá de hasta qué punto no quiera ser encontrado el auténtico propietario.

—Lo lógico sería que viviera en un lugar un poco más discreto si no le gusta llamar la atención.

—Cierto. No está mal el sitio, ¿eh?

Georg bajó la ventanilla y respiró hondo. Lo que le apetecía realmente era un cigarrillo, pero la placa de «Prohibido fumar» que había en el centro del salpicadero era imposible de ignorar. Tampoco iba a detener el coche, desoyendo las instrucciones de Brogan, por una dosis de nicotina.

—¿Cómo está mi *Opa*? —preguntó.

—Como siempre. Tiene más energía que tú y que yo.

—Pero en serio, Freya, ¿cómo crees que se ha tomado todo esto? Internamente, quiero decir.

—Está preocupado por ti.

—Debería estar preocupado por todos nosotros.

—Lo está, pero tú eres su prioridad. Eres su chico, Georg. Lo único que quiere es que salgas entero. Por eso llamó a Scott. Lo sabes.

—Me alegra que lo hiciera. Me alegra que alguien pensara con claridad cuando yo era incapaz.

—Deja de fustigarte por eso. Ahora todo está bien.

—No está bien en absoluto, Freya. Y no lo estará hasta que todo esto haya terminado.

—No me refería a eso. Simplemente quiero que estés sano y salvo.

—Lo sé, cariño. Lo sé.

Ambos dejaron de hablar durante unos segundos. Por algún motivo, el silencio era a la vez cómodo e incómodo.

—Entonces ¿cuál es el plan ahora mismo? —preguntó Freya.

Georg no respondió, pues había visto unos faros en el espejo retrovisor. Era un vehículo que se acercaba por momentos, así que pisó el acelerador a fondo y no tardó en duplicar la velocidad, pero no sirvió de mucho. Quienquiera que circulara detrás estaba ganando terreno rápidamente.

—¿Georg?

—Sí, estoy aquí.

La afirmación no era del todo cierta: seguía al otro lado de la línea, pero su mente había desconectado de la conversación.

—Entonces ¿qué piensas hacer?

—Exactamente lo que dijo Brogan. —Tomó una curva a la izquierda a gran velocidad y pisó el acelerador. Segundos después, el coche que iba detrás hizo lo mismo—. Seguir conduciendo.

—Georg, ¿va todo...?

—Lo siento, Freya. Tengo que dejarte.

Tras colgar, Georg tomó una curva cerrada a la derecha y enfiló una extensa recta. El otro coche hizo lo mismo, ahora más cerca que antes. No había duda de quién lo estaba persiguiendo. Y sabía perfectamente lo que sucedería si lo alcanzaban.

Solo había una manera de salir de aquella.

Redujo a cuarta para propiciar una ráfaga repentina de par motor y, de nuevo, pisó el acelerador a fondo.

46

Brogan llevaba más de una hora sin moverse, con las manos atadas con bridas reposando sobre los muslos. La silla en la que estaba sentado era tan ornamentada como la propia habitación. El estilo de ambas databa del siglo XIX, al igual que lo que había visto del resto de la casa: nadie calificaría nunca de modernista al diseñador.

El aspecto no era del gusto del inglés. En su opinión era ostentoso, pero aun así estaba agradecido; el estilo de la silla imposibilitaba que le ataran las manos a la espalda, y tenerlas delante era mucho más cómodo. Ese simple hecho había permitido que los últimos setenta minutos fueran mucho más soportables.

Dos de los tres soldados de asalto no salieron de la habitación en ningún momento, y puede que el tercero se encontrara al otro lado de la puerta, o tal vez en otro lugar. Brogan no tenía forma de saberlo. De los dos que se habían quedado, ninguno era muy dado a conversar. Así pues, Brogan casi se sintió aliviado cuando se abrió la puerta y entró Richard Krantz.

—¿El baile nazi de este año acaba temprano o qué? —preguntó mientras se acercaba el hombre de Odessa.

—Muy gracioso, *Herr* Brogan. Dada su situación, se le ve muy satisfecho consigo mismo.

—Supongo que estoy emocionado por conocer al próximo Hitler.

—Disfrute de su frivolidad mientras pueda. No lo hará por mucho tiempo.

—¿Por qué no? ¿Le pedirás a tu hermanito que me haga callar?

—Le encantaría, créame. Pero no. Mis hermanos y yo tenemos muchas cosas que hacer. No hay tiempo para una distracción tan insignificante como usted.

Brogan no reaccionó, pero tomó nota de la respuesta. Fuera lo que fuese que estaba por venir, los hermanos Krantz eran parte de ello, y requeriría toda su atención.

Disimulando su interés en lo que acababa de oír, Brogan cambió de tema.

—Entonces ¿qué? ¿Me interrogará un aficionado?

—Este movimiento no empieza y acaba con Reinhard y Roman, *Herr* Brogan. Ya debería saberlo. Hay muchos otros con habilidades similares, algunos incluso más preparados para lo que le espera.

—¿En serio?

—Efectivamente.

La afirmación llegó desde el umbral. Fue pronunciada en inglés con un acento alemán muy marcado, y la voz parecía diseñada para la oratoria pública. Captó la atención de Brogan por completo, tanto que apenas notó que Krantz y los dos soldados se ponían firmes cuando el hombre entró en la habitación.

El recién llegado era casi una década más joven que Brogan —según sus cálculos, no tenía más de cincuenta años— y, con su metro ochenta, era casi tan alto como él. Al igual que sus invitados, llevaba un esmoquin perfectamente ajustado que mostraba lo que parecía ser un físico fibroso y tonificado en el gimnasio.

Brogan no tenía ninguna duda de quién era.

El *Führer*.

—Bien, *Herr* Brogan. Tengo entendido que está aquí para causarnos problemas una vez más.

—¿Nos conocemos? —Brogan estaba decidido a seguir mostrándose desafiante e ignoró el carisma palpable del hombre—. Casi nunca olvido una cara, pero la tuya...

—Con la mía haría una excepción. Humor judío, *Herr* Brogan. Qué apropiado.

—¿Qué? ¿Acaso no os gustan los judíos?

—Tenga cuidado. La paciencia y la moderación nunca han sido mi fuerte.

—Y yo que esperaba que fuéramos amigos...

El hombre al que llamaban el *Führer* miró a uno de los soldados de asalto, que entendió la orden sin necesidad de gestos y, tras dar un paso adelante, le propinó un fuerte puñetazo en la mandíbula a Brogan. La silla empezó a tambalearse y todo le dio vueltas. El dolor que notaba en la boca llena de sangre persistió aun cuando se le despejó la mente.

—Espero que sea la última vez que tenemos que emplear la violencia, *Herr* Brogan. Ahora dígame: ¿con quién trabaja?

Brogan esbozó una sonrisa carmesí y escupió una espesa gota de sangre sobre la alfombra que tenía delante. Era toda la respuesta que estaba dispuesto a ofrecer.

—Evidentemente, sabemos de Georg Miller —continuó el *Führer*—, e imaginamos que el traidor de su abuelo también forma parte de esto. Pero queremos saber quién más. Y queremos saber qué sabe usted.

Brogan no dijo nada.

—Lo único que conseguirá es empeorar las cosas para usted y para Georg. De un modo u otro, alguno de los dos hablará. ¿Por qué no les ahorra el dolor a ambos?

La preocupación por Georg atenazó de nuevo a Brogan, que interrumpió su acto de desafío.

—No tenéis a Georg —dijo, aferrándose a la leve esperanza de que aún fuera cierto—, así que no podéis amenazarme con eso.

—¿Está seguro, *Herr* Brogan? ¿Apostaría la vida de Georg?

—No lo tenéis.

—Creo que se llevará una sorpresa.

Brogan negó con la cabeza. No se lo creería hasta que no tuviera más remedio. Era la única manera de evitar que lo doblegaran.

El líder de Odessa se percató de la farsa y la menguante bravuconería del inglés y esbozó una sonrisa victoriosa, pero no tuvo el efecto deseado. Lo único que consiguió fue enfurecer a Brogan y fortalecer su determinación, infundiéndole un segundo envite emocional. Cuando habló de nuevo, su voz había recobrado el vigor.

—No vas a sacarme una mierda, así que ya puedes salir de esta habitación, amigo, porque sé cómo eres. Tú no eres de los que se ensucian las manos, ¿verdad? Eres el tipo de persona que envía a otros a hacer el trabajo sangriento. Por eso fracasaréis.

—¿Fracasar? Ya hemos ganado, pero los de su clase aún no se han dado cuenta.

—¿Los de mi clase?

—Colaboradores. Traidores a su genética.

—Vaya, eres el optimismo político personificado. —A Brogan, ese nivel de extremismo le resultaba casi humorístico. Habría sido gracioso si aquella gente no hablara tan en serio—. Pero te equivocas cuando dices que ya habéis ganado. Sabemos lo que habéis estado haciendo y lo que se avecina. Ya estáis al final del camino. Esto se acabó.

El líder de Odessa no respondió de inmediato y miró a Brogan con incredulidad y desprecio.

—Como quiera. Es una lástima que ninguno de nosotros vaya a estar aquí para verlo.

—¿Por qué? —Brogan decidió tentar a la suerte—. ¿Adónde vais?

La pregunta arrancó una carcajada al líder, un sonido frío, cruel y desalmado.

—¿Cree que esto es una película de Bond, *Herr* Brogan? Porque está un poco mayor para el papel.

—Depende de la película.

—Tiene usted respuesta para todo. Le vendrá bien —dijo antes de volverse hacia Krantz.

—Traed los coches e id a buscar a Wilhelm. Ya habrá terminado con Georg. Veamos cuánto le dura el sentido del humor a nuestro amigo inglés cuando se ponga manos a la obra.

Con una última mirada a Brogan, el hombre al que llamaban el *Führer* salió de la habitación. Richard Krantz lo siguió de cerca, dictando órdenes a los soldados cuando se iba.

La puerta se cerró de golpe y el sonido de una llave girando indicó a Brogan que él y los dos soldados de Odessa se habían quedado encerrados, esperando la llegada del especialista en torturas de la organización.

Miró hacia las gruesas cortinas que ocultaban las ventanas de la habitación, idóneas para evitar que alguien viera lo que sucedía allí. Su misma presencia le dijo algo a Brogan: esas ventanas daban al exterior, a los terrenos de la propiedad. Y, por lo que había podido deducir en el trayecto hasta aquella habitación, esos terrenos se encontraban detrás del ala este.

Se movió antes de que los soldados hubieran asimilado siquiera las nuevas órdenes. Sin tiempo que perder, no había opción de urdir astucias. No podía idear una emboscada segura y elaborada. Brogan tenía que salir de allí ahora mismo, y para lograrlo solo podía recurrir a la violencia.

Llegó hasta el primer guardia antes de que alguno de los dos detectara sus movimientos. Agachándose, utilizó el hombro y la fuerza del impulso para levantarlo del suelo con un golpe bajo. Tras elevarse, el cuerpo del soldado cayó hacia atrás e impactó en su camarada antes de que este pudiera reaccionar.

Con el primer guardia en el suelo y el segundo tambaleándose, Brogan se situó detrás y le rodeó el cuello con las bridas. Tras un momento de fuerza brutal y repentina había logrado dos objetivos: el segundo guardia se desplomó con el cuello roto, no sin antes rasgar las bridas de su asesino.

Intentando ponerse de pie, el primer guardia estaba demasiado concentrado en defenderse como para pensar en pedir ayuda. Fue un golpe de suerte; Brogan lo tendría mucho más fácil si nadie descubría su huida, aunque solo fuera durante unos minutos, así que no lo desaprovechó. Actuando con rapidez, asestó a su captor un golpe con la mano abierta que le destrozó la nariz, seguido de un cabezazo que lo envió de nuevo al suelo. Esta vez, Brogan se abalanzó sobre él, utilizando el peso de su cuerpo para inmovilizar al soldado mientras le golpeaba cinco veces el cráneo contra el suelo.

El sonido del impacto le dijo que no habría necesidad de una sexta.

Brogan se puso en pie y observó la habitación cerrada.

Dos hombres muertos en menos de treinta segundos.

Eso le daba ventaja cuando se acercó a la ventana.

47

Georg había llenado por segunda vez el depósito en una gasolinera situada a tres kilómetros de la entrada de la mansión de Odessa, y ahora estaba de nuevo en la carretera. La falsa alarma que había provocado un conductor que circulaba a gran velocidad le había hecho llevar el coche al límite, por lo que había consumido mucho más combustible de lo que preveía.

Mientras seguía carreteras al azar, cuestionó sus niveles de paranoia. ¿Era comprensible esa reacción dadas las circunstancias, o era una demostración de que no estaba hecho para esto?

Empezaba a preguntarse cuánto tiempo seguiría conduciendo en círculos. Prácticamente había perdido toda esperanza de que Brogan estuviera sano y salvo, y sintió un gran alivio cuando sonó el teléfono y vio el nombre en el panel central del coche.

Brogan.

—¿Estás bien? —El inglés parecía realmente preocupado, casi frenético—. ¿Te ha pasado algo?

—Nada digno de mención.

—Gracias a Dios. —Georg se dio cuenta de que Brogan estaba gritando para imponerse al ruido del vehículo en el que viajaba—. En ese caso, es hora de que te pongas en marcha. Vuelve por donde vinimos.

—¿Dónde estás?

—En la carretera.

—¿En la carretera? ¿Con qué coche?

—Una furgoneta de catering que alguien echará de menos muy pronto. Debemos poner distancia entre nosotros y ellos antes de que lo hagan.

—¿Por qué has robado una furgoneta?

—Porque me descubrieron, Georg. He escapado por los pelos.

—¿Te descubrieron? ¿Qué coño pasó?

—Te lo explico luego. Ahora necesito que escuches con atención. En el móvil que te di hay una aplicación para localizar terminales. Cuando la abras, verás dos elementos etiquetados. Uno de ellos es mi teléfono y el otro, un dispositivo de rastreo que le puse a Reinhard Krantz. Quiero que sigas ese.

—¿Hablas en serio? ¿Cómo lo conseguiste?

—Armé una pequeña pelea, pero eso no importa. Sigue a ese cabrón, pero a una distancia prudencial. Te verán si estás a menos de ochocientos metros. Son así de buenos.

—¿Cómo puedes estar seguro?

—Porque, cuando salimos del cementerio, sabían en todo momento que íbamos detrás. Pero con el rastreador puedes seguir su ruta desde una distancia mucho mayor. Necesito que lo hagas ahora.

—¿Y tú?

—Yo estoy haciendo lo mismo. Tengo esa aplicación en mi teléfono.

—¿No te lo quitaron?

—No miraron dentro de la bota. Cuando me quitaron las armas y me tuvieron inmovilizado, no se molestaron mucho en registrarme.

—¿Estabas desarmado e inmovilizado y aun así escapaste? Scott, ¿cómo demonios...?

—Más tarde, Georg. Ahora mismo necesito que liberes esta línea y abras la aplicación.

—Una cosa más. ¿A quién estaré siguiendo? ¿Solo a Reinhard?

—Sinceramente, no lo sé. Podría ser él o podría ser el grupo al completo. Tú sigue el rastreador, ¿de acuerdo?

—De acuerdo.

La llamada finalizó sin más y, al momento, Georg accedió al mapa. En cuestión de segundos pudo ver lo que necesitaba.

Durante diez minutos, el otro coche siguió la ruta que había llevado a Georg y Brogan hasta allí, circulando por la misma carretera larga y oscura rumbo a la Autobahn 5. A Georg no le sorprendió ver que Krantz se incorporaba de nuevo a la autopista, pero sí la dirección que tomó.

En lugar de dirigirse al sur para regresar a Stuttgart, el coche continuó en dirección norte.

Camino de Frankfurt.

48

El aeropuerto de Frankfurt se encontraba exactamente a 77,6 kilómetros de la mansión de Odessa. Georg lo supo por la lectura digital que apareció en el salpicadero mientras seguía al vehículo de Krantz hasta el tercer nivel, situado junto a la zona de embarque de la terminal principal.

La señalización le indicó que esa era la zona habilitada para dejar a los pasajeros que iban a tomar un vuelo.

En los cuarenta minutos que llevaba conduciendo, Georg no había visto ni una sola vez el coche de Odessa. Nunca a menos de cuatrocientos metros de distancia, y a menudo mucho más lejos, lo había seguido sin ninguna posibilidad de ser visto. Solo ahora, cuando el coche rastreado entró en el aeropuerto, no tuvo más remedio que acercarse.

No tuvo más remedio que ver qué estaba haciendo Krantz.

Dejando atrás lo que el rastreador identificó como el coche de Odessa, recorrió otros cien metros antes de poner el intermitente y detenerse hacia la mitad del edificio de la terminal. Con el propósito de mezclarse con los visitantes del aeropuerto y consciente de que los hombres de Odessa podían conocer la matrícula, activó las luces de emergencia del Golf y abrió el maletero.

Para quien estuviera observando, era solo otro coche que iba a dejar a un pasajero antes de su vuelo.

Un vistazo al retrovisor exterior le permitió localizar con cierta dificultad el vehículo de Krantz, que estaba estacionado un poco más atrás. Se encontraba lo bastante cerca como para que Georg pudiera distinguir los detalles importantes, pero lo bastante lejos como para que no lo descubrieran. Ya fuera casual o intencionado, había elegido el lugar perfecto.

Desde allí pudo ver actividad en el lado del pasajero. Una serie de obstáculos en movimiento le impedían distinguir bien el vehículo, pero aun así vio cómo Reinhard Krantz y luego, para sorpresa de Georg, también Roman Krantz se apeaban e iban al edificio de la terminal. Los gemelos apenas habían dado dos pasos cuando el coche reanudó la marcha y pasó junto a Georg sin que nadie le prestara atención.

Georg vio que el vehículo —un Mercedes Maybach Clase S, según pudo comprobar— superaba la velocidad permitida en el aeropuerto. También pudo ver al resto de los ocupantes: un conductor, un pasajero delante y Richard Krantz en la parte de atrás.

Eso planteaba un dilema: seguir a Reinhard y Roman al aeropuerto o seguir a Richard Krantz, el cual viajaba en un coche que ya no podía rastrear.

Fue una decisión que prácticamente se tomó sola.

Presionó el botón de arranque del Golf y salió detrás del Maybach, que se dirigió al final de la zona destinada a recoger y dejar pasajeros y giró a la izquierda para tomar la rampa que lo llevaría de regreso a la planta inferior.

El nombre de Brogan apareció en la pantalla de la consola cuando Georg enfiló la rampa, y la llamada ahogó el tenue sonido del motor del coche. Georg respondió al segundo tono.

—¿Qué está pasando? —preguntó Brogan.

—En el coche iban los tres hermanos —respondió Georg—.

Dos se han bajado en el aeropuerto de Frankfurt. Estoy siguiendo al tercero.

—¿A cuál?

—A Richard.

—Buena elección. Ese cabrón sabrá más que los otros dos. Buen trabajo, joven amigo.

—¿Dónde estás?

—Unos pocos kilómetros al sur. Esta furgoneta es una mierda.

—Entonces ¿qué hago?

—No lo pierdas de vista. Y asegúrate de que no te ve.

—Entendido.

—Es clave que lo capturemos esta noche, Georg. Que lo cacemos mientras sea vulnerable.

—Van dos con él. Un conductor y otra persona.

—Sin esos otros dos cabrones, no hay nada de que preocuparnos.

Georg tardó un momento en procesar las palabras de Brogan mientras trataba de orientarse por el complejo sistema de carreteras que lo sacaría de las inmediaciones del aeropuerto y hacía todo lo posible por pasar desapercibido.

—¿Viste algo en la mansión que pueda decirnos adónde han ido los otros dos? —preguntó.

—¿A quién le importa? Dentro de Odessa, ese hijo de puta del coche tiene un rango superior a ambos y, ahora mismo, sus hermanos no están aquí para protegerlo. Si alguien sabe lo que queremos saber, es él.

—¿Estás seguro?

—No paras de preguntarme si estoy seguro, Georg. Por supuesto que no estoy seguro. Nadie lo está. Pero con ese tipo estamos todo lo cerca que podemos estarlo. Lo vi en ese lugar. Vi la autoridad que ejercía sobre los demás. Y vi lo próximo que estaba al jefe.

—Lo seguiré.

—A distancia. Y mantén la línea desocupada. Si no logro alcanzarte, podríamos necesitar un cambio de plan.

—¿Qué tipo de cambio?

—Ya lo veremos si se da el caso, ¿vale?

El sonido amplificado del motor de la furgoneta indicó a Georg que Brogan estaba aumentando la velocidad. Ante eso y el hecho de que ya le había dado instrucciones, pensaba que el inglés colgaría, por lo que se sorprendió cuando volvió a hablar.

—¿Qué hay de la casa? —preguntó Brogan.

—¿Qué quieres decir?

—¿Has averiguado quién es el dueño de la mansión?

—Todavía no. Resulta que hay toda una red de empresas involucradas, intereses y más intereses. Sin duda, está concebido para que sea complicado. Estamos en ello.

—¿Estamos?

—Bueno, Freya.

—Bien. Es mejor dejar esas cosas a los cerebros, ¿eh?

—Muchas gracias.

—En serio, esto es fundamental, Georg. Creo que ese lugar podría ser la respuesta.

—¿En qué sentido?

—En el sentido de que estoy seguro de que la casa es del hombre que estaba al mando esta noche, su *Führer*. Desde luego, se comportaba como si lo fuera.

—¿Crees que él es el dueño?

—De una forma u otra, sí.

—Lo cual significa que, si encontramos al dueño, encontraremos a quien está detrás de todo esto.

—Es una posibilidad más que verosímil.

—¿Y luego qué?

—Y luego le cortamos la cabeza a la serpiente.

49

El tramo final del largo viaje nocturno duró treinta minutos, la mayor parte de los cuales Georg pasó en un estado de nervios y aprensión. Estaba preocupado por lo que se avecinaba, preocupado por lo que fuera que Brogan tenía en mente. Pero sobre todo le preocupaba ser descubierto antes de que pudiera suceder.

Esa inquietud no hizo más que acentuarse cuando el Mercedes redujo la velocidad antes de llegar a la entrada de lo que parecía otra finca privada. Georg también aminoró cuando el coche que transportaba a Richard Krantz enfiló el camino y, en el último momento, vio qué era aquel lugar en realidad.

El Schlosshotel Kronberg, uno de los hoteles más lujosos de Frankfurt, ocupaba un castillo que había sido la residencia de verano de la emperatriz Victoria Friedrich en la década de 1890, cuando Alemania se hallaba en su primer apogeo y eclipsaba a las demás potencias de la Europa continental en cuanto a riqueza y prestigio.

Desde entonces, el edificio y la finca que lo rodeaba habían dejado de ser frecuentados por la monarquía, pero conservaban hasta el último ápice de su grandeza.

Los terrenos eran enormes: cuarenta y ocho hectáreas que ofrecían espacio suficiente para un campo de golf de dieciocho hoyos, jardines privados y el límite de uno de los parques naturales más grandes del estado. El lugar estaba oscuro y en silencio, y no se divisaba desde ninguno de los dos flancos. Un único camino escasamente iluminado conducía a la puerta principal del hotel.

Georg maldijo su suerte. El escenario era perfecto para una emboscada, y seguramente aquella era la última oportunidad que tendrían. Era muy poco probable que aquel no fuera el destino final de Richard Krantz esa noche, pero Brogan aún no había llegado.

Se le revolvió el estómago al pensar en qué opciones le quedaban.

¿Debía enfrentarse él solo a tres hombres, dos de los cuales muy posiblemente iban armados?

¿O debía permitir que Richard Krantz llegara a un lugar seguro y perder así la única pista que podían seguir?

La adrenalina empezó a fluir de nuevo mientras Georg tomaba la decisión. Agarró el volante con fuerza, sus dedos blancos por la presión, y se preparó para pisar el acelerador.

«Vamos, Georg —pensó—. Tú puedes con esto. Tú puedes con...».

Su monólogo interior quedó ahogado por el rugido ensordecedor de un viejo y destartalado motor diésel en aquel entorno por lo demás silencioso. Cuando miró por los espejos retrovisores, vio una furgoneta Ford Transit circulando por el arcén izquierdo, cubierto de hierba, para adelantar primero al Golf y después al Mercedes. Luego se interpuso en la trayectoria del coche que iba en cabeza. El lado derecho de la Ford colisionó con el coche de Odessa y ambos vehículos se vieron obligados a frenar violentamente.

Al ver el choque, Georg pisó el acelerador. No sabía qué ayuda podría ofrecer a Brogan, pero sí sabía que debía estar allí, de modo que recorrió en pocos segundos la distancia que lo separaba de los dos vehículos.

Fue un segundo más de lo que necesitaba el inglés.

Georg se horrorizó al ver a Brogan rodear la parte frontal de la Transit, manteniéndose fuera de los haces de los faros de la Ford y el Mercedes. En una mano empuñaba la pistola y describía unos arcos tan suaves que parecían un ballet mientras disparaba ocho balas al parabrisas delantero del vehículo: cuatro hacia el asiento del conductor y otras cuatro hacia el del pasajero.

El instante solo pareció real por el estruendo de los disparos. Brogan había actuado con tal rapidez y eficiencia que ni el chófer de Krantz ni su acompañante tuvieron la más mínima oportunidad. Según los cálculos de Georg, ambos estaban muertos cinco segundos después del choque.

Al cabo de tres segundos más, Richard Krantz estaba siendo arrastrado por el cuello y sin explicaciones hacia la parte trasera de la furgoneta robada de Brogan, con el cañón aún caliente de la pistola hundido en la mejilla.

50

Con más de mil trescientos kilómetros cuadrados de bosques frondosos, el Parque Natural de Taunus es una de las zonas vírgenes y deshabitadas más grandes no solo del estado de Hesse, sino de la República Federal en su conjunto. Como cualquier reserva natural, el parque no cuenta con carreteras o luz artificial, por lo que sus extensiones boscosas brindan una garantía casi absoluta de privacidad.

La ubicación era tan idónea —con una entrada justo al lado del Schlosshotel Kronberg— que a Georg le costaba creer que el inglés no lo hubiera planeado todo.

Georg siguió a la Transit de cerca, exactamente como Brogan le había indicado, y durante cinco minutos mantuvo la misma ruta accidentada que la furgoneta, entre árboles cubiertos de follaje. Estaba convencido de que ya se habían adentrado lo suficiente en el parque, pero Brogan siguió recorriendo un tramo igual al que ya habían cubierto. Al abrir camino al coche que circulaba detrás, la furgoneta estaba sufriendo desperfectos cada vez mayores.

Tras detenerse en uno de los claros más amplios que se abrían entre los árboles, Brogan apagó los faros de la Transit mientras Georg estacionaba detrás. Luego pidió a Georg que dejara las luces del coche orientadas hacia la parte trasera de la furgoneta y el motor del Golf encendido para no agotar la batería.

Al instante, Brogan se puso manos a la obra. Abrió las puertas traseras de la Ford y levantó a Krantz, que llevaba las muñecas atadas con bridas a la espalda. Georg llegó hasta ellos cuando el hombre de Odessa estaba siendo obligado a sentarse en el suelo con la espalda pegada al panel lateral de la Ford.

Lo primero que le llamó la atención fue el extraño parecido que guardaba Krantz con sus hermanos menores. A pesar de tener una década más que ellos y del abismo físico que los separaba, la similitud de los pocos rasgos que compartían era asombrosa. Pero lo que Georg vio a continuación hizo que se le erizara el vello de la nuca.

La ausencia absoluta de miedo en los ojos de Krantz.

No había el menor atisbo de temor en ellos.

Tan solo una furia apenas disimulada.

Krantz sangraba profusamente por lo que parecían ser dos heridas en la cabeza.

—¿Qué le ha pasado?

—¿Tú qué crees? —respondió Brogan sin darse la vuelta—. Iba atado en la parte trasera de una furgoneta mientras circulábamos por un bosque a sesenta por hora. Solo podía amortiguar los golpes con la cara.

Brogan volvió a centrarse en Krantz.

—Bueno, Richard, esta vez vas a responder a mis preguntas.

Krantz no contestó.

Mantenía la atención fija en Georg.

—Tú. El puto chico de los Miller.

La voz de Krantz era tan aguda que sorprendió a Georg. Era más aguda de lo que habría esperado de un abogado y, por alguna razón que nunca entendería, más de lo que habría esperado de un nazi de alto rango. Intentó desterrar esa idea de su mente.

—Tú me conoces —respondió Georg—, y yo te conozco a ti, Richard Krantz. Sé quién eres y lo que eres. Y ahora nos contarás el resto.

Krantz se mostró imperturbable ante la mención de su nombre, y su curiosidad por Georg no disminuyó.

—Te subestimamos, ¿no? ¿Quién iba a pensar que un hombrecillo izquierdista amante de los judíos iba a llegar tan lejos? —Ladeó la cabeza en dirección a Brogan—. Incluso con ayuda de ancianos.

—Siempre con algún cumplido bajo la manga, ¿eh? —replicó Brogan, que no parecía afectado por la mofa—. Y yo pensando que vosotros os preocupabais por la generación grandiosa.

—¿La qué?

—Ah, claro, joder. Vosotros estabais en el otro bando. Probablemente no llamáis así a vuestros veteranos después de que perdieran tan estrepitosamente.

—Un inglés hablando de la guerra. Qué raro.

Brogan sonrió, y parecía un poco impresionado por la serenidad de Krantz. O tal vez era Georg proyectando su propia reacción. Fuera lo que fuese, cuando el inglés volvió a hablar, su tono había cambiado.

—Dejémonos de preámbulos. Obviamente, sabemos quién eres. Sabemos qué es Odessa, sabemos que formas parte de ella y sabemos que ocupas una posición bastante alta en el escalafón. Mi instinto natural cuando encuentro a un puto nazi de los de verdad es meterle una bala en la cabeza, igual que hice con tu equipo de seguridad. Pero aquí mi joven amigo es uno de esos *millennials*, y ya sabes cómo son, liberales y complacientes. Así que, en lugar de acabar contigo, te daré una oportunidad. Quiero que nos digas exactamente qué habéis planeado para el viernes.

—Váyase a la mierda, *Herr* Brogan.

—Llámame Scott. Aquí todos somos amigos, Richard.

Krantz guardó silencio con un semblante de palpable desdén. Ninguno de los dos estaba dispuesto a ceder ni un ápice. Aunque no iba a negar lo que ya conocían, Krantz no tenía intención de contarles nada nuevo. Brogan, por su parte, se cuidó de revelar toda la información que poseían: si no doblegaba a Krantz, solo podrían ganar si él pensaba que sabían más de lo que en realidad sabían.

Esperó unos segundos a tomar su decisión.

—Sabemos qué función desempeñaba Ben Klein —dijo finalmente.

—¿Función?

—O funciones, claro, con los atentados y con la familia Miller.

—¿Han hablado con él?

—Por supuesto que hemos hablado con él, de la misma manera que ahora estamos hablando contigo. Nos lo contó todo.

Krantz sonrió de nuevo.

—¿Klein se lo contó todo? Pero si no sabía nada.

—Confiaban lo suficiente en él como para situarlo cerca de Peter Miller.

—Eso fue antes de que descubriéramos su perversión. Cuando nos enteramos, ya era demasiado tarde. No podíamos inventar otro viejo amigo de Horst Miller. Es la única razón por la que aún sigue vivo.

—*Seguía* vivo.

Por un instante, Krantz parpadeó. A pesar de la realidad de sus circunstancias, era el primer indicio de que él no tenía el control.

—Vuestra red es más pequeña cada día.

Krantz se echó a reír, una carcajada fuerte y auténtica. El comentario le pareció tan divertido que tardó unos segundos en poder hablar.

—¿Más pequeña? ¿Porque han matado a..., qué, cinco o

seis de nuestros hombres? Mi hermano ha matado a casi la misma cantidad solo esta semana, y él es uno de nosotros. ¿Tiene idea de lo mucho que hemos crecido? ¿Tiene idea de hasta dónde llega nuestra influencia? Estamos en todas partes, *Herr* Brogan. La gente a la que ha visto esta noche es solo una pequeña muestra. Odessa es inevitable. Pueden matar a cien de los nuestros, a mil, pero no nos frenarán. Ahora no.

—Todo depende de a *quién* matemos. Si son mil donnadies, puede que tengas razón. Pero si son uno o dos de la cúpula, ya es otra historia.

—¿Y cómo esperan encontrar a uno o dos de la cúpula? ¿Creen que se lo diré?

—Me lo presentaste tú mismo.

—¿Y de qué sirve eso si no saben su nombre?

—No necesitamos que nos lo des tú. Ya lo hizo Klein. ¿Cómo crees que te encontramos?

Krantz se rio de nuevo.

—Así que el *Schwuchtel* le dio mi nombre, ¿eh? No debería sorprenderme.

—Nos dio *todos* los nombres.

—No conoce todos los nombres. No conoce a nadie aparte de mí. Si él es su fuente, *Herr* Brogan, han chocado contra una pared. Su rastro termina aquí.

Brogan no respondió. Krantz había descubierto que era un farol y Georg interpretó el silencio de su compañero como una oportunidad para intervenir.

—Nos dio algo más que nombres. Nos habló de los atentados terroristas.

—¿En serio?

—¿Sacrificáis vidas alemanas para satisfacer vuestras ambiciones y aun así tenéis la audacia de llamaros patriotas? Eso lo descubrimos sin ti. Ahora nos contarás el resto.

—Lo cierto, Georg Miller, es que no pienso contaros nada. ¿Por qué coño debería hacerlo?

Georg miró a Brogan y de nuevo a Krantz, verdaderamente confuso por la respuesta de este último.

—Ya te ha explicado por qué. O nos lo dices, o te matará.

—*So ein Misthaufen.* Dejad de fingir. Aquí somos todos adultos. Ya estaba muerto en el momento en que me metisteis en esta furgoneta, imbécil. Estaba muerto en el momento en que os vi la cara.

Brogan intervino de nuevo.

—Sí, tienes razón, vas a morir esta noche. Nada cambiará eso. Pero la manera de morir depende de ti, Richard.

—Moriré como un soldado. Como un alemán.

—Morirás agonizando.

—Ese es el destino de los hombres de verdad.

—No tiene por qué serlo. Os pondremos freno. Ya tenemos suficiente como para informar al espionaje británico, y sabes que me escucharán. No permitirán que un grupo de nazis recupere el control del país más poderoso de Europa. La vuestra es una causa perdida.

Al principio, Krantz no dijo nada, y Georg no supo qué pensar de su silencio. ¿Las palabras de Brogan habían dado en el blanco? ¿Al menos habían generado suficientes dudas a aquel hombre para que cuestionara el coste de una muerte dolorosa? Por un momento abrigó esperanzas, pero se esfumaron en cuanto asomó una sonrisa siniestra y decidida en los labios del hombre de Odessa.

—¿El espionaje británico? —Krantz se rio de nuevo, y el énfasis que puso en esas palabras irradiaba desdén—. Hace veinte años, eso era una amenaza. Pero ¿hoy? Los británicos son un cachorrito castrado, *Herr* Brogan, condenados a la irrelevancia por malas decisiones, políticos débiles y una pobreza que ocultan a su gente. No pueden defender su país de las invasiones diarias que están destruyendo su cultura. Ustedes…, ustedes… no serían capaces ni de arreglar los baches de sus carreteras. Tenemos planes de contingencia para todo eso, para todos ustedes. Lo cual significa que su amenaza no es tal.

Una vez más, Brogan parecía no tener respuesta. A Georg le dio la impresión de que había perdido el control en aquella conversación y, por tanto, el joven sintió que no tenía nada que perder.

—¿Y si ni siquiera necesitamos ayuda extranjera, ya sea del espionaje británico o de otros? —preguntó—. ¿Y si todo esto no es una certeza como tú crees?

Krantz desvió su mirada de Brogan a Georg.

—¿A qué te refieres?

—Para tomar el poder necesitas unas elecciones. Y necesitas ganar esas elecciones. ¿De verdad crees que la gente votará a los nazis a pesar de todo lo que habéis hecho para meterle miedo?

—Ya está ocurriendo. —La respuesta de Krantz fue instantánea, enunciada sin pensar. Era como si creyera que podía ser menos cuidadoso con Georg que con Brogan—. Millones de personas han votado a AfD. Han salido a apoyar a protonazis brutos y poco sofisticados, una mala imitación de lo que somos nosotros. ¿Y sabes por qué? Por Odessa. Por lo que conseguimos.

—¿Lo que conseguisteis? ¿Unos cuantos atentados terroristas? ¿De verdad te parece suficiente?

—Los atentados son solo la punta del iceberg. No son más que pólvora lista para la cerilla. Pero el trabajo importante, la preparación que hay detrás de todo esto, se ha llevado a cabo a lo largo de generaciones y en varios continentes. Y por eso no podréis hacer nada para detenernos. Todo este plan lleva sesenta años gestándose, desde el momento en que tu abuelo dio a conocer a Odessa y aprendimos a seguir un camino diferente. Todo este asunto, Georg Miller, tiene su origen en tu propia familia.

Georg estaba asombrado por la respuesta, pero se impuso

su instinto de periodista y pensó con suficiente serenidad como para recurrir a una técnica que había aprendido de su abuelo. Peter se refería a ella como «el principio de Cunningham», según el cual quien pregunta hace una declaración intencionadamente incorrecta para obtener una respuesta.

—Generaciones y continentes —dijo Georg con un tono deliberadamente burlón—. Déjate de chorradas grandilocuentes. Lo único que habéis hecho es utilizar las redes sociales y la prensa de derechas para avivar teorías de la conspiración. Sois unos oportunistas.

—¿Oportunistas?

El veneno que contenía esa única palabra le dijo a Georg todo lo que necesitaba saber.

—No somos oportunistas, llorica. Somos estrategas. Cuando el pueblo alemán se puso en nuestra contra, teníamos que conseguir que la alternativa fuera aún más inaceptable que nosotros.

Georg empezó a notar mariposas aleteando en el estómago y se le aceleró el pulso.

—El mundo moderno no es distinto al de los años treinta. La gente tiene el cerebro lavado y es demasiado ignorante para darse cuenta de lo que realmente necesita. Hitler tenía a los comunistas y nosotros necesitábamos lo mismo. Necesitábamos que la izquierda se convirtiera a sí misma en algo inaceptable.

Georg luchó por ocultar su desconcierto ante lo que estaba oyendo.

—¿Estás diciendo que manipulasteis a la izquierda?

—Estoy diciendo que la adoctrinamos, al menos al sector más extremo. Sutil y lentamente, durante décadas. Universidades, medios de comunicación y luego las redes sociales.

»Llevamos a la extrema izquierda cada vez más hacia..., hacia lo ridículo. Alejamos su ideología de los intereses del hombre trabajador y la desplazamos hacia un lugar que el hombre trabajador ni siquiera entendería y mucho menos apoyaría.

»Hicimos todo eso, chico, para crear una oposición incluso menos aceptable de lo que lo éramos nosotros. Ese era el plan, así que no nos insultes llamándonos oportunistas.

Georg se había quedado sin palabras. No ponía en duda lo que estaba diciendo Krantz, pero solo tenía sentido a escala global. Requería que Odessa fuera una organización verdaderamente multinacional.

El silencio se prolongó unos segundos, pues Georg era incapaz de pensar con suficiente lucidez como para formular otra pregunta. Por su parte, Krantz vio el efecto que habían causado sus palabras, lo cual le devolvió la sonrisa y la sensación de control, cosa que pareció irritar a Brogan.

—Y, aun así —dijo este—, a pesar de esa actitud prepotente que demuestras, no es Odessa quien sale beneficiada. Es AfD la que está arrasando en las elecciones. Es AfD la que os ha robado el protagonismo.

—¿Eso crees?

—Es un hecho.

—Se acerca un vacío, una herida enorme y abierta en el corazón de la política alemana. Será entonces cuando tomaremos el control.

La palabra «vacío» despertó algo en Georg.

—Eso es lo que sucederá el viernes —apuntó.

Por primera vez, Krantz pareció inseguro y no dijo nada. A Georg empezó a latirle el corazón con fuerza.

—El viernes es el día en que crearéis ese vacío —prosiguió Georg—. Vuestro incendio del Reichstag pretende infligir esa herida enorme y abierta de la que hablas. Eso significa que, esta vez, el atentado tendrá por objetivo a políticos, ¿no? Vais a... ¡Dios mío! Vais a cometer un atentado en las celebraciones del día de la Unidad en Dresde.

—¿El qué?

Georg se volvió hacia Brogan para responder a su pregunta.

—Es la ceremonia en la que conmemoramos la caída del Muro de Berlín y la reunificación de Alemania. Es el viernes.

—¿Y es en Dresde?

—Este año sí. Cambian siempre de lugar. Scott, estarán presentes todos los políticos importantes de todos los grandes partidos. Si quisieras crear un vacío como el que este hijo de puta acaba de mencionar, lo harías allí. Estos cabrones podrían aniquilar al Gobierno, a cualquier oposición significativa y a toda la rama ejecutiva de AfD en un solo atentado.

Ambos volvieron a centrar su atención en Krantz.

—¿Tiene razón? ¿Es Dresde?

Krantz se mantuvo impasible y guardó silencio, lo cual bastó para confirmar las sospechas de Georg, pero Brogan aún quería que se lo confirmara.

—Richard, dímelo ahora mismo o empezaré a cortar dedos —le espetó.

—Haga lo que le plazca.

—Te estoy advirtiendo...

—¡Váyase a la mierda!

Por primera vez, Krantz elevó el tono de voz, un bramido envenenado.

Brogan miró a Georg para indicarle silenciosamente que creía que tenía razón. Ya conocían el objetivo.

Luego se volvió hacia Krantz.

—¿Cuál es el valor de esa lealtad, Richard?

—Si tiene que preguntar eso, nunca lo entenderá.

—¿En serio? Entonces ¿qué hay de los Ackermann? —Miró a Georg—. Por cierto, tenías razón. Fue la hija quien entregó a sus padres. Por lo visto, es tan nazi como su padre. Cuando supo que él no podía guardar sus secretos, informó de todo a sus superiores, probablemente a uno de los hermanitos de Richard.

Después miró de nuevo a Krantz y le hizo una pregunta cuya respuesta ya conocía. En ese momento, Georg supo que la pregunta tenía el propósito de desestabilizar.

—¿Cuál fue, Richard? ¿Reinhard o Roman? ¿Cuál dio la orden de matar a uno de los soldados más leales que Odessa haya tenido jamás?

—Váyase a la mierda.

—¿Cuál dio la orden de ejecutar a su esposa inocente?

—Váyase a la mierda.

—Estás en la mesa principal, ¿verdad? Eres el consejero del *Führer*, un verdadero fanático nazi, así que te creo cuando dices que no podremos hacerte hablar. Estoy seguro de que podría arrancarte hasta el último dedo y no nos dirías nada. Porque esta noche os he visto, hijos de puta. ¿Y sabes de qué me he dado cuenta?

Krantz lanzó un salivazo a Brogan, que lo apartó con la mano y, sin pausa, añadió:

—Estáis en una puta secta, como lo estuvieron vuestros abuelos y vuestros bisabuelos. Esta mierda es como una religión, igual de extrema que los terroristas a los que habéis utilizado para que os hagan el trabajo sucio.

El rostro de Krantz se contrajo, consciente de lo que ya era inminente.

—Hágalo de una puta vez, cobarde.

—Paciencia.

Brogan volvió a subir a la furgoneta y se giró hacia Georg.

—Hay dos bidones en el maletero del coche. Tráemelos.

Luego miró a Krantz de cerca, pero, en lugar de hacer más preguntas, le inmovilizó la cabeza con la mano derecha y empezó a registrarlo. En unos segundos había encontrado lo que buscaba: el iPhone del hombre de Odessa.

Brogan le giró la cabeza para que la pantalla pudiera captar su rostro completo. Cuando el teléfono estuvo desbloqueado, Brogan soltó a Krantz y dio un paso atrás.

—¿Qué hace?

Brogan accedió a los ajustes en el apartado de seguridad, donde tenía la opción de desactivar el reconocimiento facial, la identificación por huella dactilar y los códigos PIN. Solo necesitó que leyera una vez más el rostro de Krantz y aplicar a la fuerza la huella de su índice derecho para desactivar las medidas de seguridad.

Brogan le lanzó el teléfono a Georg mientras el joven depositaba los dos bidones que le había pedido en el suelo de la furgoneta.

—Deja eso en el coche —dijo— y espérame ahí. No necesitas ver esto.

—Creo que sí —contestó Georg.

—Tú mismo.

Sin añadir nada más, Brogan cogió el primer bidón y vació el contenido húmedo y viscoso sobre un retorcido Krantz. No intentó explicarle lo que estaba haciendo, pero tampoco era necesario. El olor a gasolina que lo inundaba todo ofrecía toda la información que alguien pudiera necesitar.

Por primera vez, Krantz demostró su terror.

—¡No, así no! ¡Así no!

Brogan abrió el segundo bidón y roció el interior de la furgoneta. Una vez vacíos, arrojó los dos bidones a la parte trasera de la Transit y volvió a centrar su atención en Krantz.

Cuando habló, lo hizo en voz baja.

—Quiero que sepas algo antes de morir.

—¡Váyase a la mierda! ¡Máteme como a un hombre! ¡Así no!

A Georg le pareció que Brogan ya ni siquiera podía oír a Krantz.

—Quiero que sepas que mañana, antes de que acabe el día, habré averiguado quién es el hombre al que he visto esta noche, tu *Führer*, y te prometo una cosa: no hace falta que mate a mil hombres. Solo tengo que matarlo a él, y lo haré.

Krantz escupió de nuevo y esta vez acertó, pero Brogan se limitó a limpiarse.

—Y por eso —añadió con un tono inexpresivo— mataré también a tus dos hermanos.

—¡Eres hombre muerto! ¡Los dos! ¡Sois hombres muertos! ¿Me oyes, puto...?

Los insultos continuaron, fuertes y violentos, pero Georg los ignoró, exactamente igual que parecía haber hecho Brogan. Observó al inglés cuando bajó de la furgoneta y sacó una caja de cerillas del bolsillo.

—¿Estás seguro de esto? —preguntó Brogan.

Georg asintió.

—Es la única forma en que podemos ganar.

Sin mediar palabra, Brogan encendió una cerilla, que utilizó para encender el resto de la caja, y las arrojó todas juntas a la parte trasera de la furgoneta.

51

Washington D. C.
Estados Unidos

La mochila que Vanessa llevaba colgada del hombro derecho pesaba tan poco que podría haber estado vacía, pero cada paso que daba por la oscura calle Quince Noroeste era lento y trabajoso, como si el miedo y la ansiedad fueran una carga física.

El pase para el edificio que albergaba la oficina de campaña le proporcionaba acceso las veinticuatro horas, pero era inusual que apareciera un empleado tan cerca de la medianoche, cuando la oficina estaba cerrada y sin personal. Obviamente, suscitaría preguntas, pero Vanessa debía correr ese riesgo.

Había preparado una excusa por si le pedían explicaciones sobre su visita nocturna. Vanessa tendría que entrar y salir lo más rápido posible, el tiempo justo para ir hasta su mesa, coger las llaves que había olvidado y marcharse.

Eso le dejaba muy poco tiempo para lo que en realidad había ido a hacer allí.

Cuando entró en la planta baja del edificio, tenía palpitaciones. Su llave electrónica deshabilitó la cerradura automática del gran panel de acceso nocturno, situado junto a la ahora inmóvil puerta giratoria.

Lo primero que le llamó la atención fue lo distinta que era

la planta baja por la noche. La falta de luz solar entrando por las ventanas panorámicas que daban a la calle y el hecho de que el vestíbulo de recepción pareciera más grande —una ilusión que obedecía a la ausencia de sus habituales multitudes de trabajadores— creaban una atmósfera extraña.

Era un efecto que no ayudaba a su ya elevado estado de nerviosismo.

En el mostrador de recepción solo había un guardia. Era el turno de noche en la zona de entrada, y desempeñaba una labor que durante el día recaía en cinco hombres. Vanessa no lo reconoció, lo cual era comprensible: casi nunca interactuaba con el personal de seguridad de esa planta. Sin embargo, esta noche no tenía otra opción.

Vanessa mostró su identificación al acercarse a la barrera de vidrio que separaba el vestíbulo de acceso público de los ascensores, una zona más segura.

—Soy de la oficina del senador Grisham, en el tercer piso —dijo—. Tengo que recoger unas cosas de mi escritorio.

—¿Nombre?

—El mismo que en la tarjeta. —Dio unos golpecitos a la barrera con su llave electrónica, una acción que abriría la puerta de vidrio y transmitiría sus credenciales a la pantalla del guardia. Vanessa confirmó lo que sabía que él ahora podía ver—: Vanessa Price.

El guardia no dijo nada más y emitió un gruñido que Vanessa interpretó como un permiso para subir a la oficina de campaña.

Menos de treinta segundos después estaba saliendo del ascensor. Giró a la izquierda como hacía cada mañana y, para su sorpresa, vio que, en el pequeño mostrador de seguridad del tercer piso, situado entre la zona de los ascensores y la entrada a la oficina de campaña, también había alguien.

Era David Hewitt, con una amplia sonrisa en el rostro. Vanessa supo de inmediato que la estaba esperando: los monitores que ocupaban gran parte de su mesa habían anunciado su llegada en cuanto entró en el ascensor y pulsó el tres.

—Un poco tarde, ¿no, cariño?

Tratando de disimular su nerviosismo, Vanessa le devolvió la sonrisa.

—Lo sé, lo sé. ¿Te puedes creer que me olvidé las llaves?

—¿Y no te has enterado hasta ahora?

—Sí, bueno... Es que... he tenido una cita. No sabía que trabajaras hasta tan tarde.

—A veces. Cuando tengo mala suerte. Pero mi turno acaba dentro de cinco minutos.

A Vanessa la invadió la duda, pero entonces cayó en la cuenta de que la presencia de Hewitt podía ser útil. Estar prevenido era estar protegido.

—¿Hay..., hay alguien más ahí, David?

Hewitt frunció el ceño al oír la pregunta. O, más probablemente, frunció el ceño por cómo la había formulado.

—¿Estás bien, Vanessa?

—Sí, claro.

—¿Seguro?

—Solo estoy..., estoy cansada. Ha sido un día largo y no esperaba tener que volver aquí tan tarde.

Hewitt asintió, pero, en lugar de su habitual sonrisa, adoptó una expresión seria que Vanessa interpretó como lo que era: el guardia no se había creído una sola palabra, pero tampoco tenía intención de echarle en cara que hubiese mentido.

—Bueno, ahora mismo no hay nadie, pero entran y salen incluso a esta hora de la noche. Así que, sea lo que sea que no quieres que vean, será mejor que te des prisa.

—De verdad, no estoy evitando...

—Déjalo, cariño. Ve ahora que puedes.

Vanessa forzó una sonrisa, sintiéndose agradecida, y no por primera vez, de haber trabado amistad con Hewitt. Era evidente que no se creía nada de lo que le había dicho, pero tampoco parecía importarle.

Cuando entró, la iluminación principal de la oficina de campaña estaba apagada, y decidió dejarla así: la luz ambiental de una sala llena de pantallas y dispositivos le permitiría moverse con facilidad. Fue directa a su puesto, abrió la mochila y vació el contenido sobre la mesa.

Cada elemento del pequeño montón que tenía delante se lo había facilitado Bickers, pero no era material del Servicio Secreto. Sin una orden para llevar a cabo una investigación, Bickers había comprado dispositivos de vigilancia especializados pero fáciles de encontrar.

A Vanessa la sorprendió el nivel de la tecnología a la que podía acceder la ciudadanía. Para ella, los bolígrafos, los alfileres y los discos magnéticos —incluso tres cargadores USB totalmente operativos que incorporaban dispositivos de grabación en su interior— eran más propios de una película de James Bond. Sin embargo, todos funcionaban igual de bien que en el cine, y se dio cuenta de que era uno de los pocos aspectos en los que Hollywood restaba importancia a la vida real y hacía que lo cotidiano pareciera especial.

Ninguno de esos artilugios, le explicó Bickers, estaba a la altura de los dispositivos profesionales. A diferencia de la tecnología mucho más avanzada que utilizaban en una misión oficial, el material adquirido en tiendas tenía sus limitaciones.

A falta de ese tipo de intervención, los dispositivos eran más que aptos para su propósito. Los bolígrafos eran como cualquier otro, mientras que los alfileres eran tan pequeños que podían mezclarse con un montón de clips y pasar desapercibidos aunque ese montón se hubiera agotado. Los discos magnéticos no eran tan discretos, pero solo cuando estaban a la vista; cuando se instalaban debajo de un objeto metálico, como el reposabrazos de una silla o el soporte de una estantería, probablemente eran los más invisibles de todos.

En todo caso, la cantidad de material que Bickers le había proporcionado era excesiva, pero él y Vanessa coincidían en un principio esencial: si iban a hacer aquello, más valía que lo hicieran bien.

Vanessa se puso a trabajar de inmediato, dejando bolígrafos en los botes de las mesas más visitadas por Katie Braid y alfileres cerca de cada dispensador de agua y hervidor, adhiriendo discos magnéticos a la parte inferior de varios objetos metálicos que eligió al azar y colocando los cargadores USB en los dos despachos que se encontraban al final de la zona diáfana. Durante todo el proceso, su paranoia no disminuyó en ningún momento. Había mirado hacia la recepción cien veces, con los cinco sentidos alerta por si percibía un ruido o incluso una sensación que pudiera indicar interrupciones.

Estaba tardando más de lo planeado —casi cinco minutos, gracias a la hipervigilancia y a un esfuerzo adicional con los discos metálicos—, pero seguía dentro del margen que se había dado para que el motivo de su presencia allí resultara verosímil si alguien preguntaba.

El esfuerzo hizo que respirara trabajosamente y el estrés le provocaba palpitaciones, pero empezó a calmarse cuando la tarea hubo concluido.

Una calma que duró apenas unos segundos.

Con la oficina vacía, la voz de David Hewitt sonó lo suficientemente fuerte como para que Vanessa no solo pudiera oírla desde el pasillo, sino que incluso entendiera lo que decía: estaba saludando a otros miembros del personal de Grisham. Vanessa había salido del despacho privado de Katie Braid apenas dos segundos antes y, ansiosa como estaba, comprendió de inmediato el inusual volumen de Hewitt: era una advertencia.

Presa del pánico e incapaz de pensar con claridad, se acercó rápidamente a las mesas situadas cerca de la pared del fondo. Una vez allí, se puso a gatas y se escondió en el cubículo más alejado mientras los recién llegados encendían las luces generales de la oficina.

Se arrepintió de su decisión al instante. Había urdido una excusa para estar allí, y esconderse no formaba parte del plan. Tenía intención de dar explicaciones a quien pudiera encontrarse. Con ese fin, había guardado las llaves encima del resto del contenido de su bolso para que pareciera que acababa de cogerlas, pero en el fragor del momento había hecho algo completamente distinto.

«Quizá sea lo mejor —pensó—. Si Hewitt no me ha creído, ¿por qué iban a hacerlo ellos?».

Por si no bastaba con que se hubiera parapetado tras las mamparas en lugar de anunciar su presencia, estaba en la oficina con las luces apagadas y no podía rectificar ninguna de las dos cosas.

No podía ofrecer una explicación inocente.

Así pues, no tenía más opción que salir de allí sin ser vista.

Intentó contener la respiración y no hacer ruido. Era esencial si quería pasar desapercibida —en el silencio casi absoluto que reinaba en la sala, cualquier sonido sería detectado— y tener alguna posibilidad de calcular cuántos habían entrado y dónde estaban en ese momento.

Sin aliento tras haber colocado apresuradamente los dispositivos de escucha de Bickers, sus pulmones reclamaban aire y las palpitaciones le impedían oír bien.

Se quedó totalmente quieta y trató de concentrarse en las voces que se movían más adentro. Tardó unos segundos en poder ignorar su ruido interno y aislar lo que necesitaba oír.

Parecía que eran dos hombres, pero no podía reconocer a ninguno.

Por el momento, ambos se encontraban en el centro de la sala.

Vanessa sopesó sus opciones por última vez. Podía quedarse donde estaba y escuchar o podía intentar llegar a la puerta sin ser vista.

En realidad, no había elección.

Las voces no parecían moverse —según los cálculos de Vanessa, se encontraban media sala a su izquierda y a la misma altura que ella—, por lo que creyó que podía ponerse en marcha. Lo hizo lentamente, caminando a gatas y procurando no hacer ruido ni tocar nada que no fuera la delgada y práctica moqueta.

Tardó varios minutos en llegar silenciosamente hasta la última mesa, situada a escasos metros de la entrada de la oficina, pero en el lado opuesto. Hasta el momento había sido un ejercicio prolongado pero sorprendentemente indoloro. Cuando Vanessa echó un vistazo desde la esquina de la mesa, vio que eso estaba a punto de cambiar.

Se había equivocado. No había dos personas en la sala, sino tres, y la tercera era *muy* visible desde su ubicación. El hombre estaba junto a la puerta que separaba la oficina del pasillo, lo cual acabó con cualquier esperanza de poder huir.

Aquello le disparó aún más el pulso, y notaba dolorosas palpitaciones en una vena de la sien derecha. Seguir avanzando era peligroso: el riesgo de ser vista por el tercer hombre era tan grande que casi podía considerarlo una certeza. Y, aunque lo lograra, no había forma de pasar a su lado.

Vanessa estaba atrapada.

La batalla por controlar la respiración resultaba más difícil a medida que la invadía la desesperanza de su situación. Creía que si podía moverse de un cubículo a otro —había tres más entre aquel y la pared del fondo—, podría utilizar cada uno de ellos como escondite para el siguiente.

El problema era cómo hacerlo sin ser vista. Empezaba a darse cuenta de que era sencillamente imposible.

Vanessa notó que acechaba la desorientación. Aún no estaba allí, era más una sensación que un estado, pero era inminente. También notó que su respiración se volvía irregular, y el sudor frío que le empapaba la nuca chocaba con el calor de su cuerpo.

Vanessa sabía lo que estaba sucediendo. Estaba sufriendo un ataque de pánico.

Era lo único que no podía permitirse.

Trató de reprimirlo utilizando todos los trucos imaginables. Sabía que era solo cuestión de tiempo, pero tenía que demorarlo tanto como pudiera. Su cuerpo se estaba inundando de adrenalina y, sin un lugar donde ir, esa adrenalina estaba a punto de paralizarla.

Luchar o huir.

Tenía que hacer una de las dos cosas. No hacer nada era rendirse al frenesí interno. Sin embargo, no veía opciones para ninguna de ellas y empezó a marearse.

De repente, todo pasó, y el tiempo pareció ralentizarse cuando Vanessa vio que había llegado su oportunidad.

Fue la voz de David Hewitt la que se impuso a la batalla que estaba librando con su propio sistema nervioso. La hizo asomarse por el borde de la mampara y, al hacerlo, vio que el tercer hombre estaba de espaldas a la oficina, mirando a Hewitt.

—Solo quería comprobar que todo va bien antes de irme.

Vanessa oyó las palabras de Hewitt, pero su efecto era más importante que su significado. Su llegada había desviado la atención de los tres hombres, y los dos primeros se unieron al tercero en el umbral, todos ellos de espaldas a Vanessa.

No dudó ni un instante. Al ver su oportunidad, se levantó de un brinco y, manteniéndose agachada, corrió tan rápido como pudo, dejó atrás el siguiente cubículo y entró en el tercero. Al hacerlo, cruzó una mirada con Hewitt, que no reaccionó.

—¿Qué haces aquí? —preguntó uno de los dos primeros—. El turno de seguridad del tercer piso acabó hace quince minutos.

—Lo sé, lo sé. Suele ocurrirme. Estoy escribiendo un libro. Por eso me dedico a esto; por la paz y la tranquilidad. En fin, me enredé con un capítulo y perdí la noción del tiempo.

Hewitt no apartó la mirada de los tres hombres, sin dar ninguna pista de lo que pudiera estar ocurriendo detrás de ellos.

—¿Queréis echar un vistazo, chicos? —continuó—. Lo tengo todo en el portátil. Siempre estoy abierto a opiniones.

Vanessa supo instintivamente lo que estaba haciendo Hewitt: estaba distrayéndolos y canalizando su atención hacia el mostrador de seguridad, situado en el pasillo. Como treta, tal vez no duraría más de un segundo, pero funcionaría: la naturaleza humana dictaba que los tres hombres mirarían hacia el punto al que él había señalado.

Y un segundo era todo cuanto necesitaba Vanessa. En un instante había llegado al último cubículo.

—¿Lo dices en serio, viejo? —preguntó el mismo hombre—. ¿Por qué coño íbamos a querer ver tu libro? Estamos ocupados. Lárgate a casa.

Hewitt puso cara de decepción, y Vanessa estaba convencida de que formaba parte de la farsa, sobre todo porque sabía que Hewitt no había escrito una línea de prosa en su vida.

—Sí, lo siento. Qué tonto soy. ¿Por qué ibais a querer verlo? En ese caso, tengo que enseñaros una última cosa antes de irme.

—¿Qué? —repuso el mismo hombre, cuya poca paciencia se estaba agotando—. Por el amor de Dios...

—Será solo un segundo, pero tenéis que verlo. Está al fondo de la sala.

—¿Qué cojones...?

—Vamos. Será un momento.

Hewitt entró sin añadir nada más. Tras pasar entre los tres hombres, se dirigió con determinación hacia el extremo opuesto de la oficina, donde se encontraban los despachos privados.

Una vez más, los tres hicieron lo que resultaba más natural: seguirlo.

Eso dejó la puerta libre.

A Vanessa le habría encantado oír las mentiras que estaba a punto de contar su amigo, pero solo tenía en mente su propia seguridad.

Hewitt le había puesto una oportunidad en bandeja y no iba a desperdiciarla.

Segundos después, salió de la oficina y, evitando el ruido y la espera del ascensor, empezó a bajar los escalones de dos en dos, con la mochila ahora vacía colgando del hombro.

52

Hamburgo
República Federal de Alemania

1 de octubre de 2025
Miércoles

Eran pasadas las diez de la mañana cuando Georg salió del dormitorio de Freya y entró en la zona del apartamento que hacía las veces de salón. Llevaba unos pantalones cortos de dormir y una camiseta que Freya le había dejado la noche anterior.

Estaba agotado, pero agradecido por las cuatro horas de sueño.

Habían llegado al apartamento de Freya a las cinco y media de la mañana, tras un viaje de cinco horas desde la furgoneta Ford Transit que ardió en el Parque Natural de Taunus. El largo trayecto había permitido a Brogan poner al día a Georg sobre todo lo que había visto y oído en la mansión de Odessa. Sumado a lo que habían averiguado interrogando a Richard Krantz, ambos estaban seguros de lo que se avecinaba y de que tenían que impedirlo.

Lo que ninguno de los dos sabía era cómo.

La intención de Georg cuando llegaran a casa era despertar a Freya y a su abuelo y explicarles sus descubrimientos, pero Brogan lo desestimó. No sabrían nada más en unas horas, dijo, lo cual les daba la oportunidad de dormir un poco.

Una oportunidad que ambos debían aprovechar.

Como empezaba a ser habitual, Brogan tenía razón. Georg

apenas se había quitado la ropa sucia cuando se quedó dormido y, a juzgar por el estado de las sábanas, no se había movido ni un centímetro antes de abrir los ojos hacía unos minutos.

No le sorprendió encontrar a Brogan a pleno rendimiento, sentado a la mesa de la cocina con Peter Miller. Ambos estaban enfrascados en lo que parecía una conversación profunda.

—¿Dónde está Freya? —preguntó mientras acercaba una silla a la de su abuelo.

—Trabajando —respondió Peter—. Cada vez estamos más en el punto de mira. No puede correr el riesgo de tomarse tiempo libre por si alguien ata algún cabo que nos perjudique.

—¿Qué quieres decir con que estamos en el punto de mira?

—Anoche, las autoridades encontraron el cuerpo de Klein. El suyo y el de su pareja. No sé cuándo exactamente, pero ha salido en los informativos de esta mañana. Y los medios de comunicación ya lo han relacionado contigo.

—Mierda.

—Y hay algo más —añadió Peter—, porque también han denunciado mi desaparición.

—Oh, por el amor de Dios.

—Es una noticia bastante candente: periodista célebre a la fuga, cuatro muertos y abuelo famoso que no aparece por ninguna parte. Ahora mismo te pintan como el enemigo público número uno, Georg. Debemos mantenerte oculto todo el tiempo que podamos. ¿Estás seguro de que no te han visto los vecinos?

—¿Qué vecinos? Esta urbanización está prácticamente vacía.

—Aun así, debemos asegurarnos de que no te vean. Ahora más que nunca.

Georg asintió, abrumado por otro problema que no necesitaban, e hizo todo lo que pudo por ignorarlo, al menos por el momento. Quedaban menos de cuarenta y ocho horas para el día de la Unidad.

—¿Scott te ha contado todo lo que pasó anoche? —preguntó Georg.

—Creo que sí. ¿Estáis seguros sobre el día de la Unidad?

—Sí, lo estamos.

—¿Lo suficiente como para informar a la policía?

—¿Cómo vamos a hacerlo? —preguntó Georg—. ¿Qué pruebas tenemos?

—De acuerdo —dijo Brogan—. Sin algo tangible, y suponiendo que no nos topemos con un muro de Odessa dentro de la policía, no podemos guiarlos en ninguna dirección. No conocemos la naturaleza del ataque previsto, ni tampoco la hora o la ubicación exacta. Lo máximo que conseguiremos es que nos detengan a ambos y que el viernes se demuestre que teníamos razón. Eso si sobrevivimos tanto tiempo bajo custodia.

Peter se recostó en la silla. Parecía decepcionado.

—Entonces ¿dónde nos deja eso?

—Estamos esperando el nombre del dueño de esa propiedad —respondió Georg.

—¿Y qué pasará cuando lo sepáis? ¿Lo mataréis? ¿De verdad creéis que matar a un solo hombre acabará con Odessa? —dijo Peter con cinismo—. ¿Con todo lo que ahora sabemos sobre ellos? ¿Con todo lo que pasó antes?

—No creo que matarlo acabe con nada, *Opa*. —Georg ya había pensado en esa pregunta—. Pero sería un revés lo bastante grande como para desbaratar sus planes. Está claro que la intención es que ese tipo dé un paso al frente cuando llegue el momento. Si no está allí, si no anda cerca para aparecer como una especie de mesías nazi en el momento adecuado, necesitarán un nuevo plan. Y es un plan que no podrán urdir de aquí al viernes. Averiguar quién es ese tipo y dejarlo fuera de juego es la mejor opción que tenemos para impedir el atentado el día de la Unidad.

—¿No crees que hay otros, todos ellos preparados para ocupar su lugar?

—Por supuesto que los hay. Pero ¿con un día de margen? Recuerda con quién estamos tratando. Esos cabrones no solo eligen líderes. Construyen ideologías enteras alrededor de ellos. El *Führer* es más un papa que un presidente, un hombre cuya palabra es absoluta. No van a encontrar otro de la noche a la mañana.

—Exacto —intervino Brogan, tomando las riendas de la explicación—. Por lo que vi anoche, Klein nos contó la verdad. Odessa *es* el Partido Nazi original. Y eso lo convierte en una secta que, igual que siempre, gira tanto alrededor de la personalidad del *Führer* como de la propia filosofía nazi. Es la base sobre la cual han planeado todo esto durante décadas. Hitler otra vez. ¿Supondrá eso un obstáculo a largo plazo para Odessa? Por sí solo, no. Pero seguro que nos da tiempo, y el tiempo genera oportunidades.

—¿Qué quieres decir con oportunidades? —preguntó Peter.

—Quiere decir que la arrogancia y la autocomplacencia que están demostrando ahora mismo responden a lo cerca que estamos del día de la Unidad. —Georg estaba entusiasmado. Las teorías que habían compartido él y Brogan durante su regreso a Hamburgo parecían verosímiles—. Creen que lo que los hace imparables es el hecho de que sea demasiado inminente como para que alguien pueda evitarlo. Pero ¿qué pasa si esa «cosa» *no* sale como estaba previsto? Puede que en ese caso esos problemas que ahora no les preocupan —la intervención de otros países y redes de espionaje internacionales en los que no tienen influencia— vuelvan a ser muy reales.

—Entonces ¿por qué no podemos hacerlo ya? —preguntó Peter—. ¿Por qué no podemos acudir hoy a esas otras organizaciones?

—Por la misma razón por la que no podemos acudir a la

policía —respondió Brogan—, aunque excluyendo el problema de la infiltración de Odessa. No tenemos absolutamente nada que ofrecerles. No podemos hablar con nadie hasta que tengamos pruebas tangibles.

—Y eso solo nos deja una opción —concluyó Georg—. Como dijo Scott: tenemos que cortarle la cabeza a la serpiente.

53

Las horas posteriores a la sesión informativa de la mañana fueron un infierno para Georg. No estaba acostumbrado a no hacer nada, pero ahora solo podían dejar pasar el tiempo.

Brogan había dormido un rato en la cama de Freya para compensar las horas que había perdido formulando la estrategia durante la tranquilidad de la mañana. Por su parte, Peter estaba descansando en la habitación de invitados. La edad empezaba a pasarle factura debido al esfuerzo de los últimos días. Su ausencia dejó a Georg solo en el apartamento, y tenía demasiados estímulos mentales como para desconectar.

Intentó llenar las horas lo mejor que pudo.

Primero examinó el teléfono de Richard Krantz. Tras acceder a la aplicación *Grupo de hermanos*, buscó la cuenta de Krantz, pero vio con frustración que este había sido más cuidadoso que Klein. El juego se abría sin problemas, pero aquella versión no llevaba directamente al grupo personal de Krantz. Por tanto, Georg no tenía forma de saber cuál era su nombre de usuario.

Buscó una solución, pero a los diez minutos se dio cuenta de que estaba perdiendo el tiempo.

Sin pistas útiles o más ideas sobre los nombres que podría

haber utilizado Krantz, dejó el teléfono y encendió la televisión, algo que tampoco resultó ser un ejercicio beneficioso.

Ver una sucesión de noticias sobre su estatus como delincuente en busca y captura y especulaciones sobre lo que le había ocurrido a su abuelo no tranquilizó a Georg. Por el contrario, le recordó otro problema: en el caso improbable de que sobreviviera a los peligros que representaba Odessa, ¿cómo iba a resolver su implicación en los asesinatos?

Las muertes de los Ackermann podían ser refutadas, sin duda. Georg no se encontraba en Stuttgart cuando se produjeron, y las imágenes de las cámaras de vigilancia y la ubicación del teléfono móvil acabarían por demostrarlo. Pero ¿y Ben Klein y su pareja?

Georg sí estaba allí cuando murieron.

Participó en el asesinato. No podía negarlo.

La única salida era justificarlo, denunciar a Odessa. Como si necesitara una motivación más.

Media hora fue todo lo que Georg pudo aguantar antes de apagar la televisión. Después de eso, no tenía nada que hacer. No podía encender el teléfono sin activar los avisos del GPRS que lo ubicarían de nuevo en Hamburgo. No podía acceder a ninguna de sus cuentas personales en línea —correos electrónicos o redes sociales— desde el ordenador de casa de Freya sin arriesgarse a desvelar su dirección IP. Y, por supuesto, no podía salir, teniendo en cuenta que su rostro estaba en las pantallas de todos los televisores, ordenadores y teléfonos de la ciudad.

Eso le dejaba solo el silencio del apartamento y los ensordecedores engranajes de su mente.

Tres horas después, Georg seguía sentado en el sillón de cuero de Freya, su inquietud y paranoia en un punto álgido tras demasiado tiempo pensando. Había repasado mil veces todo lo que sabían. Había revivido todo lo que le había sucedido desde el sábado. Y había analizado cada posible ángulo y conclusión.

Nada de ello había mejorado su estado anímico o mental.

El sonido de las llaves en la puerta del apartamento lo sobresaltó y, algo que no había sucedido en varias horas, lo distrajo de sus pensamientos. Era Freya, que dejó el bolso y corrió hacia él sin decir una palabra. Luego le rodeó el cuello con los brazos y lo abrazó con fuerza, y, por primera vez desde que había despertado, Georg se sintió feliz.

Inhaló el aroma de su cabello y su perfume favorito, una combinación que por alguna razón aplacó la fuerte ansiedad que lo atenazaba.

—Vaya, qué recibimiento —dijo.

—Es un alivio verte en persona, sobre todo después de haberme pasado medio día viendo solo tu cara en la pantalla.

—Entonces ¿sigo protagonizando informativos?

—Si no fuera por lo que pasó en el MHP Arena, serías la única noticia, sobre todo ahora que Peter está en la lista de desaparecidos.

—¿Alguien ha dicho que podría estar conmigo de forma voluntaria o todos dan por hecho que también lo he matado?

—¿Acaso importa?

—Es solo por morbo, como si pudieras leer tu propia esquela.

—Bueno, hasta ahora no he oído a nadie decir lo primero.

—Así que ¿es cien por cien seguro que he matado a mi *Opa*?

—Me temo que sí.

—Es bonito saber que todos tienen tan buen concepto de mí. —Georg miró el reloj de pared—. Son casi las dos de la tarde. ¿Por qué has vuelto a casa tan temprano?

Inquieto por la posible respuesta, se apartó de Freya.

—Por varias razones. Primero, creo que tenemos que desalojar el apartamento hoy mismo. Esta tarde.

—¿Por qué?

—He recibido llamadas. Sobre ti. Para preguntar si yo estaba bien y expresar su incredulidad.

—¿Llamadas de quién?

—¿Tú qué crees? De Jane, Adele y Sophia. Y Frank y Carina. De todos los que saben lo nuestro.

Georg asintió. Era una lista corta, pero también completa.

—¿Y qué les has dicho?

—Que habíamos roto hace tres semanas. Que actuabas de forma extraña y ya no me sentía segura, así que lo dejé.

—Eso será maravilloso de cara a mi defensa.

—Ya nos preocuparemos de ello cuando llegue el momento, pero era mejor que la alternativa. Si les hubiera dicho que seguíamos juntos y no lo hubiera exagerado todo, ¿crees que no habría ninguna posibilidad de que al menos uno de ellos llamase a la policía y les diera esta dirección?

—Si les has mentido, ¿por qué tenemos que irnos?

—Porque igualmente hay muchas posibilidades de que la policía hable con uno de ellos. También son amigos tuyos, Georg. Pueden localizarlos en las redes sociales. La policía ya ha hablado con toda la plantilla, incluyéndome a mí. No tardarán mucho en ampliar el radio, si es que no lo han hecho ya. En el momento en que hablen con algún amigo que sepa lo nuestro, estamos acabados, sobre todo porque se darán cuenta de que les he mentido. Puede que no ocurra hoy, Georg, pero cabe esa posibilidad. No podemos arriesgarnos.

Georg reflexionó sobre la nueva información y valoró las repercusiones. Para él, Brogan y su abuelo. Y para Freya, que en ese momento era su máxima preocupación.

—¿Te das cuenta de que, en cuanto sepan que les ocultaste nuestra relación, estarás implicada?

—Lo hecho hecho está. Y ¿cuándo no he estado contigo hasta el final, Georg Miller?

Georg sonrió. La mera posibilidad de estar poniendo en peligro a Freya le revolvía el estómago, pero competía con otro sentimiento: su alivio por que pareciera amarlo tanto como él la amaba a ella.

Se inclinó hacia delante, le puso las manos en las mejillas y la besó suavemente en los labios. Luego se apartó de nuevo.

—Creo que será mejor que despertemos a Scott y al abuelo.

—Supongo que sí. Pero antes ¿no quieres saber la otra razón por la que he llegado tan temprano?

—Lo siento, olvidaba que había más de una.

Sin mediar palabra, Freya hurgó en el bolso y sacó dos delgadas carpetas de anillas y le tendió una a Georg.

—¿Qué es?

—La información que me pediste. El nombre del dueño de la mansión.

54

—Es él. —Brogan estaba mirando una fotografía que le había entregado Freya—. Es el tipo al que todos adulaban anoche.

—Se llama Leo Renner —explicó Freya—. Es el consejero delegado de una importante empresa tecnológica llamada Medusa y uno de los hombres más ricos de Alemania.

—Eso explica la casa. —Brogan se pellizcó el tabique nasal para intentar ahuyentar el sueño—. ¿Cómo lo has encontrado?

—Pedí algunos favores a mis contactos en las Islas Caimán. Allí es donde están registradas todas las empresas que son dueñas de las empresas que son dueñas de las empresas que son dueñas de la casa. Resulta que, si dispones del acceso adecuado para indagar un poco más, todas esas empresas son propiedad de Medusa. Confían en que no mucha gente tenga ese acceso.

—Pero ¿tú sí?

—Mi amiga. Y me debía un favor.

—Entonces, si ese lugar es propiedad de Medusa, ¿básicamente significa que es propiedad de Renner?

—En última instancia, sí. No es el único accionista de Medusa, pero como si lo fuera. Es una empresa privada y él posee el ochenta y uno por ciento.

—Así que su negocio también es una autocracia —observó Georg—. Parece que tiene un poco de complejo.

—¿Por qué no he oído hablar nunca de ese hombre si es tan rico como dices? —preguntó Brogan—. Un multimillonario de ese nivel normalmente es muy conocido.

—Y lo es —respondió Georg—, pero solo aquí. Es famoso por sus negocios, pero incluso más por su filantropía. Ese hombre dona cientos de millones de euros a organizaciones benéficas en toda Alemania. Es, con diferencia, el mayor donante del país, pero también es descaradamente germanocéntrico. Todo lo que hace Medusa, cada faceta del negocio, sucede en Alemania. Toda la fabricación y toda la infraestructura. Y adopta el mismo enfoque con la filantropía. Todas las organizaciones benéficas que posee o apoya son alemanas.

—Un mesías nacionalista —comentó Peter Miller—. Si alguien ha de ocupar un vacío político, ¿quién mejor que un hombre que lleva más de una década velando solo por los intereses de su país?

—Especialmente si es un hombre que no ha hecho una sola declaración política en todo ese tiempo —añadió Georg—. Renner es famoso por eso. Se ha negado sistemáticamente a pronunciarse sobre sus inclinaciones políticas. En ese aspecto, es una pizarra en blanco.

—Bueno, está claro que en la vida real no lo es —respondió Brogan—. La única pregunta ahora es cómo llegamos hasta él.

—Esa parte no es tan sencilla —explicó Freya—. La misma colección de empresas que rastreé hasta las Islas Caimán es dueña de activos inmobiliarios en todo el mundo, incluyendo varias residencias en Alemania. Y, si esas empresas son las propietarias, significa que, en última instancia, lo es Medusa.

—Lo cual también significa que podría estar en cualquiera de ellas en cualquier momento —dijo Georg.

—Exacto. Ayer noche no encontrasteis *su* casa; encontrasteis *una* de ellas.

—Mierda.

—¿Qué más tenemos? —preguntó Brogan—. ¿Hay algo más en su historia que pueda vincularlo a Odessa o a los nazis, algo que podamos utilizar?

—En cuanto a lo segundo, definitivamente no —respondió Freya—. Apenas tiene cincuenta años; los nazis habían desaparecido tres décadas antes de que él naciera. Desaparecido públicamente, quiero decir. En cuanto a alguna prueba irrefutable sobre Odessa, no he visto nada, pero puede que tú tengas mejor ojo para eso que yo. Todo lo que pude encontrar está en el informe. ¿Por qué no echas un vistazo?

—Vale la pena intentarlo.

Brogan cogió el informe que le ofrecía Freya, quien tendió la otra carpeta a Peter. Igual que Brogan, este tenía pocas pertenencias en el apartamento, así que no necesitaba prepararse para partir.

—¿Qué hay en este? —preguntó Peter.

—Una investigación que hice sobre los hermanos Krantz para mantenerme ocupada. No sé si habrá algo de utilidad, pero algunas cosas son interesantes. Incluso yo he entendido cómo llegaron a Odessa. Echa un vistazo.

Georg tardó cinco minutos en coger lo que necesitaría antes de abandonar el piso, y Freya apenas cinco más. Le sorprendió su falta de sentimentalismo por lo que estaba dispuesta a dejar atrás.

—¿Estás segura de que no quieres llevarte nada más? Puede que no volvamos a ver este lugar.

Freya se acercó y le dio un abrazo, situando su rostro cerca del de él.

—No lo creo. Y, si me equivoco, tendremos que empezar de cero.

Freya lo besó en la mejilla y fueron al salón. Desde allí podían ver a Brogan y a Peter, que ahora estaban sentados a la mesa de la cocina. Brogan ocupaba la silla contigua a Peter, lo cual les permitía ver el informe del otro.

Ambos parecían mucho más positivos que antes, lo cual infundió a Georg un optimismo momentáneo.

—¿Qué habéis encontrado?

—¿No decías que Renner nunca había hecho nada abiertamente político? —preguntó Brogan.

—Y no lo ha hecho.

—Entonces ¿cómo explicas este proyecto de aldeas de bien común?

—¿El qué? Ah, mierda. Sí, lo había olvidado por completo. Fue hace años.

—¿Qué son? —preguntó Freya.

—Es una idea muy vieja —respondió Georg—, un experimento social que fue noticia durante cinco minutos. E, incluso entonces, Renner solo participó de forma tangencial.

—Vale. Pero ¿qué es?

—Era un grupo de comunidades autosuficientes. Se construyeron unas treinta en todo el país, y supuestamente estaban fuera de la regulación local y la supervisión federal. Básicamente eran pequeños pueblos o aldeas idílicos, en cierto modo aislados del mundo exterior, en la medida en que eso es posible, y a los que se permitía prosperar. Fue una de las primeras cosas que Renner financió públicamente. Dijo que como experimento social le interesaba, pero no eran propiedad suya. Y no fue el único que puso dinero o impulsó la idea. El asunto murió bastante rápido.

—O al menos querían que el mundo pensara eso —precisó Brogan—. Entonces ¿por qué Medusa sigue financiándolo quince años después?

—¿Qué?

—Cada año, Medusa destina millones de euros al proyecto de aldeas de bien común.

—¿Me estás diciendo que aún existen?

—Tiene toda la pinta, desde luego. Y el hecho de que tú, siendo periodista, no lo sepas nos dice que alguien está gastando mucho más dinero para mantener las aldeas fuera del ojo público.

—Pero eso no tiene sentido —observó Freya—. Si esas aldeas no eran lo que aparentaban, ¿por qué hubo tanta fanfarria cuando las crearon?

—No podían hacer otra cosa. —Georg estaba entusiasmado con la idea y el cerebro le iba a toda velocidad—. Si construyes treinta comunidades nuevas de golpe, pueblos enteros, no pasarán desapercibidas, así que te inventas una tapadera y aceptas la publicidad que genere. Controlas la narrativa. Luego, cuando el interés ha disminuido y ha pasado tiempo suficiente para poder decir que tu experimento ha acabado, dejas que el recuerdo muera y que las aldeas evolucionen hacia su propósito original.

—¿Y cuál es?

—Comunidades de Odessa —repuso Brogan—, creadas para entrenar, adoctrinar y cualquier otra cosa que necesiten. Esas aldeas son los semilleros de Odessa.

Georg reflexionó unos instantes sobre esa teoría. Tenía sentido, pero quedaba una pregunta importante.

—Suponiendo que estés en lo cierto, ¿en qué nos ayuda todo esto?

—Nos da una ubicación.

—¿Cómo? Hay treinta.

—Sí, pero solo una está a las afueras de un pueblo aislado a treinta kilómetros de Dresde. Y, si yo estuviera organizando un ataque de esa envergadura, querría encontrarme lo más cerca posible de Dresde, pero no *en* Dresde. Hay demasiadas posibilidades de que alguien descubra una operación si está siendo dirigida desde la propia ciudad.

Brogan volteó su informe hacia Georg y señaló con el dedo un nombre impreso en el centro de la página.

—Querría encontrarme en Meissen.

Georg dudó. La decisión le preocupaba.

—Es muy arriesgado, Scott. Una apuesta de locos por una teoría.

—Pero no es solo una teoría —intervino Peter—. Hay más.

Peter deslizó el informe hacia Brogan, junto con lo que parecía ser el teléfono de Richard Krantz.

—La investigación exhaustiva que ha hecho Freya sobre los hermanos Krantz —explicó Brogan.

—¿Qué le pasa?

—Ha respondido a un interrogante: el bisabuelo materno desaparecido.

—¿Tenéis un nombre?

—Sí. Por lo visto, no se perdieron los registros en la guerra, sino que la familia hizo cuanto estuvo en su mano por ocultar un vínculo que no quería que se hiciera público.

—¿Vais a decirme que están emparentados con Adolf Hitler?

—No vas mal encaminado, muchacho —respondió Peter—. Resulta que su bisabuelo materno era Reinhard Heydrich.

A Georg le sonaba el nombre, pero nada más.

—¿Y quién es ese, exactamente?

—Junto con Himmler, fue el mayor hijo de puta que dio jamás el Partido Nazi —explicó Brogan—. Otro fanático de las SS. Hitler lo describía como «el hombre con el corazón de hierro», y joder si se ganó ese título. Su cometido principal era erradicar la debilidad o la disidencia dentro del partido. Su unidad, el Sicherheitsdienst, era temida incluso por las SS.

—También se le puede considerar uno de los principales ideólogos del Holocausto —añadió Peter—. Existen más pruebas que lo relacionan a él que al propio Hitler. Presidió la Conferencia de Wannsee, donde se puso en marcha oficialmente la Solución Final.

—¿Por qué no se conoce más este asunto? —preguntó Georg—. El nombre me suena, pero no sabía nada.

—Lo mataron pronto —explicó Peter—. En 1942, acabaron con él unos combatientes de la resistencia checa cerca de Praga. Si hubiera vivido, solo Dios sabe lo tristemente célebre que sería.

—De acuerdo, pero ¿de qué nos sirve esto?

—Nos da un posible nombre de usuario. —Brogan sostuvo en alto el teléfono de Krantz—. Y acceso a cada palabra que esos hijos de puta hayan compartido en línea.

Le pasó el teléfono a Georg, que miró la plataforma de chat multibanda, ahora abierta.

Lo primero que le llamó la atención fue una palabra que aparecía en la parte inferior de la pantalla. El nombre de la empresa que creó la aplicación *Grupo de hermanos* era Medusa, un hecho casi irrelevante hacía cinco minutos que ahora cobraba un significado totalmente nuevo. Pero, en lugar de detenerse ahí, se fijó en el contenido de la barra lateral.

Había un sinfín de mensajes de varios usuarios, y dos de ellos resaltaron de inmediato: RHeydrich y RHeydrichII, los cuales habían publicado mensajes recientes que iban desde: «Hermano, por favor, contacta», hasta: «Richard, ¿dónde estás?». Haciendo caso omiso, Georg se centró en las palabras a las que había hecho alusión su abuelo.

Varias referencias a Dresde.

E, intercaladas entre ellas, algunas referencias a Meissen. Eran menos, pero aun así frecuentes.

Eso era suficiente para Georg.

Fuera lo que fuese que se avecinaba, la mejor oportunidad para impedirlo estaba allí.

55

Washington D. C.
Estados Unidos

Con intención de calmarse, Vanessa respiró hondo mientras se preparaba para levantarse de la silla, pero no sirvió de nada, como todo lo demás aquel día. Aun así, cogió una delgada carpeta que contenía cinco hojas, abandonó su cubículo y fue a la esquina más alejada de la sala, donde se encontraban las fotocopiadoras comunes.

Había elegido el informe basándose únicamente en su tamaño. Cinco páginas equivalían a un trabajo rápido, y un trabajo rápido era perfecto para una tarea que en sí misma era innecesaria: el acto de fotocopiar el contenido no era más que una excusa para deambular por la sala y echar un vistazo a los dispositivos de grabación que había colocado la noche anterior.

Vanessa sabía que era la cuarta vez que se levantaba, lo cual normalmente habría hecho en un turno completo de doce horas, pero no podía evitarlo. La ansiedad que le provocaban sus actos había alcanzado su punto álgido.

Intentó mostrar desinterés al dirigirse a las fotocopiadoras, con la cabeza gacha, como de costumbre, pero mirando de un lado a otro. Era imposible comprobar la colocación de todos los dispositivos sin seguir una dirección completamente errónea, pero estaba satisfecha con los que podía ver.

Esa confirmación no sirvió para acallar el miedo o contener los nervios. Faltaba poco para el almuerzo, así que aún quedaba un día entero para que alguien descubriera un dispositivo, y luego quién sabía cuántos días más.

Un minuto después estaba desandando la misma ruta con aquellas páginas insignificantes cuidadosamente archivadas en la delgada carpeta. Mientras avanzaba, observó la zona de trabajo diáfana, buscando alguna excusa para visitar el otro lado de la sala y poder realizar una inspección similar. No había ninguna justificación obvia y, no por primera vez aquel día, se dio cuenta de que tenía que quitárselo de la cabeza.

Lo que no se esperaba era que Katie Braid fuera a ayudarla con eso.

Braid entró en la oficina desde el pasillo exterior cuando Vanessa se acercaba a su asiento, y su habitual sonrisa falsa apareció como de la nada en cuanto cruzaron miradas. A Vanessa se le heló la sangre.

Durante mucho tiempo había considerado a Braid una serpiente.

Ahora la temía como a una serpiente lista para atacar.

—Hola, Vanessa. ¿Qué tal, tesoro?

—Bien, gracias. Un poco ocupada.

—Espero que no tanto como para que vuelvas a almorzar en tu puesto.

—No, hoy no. Hoy voy...

—Eso es lo que quería oír. Hoy vas a almorzar conmigo.

De repente, a Vanessa se le erizó el vello de las manos y los antebrazos.

—Me encantaría, Katie, pero estoy...

—Jovencita, a menos que sea un asunto de vida o muerte, cancélalo. Eres una de las mejores de esta oficina y te confiamos muchas tareas. Y vamos a seguir haciéndolo, así que es lo justo. Hace tiempo que deberíamos saber qué podemos hacer *nosotros* por ti.

—Pero Katie...

—Nada de peros. Coge tus cosas. Nos vamos ahora mismo.

Vanessa se quedó inmóvil cuando Braid pasó junto a ella y fue a su despacho. Sabía que no debía ir: su instinto de supervivencia se lo estaba diciendo. Y, sin embargo, ¿cómo iba a negarse? Porque ¿y si era una coincidencia? A fin de cuentas, Braid había mostrado mucha mejor disposición hacia ella últimamente.

Las preguntas amenazaban con abrumarla y era incapaz de tomar una decisión. Por eso seguía allí cuando volvió Braid, ya con la chaqueta y el bolso y lista para salir.

—No te pongas nerviosa, tesoro —dijo, agarrando a Vanessa del brazo y guiándola hacia la puerta—. Vamos a cambiar tu vida.

56

Vanessa no recordaba casi nada de lo que había dicho Braid desde que entraron en el ascensor del edificio hasta que se abrió la puerta del taxi en la avenida Nueva York Noroeste.

No obstante, dudaba de que su jefa se hubiera percatado de su actitud ausente. Las conversaciones que había mantenido con ella eran poco más que un espectáculo, una actuación unilateral en la que las respuestas obtenidas casi nunca afectaban al rumbo de lo que se estaba diciendo, y tampoco le importaba. En aquel momento solo podía pensar en una cosa, y era en su propia seguridad.

Prestando la atención justa a la cháchara insulsa y poco sincera de Braid para saber cuándo debía intercalar un «sí», un «no» o un «quizá», Vanessa había pasado cada momento del trayecto valorando sus opciones, decidiendo si debía huir y, de ser así, cuándo.

Pero comprobó con espanto que se había quedado paralizada a cada oportunidad.

Al salir del ascensor.

Al salir del edificio.

Al subirse al taxi.

Y sabía por qué: si el almuerzo *era* inocente, si el momento *era* una coincidencia, al huir estaría convirtiendo en enemiga a una jefa que parecía confiar en ella.

Esa incertidumbre persistente le había impedido correr riesgos, pero ahora, mientras la capital de la nación desfilaba junto a la ventanilla del taxi, estaba cada vez más convencida de que había cometido un error. Debería haber actuado, ahora lo sabía. Y, al no hacerlo, había decidido su suerte.

Mientras daba vueltas a todo ello, notó que el coche se detenía. Por un momento vio una oportunidad —la última oportunidad de huir—, y estaba a punto de hacerlo cuando vio quién había abierto la puerta del taxi: un portero que la saludó con una sonrisa y la invitó a entrar en el lujoso restaurante que había justo detrás de él.

Vanessa nunca había sentido semejante alivio.

L'Art Culinaire era un restaurante tan famoso que incluso Vanessa había oído hablar de él.

La sala diáfana estaba llena y era un lugar público.

«Si quisieran matarme —pensó—, jamás me habrían traído aquí».

La sonrisa que llevaba en el rostro al salir del taxi rojo era la más amplia que había esbozado en toda su vida. No podía hacer nada al respecto, y tampoco quería; su alivio se estaba manifestando como pura felicidad y no había nada que pudiera desanimarla. Solo esperaba que Braid lo interpretara como la emoción de ir a un lugar tan elegante.

—No puedo creer que vayamos a almorzar aquí —dijo sin aliento, esforzándose por orientar a Braid hacia la conclusión equivocada—. He curioseado muchas veces sobre este restaurante en internet.

—Ventajas de este trabajo, tesoro —repuso Braid—. Y solo van a mejorar.

Vanessa y Braid entraron en el local, donde fueron recibidas al momento por un *maître* de mediana edad que llevaba un traje perfectamente entallado. Luego cruzaron el salón, que estaba repleto. La energía nerviosa de Vanessa se disipaba a cada paso y fue recobrando la calma. Todos sus temores eran infundados.

Entonces lo vio.

La mesa de Toby Bennett se encontraba en el último tercio de la sala, una de las cinco que estaban situadas en puntos equidistantes con respecto al centro. El simple hecho de verlo le borró la sonrisa de la cara. Su cara gruesa, poco atractiva y perpetuamente sudorosa era indeseable en el mejor de los casos. Pero en ese momento era su mera presencia, más que su apariencia, lo que la hacía sentirse tan incómoda.

«¿Qué hace aquí?», pensó.

—Katie no te ha dicho que vendría.

Cuando llegaron a la mesa, Bennett se levantó de su asiento. Era poco más alto que Vanessa, pero lo que le faltaba en altura lo compensaba en anchura. Debía de pesar tres veces más que ella, un estado físico que lo hacía moverse con dificultad.

Sin esperar una respuesta a su afirmación, bordeó lentamente la mesa y cogió una silla para Vanessa mientras el *maître* hacía lo propio con Katie. Luego, Bennett se sentó antes de volver a hablar.

—Normalmente me ofende que alguien ponga mala cara nada más verme, pero creo que tú mereces el beneficio de la duda. Un almuerzo con el jefe no es plato de buen gusto incluso cuando sabes de antemano que estará presente. —Miró a Braid—. Katie, deberías haberla avisado.

—Pensaba que lo había hecho, de verdad. Pero ya me conoces, tengo muchas cosas que decir y muy poco tiempo.

—Eso no te lo cuestionaré nunca. Vanessa, ¿bebes?

—No a menudo.

—Pero no hay ninguna objeción firme que te impida acompañarnos con una copa de un excelente borgoña blanco, ¿verdad?

—No, señor.

—Llámame Toby.

Bennett miró al camarero para darle indicaciones, y el resultado fueron tres copas llenas y una botella en la cubitera más cercana, todo ello servido con tanta fluidez que Vanessa quedó impresionada a pesar de su renovada ansiedad.

—¡Salud!

Los tres hicieron un brindis y bebieron. Desesperada por algo que la calmara, Vanessa se aventuró a tomar un segundo trago.

—No me extraña —comentó Bennett—. Es exquisito.

Vanessa forzó una sonrisa.

—Fantástico.

Al ver que ni Bennett ni Braid decían nada más, Vanessa se preguntó si había cometido algún error de protocolo, pero al cabo de un momento se dio cuenta de que simplemente estaban esperando a que el equipo de camareros llevara las cartas. Cuando lo hubieron hecho, Bennett volvió a centrar su atención en Vanessa.

—Supongo que no has comido nunca aquí.

—No, nunca.

—De acuerdo. En ese caso, te ayudaré un poco. Es un plato, dos o tres. Si tienes mucha hambre, también puedes incluir una sopa después del entrante y un plato de queso después del postre. Es un poco cutre, pero nadie te juzgará.

—No, gracias. De verdad que no necesito tanto.

—No te apresures, Vanessa, porque debemos pensar en cuánto tiempo pasaremos aquí. Si va a ser un almuerzo rápido, con un plato bastará. Si vamos a quedarnos un rato, entonces deberíamos darnos un capricho y pedir tres. Pero todo eso depende de ti, ¿verdad?

Vanessa frunció el ceño y miró alternativamente a Bennett y Braid. Estaba confusa.

—No lo..., no lo entiendo.

—Me refiero a que depende de lo que pienses contarnos sobre lo que has estado haciendo. Si decides no hablar, entonces no tiene sentido que perdamos el tiempo aquí. En cambio, si nos lo cuentas todo, podemos almorzar como es debido.

Vanessa notó un escalofrío recorriéndole la columna vertebral. El tono de Bennett no había cambiado, pero, por alguna razón, su condescendencia resultaba amenazante. El modo en que había pasado de la conversación al interrogatorio fue tan natural que casi parecía inevitable, como si, para él, las amenazas y la violencia fueran herramientas de trabajo cotidianas.

—¿Nunca has pensado en por qué te mantuvimos en el equipo?

Vanessa todavía estaba demasiado aturdida para responder.

—Para poder vigilarte. Fuiste la única que se opuso a la política de partido de Johnson, la única que supo ver a través del espejismo que habíamos creado con tanto esfuerzo. No podíamos permitir que te fueras sin más y le contaras a quien estuviera dispuesto a escuchar lo equivocados que estábamos todos. Teníamos que mantenerte cerca.

—Pero ¿y Alice e Indira?

—Se quedaron para que tú también pudieras quedarte. Era mejor que creyeras que aquello era un intento ridículo de discriminación positiva. Estuvieron aquí mientras no representaron un peligro.

Vanessa miró a su alrededor. No podía creer que Bennett estuviera diciendo todo aquello tan abiertamente. Se sentía tan confusa que la cabeza le daba vueltas, cosa que la obligó a concentrarse más en sus palabras.

—Sabemos que has investigado las finanzas de la campaña y America Tomorrow —dijo Braid—. Sabemos de tu reunión con el agente del Servicio Secreto. Y ayer noche descubrimos tu pequeña operación de escuchas. Todo muy inspector Gadget, tesoro.

Vanessa notaba la sangre bombeando en la cabeza y la presión cada vez más alta, pero le sorprendió no tener síntomas de un ataque de ansiedad. Lo que sí sentía, lo que ahora amenazaba con engullirla, era furia.

—¿Y qué pensáis hacer al respecto? —preguntó en voz baja.

—Sabes de sobra qué pensamos hacer al respecto —respondió Bennett—. Pero primero nos dirás qué más has hecho. Con quién más has hablado. Con quién más estás trabajando. Queremos saberlo todo.

—¿O qué?

—Es mejor que no conozcas esa parte, créeme.

Vanessa sintió la adrenalina corriendo por sus venas al mirar fijamente a Bennett. La misma hormona que la había paralizado tantas veces en el pasado por fin iba a encontrar la salida que siempre había necesitado.

De repente, se incorporó y arrojó su copa de vino a la cabeza de Bennett. Este levantó la mano para protegerse y, al hacerse añicos, la copa le provocó un corte profundo en la piel. Vanessa no esperó a que se produjera el impacto; estaba de pie antes de que la copa lo hubiera alcanzado siquiera.

—¡Ayuda! —gritó, y sus palabras resonaron en las paredes del restaurante—. ¡Ayúdenme! ¡Van a matarme!

En el restaurante se hizo el silencio. Las conversaciones cesaron y todas las miradas se volvieron hacia ella.

—¡Por favor, van a matarme! ¡Llamen a la policía! ¡Hagan algo!

Vanessa mantuvo el volumen al máximo, amplificado aún más por el silencio absoluto que reinaba en el restaurante. Aun así, nadie se movió. Al principio lo entendió: lo que estaban viendo debía de ser impactante, y a veces la gente puede dudar.

Pero que nadie, ni una persona, se moviera un centímetro...

—¡Ayúdenme! —gritó de nuevo, esta vez desesperada—. ¿Es que nadie piensa ayudarme? ¡Por favor!

—¡Basta!

Bennett se había levantado de su asiento, presionándose la palma de la mano con una servilleta. La herida era dolorosa y era obvio que se le había agotado la paciencia. Tenía el ceño fruncido y le caía el sudor por la frente.

—¡Todo el mundo fuera!

Vanessa observó con horror y confusión mientras la sala empezaba a moverse como un solo cuerpo. Al oír la orden de Bennett, todos los comensales se levantaron y fueron al unísono hacia la salida del restaurante. El personal de servicio hizo lo mismo, pero en dirección a la cocina.

Sin saber qué decir, volvió a mirar a Bennett.

—Bueno, acabas de demostrarnos lo que eres, aunque ya lo sabíamos con solo mirarte. Cuando las cosas se ponen feas, lo primitivo sale a la luz. Sois todos iguales.

Vanessa sabía exactamente a qué se refería Bennett, pero estaba demasiado conmocionada para sentirse ofendida. Ahora sabía que todos los allí presentes trabajaban para él y, por tanto, probablemente trabajaban también para Cole Grisham y Robert Bauer. Todos habían obedecido su orden sin vacilar. En esas circunstancias, el racismo de aquel hombre era el menor de sus problemas.

—Y bien, ¿piensas hablar?

—No pienso decirte nada —respondió Vanessa, desafiante a pesar del terror que la atenazaba. Aún pensaba con la claridad suficiente como para comprender que solo le quedaba una carta por jugar—. Ni a ti ni a nadie.

—La verdad es que yo también respondería eso. Porque, en cuanto nos lo digas, estás muerta. Pero eres lo bastante inteligente como para saberlo.

—Entonces ¿por qué me habéis traído aquí?

—Porque hay gente que puede hacer que una muerte rápida parezca la mejor opción. Y una de ellas está deseando hablar contigo cara a cara.

Vanessa tardó un momento en asimilar lo que estaba diciendo Bennett, ya que la había distraído un movimiento en su visión periférica, cerca de la cocina del restaurante. Estaba a punto de volverse hacia allí, pero, al ver a Bennett y Braid ponerse en pie, se concentró de nuevo en ellos.

Parecían estar en posición de firmes, y, cuando giró la cabeza en dirección al ruido que había oído momentos antes, entendió por qué.

Un hombre alto y rubio con hombros anchos, cintura esbelta y una cicatriz que iba desde el ojo izquierdo hasta la mandíbula estaba cruzando el salón. Cuando Bennett se dirigió a él, su tono era de respeto absoluto.

—Tal como usted pidió, *Herr* Krantz. Esta es Vanessa Price.

—No necesito saber su nombre. —El hombre rubio hablaba con un marcado acento alemán, las palabras escupidas como un mal sabor—. Solo sus conocimientos.

—Disfrutará haciéndola hablar, Reinhard. —Por primera vez, la sonrisa de Braid era sincera, y también indeciblemente cruel—. Es peleona.

Reinhard Krantz no respondió al comentario, y su mirada de puro desdén bastó para silenciarla. En otras circunstancias, Vanessa se habría alegrado de ver a Braid humillada de esa manera, pero en aquel momento solo sentía terror.

Terror por quién podía ser aquel hombre.

Terror por dónde tenía intención de llevarla.

Y terror por lo que sucedería una vez que terminaran las preguntas.

Krantz hizo una seña a dos hombres que se habían situado en un lateral de la sala, ambos con cortes de pelo y ropa que parecían imitar los suyos.

—Adelante.

57

Meissen
República Federal de Alemania

El Dorint Parkhotel era uno de los más grandes de Meissen, un asentamiento de la Alta Edad Media que había crecido hasta convertirse en una localidad de treinta mil habitantes, aunque nunca se había apartado mucho de sus raíces históricas. La mayoría de los alojamientos de la zona eran más pequeños, de propiedad privada y personales, que era exactamente lo que a Georg no le convenía mientras siguieran anunciándolo por todo el país como un hombre en busca y captura.

La necesidad de privacidad convertía el hotel en la elección obvia. El lugar estaba poco concurrido —en temporada baja y muy por debajo de su ocupación— y era lo bastante grande como para que Brogan pudiera alquilar dos habitaciones sin que sus tres compañeros tuvieran que interactuar con el personal de recepción.

Brogan había pagado el alojamiento con una tarjeta de crédito que utilizaba bajo un nombre falso: una habitación para él y «mi padre» y la contigua para «mi hija» y «su prometido». Era la única opción fiable ahora que él y Freya estaban potencialmente involucrados: no tenían forma de averiguar si su relación con Georg era de dominio público, y sabían que el inglés había sido desenmascarado por Odessa, así que las identidades reales ya no eran seguras.

Las habitaciones que había elegido eran buenas, reservadas para cinco días con el pretexto de que planeaban asistir a las celebraciones del día de la Unidad, pero querían hacerlo desde una base más atractiva que la propia Dresde. Estaban una al lado de la otra, con puertas de comunicación y balcones, lo cual resultaba particularmente lujoso después de haber ocupado el diminuto apartamento de Freya.

Era tarde y el hotel estaba tranquilo cuando Georg, Freya y Peter se sentaron en el balcón de la joven pareja, alrededor de la pequeña mesa de hierro forjado que ocupaba casi todo el espacio. Georg y Freya estaban compartiendo un cigarrillo —el que quedaba en la última cajetilla que Freya se había arriesgado a comprar— y los tres hablaban en voz baja.

—¿No dijo cuándo volvería más o menos? —preguntó Freya.

—No.

—¿Adónde ha ido?

—Imagino que está echando un vistazo a la aldea de bien común de Renner. Es un profesional. Bajo ningún concepto entraría allí sin hacer un reconocimiento.

—Lleva horas fuera.

—Quién sabe lo que implica el proceso.

—¿No quisiste ir con él?

—Habría sido un obstáculo. No tiene sentido cuestionarlo, Freya. Scott hará lo que deba hacer.

—¿Y te parece bien?

—Después de todo lo que he visto y oído, me siento agradecido. Es como dijo *Opa* el primer día. Con Odessa enfrente, necesitábamos un tipo malo en nuestro equipo.

—El término fue «puto psicópata» —terció Peter—. Y, como imagino que sabrás, fuiste tú quien lo llamó así.

—Me reafirmo en cada palabra.

Georg sonrió mientras hablaba, contento de poder encontrar la luz incluso en un tema tan oscuro. Pasando lo que quedaba del cigarrillo a Freya, se puso de pie y fue hasta el final del balcón. Al moverse, miró a su alrededor para cerciorarse de que no los estuvieran vigilando.

—Este sitio es precioso —dijo al llegar a la barandilla, contemplando las pintorescas orillas del río Elba que se extendían más abajo—. Es una lástima que no hayamos venido aquí por algo un poco más romántico.

Freya soltó una larga bocanada de humo azul, apagó el Lucky Strike y se acercó a Georg. Luego le rodeó la cintura desde atrás y le apoyó la cabeza en la espalda.

—Cuando todo esto acabe, podemos volver para la versión romántica, cariño.

—Antes de que os pongáis más empalagosos, recordad que no estáis solos, ¿eh?

La irascible interrupción de Peter hizo que ambos se dieran la vuelta con una sonrisa en el rostro, pero desapareció en cuanto oyeron lo que dijo a continuación.

—Y sed realistas. Cuando esto termine, ninguno de nosotros volverá jamás aquí. ¿Por qué demonios íbamos a querer recordar este lugar? Eso suponiendo que salgamos todos con vida.

—Madre mía, *Opa*. No te cortes, ¿eh?

—Alguien tiene que comportarse como un adulto. Y ahora mismo no lo sois ninguno de los dos, haciéndoos ojitos en cuanto veis una cama de hotel. Tenemos que estar todos concentrados.

Georg y Freya se separaron instintivamente. Peter había avergonzado a Georg con su referencia a la que sería su cama compartida, y sabía que Freya estaría sintiendo lo mismo.

—*Opa*, yo no...

Georg no pudo terminar la frase, interrumpido por el sonido de la puerta y la llegada de Brogan.

—Ese lugar es exactamente como imaginábamos —explicó Brogan.

Habían entrado en la habitación de Georg y Freya, tras lo cual cerraron la puerta del balcón. No podían arriesgarse a que alguien oyera aquella conversación.

—Tenía una posición excelente en la ladera de una gran colina que domina todo el complejo. Y eso es exactamente lo que es: un complejo. Cualquier apariencia de comunidad utópica cerrada ha desaparecido hace mucho. Aquello es una base militar totalmente preparada para sus propósitos.

—¿Averiguaste algo de lo que tienen planeado? —preguntó Georg.

—Imposible desde donde yo estaba. Todo lo que guardan allí está almacenado. El lugar rebosa de cabañas de madera y graneros, así que no necesitan hacer nada a la vista de todos.

—¿Y la gente que había por allí? —preguntó Freya—. ¿Parecía que había mucho movimiento?

—Depende de a qué te refieras con «mucho movimiento». Hubo muchas salidas. Me dio la impresión de que estaban llevándose cosas, probablemente hacia Dresde. Lo cual tiene sentido en cuanto a los plazos. Todos los peces gordos llegarán mañana, nadie viajará el día de la Unidad, y querrán que los últimos preparativos estén listos antes de que los políticos y sus equipos de seguridad entren en la ciudad.

—Si mañana no queda nada allí —preguntó Freya—, ¿qué sentido tiene ir?

—¿Qué otra cosa vamos a hacer? ¿Ir a Dresde y empezar a llamar a las puertas? La aldea es otro paso en la dirección correcta, el paso más grande que hemos dado hasta ahora. Lo más probable es que allí encontremos información crucial, y puede que incluso la localización y la naturaleza exacta del ataque.

—¿Y a cuántos hombres has visto? —preguntó Georg.

—Conté alrededor de treinta y cuatro —respondió Brogan—, pero es muy probable que no los viera a todos.

—¿Eso incluye a la gente a la que viste marcharse?

—No, no los he incluido. Por lo que he observado hoy, como mínimo esos treinta y cuatro pertenecen al destacamento con el que tendremos que enfrentarnos mañana.

—¿Hablas en serio? —preguntó Freya, elevando el tono de voz—. Treinta y cuatro hombres, o tal vez más. Scott, vosotros sois dos.

—Somos dos hoy. Mañana no.

—¿A qué te refieres?

—¿Recuerdas que el otro día os expliqué que solo involucraría a la gente que fuera estrictamente necesaria?

—Sí. ¿Y?

—Llegué a la conclusión de que debía saberlo más gente y he pedido refuerzos.

—¿Quiénes son? —preguntó Georg.

—La clase de hombres con los que te habrías negado a sentarte a la mesa hace solo unos días. Hombres como yo.

—Pero ¿cómo sabes que puedes confiar en ellos y que no están en el ajo?

—Porque durante mucho tiempo les he pagado muy bien precisamente para *poder* confiar en ellos. Y ha sido dinero bien invertido. Además, ninguno es alemán, Georg. Ninguno está vinculado a nada en lo que Odessa pueda infiltrarse. Y, lo que es más importante, ninguno tiene ni puta idea de qué va todo esto. Así que, aunque alguno sea el nazi durmiente mejor camuflado del mundo, no sabrá a quién se enfrenta hasta mañana por la mañana.

—¿Cuántos son? —preguntó Georg.

—Tú y tus números, joven amigo. Los suficientes. Confía en mí.

—¿Y qué pasa con los treinta y cuatro? ¿Qué tipo de hombres tiene Odessa en esa aldea?

—Por lo que parece, todos forman parte de la pequeña operación paramilitar de los gemelos Krantz. Son lo que Georg describió como soldados de asalto. No os engañaré: no será fácil, pero mis hombres son buenos, mejores que ellos.

Digiriendo el enorme cambio de circunstancias que había planteado Brogan, todos guardaron silencio unos segundos. Para Georg fue un alivio —el viento por fin soplaba a su favor—, pero, hasta que Freya rompió el silencio, no tenía ni idea de qué estaban pensando ella y su abuelo.

—¿Y qué pasa con Georg? Si mañana tienes a tu equipo contigo, ¿significa que él no tendrá que ir?

Brogan miró a Georg mientras respondía.

—Eso es decisión suya, pero me vendrían bien un par de manos más.

La respuesta de Georg fue instantánea.

—Iré.

—No tienes por qué hacerlo —protestó Freya—. Ellos son soldados, Georg. Tú no. Tú...

—Toda esta mierda empezó por mi culpa —la interrumpió tajante Georg—. Si mañana se acaba, estaré allí para verlo. Voy a cumplir con mi parte.

—Georg —terció Peter—, no es necesario. No tienes nada que demostrar, hijo. Puedes...

—*Opa*, ¿qué habría hecho mi padre?

Peter iba a responder, pero cerró de nuevo la boca sin que saliera una palabra de sus labios.

Georg se volvió hacia Freya.

—Escucha, sé que te preocupa, pero mira con quién estoy. Tengo a mi lado al mejor ángel de la guarda que podría pedir, y esta vez trae a sus amigos. Te lo juro, pase lo que pase mañana, volveré contigo.

Freya no dijo nada; se le llenaron los ojos de lágrimas. Georg optó por no insistir más y volvió a dirigir su atención a Brogan.

—Supongo que no seguiste a ninguno de los camiones para ver adónde iban, ¿verdad?

—Desde mi puesto de observación era imposible. Mi coche estaba a diez minutos andando. Cuando yo llegara, se habrían ido hacía rato.

—Entonces ¿por qué has tardado tanto? Te fuiste hace horas.

—Pedí a mi experto en tecnología que se reuniera conmigo en la ciudad.

—¿En Meissen?

—Sí. Le envié un mensaje para que viniera antes de que saliéramos de Hamburgo.

—¿Por qué?

—Porque algo no me cuadraba en el expediente de Leo Renner.

—¿El qué?

—Algo que me sonaba demasiado.

—¿Qué quieres decir?

—Es de cuando estaba en el servicio de espionaje británico. A veces, cuando trabajábamos de incógnito, teníamos que crear una identidad falsa. Lo detallada que fuera esa identidad dependía de la naturaleza de la operación, pero en los trabajos importantes teníamos que crear una leyenda completa. Algunas eran auténticas obras de arte. Historias familiares que se remontaban a años atrás, trabajos, fotografías y vídeos manipulados, incluso matrimonios. Yo tuve una o dos en mi época.

—¿Y qué? ¿Encontraste algo en el expediente?

—No es nada evidente, pero tuve la extraña sensación de que estaba viendo una leyenda. No era como las que yo conocía, esta es literalmente generacional, pero, aun así, me puso los pelos de punta. Dudo que ese hombre sea quien dice ser. Creo que el *Führer* de Odessa podría ser una farsa.

—Entonces ¿en qué puede ayudarnos tu experto en tecnología?

—Se ha llevado el expediente e indagará un poco. A ver si puede desenterrar algo sucio donde la mayoría de la gente no encuentra nada. Si hay algo de cierto en ello, él lo sabrá.

Nadie parecía tener nada que aportar a la última afirmación de Brogan, así que se levantó.

—Mañana es un día importante —dijo— y hay que madrugar. Creo que todos necesitáis dormir un poco.

—¿Y tú? —Georg se dio cuenta de que Brogan estaba recogiendo sus cosas, como si fuera a marcharse—. ¿No necesitas descansar?

—Descansaré en una hora o así. Pero antes tengo que hacer una cosa.

—¿Qué?

Brogan levantó el móvil de Richard Krantz, el terminal que ya les había contado todo lo que podía.

—Lo que siempre dijimos que haríamos cuando tuviéramos algo tangible. Voy a contactar con el servicio de espionaje británico.

58

2 de octubre de 2025
Jueves

Vanessa no sabía qué la había despertado.

Pudo ser el ruido que parecía llegar del exterior, el fuerte sonido de motores de camión o maquinaria pesada.

Pudo ser la intensa luz del sol que se colaba por una de las dos ventanas de la habitación, cuyos rayos ahora se proyectaban directamente sobre sus ojos cerrados.

O pudo ser el dolor insoportable en la parte posterior del cráneo, una sensación que solo podía comparar con las manos de un levantador de pesas apretándole la cabeza como si le fuera la vida en ello.

En cualquier caso, ahora se encontraba en una realidad que quería rechazar desesperadamente.

Le costó mucho esfuerzo y concentración incluso levantar la mano para protegerse el rostro de la luz. Tenía la sensación de que su sistema nervioso no funcionaba correctamente, y aquella dificultad la desorientó: que ella recordara, no había sufrido ninguna lesión. Entonces ¿por qué era tan difícil moverse? Manteniendo la mano delante de los ojos, observó la habitación lo mejor que pudo.

Desde su posición parecía una cabaña de madera, algo que Vanessa imaginaría en un campamento de verano para niños, pero, aparte de una cama, una silla y una mesa, estaba vacía.

Había esos tres objetos y la ropa de cama básica que aún la envolvía.

Vanessa se obligó a moverse. Primero se incorporó y luego se puso de pie. Le llevó varios minutos —no sabía cuántos; al momento se dio cuenta de que le habían quitado el reloj— y se quedó sin aliento, ya que el dolor de cabeza se había agravado a causa del esfuerzo. Pero al menos comprobó que no había quedado imposibilitada, que era capaz de moverse, aunque echando mano de un arrojo increíble.

De algún modo, eso la confundió todavía más.

«¿Qué demonios me pasa? ¿Y dónde demonios estoy?».

A pesar de esos pensamientos que la asaltaban, empezaba a tener la cabeza lo bastante despejada como para ir recordando poco a poco sus movimientos. Puede que esos recuerdos fueran necesarios, pero no eran en modo alguno agradables.

Lo primero que le vino a la memoria, al principio vagamente y luego en un vívido y glorioso Technicolor, fue su encuentro con Toby Bennett en L'Art Culinaire.

El recuerdo le disparó el ritmo cardiaco al instante, lo que a su vez tuvo el efecto de aclararle aún más la mente. Eso la llevó a una conclusión: para que el torrente sanguíneo mejorara su estado mental con tanta rapidez, había tenido que diluir otro elemento que ya estaba en su organismo.

Expulsar lo que fuera que la entorpecía.

«Esos hijos de puta deben de haberme drogado».

Vanessa se esforzó por rememorar lo poco que podía. Las imágenes seguían siendo fragmentadas, tristemente incompletas.

Recordaba a la perfección el restaurante, lo cual indicaba que las drogas habían llegado más tarde. Reprodujo mentalmente todo lo que le habían dicho Bennett y la perra desalmada de Braid. Recordó lo que sabían. Y, lo que es más importante, recordó lo que *no* sabían: parecían dar por hecho que Vanessa era mucho más consciente de lo que realmente era —que había hecho más para detenerlos de lo que realmente había hecho—, y esa era su única protección.

«Su ignorancia me ha mantenido con vida».

Lo que pasó después del restaurante seguía siendo confuso.

Vanessa recordaba al hombre que estaba al mando —Reinhard Krantz, según le había oído decir— y la autoridad absoluta que ejercía sobre quienes lo rodeaban. Todos los que interactuaban con él lo hacían con una deferencia normalmente reservada a los soldados y sus superiores.

«O a los feligreses y su sacerdote», pensó.

Fueran cuales fueran sus rangos, no cabía duda de que Krantz era el líder, y Vanessa entendía por qué. Había algo peligroso en él, algo que iba más allá del simple hecho de su secuestro y la complicidad que tuviera en el mismo. Iba más allá de eso. Mucho más allá.

Era como un animal enjaulado, había pensado Vanessa en su momento. Creado para cazar y matar, pero encadenado por una civilización que le impedía satisfacer los dictados de su propia naturaleza.

Ahora empezaba a recordarlo. Su mente se aclaraba por segundos y los procesos de pensamiento básicos a los que se había visto limitada volvían a ser más complejos. Eso le permitió recordar al menos parte de lo que había sucedido tras salir del restaurante.

Recordaba haber sido arrastrada por la cocina del restaurante, delante de todo el personal. Después la habían sacado a un callejón desierto, donde le ataron las muñecas y los tobillos, y la habían arrojado a la parte trasera de una furgoneta.

A partir de ahí, sus recuerdos se volvían más turbios. Vanessa sabía que había estado consciente durante todo el trayecto, pero el hecho de estar atada y en el suelo del vehículo significaba que no había visto nada. Lo que sí había hecho era escuchar —había escuchado bastante—, pero las conversaciones eran en neerlandés, o sueco o alemán. Una lengua europea.

A pesar de sus aptitudes y estudios, Vanessa solo entendía un idioma europeo. Por tanto, la confidencialidad de cualquier cosa que hubieran dicho durante el trayecto estaba a salvo.

A partir del momento en que la furgoneta se detuvo, sus recuerdos se desvanecían, de lo cual dedujo que fue entonces cuando la drogaron: un recuerdo perdido que nunca recuperaría. Recordaba haber sido trasladada a otro vehículo, el sonido de los motores. ¿Tal vez la drogaron antes de sacarla de la furgoneta? ¿O fue después, pero utilizando un brebaje que borraba los recuerdos más recientes?

Vanessa no podía saberlo con certeza, pero ahora mismo era la menor de sus preocupaciones. Era más acuciante la otra pregunta sin respuesta: dónde estaba.

Se miró la muñeca derecha, buscando el reloj por si la hora podía ofrecerle alguna pista sobre la distancia que habían recorrido, pero al cabo de un instante recordó que el reloj no estaba. Otra señal de que su cerebro funcionaba mal. Otra razón para enfadarse consigo misma.

Se acercó con dificultad a una de las ventanas de la cabaña. Notaba las piernas más firmes, pero era como si estuviesen hechas de plomo. Necesitó cinco pasos lentos para llegar al cristal más cercano y, una vez allí, tuvo que apoyarse en la pared para sostener el peso de su cuerpo.

Al mirar al exterior, vio otras cabañas y edificios de madera en parcelas rodeadas de bonitos jardines, surcados por senderos y carreteras asfaltadas. El sol estaba alto, pero se apreciaba un brillo de humedad en el césped, lo cual indicaba que era por la mañana.

La vista acentuaba la similitud del lugar con los campos de entrenamiento militares que Vanessa había visto en la televisión y en las películas.

El lugar parecía exactamente eso: un campamento militar permanente, escrupulosamente diseñado y cuidado hasta el último detalle.

Al observarlo ahora, Vanessa no pudo evitar pensar en lo adecuado que era no solo para el líder que había visto el día anterior, sino también para los subordinados que tanto se parecían a él. Fuera lo que fuera aquello —estuviera donde estuviera—, solo podía haber sido diseñado por una persona: Reinhard Krantz.

Mientras pensaba eso, Vanessa vio a dos hombres similares a Krantz. No eran él. A decir verdad, ni siquiera se le parecían, pero no por falta de ganas. Al igual que los refuerzos de Krantz en el restaurante, aquellos dos habían hecho todo lo posible por vestirse como su jefe.

Cualquier otro día, a Vanessa le habría parecido gracioso que unos hombres adultos trataran de parecerse a su ídolo, pero, en aquel momento, lo único que quería era no llamar la atención. Los dos hombres que estaban fuera eran la primera señal de vida que había visto por la ventana, por lo que trató de apartarse antes de que ellos también pudieran verla a ella.

Esperaba que no se hubieran percatado. Evidentemente, sabía lo que se avecinaba. Sabía que en algún momento la interrogarían. Pero quería posponerlo tanto como pudiera. Su mente tendría que estar al mejor nivel para ofrecer respuestas que la mantuvieran con vida, y aún no funcionaba a pleno rendimiento. Ni de lejos, en realidad.

Por tanto, se sintió decepcionada al descubrir que la habían visto.

Apenas había llegado a la mesa y la silla que había en la habitación cuando llamaron a la puerta. No era más que una cortesía. Al momento, se abrió la puerta y los dos subalternos entraron en la cabaña.

—Me alegro de que estés despierta. —Solo hablaba el hombre situado a la izquierda, uno con el pelo rapado—. Eso nos ahorra tener que reanimarte.

—¿Dónde coño estoy?

Vanessa no pensaba demostrar el miedo que sentía por dentro.

—No estás aquí para hacer preguntas; estás aquí para responderlas. Recuérdalo la próxima vez que hables.

—Vete a la mierda.

El desafío hizo que Vanessa se sintiera bien, pero solo por un segundo. Al momento se arrepintió, ya que el hombre de la cabeza rapada se acercó sin la más mínima vacilación y la abofeteó en la cara con el dorso de la mano.

El golpe fue tan fuerte que sus rodillas ya debilitadas cedieron, y Vanessa se desplomó, sangrando abundantemente por la nariz y la boca.

—A lo mejor, así, la próxima vez te tomas mi advertencia como un gesto de amabilidad. —Dio un paso atrás, sacó un pañuelo del bolsillo y se limpió la mano con la expresión de un hombre que acaba de tocar algo asqueroso—. Ahora te sugiero que te prepares.

—¿Para... qué?

Vanessa tenía la boca llena de sangre y casi no podía hablar.

—Para el *Führer*. Quiere hablar contigo en cuanto llegue.

—¿Has dicho..., has dicho «el *Führer*»? ¿He oído..., he oído bien?

La pregunta era sincera. Al parecer, los efectos de las drogas hicieron que el golpe la desorientara más de lo que el hombre de la cabeza rapada pretendía, y Vanessa tenía dificultades para entender lo que le decía.

Al ver que su captor no respondía, Vanessa sacudió la cabeza para despejarse.

—¿Quién es? —volvió a preguntar, escupiendo más sangre—. ¿Quién es el *Führer*?

—¿Qué te he dicho de hacer preguntas?

—Lo sé, pero, por favor, tienes que decírmelo...

—¡Yo no tengo que hacer nada! —El hombre se acercó amenazadoramente a ella mientras gritaba, y cualquier rastro de raciocinio desapareció en un abrir y cerrar de ojos—. ¿Me oyes? Tú... Los de tu calaña..., vosotros... sois infrahumanos. ¡Tú no me darás órdenes! ¡No darás órdenes a un hombre blanco! ¡No darás órdenes a arios! ¿Lo entiendes?

Ahora estaba delante de Vanessa, gritándole a la cara y escupiendo saliva con cada palabra que pronunciaba. Su exaltación instantánea resultaba aterradora y la dejó desconcertada.

Lo único que podía hacer era protegerse mientras la salpicaban los proyectiles de saliva.

—¿Lo entiendes? —insistió él.

Esta vez, Vanessa sabía que era mejor no quedarse callada.

—Sí, sí —sollozó, desesperada por que su rabia amainara—. Lo entiendo.

Al retroceder, el hombre aprovechó para escupir de nuevo, esta vez de forma más deliberada, y la alcanzó en la parte posterior de la cabeza, que Vanessa seguía tapándose con las manos. Luego su captor se fue sin decir nada más.

Vanessa no lo vio marcharse. Se quedó hecha un ovillo en el suelo, sollozando mientras sangraba por la boca y la nariz, y pensó aterrada en el infierno que le tenían preparado.

59

Georg observó a los hombres a los que Brogan había reclutado para lo que se avecinaba. Eran ocho en total, reunidos en el que había sido el puesto de vigilancia de Brogan la noche anterior, el lugar desde el que había llevado a cabo un reconocimiento de la aldea.

Los ocho eran exactamente como Brogan los había descrito: iguales que él.

Al verlos, Georg estaba totalmente convencido de que no había ninguno que no pudiera ser calificado de asesino.

Sin duda, todos lo habían hecho por dinero.

Y todos volverían a hacerlo.

Pero eso no cambiaba las cifras. Eran ocho contra treinta y cuatro. No le gustaban sus perspectivas.

Recordó el otro comentario de Brogan: que se trataba de hombres con los que, días antes, Georg se habría negado a sentarse a la mesa. Era una observación dura, pero también acertada. Hacía menos de una semana, Georg habría vilipendiado a todos y cada uno de ellos por lo que eran: mercenarios sin lugar en la sociedad civilizada, que no merecían nada más que ser investigados y castigados por sus crímenes.

La primera parte seguía siendo cierta. No había lugar para hombres como aquellos en una sociedad civilizada. Pero

Georg ahora comprendía algo más, algo que situaba la afirmación en su contexto adecuado: la sociedad civilizada no existía.

No era más que una ficción ideada para que los fuertes pudieran alimentarse de los débiles. Y en *ese* mundo, en el mundo real, aquellos hombres eran muy necesarios.

Al observar la «aldea del bien común», Georg entendió que Brogan hubiera elegido aquel lugar para efectuar un reconocimiento la noche anterior. Lo que no tenía tan claro era cómo lo había encontrado. Una larga hilera de árboles situada justo debajo creaba una ilusión óptica que ocultaba por completo su posición a quien mirara desde la aldea.

A todos los efectos, era como si aquella parte de la cima de la colina no existiera.

La protección que brindaba era absoluta, siempre y cuando no se movieran de allí.

Georg escuchó con interés mientras determinaban sus respectivas funciones. Lo primero que hizo Brogan fue separar a cuatro hombres y designarlos como «fuego de cobertura preciso»: francotiradores, en un lenguaje que Georg entendía mejor. Al ser los mejores tiradores de élite de Brogan, debían posicionarse a lo largo de la cornisa de roca por delante de la línea de árboles y, desde allí, ofrecer información y protección a quienes estuvieran en la aldea.

Eran la póliza de seguro definitiva, según Brogan.

Eso dejaba a otros cuatro, además de Brogan y Georg. Cinco soldados de élite y un aficionado.

Los números resultaban poco halagüeños, y Georg lamentó la premura con que se había ofrecido voluntario. Pero ahora no podía echarse atrás; su orgullo no se lo permitiría. No, llevaría aquello hasta el final. Su única preocupación era de quién sería ese final.

Intentó desterrar esa idea de su mente y concentrarse en lo que llegaba a ver abajo.

El cálculo de Brogan era correcto. Había al menos treinta y cuatro hombres, tal vez cuarenta. Y, por lo que podía divisar Georg, todos eran soldados de asalto.

Invadido por la duda, buscó una distracción, que llegó a través de las explicaciones de Brogan.

—Este lugar —decía— no estará tan fortificado como un campamento militar normal. Podéis verlo vosotros mismos: no hay vallas de alambre de espino que saltar, solo muros bastante fáciles de franquear, lo cual significa que podemos entrar por varios puntos.

—¿Por qué es así? —preguntó un hombre pálido y fornido con un acento escocés tan marcado que incluso Georg pudo notarlo—. ¿Cómo van a impedir que entre alguien?

—No tenían más opción. Debían fingir que este lugar era algo que no es y ahora lo utilizaremos a nuestro favor. Quiero que entremos en dos equipos de tres por aquí y por aquí. —Señaló unos puntos de acceso situados en extremos opuestos del recinto—. Georg, tú vienes conmigo y con Victor. Neil, Ed y Gav, vosotros sois Beta. ¿Todo claro?

Mientras hablaba, Brogan señaló a un hombre negro extraordinariamente corpulento al que había presentado como Victor media hora antes, como si fuera alguien a quien Georg pudiera olvidar. Aun así, asintió en dirección a él y sonrió cortésmente, pero no fue correspondido.

—Cuando estemos dentro —continuó Brogan—, esto será como os he explicado. En primer lugar, un registro. Buscamos alijos de armas, material para fabricar bombas e incluso documentos. Cualquier cosa que pueda estar relacionada con un atentado terrorista.

—¿Qué...?

—*Cualquier* tipo de atentado, Gav —dijo Brogan, volviéndose hacia el escocés que le había preguntado antes. Luego miró de nuevo a todo el grupo—. Esos cabrones están planeando algo grande. Más que grande, de hecho. Y será mañana. Quiero saber qué es, y quiero saber exactamente dónde va a ocurrir.

—¿Y qué pasa con las unidades acampadas ahí abajo? —volvió a preguntar Gav—. ¿Qué hacemos con ellas?

—Lo tengo todo pensado. Silenciosos y letales. Sin dudar. Si alguien os ataca, ese alguien muere. Pero, siempre que sea posible, quiero que lo hagáis silenciosamente. No quiero que detecten nuestra presencia a menos que sea del todo inevitable...

Brogan dejó la frase a medias. Algo le había llamado la atención. Georg cogió los prismáticos y apuntó hacia donde miraba Brogan, bajando por la colina y adentrándose en la aldea. Solo había un cambio notable respecto a hacía unos instantes: la llegada de un Mercedes Maybach, aún en movimiento e idéntico al vehículo que Brogan había destrozado el martes por la noche.

No apartó los prismáticos de la limusina mientras avanzaba por el pueblo y se detenía frente a una de las cabañas más grandes. Luego observó la puerta trasera del pasajero y al conductor que salió para abrirla.

—Hijo de puta —dijo Brogan, aunque Georg habría dicho lo mismo si no se le hubiera adelantado.

—Es Renner —comentó Georg—. Leo Renner.

Aparte de Brogan y él, nadie reaccionó. Ni un parpadeo. Aquel nombre no significaba nada para ellos, lo cual era una buena noticia para Georg. Confirmaba que no había ningún infiltrado. Para Brogan, se convirtió inmediatamente en un nuevo punto que tratar.

—Que todo el mundo mire al pueblo y localice el Mercedes Maybach.

Los ocho mercenarios, tanto soldados como francotiradores, cumplieron sus órdenes. Brogan hizo lo mismo, y luego dio al grupo unos segundos antes de volver a hablar.

—¿Veis a ese tipo que está al lado del chófer? De unos

cuarenta y tantos o cincuenta y pocos años, pelo castaño oscuro, alrededor de un metro ochenta. ¿Lo tenéis todos localizado?

Un murmullo confirmó que sí.

—Ese, caballeros, es Leo Renner. Y el hecho de que esté aquí añade un nuevo objetivo a los parámetros de nuestra misión.

—¿En qué sentido? —volvió a preguntar Gav.

—Todo lo demás sigue igual, pero quiero a ese hijo de puta muerto. Sin pegas ni reparos: ni capturado, ni herido. Ahora que lo tenemos aquí, no nos iremos hasta que ese cabronazo haya dado su último aliento. ¿Entendido?

El grupo asintió con la cabeza al unísono.

60

Vanessa ya no estaba en el suelo cuando fueron a buscarla.

Ignoraba cuánto tiempo había pasado allí, asustada, sollozando y sangrando. Los efectos de lo que fuera que habían utilizado para drogarla se habían prolongado, haciéndola menos resistente de lo habitual. Su reacción al ataque había sido menos combativa y más emocional de lo que ella misma habría esperado.

Sabía que, aun estando en su mejor momento, habría sido incapaz de defenderse de un hombre que la doblaba en tamaño y que evidentemente era un psicótico.

Pero al menos se habría mostrado más desafiante.

Vanessa se había obligado a ponerse de pie y a limpiarse la cara lo mejor que pudiera a falta de un lavabo y con un suministro limitado de agua potable. Así pues, estaba sentada en la cama, con la espalda apoyada en la pared, cuando se abrió la puerta por segunda vez ese día.

Ver al hombre de la cabeza rapada —en esta ocasión con otro imitador de Reinhard Krantz— le revolvió el estómago con una mezcla de miedo y repulsión, y se preparó para lo que pudiera venir.

Pero no era necesario. El hombre de la cabeza rapada y su compañero se quedaron al otro lado de la cabaña.

—Ponte de pie y sígueme. Ahora.

Tras levantarse, Vanessa pasó con actitud orgullosa junto a los dos y salió por la puerta. No se detuvo hasta llegar al final del camino, donde no sabía qué dirección tomar, y ocultó la incertidumbre tras un velo de confianza silenciosa, decidida a que aquel hombre no supiera lo mucho que la había afectado su violencia.

Ambos pasaron de largo sin decir una palabra, aparentemente ajenos a cualquier impresión que Vanessa intentara causar. Doblaron a la izquierda donde el sendero se encontraba con la calle asfaltada y se adentraron en lo que parecía una especie de pueblo de temática alpina.

Los siguió en silencio, cada vez más convencida de que ya no se encontraba en Estados Unidos y preocupada por lo que estaba a punto de afrontar. Ese temor absorbió por completo su curiosidad, por lo que prestó poca atención durante los tres o cuatro minutos que pasaron desfilando por el asentamiento. Los edificios y las características que normalmente la habrían interesado desaparecieron en un borrón de ansiedad y miedo. Vanessa decidió concentrarse en su respiración, intentando que fuese profunda y regular, para combatir la reaparición de los ataques de ansiedad que la asolaban.

«La única manera de salir de esta es pensar con claridad —se dijo a sí misma—, y un ataque de pánico no me ayudará».

La caminata no fue larga. No podía serlo, se dio cuenta a medida que se hacía una mejor idea del tamaño del campamento. No era más que un pueblo. Grande, tal vez, pero seguía siendo un pueblo. Solo podían ir en línea recta hasta cierto punto antes de llegar al final, y no parecían el tipo de hombres que daban rodeos. Por tanto, no se sorprendió cuando pararon frente a una de las cabañas más grandes.

—El *Führer* está dentro. Responderás a sus preguntas y le mostrarás más respeto del que me has mostrado a mí. ¿Lo has entendido?

Vanessa se lo quedó mirando, tentada de ignorarlo por completo o responder a sus palabras con insultos, pero decidió no hacer ninguna de las dos cosas. Fuera lo que fuese lo que la aguardaba en aquella cabaña, ¿para qué empeorarlo entrando allí herida?

—Lo he entendido —dijo, forzando las palabras.

—Más te vale. Ahora sígueme.

Lo primero que vio Vanessa fueron las esvásticas.

Estandartes. Banderas. Brazaletes. Incluso los pisapapeles que había sobre la mesa.

Parecían estar por todas partes.

Nunca había visto una esvástica fuera de la televisión o la pantalla del cine. Y ahora, en un instante, había visto más de las que querría volver a ver jamás.

En cierto modo parecía irreal, como un plató de rodaje.

El impacto que tuvo aquella imagen logró distraerla de su propósito. Por muy decidida que estuviese a mantener el control sobre lo que ocurriera allí, en ese momento supo que en realidad se sentía completamente sobrepasada.

Aquello no era lo que esperaba. No era lo que esperaba en absoluto.

—Parece que haya visto a un fantasma, señorita Price.

El comentario llegó desde el otro lado de la mesa, situada al fondo de la sala, donde había un hombre con traje y corbata negros y camisa blanca. Podría haber sido cualquiera: un político, un empresario, un director de banco o incluso un doliente. Lo único que desdecía esa impresión era el brazalete rojo, blanco y negro que adornaba la americana de algodón a la altura del bíceps derecho.

—Incluso diría que se ha puesto un poco pálida —añadió.

Hablaba con un acento alemán mucho menos marcado que el del hombre de la cabeza rapada y Reinhard Krantz.

Vanessa no sabía por qué se había fijado en eso; estaba bastante segura de que no tenía importancia.

—Te están hablando, chica.

La voz provenía de la esquina, una voz que reconoció. Aun ya sabiendo que era Krantz, Vanessa dirigió la mirada hacia él.

—Responde al *Führer*.

Vanessa no contestó. A Krantz no. No le daría ese gusto. En lugar de eso, miró de nuevo al hombre sentado a la mesa y observó la parafernalia que lo rodeaba.

—¿El *Führer*? Es usted, ¿verdad? ¿Y cuál es su verdadero nombre?

Por unos instantes, el hombre se mostró confuso. Vanessa percibió su reacción y se preguntó qué podía haberla motivado, pero él habló de nuevo antes de que pudiera meditarlo con profundidad.

—¿No conoce mi nombre? ¿No sabe quién soy?

—¿Debería?

—Creo que debería, sí. Mi nombre es Renner. Leo Renner.

Lo dijo como si ella fuera a reconocerlo, o al menos así lo interpretó. No sabía si lo había juzgado correctamente o si era una peculiaridad de su acento, pero, en cualquier caso, no reaccionó.

—¿Mi nombre no le dice nada, señorita Price?

—¿Debería?

—Sí. Una vez más, creo que debería. Sabe por qué está aquí, ¿verdad?

—Sí. —Vanessa notó que volvía a pisar terreno firme—. Estoy aquí por lo que sé sobre Cole Grisham y la vicepresidencia. Porque descubrí los planes. *Sus* planes, imagino.

—Uno de ellos, sí.

—Y averigüé lo que le hicieron al senador Johnson y a Sophie Arnott.

Renner miró a Krantz.

—La chica que murió con él, *mein Führer*.

Renner asintió.

—Sí, a ellos también. ¿Y?

—Y quiere saber a quién se lo he contado.

—Correcto. Y bien hecho. Es mucho más… elocuente, creo que es la palabra. Mucho más elocuente de lo que esperaría de una de las suyas.

Vanessa no dijo nada. Era un cebo y no iba a picar.

—Verá —continuó Renner—, esta pequeña empresa mía con la que usted se ha topado por alguna razón, señorita Price, ha llegado a una etapa muy delicada en la que no puedo arriesgarme a que nada salga mal. Así que, cuando descubrimos en lo que andaba metida, me planteé dejarla en manos de *Herr* Krantz para que utilizara su… particular pericia con usted.

»Pero luego descubrí algo más sobre usted. Averigüé de dónde es. Averigüé lo que es. Y no mentiré, me despertó curiosidad. Se convirtió… ¿Cómo le diría? Se convirtió en una curiosidad ideológica. Porque las criaturas como usted, las criaturas de su… tipo, no suelen tener la…, la… ¿La capacidad? ¿La inteligencia? Sea cual sea la palabra, no solemos ver eso en… Bueno, ya sabe. Me interesó. Hizo que quisiera verla en persona, mirarla a los ojos y cerciorarme de lo que sabe y de lo que no sabe.

—¿Las criaturas como yo? —Vanessa sintió la ira removiéndola por dentro. Sabía que no debía, pero era demasiado—. ¿Se refiere a las mujeres negras?

—Por supuesto, aunque no siento la necesidad de limitar esa descripción a su sexo. ¿Mi esfuerzo por no ofenderla me ha hecho ser demasiado opaco?

—No, ha sido rematadamente claro.

—Eso espero, porque no he venido aquí a engañarla. He venido aquí a averiguar la verdad. Mire, no me creo que alguien de su raza hiciera esto sola. Bennett y la chica de su oficina creen que fue usted, que descubrió unos cuantos detalles menores, pero que no sabe nada más. Y quizá tengan razón, pero no puedo arriesgarme. No puedo dar nada por sentado.

—Entonces, permítame aclarárselo. —Vanessa trató de ignorar la repugnancia que le causaba el racismo de Renner, y antepuso la supervivencia a la indignación: estaba decidida a urdir la mentira más convincente de su vida—. No soy yo sola. Hay otros. Muchos, y todos saben lo que tienen ustedes planeado. Y eso incluye a gente del espionaje estadounidense. El FBI y el Servicio Secreto. Gente importante.

—¿Es eso cierto?

—Ya lo creo.

Renner asintió, pero mantuvo un silencio momentáneo, lo cual hizo flaquear la confianza de Vanessa. Aun así, era capaz de reconocer una pausa efectista y, al cabo de un segundo, Renner demostró que su pálpito era acertado.

—¿De verdad describiría a David Bickers como un cargo importante dentro del Servicio Secreto, señorita Price?

Vanessa se negaba a reaccionar como Renner pretendía y, en lugar de eso, decidió ponerlo a prueba.

—Bickers es solo la punta del iceberg.

—Bickers es un donnadie. —Esta vez no hubo pausa, tan solo una corrección abrupta y prosaica—. También es su único contacto en el Servicio Secreto. Eso ya lo sabemos.

—Se equivoca.

—Es usted una mentirosa. —Renner empezaba a parecer molesto—. Entonces ¿esto es un engaño, señorita Price? ¿Realmente hay alguien más? ¿Ha hablado siquiera con alguien del FBI?

—Ya se lo he dicho...

—¡Ya sé lo que me ha dicho, y sé que es mentira!

Los gritos sobresaltaron a Vanessa, que dio un trémulo paso hacia atrás. Le vino a la mente la reacción del hombre de la cabeza rapada, lo cual le puso los nervios a flor de piel. La rabia no había hecho que Renner se moviera ni un centímetro, pero, por alguna razón, resultaba más intimidatorio.

—No ha hecho nada, ¿verdad?

Vanessa no sabía qué responder y notó que la invadía el pánico. Tenía que combatirlo. Tenía que pensar con claridad.

—De hecho, usted no sabe nada. Bennett no la subestimó. La sobrevaloró. Pero ¿qué podíamos esperar de..., de uno de los suyos?

Renner escupió la última palabra como si fuera veneno.

Era el último insulto que Vanessa estaba dispuesta a tolerar.

—Sé muchas cosas —repuso, habiendo perdido ya la compostura y el control—. Lo sé todo. Sé que mataron al senador Johnson y a Sophie para poder colocar a su hombre en un escaño del Senado sin necesidad de elecciones. Sé que el presidente Bauer también es uno de los suyos. Y sé que van a quitar de en medio al vicepresidente Wilson para que Grisham ocupe ese cargo. Lo sé todo. Sé que ustedes, hijos de puta, planean matar a Andrew Wilson para poder controlar todo el Gobierno de Estados Unidos. Y sé incluso que planean hacerlo este mes. ¿Sigue creyendo que me han sobrevalorado? ¿De verdad los míos no saben nada, puto racista de mierda?

Vanessa dejó de hablar y miró fijamente a Renner. Solo entonces reparó en su respiración trabajosa y en la furia que la invadía.

Y solo entonces vio que Renner estaba sonriendo.

«El hijo de puta me ha provocado para que se lo cuente todo», pensó.

Vanessa respiró hondo mientras pensaba qué hacer a continuación, cómo rectificar lo que había desvelado involuntariamente. Necesitaba volver a la ficción que la había mantenido con vida, a la mentira de que era parte de algo más grande.

—Usted no tiene ni idea de lo lejos que llega esta operación —dijo.

Renner se echó a reír, una carcajada fría y desalmada, el sonido que emite un hombre al que el humor le parece una distracción de mal gusto. Instantes después, cualquier rastro de aquella risa había desaparecido y adoptó una expresión seria.

—Ya puede dejar de mentir, señorita Price.

—No estoy mintiendo.

—Es posible. Yo creo que sí, pero, en todo caso, ya no importa. Porque, aunque *haya* una investigación, aunque *haya* una operación, va en una dirección completamente equivocada y no representa usted ninguna amenaza.

—¿De qué coño habla?

—Hablo de nuestros planes para su país, señorita Price. Se ha equivocado con ellos. Muchísimo.

—No me he equivocado. Sé lo que...

—¡Se equivoca!

La virulencia de Renner volvió a sobresaltar a Vanessa. Sin embargo, cuando volvió a hablar, no había ni rastro de aquel exabrupto.

—La verdad es que Andrew Wilson no corre peligro. No corre ningún peligro en absoluto. Y Robert Bauer no es uno de los nuestros. Nunca lo ha sido.

—¿Qué?

—Su presidente es... ¿Cómo dicen ustedes, los estadounidenses? ¿Un tonto útil? Tenía el perfil, la popularidad y el carisma, y era lo bastante estúpido como para hacer lo que le dijeran sus asesores. Nunca compartió nuestras creencias. Y, a pesar de todo lo que hicimos para ayudarlo a llegar donde está, cuando ocupó el cargo se volvió incontrolable. Un tiro al aire.

—Pero Bennett dijo... Dijo que Grisham sería vicepresidente antes de que acabara el mes.

—Y así será, pero no porque le haya ocurrido algo a Andrew Wilson. Al menos algo malo. Andrew Wilson *es* uno de los nuestros. Cada fibra de su ser es Odessa y siempre lo ha sido. El rostro de la respetabilidad; *él* ha sido la amenaza en todo momento.

—¿Qué está diciendo?

—Estoy diciendo que Cole Grisham no será vicepresidente por la muerte de Andrew Wilson. Grisham será vicepresidente por el ascenso de Andrew Wilson.

—Pero...

—Sí, tenía razón en que alguien debía morir para que la vicepresidencia quedara vacante, señorita Price. Simplemente se equivocó de persona.

61

Georg siguió a Brogan y Victor cuando dejaron atrás la corta valla que formaba el perímetro de la aldea de Leo Renner y se pusieron a cubierto tras la cabaña de madera más cercana.

Los dos hombres más experimentados iban fuertemente armados. Ambos llevaban un fusil de asalto Ferfrans de operaciones especiales, una de las armas más eficaces del mundo para el combate a corta distancia, diseñada y fabricada a petición de la OTAN para mejorar la popular carabina M4.

Georg no sabía nada de eso. Solo sabía que esas armas, junto con los cargadores de munición adicionales y las múltiples pistolas de gran calibre que llevaban repartidas por el cuerpo, tenían un aspecto mucho más serio que las que Brogan le había dado a él.

En comparación, el FN P90 parecía un juguete: corto, compacto y más similar a un rectángulo que al concepto que Georg tenía de una ametralladora. No dudaba de la eficacia del P90 y la pistola Smith & Wesson M&P Shield que Brogan le había proporcionado, pero era imposible no notar la diferencia entre sus armas y las de sus compañeros.

«Es como llevar al niño de caza con una escopeta de aire comprimido», pensó.

Les dio alcance junto a la pared de la cabaña.

—¿Por dónde empezamos?

Victor hizo la pregunta cuando los tres estuvieron alineados. Tenía acento estadounidense y la voz grave, tal como Georg había imaginado.

—Por el principio —respondió Brogan—. Vamos a registrar esta.

Georg vio al inglés acercarse cautelosamente a la ventana de la cabaña y observar con atención.

—No hay nadie dentro —dijo al cabo de unos segundos—. Vamos a echar un vistazo.

Era una ventana de guillotina, lo cual permitió a Brogan levantar la mitad inferior tras manipular el rudimentario mecanismo de cierre. Momentos después se había colado por la abertura con una facilidad que Georg habría considerado imposible para un hombre de cincuenta y muchos años.

Al poco, Victor hizo lo propio con una velocidad igual de sorprendente para tratarse de un hombre tan corpulento. Tal como le habían indicado, Georg no se movió.

Noventa segundos después, ambos estaban fuera y habían cerrado la ventana.

—Nada —confirmó Brogan a Georg, como si necesitara que se lo dijeran—. Es una vivienda. Probemos con la siguiente.

Georg siguió a los dos soldados mientras avanzaban por la parte trasera de la primera cabaña y corrían por el pequeño césped que la separaba de su vecina. Los espacios abiertos eran el problema: allí el riesgo de ser vistos aumentaba. Así pues, Georg se sintió aliviado cuando llegaron a la parte trasera de la siguiente cabaña sin ninguna señal obvia de que los hubieran descubierto.

Brogan siguió el mismo procedimiento, mirando por la ventana más próxima, pero el resultado fue diferente esta vez.

—Hay dos hombres dentro —susurró a Victor—. Están comiendo en la mesa de la cocina. No se ven armas.

—¿La distribución de la cabaña es la misma que en la anterior?

—Eso parece. Es diáfana. Cuatro camas. Zona de estar con sofá y sillones. Zona de cocina con electrodomésticos y utensilios, además de la mesa.

—O sea, que como mínimo tienen acceso a cuchillos.

—Sí.

—¿También lo hacemos en silencio?

—Si es posible. Eso significa que tenemos que entrar por la puerta principal. La ventana les da demasiado tiempo.

—¿Y arriesgarnos a que nos vean ahí fuera?

—Hay menos de cuarenta personas en este pueblo. No es tan arriesgado.

—¿Y si nos ven?

—Entonces empezamos a disparar. Tendrá que pasar en algún momento.

Victor guardó silencio y pensó en las repercusiones del plan, pero acabó por asentir. Al momento, Brogan se acercó la muñeca al oído e informó de la decisión, detallando su ubicación e intenciones a los francotiradores que les prestaban cobertura desde la ladera de la colina.

La información que necesitaba llegó al momento.

—Tenemos permiso para avanzar. No hay hostiles en la parte delantera. —Se volvió hacia Georg y le habló lo más bajo posible—. Tú escóndete.

Ambos se fueron sin añadir nada más.

Georg volvió rápidamente a la ventana por la que Brogan había echado un vistazo. Si no iba a entrar con ellos, al menos podía mirar. Procurando no ser visto, observó cómo uno de los dos hombres se levantaba de la mesa al oír un golpe en la puerta de la cabaña.

Era obvio que ignoraban estar en peligro, por lo que el

segundo ni siquiera apartó la vista del almuerzo mientras el otro abría la puerta sin una comprobación visual de seguridad o preguntar siquiera quién llamaba.

Ninguno de los dos viviría para lamentar ese descuido.

El primer hombre perdió el equilibrio en cuanto se abrió la puerta. La enorme figura de Victor irrumpió en la cabaña y lo levantó hasta romperle violentamente la nuca contra la viga maestra de madera.

El segundo reaccionó con rapidez, pero no la suficiente. Brogan ya había entrado, y al momento se encontraba a tan poca distancia que pudo lanzarle un gran cuchillo militar, tras lo cual el hombre cayó al suelo con el arma clavada en el pecho. El gran charco de sangre que se formó debajo de él indicó a Georg que todo había terminado.

Si ya estaba sorprendido por la eficiencia de lo que acababa de presenciar, lo que sucedió a continuación lo dejó boquiabierto. Brogan y Victor apenas habían empezado a registrar la cabaña cuando se abrió una puerta lateral —un baño, según pudo ver desde la ventana— y salió un tercer hombre. No lo hizo de forma agresiva. A Georg le pareció que solo iba a comprobar qué eran los ruidos que había oído a través del tabique de madera.

Obtuvo su respuesta al instante.

Brogan actuó antes de que la expresión del recién llegado tuviera la oportunidad de cambiar, lanzando de nuevo el cuchillo que había recuperado del pecho del segundo hombre. Esta vez no tuvo tanta puntería, y el cuchillo apenas le rozó el cuello, ya que el hombre de Odessa se había hecho a un lado.

Ese movimiento le salvó la vida, pero no contaba con el gigante que acechaba.

Victor pareció extender la mano y vapulear al hombre como a un muñeco de trapo, tirando de él de modo que la espalda quedara pegada a su pecho y los pies colgando a veinte centímetros del suelo. Cuando lo tuvo inmovilizado, le rodeó la garganta con su brazo enorme y empezó a apretar.

El proceso duró tan solo unos segundos desde que el primer hombre abrió la puerta hasta que Victor asfixió al tercero con su brazo de pitón.

«Parece que Brogan no exageraba —pensó Georg—. Realmente, sus hombres *son* mejores».

Minutos después, la sala estaba despejada y Odessa había perdido a tres de sus treinta y cuatro soldados de asalto. Entonces Georg cayó en la cuenta de que podía estar sucediendo lo mismo en otro lugar: en el extremo opuesto del pueblo había otro equipo de Brogan haciendo el mismo trabajo que ellos, y probablemente igual de bien.

Pero se obligó a no pensar en ese otro grupo. No tenía forma de saber si habían sido igual de eficaces. Lo único que podía ver era el trabajo que estaban realizando Brogan y Victor, así que se concentró en eso.

Las dos cabañas posteriores seguían un patrón similar a la primera. Ambas estaban desocupadas y no contenían nada de utilidad: ni información, ni pruebas. Hasta que llegaron a la quinta edificación, unas tres veces más grande que las cuatro anteriores, no cambió ese patrón.

La cabaña no solo se distinguía por sus dimensiones, sino que la estructura era nueva. Había más ventanas, y más grandes, entre ellas dos que daban a la parte trasera y permitieron a Brogan acercarse con menos posibilidades de ser visto desde otro punto del campamento.

—Es algún tipo de espacio de trabajo —dijo al volver con Georg y Victor, sus susurros casi imperceptibles—. Despacho y taller en uno.

—¿Está ocupado?

—Que yo haya visto, cuatro. No había armas, pero debemos suponer que tienen acceso a ellas.

—¿Qué propones?

—Uno de nosotros entrará por la ventana trasera y el otro por delante. Siendo un despacho, la puerta no estará cerrada con llave.

—¿La ventana es segura?

—La de la derecha, sí. La oculta una especie de expositor.

—Vale. Entonces ¿quién entra por dónde?

—Yo iré por la ventana. Cuando esté dentro, te haré una señal. Se sorprenderán mucho más de ver a Hulk entrando por la puerta que a mí. Eso nos dará un segundo y yo ya me encontraré lo bastante cerca como para aprovechar la ventaja.

—Entendido.

Brogan se volvió hacia Georg.

—Esta vez, entra cuando hayamos terminado. Creo que este podría ser el lugar que buscábamos.

Asintiendo, Georg observó a Brogan hacer nuevas comprobaciones a través de los vigías que había apostados en las colinas.

—Tenemos permiso —le dijo a Victor—. Cuando esté dentro, te enviaré una señal al reloj. Luego entra por la puerta.

La comunicación entre los dos hombres terminó ahí: el plan estaba claro y cualquier otra cosa era superflua. Georg se ubicó al lado de la ventana izquierda para observar lo que estaba a punto de ocurrir. Desde allí pudo ver a Brogan abriendo la ventana derecha y deslizándose al interior.

Al parecer, ninguno de los ocupantes lo había descubierto, ajenos al peligro que corrían.

Apenas transcurrieron dos segundos hasta que se abrió la puerta delantera. Al principio, la silueta de Victor bloqueó la luz del sol que de otro modo habría inundado el interior, lo cual propició exactamente lo que Brogan había previsto: la sensación de seguridad que sin duda tenían todos en la cabaña, la contundente llegada de una amenaza inesperada y el gran tamaño del recién llegado sembraron dudas entre los cuatro soldados, dudas que resultaron letales.

Mientras todos miraban al frente, Brogan avanzó sin ser visto. Nadie se dio cuenta cuando se situó detrás del primer hombre y lo degolló, ni tampoco cuando se giró y le hundió el mismo cuchillo en los pulmones a otro. Su presencia no resultó evidente hasta que cogió una silla y se la arrojó por encima de la mesa a un tercer soldado de Odessa cuando se disponía a hacerse con una pistola que tenía cerca.

Georg no vio lo que le sucedió al cuarto hombre. Victor se estaba ocupando de él, así que no tenía ninguna duda de cómo acabaría. En cambio, sí vio cómo la silla voladora golpeaba con fuerza al tercer hombre y lo hacía estrellarse contra una pared. Luego, Brogan saltó por encima de la mesa y lo interceptó antes de que pudiera recuperar el equilibrio.

Cuando los dos cayeron al suelo, la mesa se convirtió en un obstáculo para el campo de visión de Georg, pero al mirar a Victor se dio cuenta de que Brogan no necesitaba ayuda para terminar la tarea. Primero, Victor avanzó un poco hacia él, pero se detuvo, dio media vuelta y cerró la puerta principal, que seguía abierta.

Cuando Victor hubo asegurado la entrada, Brogan ya estaba de pie y ninguno de los cuatro hombres de Odessa respiraba.

Brogan miró hacia las ventanas buscando a Georg y le hizo una señal para que entrara por el punto de acceso que él mismo había utilizado. Georg lo hizo, pero más despacio y con mucha menos elegancia que el inglés.

—Esto es un edificio operativo —comentó Brogan una vez que Georg estuvo dentro—. Si hay algo que encontrar, estará aquí.

Georg no necesitó que se lo dijeran dos veces, y todos se pusieron manos a la obra.

En cinco minutos habían encontrado lo que Brogan denominó «los chivos expiatorios»: documentos de identidad, pasaportes, visados y cualquier otra cosa que pudiera ser necesaria para probar la existencia de ocho hombres musulmanes de varios países de Oriente Próximo, como Siria, Irak y Afganistán. Más tarde, esas pruebas aparecerían en varias casas y albergues próximos a Dresde para crear la célula islamista ficticia que estaba detrás de lo que se avecinaba.

Georg lo había visto antes, pero nunca a esa escala y nunca en Alemania. La sola idea de que fuera a producirse semejante engaño le resultaba enormemente desconcertante.

Vio que Brogan hacía una pausa.

—¿Qué pasa?

—¿A qué viene el cambio de *modus operandi*?

—¿A qué te refieres?

—¿Por qué no recurren al método habitual? —respondió Brogan—. ¿Por qué no utilizan a un grupo radicalizado que crea estar haciéndolo todo en nombre de Alá?

—Porque, sea lo que sea que tengan en mente, quieren hacerlo ellos mismos —aventuró Georg, que sostuvo en alto unos documentos que representaban una pequeña parte de lo que habían descubierto—. Y luego dejan que esta gente cargue con la culpa. El único problema es cómo garantizan que sigan cooperando. ¿Qué pasa si esa gente cambia de parecer y niega su participación?

Brogan no dudó.

—Todos esos hombres ya están muertos, si es que existieron alguna vez.

—¿Cómo puedes estar tan seguro?

—Es la única forma viable de utilizar un chivo expiatorio. Créeme, lo sé.

—Vale. Entonces sabemos quién será su Van der Lubbe. Sabemos quién cargará con la culpa. Pero lo que todavía no sabemos es *de qué* se les culpará.

—Creo que puedo ayudaros en eso —terció Victor—. Echad un vistazo.

Victor les tendió unos documentos que había en otra carpeta, estos más numerosos que los que habían revisado Georg y Brogan.

Tardaron unos segundos en comprender de qué se trataba. Eran registros financieros clave de años atrás, con facturas y recibos de propiedades, vehículos, bienes y materiales. Pero tardaron otros cinco minutos en encontrar lo que necesitaban.

Los documentos incluían detalles suficientes para que Brogan entendiera exactamente lo que planeaba Odessa, pero el periodo que abarcaban dificultaba el poder estimar la magnitud, así que no expuso sus conclusiones hasta que tuvo claro qué estaba viendo.

—Es una bomba —dijo al fin—. Cometerán el atentado con una bomba enorme.

—¿Cómo lo sabes?

—A juzgar por las cantidades de lo que han comprado, tiene que serlo.

Les mostró una sucesión de páginas que incluían facturas idénticas con fechas que iban de 2018 a 2025. Todas correspondían a compras de nitrato de amonio.

—Miles de toneladas, adquiridas en varias remesas durante siete años. Según mis cálculos, son casi tres mil toneladas, o puede que más. Eso es... Joder... Eso es un kilotón de TNT. El único artefacto más grande es una bomba nuclear. Si eso estalla en el centro de Dresde, borrará del mapa todo el corazón de la ciudad. No quedará nada en pie en un kilómetro a la redonda.

—Lo cual significa que matará a todo el mundo que se encuentre en ese mismo radio —dijo Georg—, incluyendo a todos los políticos importantes de Alemania si estalla en el apogeo de las celebraciones del día de la Unidad.

—A ellos y a más —precisó Victor—. Además, se aceptará que los chivos expiatorios han corrido la misma suerte, que todos murieron en la explosión. Mártires. Es el crimen perfecto.

—Y todo ello proporciona a Odessa y a Leo Renner el vacío de liderazgo político que necesitan —dijo Brogan, tanto para sí mismo como para los demás—. Esos hijos de puta no hacen las cosas a medias, ¿eh?

—Entonces ¿cómo lo impedimos?

—Matando a Renner y encontrando la bomba. Ahora mismo, ambas cosas son muy factibles.

—¿Cómo?

—Volveremos a lo primero muy pronto, créeme. Pero antes de llegar a la parte divertida, no hay muchos lugares donde puedan guardar una bomba como esa.

—¿Por qué lo dices?

—Tres mil toneladas de nitrato de amonio requieren una barbaridad de almacenamiento. A eso hay que sumarle la necesidad de que estén cerca de la ceremonia del día de la Unidad para garantizar que causan el máximo daño posible. No puede haber muchos lugares así.

Mientras Brogan hablaba, Georg observó la sala, ahora convencido de que la respuesta tenía que estar allí. En ese momento vio un mapa de Dresde en el tablón que tapaba la ventana e indicó a Brogan y Victor que lo siguieran.

—La ceremonia principal tendrá lugar mañana en la Semperoper —dijo Georg—, que está aquí.

Señaló un punto en el corazón mismo del centro histórico de Dresde, justo al sur del río Elba. La mundialmente famosa ópera y sala de conciertos fue utilizada la última vez que la ciudad ejerció de anfitriona del día de la Unidad, en 2016.

—Eso significa que, esté donde esté almacenada, por fuerza es al sur del río y a menos de un kilómetro. O, a ser posible, más cerca. Entonces ¿qué tenemos?

Brogan cogió un rotulador y trazó un círculo alrededor de la Semperoper que abarcaba un radio de medio kilómetro. Luego dibujó otro círculo alrededor del primero para ilustrar una zona de un kilómetro. Mientras lo hacía, Georg cogió una hoja y empezó a anotar los nombres de las calles que contenían ambos perímetros.

Cuando hubo terminado, volvió a revisar las facturas y la documentación financiera que Victor había encontrado.

—¿Dices que también hay facturas de propiedades? —preguntó—. ¿Incluyendo alquileres?

Victor asintió, pero Georg ya estaba poniéndose manos a la obra. Hurgando entre los documentos, solo tardó unos minutos en encontrar lo que buscaba. Era un contrato de alquiler de dos páginas, que cogió para mostrárselo a Brogan y a Victor.

—Es un almacén —dijo—, situado cerca de la catedral católica y a apenas medio kilómetro de la Semperoper. Tiene que estar ahí.

—¿Tan seguro estás?

—¿Tú qué dijiste, Scott? Nunca se puede estar seguro de nada, pero esta es la zona histórica de la ciudad. Habrá muy pocos lugares que cumplan los criterios de almacenamiento que buscamos. De hecho, casi no hay ninguno.

Brogan leyó la dirección, el 442 de Sophienstraße, y se volvió hacia Georg.

—De acuerdo.

—¿Y ahora qué?

—Ahora vamos a impedir que estalle una bomba. Pero, antes, tenemos un…

Brogan no terminó la frase, interrumpido por el sonido de una explosión. Estaba lo suficientemente lejos como para que no corrieran un peligro físico inmediato, pero era tan potente que cambió al instante los parámetros de su misión.

—Bueno, supongo que ya saben que estamos aquí —dijo Brogan—. Ahora las cosas se pondrán feas.

Dedicó una sonrisa a Georg.

—No te alejes y mantente agachado, joven amigo. Y no tengas miedo de disparar ese fusil.

62

Vanessa se quedó sin palabras.

Lo que le había dicho no podía ser cierto. Estaba segura de ello. Pero ¿qué razón tenía Renner para mentir? Estaba indefensa, y obviamente su intención era que nunca saliera de allí. En ese caso, ¿por qué iba a mentirle?

Solo se le ocurría una respuesta, por muy inverosímil que fuera.

—Eso es... una gilipollez. Está mintiendo. Andrew Wilson es moderado. Es un buen hombre. Todo el mundo lo sabe.

—El conocimiento no es lo que usted cree, señorita Price. La verdad no tiene importancia.

Renner estaba disfrutando de la oportunidad de ser sincero. Disfrutando de su propia genialidad.

—Así funciona este mundo. Nosotros le decimos a usted qué pensar. En algunos casos, lo hacemos directamente por medio de los «hechos» que vemos en los periódicos o en internet. Nos conviene que Andrew Wilson sea lo que usted cree que es.

—Pero es un patriota estadounidense. ¿Por qué iba a...?

Renner volvió a interrumpirla con la misma risa sin alma.

—¿Es que no me ha oído? Eso es lo que *nosotros* queríamos

mos que pensara. Créame, Andrew Wilson es tan fundamental para este partido como *Herr* Krantz —dijo, señalando a Reinhard—. Y sus antepasados también.

—Pero ¿cómo? He leído entrevistas, artículos y mucho material sobre Wilson. Hay documentales sobre él. La familia Wilson emigró a este país en el siglo XIX. Es tan estadounidense como yo.

—No hablaremos de lo que es usted, señorita Price. Procuro no insultar a mis invitados y estoy seguro de que no nos pondríamos de acuerdo. Pero en lo relacionado con Andrew, sí, está usted en lo cierto. Parte de su familia se mudó a Estados Unidos en esa época, igual que muchos otros alemanes. Formaron parte del éxodo, y utilizamos eso para legitimarlo.

—No lo entiendo.

—Claro que no lo entiende. Es la clave de todo. Verá, la realidad es esta: el lado de la familia de Andrew, su rama de ese árbol genealógico, se fue de Alemania en 1945. El bisabuelo de su vicepresidente, señorita Price, fue un alto mando del ejército de *Herr* Hitler: el general Hans-Adolf Prützmann. El *Werwolf*.

—Pero ¿cómo?

—Cuando se perdió la guerra, cuando esos cobardes se rindieron, el *Werwolf* escapó con su familia y otros miembros leales de las SS a Argentina. Cuando se instaló allí, una vez que hubo consolidado la operación de Odessa, envió a sus hijos a Estados Unidos.

»Él sabía lo importante que era que la próxima vez Estados Unidos se pusiera de nuestra parte y no a la inversa. ¿Y por qué no iba a hacerlo? ¿Tiene usted idea de la cantidad de sangre estadounidense que es alemana, de cuántos de nosotros cruzamos el océano para construir ese país?

»Seis millones, señorita Price. Seis millones de hombres, mujeres y niños alemanes trabajando hasta la muerte para crear los Estados Unidos de América. Seis millones que se convirtieron en cien millones. Somos los que más hemos aportado al genoma estadounidense. ¿Y cómo nos lo pagaron? Los putos traidores se pusieron en contra nuestra en el campo de batalla. Dos veces. ¡Dos veces! Deberían haber estado con nosotros. Imagine lo que podríamos haber logrado juntos.

El asombro de Vanessa no dejaba de aumentar. No podía creer que aquello fuera real. Era impensable y, sin embargo, Renner prosiguió, embelesado por el sonido de su propia voz.

—Para que Odessa tuviera éxito, para que se lograra la renovación del Tercer Reich, tuvimos que aprender una lección de los comunistas. Nuestra causa ya no podía ser solo alemana. Necesitábamos a Estados Unidos de nuestro lado.

»Utilizando a simpatizantes y fieles de su propio círculo, el *Werwolf* legitimó a la siguiente generación de su familia. Los americanizó. Su gente manipuló los registros para eliminarlo del linaje de sus hijos y hacer que formaran parte de la vieja rama estadounidense de su familia.

»Los Prützmann se convirtieron en los Wilson. Se convirtieron en estadounidenses. Y su bisnieto se convirtió en Andrew Wilson. Y pronto... Bueno, usted ya sabe lo que será muy pronto.

Vanessa no sabía qué más decir, qué más preguntar. Le parecía no solo horrendo, sino inconcebible, que pudieran existir organizaciones como aquella, movidas por ideologías que ya habían matado a decenas de millones de personas.

Estaba tan fascinada que casi había olvidado su propia seguridad, pero eso cambió al ver a Renner moverse. Parecía que iba a levantarse, y Vanessa creía saber lo que eso significaría para ella: si la reunión terminaba, ella también, así que se apresuró a añadir algo más.

—Pero ¿qué quieren ustedes?

Renner se recostó en la silla y la miró, arqueando ligeramente una ceja.

—¿Me toma por tonto, señorita Price? ¿Cree que no me doy cuenta cuando alguien está ganando tiempo?

—¿Qué tiene de malo? —respondió Vanessa, haciendo todo lo posible por parecer tranquila—. ¿Tiene algo más que hacer?

—De hecho, no. Mi agenda se complica a partir de mañana por la tarde. —Hizo una pausa—. ¿Sabe una cosa? En una chica alemana, su actitud casi sería interesante.

Vanessa no respondió.

—Pero, como usted decía, ¿qué tiene de malo? Lo que queremos, señorita Price, es lo que hemos querido siempre. Lea sobre historia. Nuestras ambiciones no han cambiado.

—¿Qué significa eso?

—Significa que nuestros objetivos los marcó mi predecesor en 1925, hace exactamente cien años.

—¿Su predecesor?

—¿Tan mala es la educación estadounidense? Adolf Hitler, señorita Price. Adolf Hitler es mi predecesor. Y él estipuló nuestros objetivos de forma muy clara en *Mein Kampf*.

—Entonces ¿qué son? ¿Un homenaje a los nazis?

—¡No somos ningún homenaje! —Esta vez, la rabia instantánea inquietó menos a Vanessa. Empezaba a acostumbrarse a ella—. ¡*Somos* el Partido Nazi!

—Veo que es un tema delicado.

—Aquí no hay nada delicado. —Renner hizo una pausa más larga de lo normal—. Salvo *usted*.

Esta vez, su tono era más comedido, pero mucho más amenazador, y Vanessa contuvo la necesidad de aclararse la garganta para que no notara su creciente terror.

—Nuestro camino fue establecido en 1925, y mi predecesor siguió ese camino lo mejor que pudo. Libró a Alemania de los elementos que estaban diluyendo nuestro estatus. Hizo lo que pudo en tiempos difíciles, pero estaba condicionado. La situación económica que había heredado lo obligó a tomar medidas que deberían haber llegado más tarde. Necesitaba contar con el apoyo de la nación, y eso requería tomar decisiones que solo podían terminar en guerra.

—¿Me está diciendo que Adolf Hitler no quería la guerra?

—Le estoy diciendo que no la quería en 1939. Él sabía lo que se avecinaba, al igual que nosotros sabemos lo que se avecina ahora. Pero Hitler sufría presiones que a nosotros no nos afectan. Yo heredaré la tercera economía más grande del planeta gracias al éxito de mis predecesores a la hora de extirpar a la escoria y a los débiles del corazón de este país. Esa riqueza permitirá que *mi* Reich se desarrolle conforme a *mis* reglas y conseguiremos lo que *Herr* Hitler nunca pudo conseguir: un Reich nacionalsocialista puro que coexista junto a nuestro hermano ideológico del otro lado del Atlántico. Así que, si me pregunta qué queremos, le diré que queremos lo mismo de siempre: un mundo hecho a nuestra imagen y semejanza, señorita Price. Y esta vez hemos tomado las medidas que lo permitirán.

«Un mundo hecho a nuestra imagen y semejanza». Vanessa no necesitaba preguntar qué significaba eso.

Significaba opresión.

Significaba campos de exterminio.

Significaba genocidio.

Su indignación por que aquello fuese siquiera una posibilidad —o tal vez incluso una probabilidad— se impuso al miedo. Ahuyentó el pánico y los nervios y no dejó más que rabia.

—¿De verdad cree que van a salirse con la suya?

—Ya lo hemos hecho. Esto es inevitable. Todas las piezas de ajedrez están colocadas y, mañana, el lado negro del tablero será borrado y solo habrá lugar para el blanco.

—Puto racista de mierda.

—¿Cree que es así de simple? Eso me hace preguntarme por qué he perdido el tiempo contándole todo esto. Su utilidad para mí ha llegado a su fin.

Renner se volvió hacia Krantz.

—*Herr* Krantz, llévese a esta… cosa de mi vista. Y asegúrese de que nadie tenga que volver a verla nunca más.

Krantz se movió al instante, pero estaba a varios metros, en un lateral de la sala. La distancia daba cierta ventaja a Vanessa, y tenía toda la intención de aprovecharla. Poniéndose de pie y muy consciente de dónde se encontraba el peligro, dio media vuelta con intención de huir. Probaría suerte fuera.

A la segunda zancada, echó a correr a toda velocidad, pero Krantz era mucho más rápido de lo que pensaba y ya lo tenía encima. Vanessa solo había recorrido la mitad de la distancia que la separaba de la puerta, pero estaba decidida a ir más allá. Intentando zafarse de su perseguidor, extendió el pulgar hacia Krantz para hundírselo en el ojo.

Pero Krantz se anticipó al movimiento. Eso, o sus reflejos eran fuera de serie. En cualquier caso, agarró la mano a Vanessa y le retorció el brazo detrás de la espalda.

En ese momento estaba indefensa, y al cabo de un instante perdió la conciencia, ambos arrojados al suelo de la cabaña por una explosión que desgoznó las puertas de madera.

63

Georg siguió de cerca a Brogan y Victor mientras se alejaban del cobijo que les brindaba la cabaña y se adentraban en el peligro. Nunca le había latido el corazón tan rápido, y la adrenalina lo impulsó a hacer la cosa más antinatural e ilógica que un hombre pueda hacer: correr hacia el sonido de los disparos.

La explosión que habían oído era solo el principio, un violento pistoletazo de salida que desató una lluvia de balas. Los sonidos seguían siendo lejanos, ya que el eco de las colinas circundantes hacía imposible localizar su origen. Se estaba librando una batalla en algún lugar de la aldea, una batalla en la que debía de estar participando el segundo equipo de Brogan.

El único problema era que ninguno sabía dónde estaba teniendo lugar.

Se adentraron lentamente en la explanada, olvidándose ya de su esfuerzo por permanecer ocultos. Cada uno cubría un ángulo de ciento veinte grados, con Victor ocupándose del flanco derecho y Georg del izquierdo. Brogan iba por delante y solo tenía dos cosas en mente: el deseo de ayudar a sus hombres y la determinación de acabar con Leo Renner.

Confiaba en que los vigías apostados en las colinas lo ayudaran con ambas cosas.

—¿Qué podéis decirme? —preguntó, acercándose a la boca el micrófono que llevaba en la muñeca y elevando el tono de voz.

Tras escuchar la respuesta, dijo:

—Han llevado a Renner al otro lado de un edificio y no pueden verlo desde la colina. No saben con seguridad cuál es, solo que está en el extremo más oriental del complejo. Basándose en el humo y el movimiento, es la zona donde se han producido la explosión y los disparos. Es muy probable que los chicos se hayan encontrado con ese cabrón.

—Entonces ¿qué hacemos? —preguntó Georg.

Por alguna razón, la adrenalina contrarrestaba el miedo que debería haberlo paralizado. Era una sensación extraña. Por mucho que le costara admitirlo, ahora mismo se sentía cien por cien vivo.

Llegaron al centro de la gran explanada de hierba alrededor de la cual parecía estar construida la aldea y Brogan les ordenó que se detuvieran antes de responder a la pregunta.

—Para empezar, daremos espacio a los chicos. Llevaremos esta batalla a campo abierto.

Brogan quitó la anilla de una granada y la arrojó a veinte metros de distancia. Luego vació un cargador entero en una ráfaga continua y casi ensordecedora.

Mientras cambiaba el cargador, se volvió hacia Georg esbozando una sonrisa sombría.

—Con eso bastará, joven amigo. Prepárate.

Georg notó una extraña sensación en el estómago al oír esas palabras, algo más que hacía unos instantes. Lo había sentido antes, cuando asaltaron la casa de Klein, y también anoche, cuando pensaba que iba a embestir el Maybach de Richard Krantz.

Se preguntaba qué era, qué significaba. Pero ahora sabía a qué respondía esa sensación: disfrute.

Por muy aterrador que fuese todo aquello, empezaba a disfrutar de verdad.

Por un momento pensó si su padre también se sentía así, si había alguna predisposición genética en los hombres de su familia que convertía el peligro en una emoción adictiva. Pero esos pensamientos se desvanecieron en cuanto empezaron los disparos.

Fue Victor quien abrió fuego primero, dos ráfagas cortas de tres balas cada una. Georg no pudo evitar volverse hacia los disparos y vio a dos soldados de asalto muertos junto a las cabañas más próximas al flanco de Victor. Al igual que los edificios situados a ambos lados de la explanada de hierba, sus cuerpos estaban al menos a cien metros de distancia, lo suficiente como para juzgar seguro adentrarse en el ángulo de ciento veinte grados del estadounidense. Pagaron ese error con sus vidas.

Cuando Georg se disponía a felicitarlo, fue interrumpido por otras dos ráfagas de tres disparos, una de Victor y la otra de Brogan.

Y entonces oyó el grito de este último:

—¡Georg, cubre tu puto flanco!

Al momento, giró la cabeza y vio a tres hombres de Odessa que habían salido de su escondite. Se acercaban con rapidez, pero aún no habían llegado a la altura de la hierba, por lo que estaban como mínimo igual de lejos que las primeras víctimas de Victor.

—¡Fuego! —gritó Brogan mientras obedecía sus propias instrucciones, derribando a un enemigo tras otro mientras avanzaban hacia terreno abierto, y esta vez Georg le hizo caso.

No podía mantener los ojos abiertos al apretar el gatillo, pero el equipo de Odessa estaba tan cerca que su visión era irrelevante, y ya habían levantado sus armas. Georg disparó seis ráfagas de tres disparos antes de que los hombres pudieran responder al ataque. No se dio cuenta de que las dos últimas no eran necesarias: los tres estaban muertos o moribundos cuando disparó la cuarta ráfaga.

Era la última vez que podría abrir fuego contra enemigos desprotegidos.

Había hombres de Odessa por todas partes, demasiados para que los tres pudieran mantenerlos a raya, y tampoco esperaban a situarse cerca para disparar. Lo hacían desde la distancia, y la lluvia de plomo caliente aumentaba por segundos. Era solo cuestión de tiempo que uno de los suyos fuera alcanzado por una bala.

El primero en sentir su ardor fue Georg. Sin la experiencia de Brogan y Victor, no sabía posicionarse como ellos para reducir las posibilidades de que su cuerpo se convirtiera en un blanco. Tampoco era consciente de que el movimiento aumentaba la probabilidad del impacto. Ambos factores hacían de él un objetivo más claro que los hombres que tenía a su lado, ambos mucho más corpulentos.

Eso hizo que lo que ocurrió a continuación fuera casi inevitable. La sensación de las balas pasando cerca lo estaba poniendo nervioso, y los hombres nerviosos se mueven demasiado. El resultado fue que un disparo destinado a Brogan rebotó en el hombro del joven, un contacto lo bastante sutil como para que la bala ardiera en lugar de sacar sangre.

Pero Georg no era consciente de la suerte que había tenido.

—¡Me han disparado! —gritó—. ¡Me han dado!

Brogan echó un vistazo para evaluar los daños.

—¡Estás bien! —dijo—. ¡Pero si no apoyas una rodilla y disparas, no lo estarás por mucho tiempo!

Brogan puso la mano derecha sobre la piel quemada de Georg, utilizando el dolor para obligarlo a agacharse, y no lo soltó hasta que él mismo fue derribado. Había recibido un disparo, pero, a diferencia de Georg, fue en un lugar que debería haber resultado mortífero. Tras recomponerse, Brogan abrió fuego una vez más.

Georg hizo lo mismo, ahora más confiado tras comprobar la eficacia de los chalecos de kevlar que llevaban todos. Una vez templados los nervios, solo podía pensar en disparar, y eso fue exactamente lo que hizo: apoyándose en una rodilla para estar más protegido, tal como le había indicado Brogan, apretó el gatillo una y otra vez.

Ahora tenía los ojos abiertos, así que vio cuántos hombres caían bajo su andanada. El número seguía sin ser suficiente. Todavía había demasiados, más a cada momento, y Georg había agotado la limitada munición de su fusil. No sabía qué hacer, tratando de reflexionar sobre lo que le había dicho Brogan, pero esos pensamientos fueron interrumpidos por un soldado de Odessa que, como salido de la nada, se dirigía hacia él.

Georg sintió pánico mientras el hombre acortaba distancias empuñando un cuchillo que sustituía al arma de fuego que llevara en su momento. Su rostro era la definición misma de la intensidad, y tenía la mirada puesta en su misión. Y, en ese momento, esa misión era Georg.

La parálisis que parecía afligirlo terminó tan rápido como había comenzado. Georg se dio cuenta de que solo tenía unos segundos para reaccionar y de que solo podía contar consigo mismo, así que decidió coger la pistola.

Notaba las manos torpes al buscar el arma con un movimiento poco fluido. Pero, aun así, logró empuñarla con suficiente rapidez como para apuntar y disparar. Intentó hacer precisamente eso, pero entonces notó el impacto de la primera bala que lo había alcanzado de lleno. Aun habiéndola detenido el chaleco de Kevlar, la fuerza del proyectil le hizo perder el equilibrio y se le cayó la pistola. Consciente de que no había tiempo para cogerla, volvió la cabeza para enfrentarse al hombre de Odessa, que se encontraba a solo unos metros de distancia, y se preparó para otro impacto.

El soldado estaba cada vez más cerca, totalmente concentrado en su víctima, por lo que no estaba preparado para el hombre gigantesco que lo había visto y había decidido proteger a su nuevo compañero de armas. Georg vio con asombro cómo Victor abandonaba su puesto y se enfrentaba cara a cara con el enemigo. El gigante estadounidense lo interceptó cuando intentaba abalanzarse sobre Georg, de alguna manera lo puso cabeza abajo elevándolo en el aire y lo lanzó con fuerza contra el suelo, donde impactó con el cuello.

Era evidente que el soldado de asalto no volvería a levantarse jamás.

Georg se puso en pie de inmediato, dio las gracias a Victor, que ya estaba alejándose, y cogió la pistola, listo para volver a enfrentarse al enemigo. Seguía pensando que no saldrían vencedores, pero se negaba a caer sin presentar batalla.

Volviéndose hacia el flanco que debía cubrir, levantó la pistola a media altura y se preparó para apretar el gatillo, pero, antes de que pudiera hacerlo, notó que alguien le agarraba la muñeca. Al mirar hacia abajo presa del pánico, tardó un momento en darse cuenta de que era Brogan. Confuso por su intervención, lo miró fijamente a los ojos.

—Ya basta, Rambo. Los hemos obligado a salir. ¡Ahora échate al suelo y deja que mis chicos hagan su trabajo!

Brogan lo empujó para que se tumbara sobre la hierba. Victor ya estaba allí, en posición horizontal y con una herida de bala en la única parte del hombro que quedaba al descubierto. Por un momento, Georg no entendió nada. Sí, eran un objetivo mucho más difícil cuando estaban en el suelo, pero tenía que ser algo temporal: cuando los soldados de asalto los alcanzaran, eso cambiaría. En ese momento, su posición sería básicamente un suicidio.

Estaba a punto de decir eso mismo cuando oyó un disparo más agudo y distante. Eran una bala y un arma totalmente distintas. Medio segundo después, tuvo su respuesta cuando un proyectil le desgarró el pecho al enemigo más cercano, que cayó inerte al suelo.

—Los francotiradores —dijo.

—Son los mejores en lo suyo —respondió Brogan, que le dio un apretón en el hombro.

Lo que sucedió a continuación duró menos de un minuto. Georg ni siquiera podía calcular cuántos hombres de Odessa habían tenido que salir a campo abierto a causa del tiroteo —estaba prestando atención a su zona de combate designada—, pero, si los flancos de Victor y Brogan estaban tan poblados como el suyo, tenía que haber alrededor de treinta.

Treinta hombres contra tres. Sería imposible ganar.

Pero treinta hombres contra cuatro francotiradores con experiencia y una puntería infalible que disparaban desde una colina era una situación totalmente distinta.

Brogan fue el primero en ponerse de pie y Georg lo siguió instantes después. Victor tardó un poco más, ralentizado por la herida de bala que fingía ignorar. Georg miró a su alrededor, observando las secuelas de sus disparos y la masacre que habían provocado. No sintió nada. Ni culpa, ni satisfacción. Solo la certeza de que todos se merecían su destino.

Se volvió hacia Brogan.

—Entonces ¿vamos a por Renner?

—Sí —respondió Brogan—, pero no te confíes. Aún podría haber hasta diez enemigos ahí fuera, y, sea cual sea su ubicación, no los ven desde las colinas. Esta parte tenemos que hacerla solos.

Georg asintió para indicar que lo entendía y volvió a notar una oleada de adrenalina.

—¿Por dónde?

Brogan levantó una mano para pedir silencio y aguzaron el oído un momento. Era el sonido distante de unos disparos.

—Seguidme.

64

Los tres hombres avanzaron rápidamente, con Brogan abriendo camino hacia el edificio más cercano en el otro lado del pueblo. El terreno abierto ya no era una opción: lo que quedara del grupo de Odessa no se dejaría arrastrar a un enfrentamiento directo ahora que sabían que en las colinas acechaba una muerte segura.

Al moverse, Brogan miró de reojo a Victor, procurando que el estadounidense no se percatara. Su lentitud e inestabilidad eran preocupantes, y estaba muy lejos de su estado de forma habitual. Sabía que la herida era más grave de lo que su amigo estaba dispuesto a reconocer.

Desterrando la negatividad de su mente, se puso a cubierto al otro lado de la cabaña y habló por el micrófono que llevaba en la muñeca.

—¿Alguna señal de vida?

—Negativo. Los que queden están fuera de nuestra línea de visión.

Brogan pensó rápido.

—De acuerdo. Tenemos que dar por hecho que eso seguirá siendo así, pero no puedo permitir que se escondan en edificios desde donde nos apunten al pasar. Destruid todas las ventanas de las cabañas que haya entre nosotros y el humo de la explosión. Haced que esos edificios sean inhabitables.

—Estamos en ello.

El tiroteo de largo alcance se reanudó inmediatamente, siguiendo al pie de la letra las instrucciones de Brogan. Era un paso esencial para igualar el terreno de juego. Una vez hecho, era hora de ponerse a trabajar.

—Tenemos que separarnos para acercarnos desde dos ángulos —dijo, mirando de nuevo a Victor—. Eso duplicará nuestras posibilidades de éxito.

—¿Cómo nos dividimos? —preguntó Victor.

—Tú ve por delante de los edificios, por la parte de la calle, y mantente tan a cubierto como puedas. Yo y Georg iremos por la ruta trasera. Nuestro objetivo es el origen de ese humo.

—Entendido.

Brogan se volvió hacia Georg, pero, antes de hablar, cogió el fusil del joven y sustituyó el cargador vacío.

—¿Estás listo?

—Más que nunca.

—Bien. Entonces vamos.

Los tres empezaron a moverse sin decir una palabra más. Brogan guio a Georg mientras se desplazaban por la parte trasera de las cabañas en dirección al humo, mientras que Victor se ocuparía del otro lado de los edificios. La elección había sido deliberada. La parte trasera era la zona que los tiradores de Brogan no podían ver, por lo que era más probable que fuera allí donde se encontraran con oposición. Victor probablemente lo tendría mucho más fácil siguiendo una ruta también cubierta por los francotiradores.

Era una concesión necesaria, aunque tácita, a la herida del estadounidense, pero eso hacía que el avance de Brogan y Georg resultara mucho más peligroso. Esta vez avanzaron más despacio y con más cuidado, conscientes de que se dirigían a lo desconocido, a un enemigo invisible. Hasta que todo terminara, era cuestión de matar o morir.

Brogan se descubrió observando a Georg. Una parte de él lamentaba haber necesitado refuerzos. Por muy irritante que resultara el joven en los primeros días de su reconciliación, a Brogan le caía cada vez mejor: ahora era capaz de ver en el hombre que tenía a su lado al chico al que había cuidado. Sin embargo, una parte más grande de él se alegraba de que el hijo de Horst Miller estuviera experimentando algo parecido a la vida de su padre.

Brogan sabía que Georg estaba hecho para aquello, incluso por su forma de moverse, por cada paso y cada barrido de su arma, aparentemente coordinados con los suyos. Era como si hubieran entrenado y combatido juntos durante años.

Era un bonito pensamiento momentáneo que fue desterrado de la mente de Brogan, primero por el sonido de un disparo y luego por la cegadora agonía de una herida de bala. Brogan se desplomó, con sangre brotándole del muslo mientras se incorporaba a toda prisa y miraba a su alrededor, buscando al tirador mientras hacía amago de gritarle a Georg que abriera fuego.

Pero Georg ya había reaccionado, girando el cañón de su arma hacia el origen del sonido y descargando tres disparos antes de que el trasero del inglés hubiera tocado el suelo. Al momento, Georg estaba apoyado en la rodilla y disparaba otra ráfaga hacia una imagen borrosa que había visto por el rabillo del ojo.

Dos ráfagas, dos muertos, y solo una herida superficial a cambio.

Brogan tardó unos segundos en ver que la bala solo le había rozado el muslo, al menos según sus criterios. Consideraba que cualquier cosa que no alcanzara una vena o una arteria era un «rasguño», por lo que el hecho de que la bala hubiera penetrado solo un par de milímetros en la pierna cumplía los requisitos de ese término. Tras hacerse rápidamente un torniquete, se puso en pie justo cuando sonaron varios disparos más.

—Háblame —dijo, activando el micrófono de muñeca.

—Dos bajas más gracias a nuestro corpulento amigo estadounidense.

—¿Está bien?

—Un poco lento para ser él, pero, aun así, demasiado rápido para ellos.

—Gracias.

Le indicó a Georg que siguiera avanzando.

Pasaron junto al siguiente edificio —solo faltaban dos para llegar hasta el origen del humo— y luego Brogan vio algo que Georg había obviado: un cañón asomando por una ventana a apenas unos metros del joven.

Brogan abrió fuego sin pensarlo, cinco ráfagas de tres disparos que acribillaron el cristal y la madera y, sin duda, acabaron con la vida de quien estuviera cerca. Preocupado por la seguridad del joven, se había inclinado hacia delante al disparar y su hombro derecho había chocado con la espalda de Georg. El impacto lo hizo caer al suelo y Brogan perdió el punto de apoyo.

Fue un momento de vulnerabilidad que no podía resultar más inoportuno. Brogan todavía estaba recuperando el equilibrio cuando, de repente, una figura se abalanzó sobre él y lo arrolló, golpeándolo con el hombro en la barriga.

Brogan y su atacante cayeron con fuerza en una colisión tan debilitante que, por un momento, ninguno de los dos sabía dónde estaba. Al cabo de unos segundos se levantaron, ya con la cabeza más despejada.

Mientras sus ojos se posaban en el hombre que lo había derribado, Brogan notó un escalofrío en la columna vertebral.

—Krantz.

El gemelo de la cicatriz sonrió al tiempo que Brogan levantaba el fusil.

—¿Necesita un arma, anciano?

—¿Qué puedo decir? Un hombre de mi edad tiene que aprovechar todas las ventajas que pueda.

Miró de reojo a Georg, pero su atención seguía muy centrada en el verdugo de Odessa.

—Sigue, Georg. Ve adonde esté Renner. Si este fanático de mierda ha venido a hacernos perder tiempo, significa que su jefe es vulnerable. Únete a Victor y mata a ese nazi hijo de puta.

—¿Estás seguro?

—Hazlo.

Brogan sonrió mientras Georg se alejaba. De nuevo, sus siguientes palabras fueron dirigidas a Krantz.

—Veo que tienes cortes y moratones.

—Un miembro de su equipo decidió volar una puerta y yo estaba en el lado equivocado.

Brogan asimiló los detalles. Krantz sangraba profusamente por el cuello y la cabeza y, a juzgar por su postura, tenía una lesión debilitante en el mismo hombro que había utilizado para golpearlo a él, un choque que solo podía haberla empeorado.

Krantz le devolvió la sonrisa.

—Y, sin embargo, usted sigue necesitando su arma.

—¿Qué le ha pasado a la tuya?

—Gasté toda mi munición con sus hombres. No volverán a lanzar más granadas.

Brogan se quedó helado. Aguzó el oído, pero el tiroteo había cesado, lo cual confirmaba que el nazi estaba diciendo la verdad. Eso lo enfureció mucho más de lo que Krantz podía imaginar, y señaló el suelo antes de volver a hablar.

—Cuando los veas en el infierno, diles que te envié yo. Que te envié allí por ellos.

Apretó el gatillo sin mediar palabra.

Ambos se quedaron inmóviles al ver que el fusil no hacía nada. Al menos, Brogan tuvo la lucidez de intentarlo de nuevo, de confirmar que, en su apremio por salvar a Georg, había gastado sus últimas balas con el cristal de la ventana, pero ese fue todo el movimiento que consiguió.

Pasó al menos un segundo hasta que alguno de los dos reaccionó *de verdad.*

Hasta que ambos se atacaron mutuamente en el mismo instante.

Eran dos asesinos profesionales, ambos muy conscientes de que el otro estaba herido y de que la violencia rápida e intensa a menudo es la diferencia entre ganar una pelea o morir. Si alguien hubiera estado observando los primeros treinta segundos, se habría maravillado de su ferocidad: una pelea de perros en la que unos hombres habían ocupado el lugar de los pit bulls.

Puñetazos, codazos, rodillazos y cabezazos, todos ellos lanzados un milisegundo después del último, todos ellos acertando en el blanco porque los contendientes no intentaban proteger sus propias vulnerabilidades para maximizar el daño y la destrucción.

Ahora que ya no empuñaba el fusil, Brogan tenía las dos manos libres para pelear cuando Krantz se acercó. Y fue para bien. El alemán contaba con la ventaja de la juventud y la velocidad, lo cual dejaba a Brogan la fuerza y la pericia. Eran ventajas, sí, pero Brogan luchó sabiendo una verdad macabra: en igualdad de condiciones, la juventud lo conquista todo.

Los dos se separaron tras casi un minuto de intensa violencia, inhalando tanto aire como les permitían sus pulmones. Krantz parecía haber salido peor parado, pero la diferencia era mínima, y Brogan sabía que todo podía cambiar con un solo golpe. Debía encontrar la manera de acabar rápido; no podía permitir que Krantz descansara ahora que tenía menos reservas que él.

Brogan debía tomar una decisión.

¿Era momento para pensar o para luchar?

Eligió esto último.

Krantz pareció sorprendido cuando Brogan se abalanzó de nuevo sobre él tras solo unos segundos de respiro. Esperaba y necesitaba poder descansar más, por lo que no estaba preparado para aquella violencia. Su segundo aliento no aparecía por ninguna parte, y esta vez luchó con menos ferocidad, mientras que Brogan utilizó cada ápice de energía que le quedaba para aumentar el ritmo.

Ahora, golpe tras golpe impactaba sin respuesta, y Krantz estaba más ensangrentado y magullado con cada impacto. Pero, aun así, Brogan no se detuvo. No podía arriesgarse a que se recuperara. Aunque no le quedaba energía y sus heridas y su edad le gritaban que parara, Brogan siguió golpeando.

No se detuvo hasta notar que los huesos del cráneo de Krantz empezaban a ceder.

Rodó sobre su espalda y, utilizando la pierna buena, empujó el cuerpo ahora sin vida del hombre de Odessa. Al hacerlo, recordó la advertencia de Georg sobre Krantz. La advertencia y su no tan velada respuesta:

—¿Ves, Georg? —murmuró—. Te dije que no era el único asesino.

Brogan notó que estaba esbozando una sonrisa, alimentada por la euforia de la dopamina que había inundado su organismo, la recompensa de su cerebro por la supervivencia, pero se sobrepuso a aquella sensación. Mencionar a Georg le había recordado el peligro en el que todavía se hallaban todos.

Obligándose a ponerse de pie, empezó a recorrer la distancia que mediaba entre el cuerpo de Reinhard Krantz y lo que quedara de la explosión que lo había retrasado.

65

Georg se apoyó el fusil en el hombro y apuntó a la cabeza de Leo Renner mientras asimilaba la devastación que los rodeaba.

Que se había producido un tiroteo allí era incuestionable. Georg podía ver el coste humano que se había cobrado. Al menos diez soldados de Odessa yacían muertos en la tierra que rodeaba la parte delantera de la cabaña y el Mercedes Maybach estacionado enfrente. Junto a ellos estaban los tres cadáveres de los hombres de Brogan.

Por las posiciones de los muertos, Georg pudo imaginar a los nazis dando su vida para mantener a Renner de una pieza, mientras que el equipo de Brogan había hecho el mismo sacrificio para acorralar a ese cabrón, listo para enfrentarse a la versión de la justicia del hombre que los había contratado.

En vista de la situación, ambos bandos habían tenido éxito en su tarea: Renner estaba vivo, pero también seguía allí, desprovisto de la protección que creía que lo haría intocable.

Era una victoria que, en última instancia, solo podía durar para un bando, y Georg estaba decidido a que ese bando no fuera el de Odessa.

Renner tenía las manos en alto, y no apartaba la mirada de Georg y el fusil que le apuntaba directamente a la cabeza.

Eso significaba que no vio la llegada de Brogan, ensangrentado y maltrecho y, sin embargo, la prueba viviente de que el mejor protector de Renner ya no estaba en activo.

Por muy concentrado que estuviera en Renner, Georg no pudo evitar percatarse de nuevos detalles en aquella carnicería, indicios de lo que les había ocurrido a los hombres de Brogan. Por un lado, parecía que la cabaña más cercana —el edificio que utilizaba Renner, a juzgar por la intensidad de los combates que se habían desatado a su alrededor— había sido alcanzada por una granada. La puerta se había desprendido de los goznes y había caído dentro. Justo al otro lado yacía uno de los hombres de Brogan, con el cuerpo destrozado por la metralla.

A unos metros de allí, en la oscura penumbra de la cabaña, Georg vio lo que parecía otro cuerpo, y entonces percibió movimiento.

—Hay alguien dentro. —Él no podía hacer nada al respecto. No podía arriesgarse a bajar el arma con la que apuntaba a Renner—. Alguien vivo. Parece que está herido.

—¿Quién es? —preguntó Brogan.

—Nada que valga la pena. —El tono de la respuesta era tan desalmado como las palabras, pronunciadas sin tan siquiera una mirada en dirección al inglés—. Si hubiera sabido que estaba viva, la habría matado yo mismo.

Georg miró a Brogan sin saber cómo reaccionar. Mientras lo hacía, vio a Victor situarse junto al inglés, y este no dudó.

—Vete a ver cómo está, Victor —dijo.

Georg se mantuvo al margen de la cadena de mando y siguió observando al hombre de Odessa.

—¿De verdad pensabas que lo conseguiríais? —preguntó.

—No tienes ni idea de dónde te has metido. —Renner no parecía afectado por sus circunstancias, y su voz era la definición misma de la arrogancia—. Lo que habéis hecho hoy aquí no es más que un inconveniente.

—Piensa lo que quieras, Leo, porque tenemos todo lo que necesitamos para denunciar tus actividades. Podemos demostrar lo que es Odessa y lo que tenías planeado. Estás acabado.

—No entiendes nada. Para nosotros, una derrota hoy es un simple revés, nada más. Mientras que, para ti, esta pequeña victoria es el punto álgido de tu vida, una vida que vivirás temiendo nuestra venganza para siempre.

Victor salió de la cabaña y empezó a hablar por encima de la voz de Renner, como si el hombre fuera irrelevante, lo cual hizo sonreír a Georg. En su opinión, era la manera perfecta de tratarlo.

—Es una mujer —dijo Victor—. Y desde luego no está con estos hijos de puta. Está herida. Necesita atención médica.

—Hay una sala de urgencias en Meissen —respondió Brogan—. Lo mejor será que la lleves ahora si crees que puede desplazarse.

—No le queda más remedio.

Victor entró de nuevo, aparentemente ajeno al enfrentamiento armado unilateral que acababa de interrumpir. Ignorando la herida en el hombro, cogió a la mujer en brazos, pasó junto a Renner, Brogan y Georg sin mediar palabra y desapareció más allá de las cabañas en dirección al centro de la aldea. Los otros tres hombres se quedaron en silencio.

Pero ese silencio terminó con la llegada de un mensaje al auricular de Brogan, que escuchó con atención.

—Parece que eres el único de tu pequeña secta que queda vivo —dijo cuando hubo concluido el mensaje—. Así que ahora cuéntame: ¿sigues pensando que esto es un simple revés?

—¿De verdad crees que *yo* soy importante?

—Creo que eres mucho más importante de lo que estarías dispuesto a admitir —respondió Georg.

—Y crees que hablaré, ¿eh? Que cuando me llevéis… ¿Dónde? ¿A la comisaría? ¿O tal vez a un piso franco del espionaje británico?

—Ahí es donde te equivocas —explicó Georg—. Sabemos que no hablarás. Por eso no estamos aquí para llevarte a ningún sitio. No hemos venido a arrestarte por tus futuros crímenes, Leo. Hemos venido a ejecutarte por lo que ya has hecho.

Por primera vez, Renner no parecía tan seguro de sí mismo.

—¿Qué?

—Nos da igual lo que tengas planeado. No somos cazadores de sectas, así que ni siquiera vamos a intentarlo. Simplemente vamos a matarte.

Georg movió el hombro mientras hablaba, como si estuviera preparándose para disparar.

—¡Espera!

Por fin, Renner parecía asustado.

—No lo entiendes, hay una bomba...

—Sabemos lo de la bomba.

—Entonces sabes que explotará mañana, ¿verdad? Pero hay un dispositivo de seguridad. Si mis hombres no hablan conmigo —conmigo y con nadie más—, si no lo hacen a las dos de la tarde de hoy, la bomba estallará antes de tiempo y, aun así, matará a muchos de sus objetivos. Aun así, causará daños incalculables.

—¿Y qué? ¿Crees que eso significa que te necesitamos? ¿Es eso?

—Sí, me necesitáis. Sin mi voz, Dresde será destruida en menos de cuatro horas.

Georg se tomó un momento para pensar en la respuesta adecuada. Sabía lo que Brogan y Renner esperaban. Ambos pensaban que Georg seguiría hablando, como él y Brogan habían hecho con Krantz. Ambos pensaban que Georg esperaría a ver qué más estaba dispuesto a contarles Renner. Pero Georg había aprendido la lección.

—Cuatro horas —repitió Renner.

Con una sonrisa, Georg apretó el gatillo.

—Entonces supongo que más vale que actuemos rápido.

Renner se desplomó contra la rueda trasera de su Mercedes.

—¿Y ahora qué? —preguntó Brogan—. ¿Qué hay de la bomba?

—En realidad, tengo un plan —dijo Georg, mirando todavía el cadáver de Leo Renner—. Es hora de que demos buen uso a mi estatus como el hombre más buscado de Alemania.

66

4 de octubre de 2025
Sábado

La Universitätsklinikum Carl Gustav Carus Dresden es uno de los hospitales más grandes de Alemania y, con diferencia, uno de los más avanzados. A pesar de contar con casi mil quinientas camas, se habría visto desbordado por el desastre que Odessa había planeado para su ciudad el 3 de octubre de 2025: el día de la Unidad.

Gracias a la intervención de un hombre en busca y captura, un asesino británico y un equipo de mercenarios que habían desaparecido tan rápidamente como habían llegado, fue un desastre que nunca ocurrió. A consecuencia de sus acciones, se habían salvado decenas de miles de vidas y el hospital tenía espacio para ingresar a Vanessa Price, una ciudadana estadounidense que había llegado inconsciente dos días antes desde la cercana ciudad de Meissen.

Freya se encontraba en la sala de espera, situada frente a la habitación que Vanessa Price tenía para ella sola, y Georg estaba fuera atendiendo una llamada. Llevaban tres horas allí. Habían sido liberados aquella misma mañana después de dos días de interrogatorio por parte de la Bundesverfassungsschutz (BfV), la Oficina Federal para la Protección de la Constitución.

Después del tiroteo que tuvo lugar en la aldea del bien

común de Leo Renner, todo se había sucedido con rapidez. Su máxima prioridad era la bomba, y la habían abordado por dos canales distintos: primero a través del contacto de Brogan en el espionaje británico, que había viajado a Dresde a petición suya la mañana del 2 de octubre, y luego haciendo que Georg llamara a la policía para facilitar la ubicación de la bomba. Pero, en lugar de decirles en qué consistía la amenaza, afirmó que era un fugitivo fuertemente armado que tenía intención de vivir un final glorioso muriendo a manos de la policía.

Con toda la publicidad que había rodeado a la etapa de Georg como fugitivo, la reacción de la policía había sido tan excesiva como esperaba, y el GSG-9 —la antigua unidad de élite a la que pertenecía su padre— lideró la redada, que no encontró a un periodista y presentador *millennial* de un pódcast, sino suficiente nitrato de amonio como para arrasar media Dresde.

El hecho de que el lugar estuviera desierto indicaba el alcance real de los tentáculos de Odessa: solo un chivatazo dentro del propio cuerpo de policía podía haber alertado a los fieles de manera tan eficiente. Era la prueba definitiva de lo que Georg ya sabía: habían ganado aquella batalla —y fue una gran victoria—, pero la guerra continuaría. Odessa continuaría.

Sin embargo, mientras tanto, la vida debía seguir, por lo que, con la bomba y la amenaza eliminadas, el contacto británico de Brogan había emprendido su segunda tarea: limpiar el nombre de Georg y organizar la entrega de Georg, Freya y Peter a la BfV para un informe completo y exhaustivo de lo que habían descubierto.

Era un informe que, muy deliberadamente, no mencionaba a cierto inglés o los nombres de quienes lo habían ayudado, ni tampoco la repatriación de tres cuerpos anónimos al Reino Unido. Ese fue el precio negociado por todo lo que

Georg, Freya y Peter podían saber: ninguna consecuencia por ninguna acción, ninguna sanción por ningún crimen y ninguna pregunta más allá de las que estuvieran dispuestos a responder.

El proceso había durado casi dos días, y reinó un ambiente de cooperación. No fue un interrogatorio, sino un proceso de colaboración en el que tres civiles y un equipo de los mejores agentes de espionaje alemanes cotejaron lo que sabían y documentaron lo sucedido.

No era ni mucho menos una tarea acabada. De hecho, era poco más que un comienzo. Pero Georg ya había podido ayudar con un sinfín de consultas e investigaciones relacionadas que, esperaban, servirían para paralizar a Odessa en un futuro próximo.

Peter había regresado a la habitación de hotel que compartía con Brogan desde un día antes: habían pagado cuatro días más por adelantado, y el anciano no tenía la resistencia necesaria para la sesión completa. Georg y Freya habían decidido postergar su descanso. Su instinto de periodistas seguía alerta ante la única pregunta sin respuesta del día: ¿quién era la estadounidense a la que habían rescatado en la aldea de Renner?

Tenían intención de averiguarlo en cuanto la mujer despertara, y eso significaba quedarse allí hasta que estuviera consciente.

Freya observó a Georg cuando entró de nuevo en la sala de espera, por lo demás desierta, y tomó asiento a su lado.

—¿Era Scott?

Georg asintió.

—¿Qué quería?

—Ponernos al día de lo que ha averiguado sobre Renner su experto en tecnología. ¿Recuerdas que Scott dijo que creía que Renner era un fraude?

—¿Que su expediente parecía una leyenda?

—Exacto. Pues resulta que tenía razón.

—¿En qué sentido?

—Leo Renner era una ficción. Bueno, más o menos. Su abuelo era la auténtica ficción. En todos los registros figura como Felix Renner, originario de Austria.

—¿Quién era en realidad?

—Resulta que era un tipo llamado Richard Glücks.

—¿Debería sonarme ese nombre?

—A mi *Opa* sí le sonaba. Glücks era un miembro destacado de las SS, un cabrón particularmente malvado: dirigió la Inspección de Campos de Concentración durante la guerra. Se suponía que había muerto por una píldora de cianuro en 1945, pero, según mi abuelo, era otra farsa. De hecho, se convirtió en el jefe de Odessa bajo una identidad falsa.

—Felix Renner.

—Curiosamente, no. Eso fue más tarde. Pero, en última instancia, sí, se convirtió en Felix Renner. Y parece que su familia ha pertenecido a la realeza nazi desde entonces.

—¿Vas a decírselo a la BfV?

—Con el tiempo. Ahora que está muerto, no hay prisa. Prefiero disfrutar.

—¿A qué te refieres?

—Quiero decir que hemos vencido, Freya. Con todo el estrés, el terror y el..., bueno, el caos, no hemos pensado realmente en lo que hemos conseguido. Estaban muy cerca del poder, y quién sabe qué habrían hecho con él. Y se lo impedimos. Hemos ganado.

—Recuerda lo que dijo la BfV. Están lejos de haber sido derrotados.

—Sí, pero están mucho más cerca que en los últimos sesenta años. Piensa en las vidas que hemos salvado.

Freya sonrió.

—Vale, no te voy a engañar. Es agradable.

Georg se puso en pie.

—Vamos a tomar un poco de aire fresco.

—Pensaba que íbamos a dejarlo de nuevo.

—Y lo haremos. Esta vez me refería a aire fresco de verdad.

Freya se echó a reír, feliz de que Georg estuviera contento, y lo siguió al exterior. Mientras salían de la habitación, el programa que estaba viendo Freya fue interrumpido súbitamente por la imagen de un presentador de informativos sentado a una mesa. Lo que dijo, si Georg y Freya hubieran estado allí para oírlo, los habría conmocionado a ambos:

> «Interrumpimos esta emisión para ofrecerles una noticia de última hora.
>
> El presidente de Estados Unidos, Robert John Bauer, ha sido tiroteado. Apenas hay información en este momento, pero sabemos que ha sido trasladado de urgencia al hospital y que los médicos están luchando por salvarle la vida.
>
> El vicepresidente Andrew Wilson ha sido informado y actualmente se encuentra de camino a la Casa Blanca».